悖论中的思想教化：《甘特的冬天》之声外声（序言）

  深深的不安困扰着各个部落，卡拉伊人意识到了这种不安并将其宣扬为世界的谎言、丑陋与邪恶的现身。预言家们对这些正在发生的变革比其他人更为敏感，也是他们最先宣扬不安或比所有人都更感到慌乱。因此，印第安人和预言家之间达成一致："必须改变世界！"（"来吧！上了我！"埃丽萨说，"喔，宝贝儿，带它回家！在我的小山丘上驱动它！亲爱的，进入吧！让我大声叫出来！"）卡拉伊人使出了什么妙招呢？他们鼓励印第安人离开邪恶之地前往无恶之境……那是一个不存在疏远反感的完美之境……人类与天使共享的乐土。

——《甘特的冬天》第一部分第一章

  《甘特的冬天》开篇如是写道。一部如此开头的小说想表达什么？一篇将不入流的英文俗语 fuck 与讲述图皮瓜拉尼预言主义的学问精深的片段并置，且在其后长达两百多页的篇幅中总是以此出其不意的手法写就的作品想告诉人们什么？毋庸置疑，有人会问，既然《甘特的冬天》拥有如此浩渺的语义宇宙，也许同样浩渺的还有本序言中囊括的这番天地、一个通过阐释和叙述摊开在读者面前的看似不可能又或许极为可能实现的悖论计划，如何才能在一个通向无尽的迷宫中找到所有崎岖复杂的线索，并将其浓缩、简化为包含史料与主题的浅显易懂的目录，使其成为辛劳付出后那浩渺的真实写照与其文学价值的体现？更好的选择恰是从一开始就放弃这样的企图，转而铺陈另一更加可行的计划，即通过其他学者思想的启发,从个人视角抛出对小说的解析,与读者共同体验一场愉悦的"阴谋"。

这一视角的根基来源于一个看似幼稚的提问,为什么要读书?或者,更精确地说,为什么要读文学书?大约一两百年前,甚至直到上世纪80年代《甘特的冬天》首次出版时,答案似乎都显而易见:读书是为了丰盈头脑,为了娱乐身心,为了感同身受他人的喜怒哀乐,为了领会吸收在世俗熙攘中救济灵魂的话语,为了用思维的指尖触碰美好,等等。然而,随着时间的推移,所有这些直觉、这些数代读者众所周知的金子般的珍贵资产在瞬间科技和平庸商业的双重打击下竟难以置信地日渐光泽黯淡。人们会说,既然快速敲击键盘因特网便能为我们提供无数梗概和材料的话,何需再读《堂吉诃德》?当同样的键盘魔法能为我们打开一个包罗万象的宇宙和一连串永无尽头的关联——音乐、视频、文章、在线图书、报纸、淫秽传播、阴茎增大、皮鞋广告、足球比赛、妙语趣事、圣母祷告——当所有一闪而过的念头都能轻松满足而无需付诸书籍时,又何需独自静坐逐字逐句地探索那孤独的天地?

当然,很多人已先于我察觉到这种趋势,但从未有人能像美国文化与科技评论家尼古拉斯·卡尔那样清晰地挑明这一事实,他在《浅薄:互联网如何毒化了我们的大脑》(2010年发行,下称《浅薄》)一书中通过旁征博引论述了互联网的过度使用引起人类深度思考能力的逐渐丧失。他认为,网络"在设计上就是一个碎片化系统,一台旨在分散注意力的机器"[1],正如其在书中断言道:

> 网络向我们的即时活跃记忆[2]施压,阻碍长期记忆[3]的巩固,是一

---

[1] 在设计上……分散注意力的机器,《浅薄》第193页,需要澄清的是,卡尔承认互联网的优越性,不反对网络的谨慎和克制使用。关键在于不让网络破坏人们专注思考一个或多个问题的能力。

[2] 即时活跃记忆,即工作记忆,指人们在有限当前时间内捕捉到的可用信息。

[3] 长期记忆,指长时间储存的对体力活动(走路、骑自行车等)及脑力活动(某种语言或某篇天文学文章等)的记忆。不同于工作记忆,长期记忆容量大且绝大部分是无意识的。卡尔在《浅薄》中多采用澳大利亚教育心理学家约翰·斯威勒的研究成果。见斯威勒《技术领域的指令设计》(1999)一书。

种失忆科技。(《浅薄》第193页）

与该失忆相对，卡尔强调深度与强化阅读对大脑功能的增强。

只要过滤掉心神分散，心平气和地使用具有分析解决问题功能的脑前额叶[1]，深度阅读便成为一种深度思考的方式。阅读体验丰富的读者大脑便是冷静的，而非狂热的。（《浅薄》第123页）

这不是受文化环境影响而形成的简单习惯，人们频繁阅读或上网并非由于其他人也这样做。这是主观意志作用下可改变的习惯。根据卡尔通过大量实验证明的理论，这是神经效应。因为区别于人们截至目前的惯性认知，成熟大脑具有惊人的可塑性[2]，其结构与化学成分随着人们惯用科技的变化而产生差异。

被同时激活的神经元得以结合，未被同时激活的则不会结合。随着我们浏览网页时间的增加，脑神经便会主动排斥读书时间……随着我们蜻蜓点水般在信息中来回跳跃，脑神经便会主动排斥冷静思考时间，从而引起支持智力功能与活动的大脑区域逐渐退化、分解。此时，大脑就会回收闲置不用的神经元和神经轴突的突触用于其他……任务。我们获得了新功能，却也失去了旧的。

如卡尔所言，这些生理效应也适用于记忆功能，分为短时记忆（或工作记忆[3]）与长期记忆。比如，我会转眼忘了上午打给药店的电话号码，却永远不会从大脑剔除我的结婚纪念日。人类的长期记忆容量无限，短时记忆却极为有限，每次仅有七个组块左右[4]。为了让知识从短时记忆转移

---

1 脑前额叶，大脑功能区。
2 惊人的可塑性，见《浅薄》第21至34页。
3 短时记忆，与"工作记忆"并列的术语。个人理解为二者相似但不完全一致。"工作记忆"很可能是"短时记忆"的一种，但由于专业知识不足，恕未能详述二者的区别。
4 每次仅有七个组块左右，"七个组块"的数据源于1956年著名心理学家乔治·米勒发表的《神奇的数字7 +/- 2；我们信息加工能力的局限》一文。如文章标题所示，每次信息量在七个组块上下浮动。见《浅薄》第124页。

到长期记忆,或者说,为了让所有老师如愿以偿地看到学生学会技能、特别是让构成教育本质与顶峰的复杂概念组合起来,也为了让神经学家称为"基模"的信息集合在神经纤维扎根立足,需要一个不断重复、思考、借助身体和想象力的多样体验才能实现的内化融会过程[1]。文学阅读恰恰传输了这一过程,但对网络的过度与浅薄使用却让其流产了[2],因为各类排山倒海般的信息在转化为基模和永恒的智慧之前已让人接二连三陷入迷途。

然而,怀疑论者会发问,这一切与网络仍是少数人特权、人们不读书是因无书可读并非显示器泛滥的拉丁美洲有何相干? 当然,我们部分同意该观点,但异议并不能从事实上推翻已有分析。想想最初的提问:为什么要读文学书? 答案不言自明。除去网络这一拉美大陆也无法幸免会遭遇的问题外,我们仍有足够迫切的理由向拉美民众宣传文学,那些与理想大陆发展密不可分的理由:一个自由、怀有深厚人文情怀、懂得互相尊重思维能力、关注他人、团结世界的新大陆。

自此不难跳回本序言的焦点:我的朋友胡安·曼努埃尔·马科斯的巨著。因为既然已经肯定了文学阅读对拉美发展的核心作用,则毫无疑问这样的文学作品理应是高质、能最大限度增强创作热情、呈现写作方式多样性和饱含深沉思考的,而这也是记忆长河中传承智慧所必不可少的。

不久前,也就是2012年8月,在亚松森市东方大学主办的文学研讨会上,巴拉圭教育部长公开将《甘特的冬天》指定为"国民教育重要性"[3]代表作品。尽管部长先生或许并不知晓卡尔的观点,但此处的认可与前者

---

1 也为了让……"基模"……内化融会过程,见《浅薄》第124至125页。
2 对网络的过度……使用……流产了,有人会问,如果互联网云数据会阻碍知识的形成,为何小说中通过加注所进行的频繁的信息嵌入却不会产生这样的效果? 区别在于,网络通过鼓动人们关注完全不相干的信息分散大脑的注意力,而小说所有注解都直接或间接地与其内容联系,从而使注意力更为集中而不是分散。此外,卡尔认为,操作电脑与阅读纸质书籍在身体知觉体验上存在根本区别,挪威作家安妮·曼根指出,这些区别将不断强化上述效果。见《浅薄》第90页。
3 国民教育重要价值,引自研讨会项目用语。

著作中的神经学理论高度吻合并非意外之事。作为一部文学作品,马科斯的小说会全方位提升读者的精神高度。

前面已经说过,我不会试图对小说作全面剖析,仅为诸位做些抛砖引玉之功,简要说明马科斯与俄罗斯伟大文学理论家巴赫金(1895—1975)[1]之间的关系,不是因为巴拉圭作家刻意效仿了巴赫金,这还谈不上,而是因为巴赫金预见性的理论为解读近几十年来包括《甘特的冬天》在内的世界优秀小说提供了思想依据。若从传统现实主义或自然主义角度分析,也就是说,按照"正常"行为发生准则衡量,《甘特的冬天》也许会引发争议。因为日常生活中,人们既不这样说话也不这样办事。一个贫穷如索莱达的女学生如此英勇并创作出小说中那样优质的诗歌不能不令人称奇,身负世界银行总裁之职的主人公潘乔·甘特放弃高薪厚禄、只身为他人无私返回巴拉圭同样世所罕见。然而,若从巴赫金的视角观察,这种与人类最低可能性标准也无法取得一致的表达方式正以无与伦比的新鲜和睿智闯入读者的意识。刹那间,索莱达、甘特、贝罗尼卡、埃丽萨以及所有其他小说中的人物都不再是为实现与世界其他声音和人类一切可能的想象力保持共鸣而设计的乏味的提线木偶。

对小说读者,首先希望诸位能暂且搁置少许固有标准,以便在语言风格、情节设计、人物塑造和读者本身角色上吸纳更多可能性。作为导引,请看以下巴赫金思想的主要理论:

对话理论:与"托勒密"式语言相反,巴赫金提出"所有主人公都参与对话,互相阐明观点"的"伽利略"式语言[2]。

---

[1] 巴赫金,小说原文为 Mijail Bajtín,也写作"Mikhail Bakhtin",尤见于英文读物。
[2] 与"托勒密"式语言相反……提出"伽利略"式语言,见巴赫金《小说话语》第327至366页。"托勒密"式语言的说法来源于古希腊天文学家托勒密(公元100—170年),他认为,地球是宇宙的中心。因此,"托勒密"式语言指局限于关注自身、进行封闭式思考的语言;与此相对,"伽利略"式语言来源于认为地球并非宇宙中心、更关注外部世界的意大利天文学家伽利略(1564—1642)。

对位法：按照这种巴赫金精神，文学作品可看作是"不同声音"的对位[1]——不同主人公、不同陈述者、不同引用材料和不同读者——消弭了传统现实主义的刻板等级所主导的声音。

狂欢化：其叙事理论的比喻说法，巴赫金用互具启发性、冲破社会单调羁绊的嘈杂欢快的声音再现了中世纪的狂欢生活[2]。将一篇文章狂欢化即是让它从约定俗成的叙事束缚中解放出来。

对话主义：同戏曲一样，小说并不是根据作者的处方严格按剂量形成的声音组合体，而是独立论点之间真正的对话。对话者乃是交谈的主体，而不是他人或作者说话的客体[3]。

主体间性：这一叙事理念的根本在于个体意识具有社会性，与其他意识创造对话，并从这种不同视角的碰触中涌出文章的真实性[4]。

杂语：其特点是受此启发创作的小说都具有多重措辞，不仅有多语言词汇和语句，还有出处不同的段落[5]——口语、俗语、雅语、私语等各类风格——以及不同领域的表述——科学、历史、诗歌、神话、学术等。

杂交性：语言和史料时而汇成一段独白或一个单句[6]，经"另类"主人公之口转化为杂交话语，从而超越现实。

元话语：巴赫金式交谈的常见方式，言说者——主人公或作者本人——为评价其他说话人的陈述内容须借助元话语，也就是说，元话语的

1　"不同声音"的对位，见巴赫金《陀思妥耶夫斯基诗学问题》，他认为对位不仅是陀思妥耶夫斯基也是近代其他小说家最显著的风格之一。
2　狂欢化……中世纪的狂欢生活，见巴赫金《拉伯雷和他的世界》及《拉伯雷研究》第324页。
3　对话主义……他人或作者讲话的客体，见巴赫金《小说话语》第278至279页及《拉伯雷研究》第325页。
4　主体间性……文章的真实性，见卡尔·布兰迪斯特著有关巴赫金文章及《拉伯雷研究》第325页。
5　杂语……多语言……出处不同的段落，见巴赫金《小说话语》第271至273页。
6　杂交性……单句，见巴赫金《小说话语》第358至260页及《拉伯雷研究》第335页。

意义在于分析另一话语[1]。如说话人引入专业术语对他人发言内容的回应。

相关性：杂语文章中，不同的言辞以出人意料的效果罗列在一起，如一段文雅说辞会与一段街头俗语并置呈现、相得益彰[2]。

互文性：从这点看，任何一篇表述性文章都通过或含蓄或确切的方式与其他文章相连，如影射、引用[3]。从而实现外部声音与原文声音的对位。

读者理论：这一理论的本质在于读者将自己的声音融入文本环境[4]。读者加入自己的观点，与作者、作品及其他读者对话，创造出一种新的文本效应，扩大阅读的狂欢性。

时空体：根据部分数学概念及爱因斯坦理论的重要原则，巴赫金提出，文学已经艺术地把握了的时间关系和空间关系相互间的重要联系称为时空体[5]（巴赫金：《长篇小说的时间形式和时空体形式》，第84至85页）。按照爱因斯坦基本思想，宇宙中时间和空间是不可分的，小说时空体中的时间和空间亦如是。相较上述其他理论，这一理论似乎无足轻重，但事实上它才是所有理论的核心，特别是构成了巴赫金对位法赖以实现的时空舞台。

这张理论清单上还应该再添一样东西：巴赫金的文学理论从1960至1970年代拉美文学大繁荣的"爆炸"时期到其后的"爆炸后"发展历程

---

1 元话语……分析另一话语，见默森、爱默生合著《巴赫金：散文艺术的创作》第123至171页及《拉伯雷研究》第325至328页。如《拉伯雷的研究》所言，"元话语"理论最早源于波兰逻辑学家和数学家阿尔弗雷德·塔斯基（1902—1983），见其著作《演绎科学中的真理概念》。

2 相关性……相得益彰，见巴赫金《小说话语》第291至293页及《拉伯雷研究》第335至336页。

3 互文性……引用，根据C.巴泽尔曼《互文性：巴赫金、沃洛西诺夫、文学理论及读写研究》，"互文性"这一术语由保加利亚裔法国作家朱莉娅·克里斯蒂娃引进，且并未出现在巴赫金的作品中。但互文性思想与这位俄国作家紧密相连，因而也隶属于主体间对话的叙事理论范畴。见《拉伯雷研究》第328至329页。

4 读者理论……文本环境，巴赫金对小说研究的理论说明，用詹姆斯·塞蓬的话说，即："……在作者、人物及读者意识中进行的积极真相创作应是各方平等参与的过程，并且读者必须参与其中，因为对话ійно反应……使观众也成为参与者。"见巴赫金《陀思妥耶夫斯基诗学问题》第18页及默森、爱默生合著第326至328页。

5 时空体……重要联系称为时空体，见巴赫金《长篇小说的时间形式和时空体形式》及瓦雷特·利纳雷斯文章，http://tortugamarina.tripod.com/articulos/nava/cronotopo.htm。

中都是有迹可循的。尽管文学历史由于其本身的高度主观性并不能尽然精确，我们可以肯定的是，从"爆炸"到"爆炸后"的过渡特点是运用巴赫金理论的表达技巧对日渐不公和暴力的社会动荡浪潮进行猛烈抨击的不断高涨的热情[1]。70、80年代拉美独裁统治引发的社会病状都迫不及待地通过声音碰撞和人群喧闹展现在巴赫金式的作品中。

由此来看，人们当然习惯于将《甘特的冬天》划入"爆炸后"作品之列。事实上，"爆炸后"这一术语的普及某种程度上还要归功于胡安·曼努埃尔·马科斯[2]，正因如此，对他小说的分类才显得合情合理。说到这儿，我们发现，高质量文学的意义远不止于其影响力的叠加。应该重申一点：马科斯既没有简单地临摹任何"流派"也没有仿效巴赫金，他的作品是不同风格[3]的集大成者——侦探小说、爱情小说、闪回和拼贴技巧、意识流动技巧、流行文化、瓜拉尼宇宙哲学，等等——更不必说作者本人的叙事天分。我之所以强调巴赫金是因为他的理论同《甘特的冬天》的社会思潮及其孜孜不倦地追求艺术和思想自由的精神相一致。这一社会思潮与上述理论具有共同点，并潜伏在小说的字里行间：即文本真相并不是我们单调地按照作者固定的阅读指南从其话匣子提取的华丽摆设，而是一种渗透着由各种声音——包括我们自己的——参与了的大量交谈的东西，这是基本认识。

注意我们提到了文本真相，因为它的确存在，即理解本质。这是关键点，因为很多研究巴赫金的学者误认为他追求的是一种无生气的文学和一种不协调且无意义的对位。必须明白：狂欢自有其价值。半个世纪前，即还未掀起对巴赫金的研究高潮前，美国文学批评家韦恩·布斯预言性地

---

1 进行猛烈抨击的不断高涨的热情，见《拉伯雷研究》第322至323页。
2 这一术语的普及……马科斯，见马科斯《罗亚·巴斯托斯：爆炸后的先行者》第63至80页。
3 不同风格，佩罗·巴科的研究对小说中的流派倾向作了很好的概括。也可参考利塔·佩雷斯·卡塞雷斯《内向视角：〈甘特的冬天〉中的康德原理》中对德国哲学家康德思想的分析。

指出:

> ……作者的声音在其决定写《奥德赛》[1]、《鹰眼》[2]或《包法利夫人》[3]时就已被热切地体现出来,正如对菲尔丁、狄更斯及乔治·艾略特[4]写作手法最直接的评论一样。他所显露的一切都是为了言说……"
>
> 简要地说,作者的见解一直存在,对每一个懂得寻找它的人都显而易见……我们始终不该忘记,尽管作者甚至能够选择掩饰和伪装,却永远无法选择消失……

这一论点完全适用于受巴赫金理论启发而创作的作品。此类文章的作者未曾企图消失,而是希望与我们展开真切充实的对话,自碰撞而来的真相不属于他,而属于你,属于读者……属于我……和我们每个人。

当然,这是个在布斯时代十分热门、众所周知的"观点性"问题,但其源头至少可追溯到塞万提斯时代,甚至经过数十年对语言相关性[5]的探讨后直至今天仍长兴不衰。但切勿将巴赫金理论同相对主义[6]混淆。所谓的作者观点是陪伴读者通往真相之旅的一个重要声音。将人物与传统的

1　《奥德赛》,古希腊史诗(确切时间不明,约公元前8世纪)。
2　《鹰眼》,指上世纪40、50年代风靡美国的科幻人物,很可能改编自麦克·阿伦(1895—1956)的《鹰侠》(1940)。
3　《包法利夫人》,法国小说家福楼拜(1821—1880)1856年作品。
4　菲尔丁、狄更斯及乔治·艾略特,分别是英国小说家亨利·菲尔丁(1707—1754)、查尔斯·狄更斯(1812—1870)及乔治·艾略特(1919—1880),其中,乔治·艾略特是玛丽·安·伊万斯为避免受到大男子主义歧视而取的笔名。
5　语言相关性,可见杰出研究员大卫·威廉·福斯特对罗兰·巴特核心思想的分析:"巴特写作的基本理念是:我们已经不能接受从虚假的言说者、信息、接收者三方关系衍生出来的语言或文学理论。"也可见巴特著《写作的零度》。巴特及其诠释者福斯特在文章观点构成的争议性上看法是一致的,但个人认为,这并不应否决作者尝试创造意义的机会,也不应否决读者尝试理解这份创造的机会,更不能否认多方对话才是作品本身最大的意义,即狂欢自有其价值。
6　相对主义,尽管巴赫金积极评价"伽利略"式语言的相对化(见《小说话语》第327页),然而这不等于作者观点的相对性消失。

现实主义或自然主义的机械捆绑分离时，作者既未放弃自己的视角，也未赋予他的"婴孩"们道德上的平等。因而，在《甘特的冬天》中，若将索莱达与拉腊因或埃瓦里斯托放在同一道德平面比较，则显得荒谬愚蠢，因为世事万物总是有好有坏。《甘特的冬天》是对独裁制度的强烈谴责，作者在这一点上毫不含糊。但故事尚未结束，如上所述，领会作者的立场与同作者及其故事角色对话、享受交谈、玩味措辞分量，并任由其引领我们到达另一神秘世界或意识形态边缘有着天壤之别。这是一场"读者之旅"，旅行的终点是"狂欢的价值"，只有当书面上激动人心的话语同阅读人的觉悟并存时，文本真相才有实现的条件。也就是说，交谈的动力将我们带至一个连巴赫金自己或许也未预料到、却由《甘特的冬天》反复见证的重要领域：体悟他人的话语、在不放弃做自己的同时成为别人，在没有强迫和背叛的同时用角色的思想充实自己也用自己的见解丰满角色，并在刹那间于无声中成为言语圣徒等等这些看似无法实现的悖论。

值得称许的是，这样几近神奇的阅读体验与前文提到的记忆神经学联系甚密，因为完整的"读者之旅"该是这样：通过本序强调的丰富技巧和主题在大脑中构建永不磨灭的、超越于作品言语之外的语言脚手架。不难发现，本序避免过多地透露给读者其将会在正文及注解中逐渐发掘的关于小说的特定信息。这样的省略乃是故意为之，因为最重要的恰是亲自开启发现之旅，而不是接受他人强加的领悟。任何文学理解上的独裁都是虚假无用的，在如下所示的小说章节面前更如是：

> 要用悖论来训练思维，而不是用定论。革命是怀疑的权利。请在你身旁给我留个地方，与记忆平行，它悠长如同被热望点燃的地平线，温热如同你沉默双手的爱抚，熟悉如同你秀发轻柔地滑落，那都是我的回忆。请在你的身旁给我留下个地方，让我的痛苦在那儿安息，让我的容貌在那儿躲藏，让斗争得到保护，可以把死去的人遗忘：我的

全部狭隘的经历和伤痕、刑具高压电棒和疥疮、不断涌现上升的欲望和连绵不断的往事……

(《甘特的冬天》,第三部,第十章)

读者朋友,我的确可以告诉你有关该章节的任何细节,但现在轮到你去探索专属自己的细节。比如,我还可以告诉你,马科斯从自己的诗集中摘选了上述楷体内容将其变为此处英勇的索莱达的诗,但现在轮到你,读者朋友,将这些言辞融入你的角色。现在轮到你与它们对话,让它们与你的忧伤不幸、癫狂荒唐、睡梦中困扰你的奶价和醒来时温暖你的拥抱融为一体,让它们穿过你的细胞和神经突触,感觉自己正与所有伟大的文学作品一道,探知生命的对手。"悖论中的思想教化,而非真理中"——在记忆山岭中旅行并把这耀眼夺目的文字里难以领会的激情在你的脑海里沉淀吧。启程吧,我的朋友,不必担心,有我陪你。

特雷西·K.刘易斯

纽约州立大学

奥斯威戈,纽约,美国

基本资料、评论载体及致谢

　　坚定展望未来之时,胡安·曼努埃尔·马科斯的《甘特的冬天》已拥有堪称光荣的出版履历。西班牙文初版于1987年发行(被评为当年的"巴拉圭图书"),并先后于2009、2012年再版。翻译版本也已有英文(2001、2009)、法文(2011)、印地文(2012)和葡萄牙文(2012)等,并已计划发行俄文、日文阿、朝鲜文、塞尔维亚文、阿拉伯文、希伯来文、保加利亚文、泰米尔文、孟加拉文和马拉地文等版本[1]。英文初版首次发行后,《甘特的冬天》成为巴拉圭第三部被译成该语言的小说,其他两部是奥古斯托·罗亚·巴斯托斯的《人之子》和《我,至高无上者》。

　　1987年面世前,小说经历了漫长的酝酿期,马科斯主要从对巴拉圭独裁统治者阿尔弗雷多·斯特罗斯纳的强烈反对和自己的流亡岁月中汲取灵感。小说创作于1974年[2],正式出版时在原稿基础上历经十次修改[3],在写作技巧、语言风格、人物设计及主题定位上均有重要突破。这其中马科斯对文学、文学评论及其他领域作品求知若渴的涉猎起了关键作用。除

---

[1] 翻译版本……马拉地语等版本,编辑本书之时(2012年11月),葡萄牙文版已定于下月发行(2012年12月14日);俄文及日文版已完成翻译,即将出版。韩文、塞尔维亚文、希伯来文及阿拉伯文版正在进行翻译;文中提及的其他文种版本已确定翻译计划,尚未知确切进度。已完成和即将完成的翻译版本其译者分别是:特雷西·刘易斯(英文)、阿兰·圣桑(法文)、普拉哈提·纳乌提雅尔(印地语)、达亚内·佩雷拉·罗德里格斯(葡萄牙文)、迪娜·奥德诺勃佐娃(俄文)、坂本邦夫(日文)、金向航(韩文)、斯洛博丹·巴赫维克(塞尔维亚文)、罗拉姆·维尔泽(希伯来文)、塔里克·阿卜杜勒·哈米德(阿拉伯文)(2012年11月2日,correo electrónico de Marcos)。

[2] 创作于1974年,见佩罗·巴科,《胡安·曼努埃尔·马科斯:爆炸后小说》第289至290页。

[3] 正式出版前在原稿基础上历经十次修改,或者说在第十次出版前修改了九次原稿,其缘由并非出于对之前编辑版本的不满,而是作者为达到自己的艺术标准所作的选择。

了巴赫金，小说中还可感受到其他多位作家的存在痕迹，如罗亚·巴斯托斯、科塔萨尔、阿加莎·克里斯蒂、索尔·贝娄、皮埃尔·克拉斯特、安东尼奥·马查多、海明威、博尔赫斯、加西亚·洛尔卡、塞萨尔·查韦斯、切萨雷·帕维斯、埃里布·坎波斯·塞尔维拉和尤金·奥尼尔等。

然而，同所有优秀文学作品一样，《甘特的冬天》乃是一个有血有肉的人的创作成果，是他奋斗与希望的结晶，是他与其他血肉分明的人物奔忙耕耘的收获。在此，从作者诸多重要人生经历中[1]选取若干片段，以作介绍：

1950年6月1日出生于亚松森市，母亲阿曼达·阿尔瓦雷斯，父亲为西班牙共和国流亡者何塞·马科斯。

1950至1960年间，于亚松森圣何塞学校完成小学及初中学业，其间文学及艺术课成绩突出。

1970至随后几年，同马内科·加利亚诺、米托·塞格拉、卡洛斯·诺格拉、何塞·安东尼奥·加利亚诺及其他人士发起将创新流行音乐与反斯特罗斯纳独裁统治相结合的"巴拉圭新流行音乐运动"，并崭露头角。

1960年代末1970年代初，开始在巴西《时代》杂志、阿根廷《标准》杂志及其他刊物上发表文章。1970年诗集《诗》获《标准》杂志"雷内·达瓦罗斯奖"。

1973年，合著戏剧《洛佩斯》在亚松森上演，广受好评。

1971至1977年，从事上述活动的同时，也在母校圣何塞学校任教。

1977年，斯特罗斯纳独裁政府继续对"3月1日运动"武装组织实施镇压，并以采取"预防措施"为由，于当年7月逮捕马科斯及其他加入《标准》杂志但与"3月1日运动"无关的知识分子。他在令人不寒而栗

---

1 诸多重要人生经历中……返回祖国，见阿玛拉尔：《巴拉圭的锻造者》第407至408页及2010年11月28日correo electrónico de Marcos。

的调查部受尽拘禁与滥刑之苦后，8月25日前往墨西哥使馆，随后辗转于各个使馆，开始流亡生涯。

1978年1月11日，到达马德里，逗留两年，并获得马德里孔普卢顿大学哲学博士学位。

1980年8月，与家人迁居美国宾夕法尼亚州匹兹堡市，居住两年，并获得匹兹堡大学文学博士学位。

1982年8月，前往美国俄克拉荷马州静水市与家人团聚，在俄克拉荷马州立大学执教7年，任文学老师。其间常举办著名文学论坛，并于1983年创办《文学话语》杂志。

1984至1989年，获准短期返回巴拉圭，但禁止久居。分别于1984、1986、1987年回国。

1989年，迁往美国加利福尼亚州洛杉矶，任教于加利福尼亚大学。随后不久，巴拉圭独裁政府倒台，马科斯同家人返回祖国。

1990年至今[1]，任巴拉圭北方大学校长，并加入巴两大政党之一的真正激进自由党，致力于促进国家社会经济及文化发展。他坚持通过文化、教育和民主化进程改善国民生活的原则，开展了一系列公益活动，包括推广歌剧、芭蕾舞，组织论坛，赞助国际知名艺术家和演说家。

胡安·曼努埃尔·马科斯的文学、批评学及政治史学著作颇丰；除了《甘特的冬天》的多语言版本外，着重列出以下几部[2]：

《诗》（1970年，获"雷内·达瓦罗斯奖"）

《洛佩斯》（1973年，合著）

《罗亚·巴斯托斯：爆炸后的先行者》（1983年，获墨西哥"多数奖"）

《从加西亚·马尔克斯到爆炸后》（1985年）[3]

1　1990年至今……国际知名艺术家和演说家，资料源于编辑与作者多年交往整理所得。
2　着重列出以下几部……《如此荣誉：自由文章选集》，见阿玛拉尔《巴拉圭的锻造者》第408页。
3　《从加西亚·马尔克斯到爆炸后》（1985年），见阿玛拉尔《巴拉圭的锻造者》第408页，其中记录该著作出版时间为1986。

《诗与歌》（1987年）

《如此荣誉：自由文章选集》（1990年）

读者朋友手里的这一版本是经过《甘特的冬天》的作者与编辑充分协商、反复修改后确定的首个评论版本。希望通过对先前版本中错误的更正，尽可能为现在及将来的读者奉上最终版本。这也是我们一如既往的心愿。这份精细也体现在注解构成及参考目录收集中，希望能尽量满足您的好奇心。

筛选注解材料的过程并不像看起来那么容易。一方面，考虑到受众极为广泛，相互间存在性格、地域、年龄及时代差异，可能加入了一些读者认为不必要的注解，对这部分朋友，请您保持耐心和好心情。另一方面，我们也避免加入过多注解，以防无谓地增加小说容量、干扰您探险伟大文学作品的有机自然之旅。阅读即是探险，总是游走在神秘和惊喜的两岸。无论有无注解，读者朋友，您已站在一部尊重您、挑战您也愉悦您的作品面前。

有关注解形式，楷体字的标于其后，指明出处；术语的也标于其后，解释含义，小段文字的标于段后；大段文字的标于段首以使读者从一开始就掌握必要信息。

在参考目录和注解编排上，尽管已经按照一般评论版本的基本原则执行，但必要处仍有差异。比如，为使读者精确查照每个注解所指，正文中标识数字一般在标点左侧或句中，这在类似版本中是不多见的。无论采取何种形式，主旨均在对读者有用、为读者阅读体验提供便利。

参考目录包括了小说中出现的每个注解和史料的出处，但其作用远不止于收罗所引用的各类作品，而是把组成《甘特的冬天》的广袤人文世界摘要——文学、艺术、历史、社会政治——作为有益参考提供给各位学者。

当然，将这样一个辽阔的世界查找组织起来仅凭作者和编辑是远远不够的，还需要许多人的努力和付出。这诸多的贡献者们中，我们要感谢西班牙语项目的同事奥蒂利亚·科尔特斯和赫苏斯·弗莱雷,他们为我们解答了许多注解词汇及语体上的疑问。同样,还要感谢纽约州立大学奥斯威戈分校的学生凯瑟琳·皮查多、卡琳娜·奥克恩、瑞安·沃伦和凯拉·斯基皮尔帮助完成了小说手稿的录入工作;感谢部门秘书和左膀右臂布伦达·法纳姆组织所有工作;感谢潘菲尔德大学图书馆人员为我搜集第一手资料提供的便利;感谢现代文学和语言部主任约翰·拉朗德的幽默和对我工作的大力支持。此外,还要感谢在这项工作及其他事业中一直陪伴我、忍耐我的妻子奥黛丽——我生命中不可或缺的人。

最后,谨允许我向作者胡安·曼努埃尔·马科斯致以最深的感谢,他对朋友广为人知的慷慨也体现在贯穿小说首尾的不辞辛劳中。我要感谢他对评点版的热心与不懈配合,特别感谢他给我必要的自由使我能够按照自己的编辑标准开展工作,更感谢他照亮了一部伟大的作品。事实上,被照亮的人是我,谢谢,胡安·曼努埃尔。

特雷西·K.刘易斯

目录 Contents

悖论中的思想教化：《甘特的冬天》之声外声（序言）   01

基本资料、评论载体及致谢   12

第一部   001
  第一章   001
  第二章   006
  第三章   012
  第四章   019
  第五章   028
  第六章   036
  第七章   039
  第八章   046
  第九章   056
  第十章   061

第二部   075
  第一章   075
  第二章   088
  第三章   099
  第四章   105
  第五章   115
  第六章   122

第七章	130
第八章	139
第九章	141
第十章	146
第十一章	154
都十二章	159

第三部 161
第一章	161
第二章	171
第三章	172
第四章	181
第五章	190
第六章	201
第七章	207
第八章	217
第九章	224
第十章	233
第十一章	242
第十二章	253
第十三章	266

参考书目 272
注解材料目录 286

第一部*

第一章

在乘飞机去往科连特斯¹不久前，托托·阿苏亚加上完了他在俄克拉荷马州²秋季研修班的最后一堂课。呆头呆脑的研究生们在学习教堂³第十三层狭小的研修班教室里眨巴着眼睛。阿苏亚加沮丧地看了一眼飘飘扬扬不停飞落的鹅毛大雪，像往常一样清了清嗓子，开始讲道：

"同大陆所有原始社会一样，图皮瓜拉尼人⁴的宗教生活集中体现在萨满教上。巫师⁵——萨满医师——在这里承担的任务和在其他地方一样。宗教仪式也总是依照确保社会融合的准则举行，也就是文化神灵（太阳、月亮等）或神秘祖先加诸于人们的那些生存法则。因此，在这一点上，图皮瓜拉尼人同其他野蛮社会没有任何区别。但是，法国、葡萄牙和西班牙

---

* 尽管小说部分内容提及某些真实姓名，但所有人物和场景均由多人经历加入作者想象创作而成。作者无意影射任何现实中个人、机构或事实，亦无理由作此推测。
1 科连特斯，阿根廷东北部城市，邻近巴拉圭，1980年小说故事发生时人口约20万。由于历史、文化及语言原因，该市与巴拉圭的西班牙语—瓜拉尼社会有着千丝万缕的联系，并在1864—1870年三国同盟战争中同成为武力攻击点。
2 俄克拉荷马州，美国州名，得克萨斯州以北。作者曾多年在静水市俄克拉荷马州立大学任教，故熟知该地。
3 学习教堂，美国匹兹堡大学的人文建筑。注意此处在俄克拉荷马州场景中引入这一匹兹堡元素是作者故意为之。真正的学习教堂是耸立在俄克拉荷马州平原上的高大建筑物，此处引用乃是小说惯用的虚构手法。
4 图皮瓜拉尼，欧洲人到来前及其后数十年在南美洲中、东部地区占据主导地位的语言、种族群体，瓜拉尼语迄今仍是巴拉圭广泛使用的语言之一。
5 巫师，paye，标准瓜拉尼语写作paje。正如海伦·克拉斯特的《无恶之境：图皮—瓜拉尼的预言主义》第25页中所写，尽管这些巫师也是重要的萨满巫医，但仅属于其中一个阶层，其地位低于小说中出现的象征性群体卡拉伊人。

旅行者的编年史[1]为图皮瓜拉尼人明显区别于同时期南美野蛮人提供了有力佐证。内容是什么呢？在图皮瓜拉尼人无休止的部落争斗和众多宗教活动中，欧洲人只看到了异教信仰和撒旦之手，因为图皮瓜拉尼人古怪的预言传统引起了许多错误解释[2]，甚至不久前，人们还认为那只不过是危机时代典型的空想乌托邦或面对西方文明冲击时的抵触反应。然而，约在15世纪中期欧洲人到达美洲大陆之前，图皮瓜拉尼文明早已诞生。虽然首批编年史学家们弄不明白这个现象，但幸好没将萨满医师同某些神秘人物——卡拉伊人[3]——混为一谈。卡拉伊人不掌握任何治疗法——这仅限于巫师，也不负责祭祀。他们既不是医师也不是祭司。那卡拉伊人究竟是何方神圣呢？他们唯一做的就是演讲，并自称他们的使命就是到处演讲。他们不仅在自家的群落演讲，还奔赴各个地方演讲。卡拉伊人不断地迁徙，在演讲中从一个村子挪到另一个村子。他们穿行在部落争斗中却能毫发无损，不仅不冒任何风险还受到热烈欢迎。人们甚至在他们进村的路上铺满树叶地毯。（'你可真够好色的，一看你那家伙的大小我就知道！'埃丽萨曾说道。）人们从未觉得卡拉伊人是敌人。这怎么可能呢？在原始社会，个体通常以亲属关系或群落所属来认定身份，每个人都处在一个族系链和联结网中。比如在图皮瓜拉尼人社会，后代便以父系血缘为纽带，形成父系氏族。但对此，卡拉伊人却有不同的说法：坚称自己没有父亲，

1　旅行者的编年史，见与图皮人共同迁徙的法国人安德烈·特维和让·德莱里的著述。然而，最为熟知瓜拉尼社会的欧洲人当属传教士蒙托亚、夏利华和洛萨诺。见海伦·克拉斯特《无恶之境：图皮—瓜拉尼的预言主义》第2、11页。

2　错误解释，见法国传教士伊夫·德埃夫勒所言："在部落里拥有幽灵和凡人调停者身份的巫师……才是最权威者……并在超度敌人的王国里支持人们"；德埃夫勒法语原文见《1613—1614巴西北部之旅》，第285页。见海伦·克拉斯特《无恶之境：图皮—瓜拉尼的预言主义》第26页。

3　卡拉伊人（Karaí），瓜拉尼语标准写法无重音 kárai，此处作者对卡拉伊人的描述有助于读者理解文中研究内容。见海伦·克拉斯特的《无恶之境：图皮—瓜拉尼的预言主义》一书及皮埃尔·克拉斯特的《南美印第安人的神话传说和宗教仪式》。"卡拉伊"也可指西班牙移民，在瓜拉尼语中"西班牙语"写作"Karaiñe'ẽ"。巴拉圭瓜拉尼语中对"卡拉伊"的其他解释为"神保佑的人"、"主人"、"先生"。

乃是母亲与神灵交合的产物。现在关键问题不是令预言家们自封为神的狂妄幻想，而是在他们生活中父亲的缺席及其自身对父亲的拒绝。因为没有父亲，即没有所属。这种言论颠覆了建立在血缘关系上的原始社会的自有框架。因此，卡拉伊人的流浪生活缘自他们不属于某个特定群落，也不是因为他们本身古怪或其爱好使然。他们不属于任何一个集体，自然也算不上是谁的敌人。人们既不敌视他们亦不觉得他们疯狂。他们无所不在，无处不属。那么卡拉伊人演讲中都说些什么呢？他们的演讲早已超越普通演讲的范畴，突破传统的演说而令大群的印第安人着迷。他们的演讲总是游离于神灵和神秘祖先遗留和强加的古老价值观与准则之外，而这恰是最令人费解之处。为什么一个决然固守古老价值观的原始社会，能允许这样一群神秘者来宣扬规则的终结和臣服于这些规则之下的世界的消亡呢？卡拉伊人预言性的演讲大致可总结为一个肯定和一个承诺：一方面，他们不停地断言世界的深刻丑恶性；另一方面，又确信存在征服美好世界的可能。（'亲爱的，我不知道自己这是怎么了'，埃丽萨曾说道，'要是今天早上有人跟我说我得去做这样的事，我肯定会说他们一准儿是疯了！'）'世界是邪恶的！''大地是丑陋的！'他们断言道，'让我们离开这里吧！'而这种对世界绝对悲观的描绘竟在倾听演讲的印第安人中得到认可并赢得共鸣。他们并不觉得这是一种病态的或者疯癫的演讲。仅仅因为此刻的图皮瓜拉尼社会在多重力量打压之下，正处于不再是原始社会[1]的危急关头，也就是说，一个拒绝改变的社会。而卡拉伊人的演讲也肯定了这个社会的死亡。人口的急剧增长、不断向大城镇聚集而不再是惯常散居的倾向、强势人物的崭露头角都肯定了最致命的革新已经出现：社会阶层的划分和不公。深深的不安困扰着各个部落，卡拉伊人意识到了这种不安并将其宣扬

---

[1] 不再是原始社会，海伦·克拉斯特《无恶之境：图皮—瓜拉尼的预言主义》一书中并没有明确使用这种表述，但该书第43、67页承认，前殖民时代晚期图皮—瓜拉尼社会的确经历了人口激增及其古籍记载的深刻的政治危机。

为世界的谎言、丑陋与邪恶的现身。预言家们对这些正在发生的变革比其他人更为敏感,也是他们最先宣扬不安或比所有人都更感到慌乱。因此,印第安人和预言家之间达成一致:'必须改变世界!'('来吧!上了我!'埃丽萨说,'喔,宝贝儿,带它回家!在我的小山丘上驱动它!亲爱的,进入吧!让我大声叫出来!')卡拉伊人使出了什么妙招呢?他们鼓励印第安人离开邪恶之地前往无恶之境[1]。在那里,箭矢会自动直接飞向猎物,玉米无人照料也能发芽生长,那是一个不存在疏远反感的完美之境,那是首个人类世界被世纪洪水毁灭之前,人类与天使共享的乐土。是要回到那神秘的过去吗?他们决裂愿望的极端之处不仅在于许诺一个毫无纷扰的世界,他们演讲的目的在于彻底颠覆古老秩序。他们的号召中不允许任何规则的存在,甚至不允许社会最基本原理——妇女交换法则——的存在。'现在女人们没主人了!'卡拉伊人说。('上我!上我!上我!'埃丽萨曾说道,'啊!托托!快来!上我!')无恶之地究竟在哪里呢?卡拉伊人的神秘主义超越了传统的约束,人间天堂的传说是所有文化的共性,人类只有经历死亡方可到达。然而,此时此地,对卡拉伊人而言,无恶之境是可触及的、具体的、真切存在的地方。在他们的传说里,无恶之境总是在东方——太阳升起的地方。于是为找到无恶之境,大批的图皮瓜拉尼宗教移民自15世纪末便开始迁徙之旅。数以万计的印第安人离开村镇,放弃耕作,在不停的斋戒和舞步中踏上征途,再一次开始游牧生活,向东出发寻找众神之国。在到达海岸线后,他们发现了这条必将通往无恶之境的征途中最大的路障——海。相反,另外一些部落则向西出发,认为那是发现无恶之境的正确方向。于是,16世纪初,一股十万名印第安人的移民潮

---

[1] 无恶之境,图皮—瓜拉尼人传说中的人间天堂,被前、后哥伦布时期几代人推崇、寻觅。有关20世纪印第安人对无恶之境的描述可见柯特·尼穆达胡—乌科尔的《作为阿帕波库巴—瓜拉尼人宗教基础的世界产生与覆灭之谜》。"无恶之境"瓜拉尼语写作 Yvy Marae'y,也是当代巴拉圭文学主题之一,在奥古斯托·罗亚·巴斯托斯、米开朗基罗·梅萨、蕾妮·费雷尔和其他作家作品中也有体现。

自亚马逊河的河口出发了。十年后，却仅剩三百多人最终到达当时已经被西班牙人占领的秘鲁。其他人则纷纷被贫困、饥饿和劳累夺去了生命。卡拉伊人的预言传统对这种集体死亡早已有过预测，并且预言传统没有随着海岸地带图皮人的离去而消失，而是一直保留在巴拉圭境内的瓜拉尼人当中。其中玛布亚村的几十个印第安人于1947年向巴西桑托斯地区进发，最后一次发起寻找无恶之境的迁徙运动。尽管近数十年来图皮瓜拉尼人的迁徙热潮已经终止，但他们的神秘天命却继续感召着部落中的卡拉伊人。一经意识到自己已无力再指导人们寻找无恶之境，卡拉伊人便开始不停歇的内陆旅行。也是这些旅行引领他们踏上对本民族传说的思索之路，那甚至可以说是一种玄学式的独特思考。卡拉伊人至今仍在吟唱的神圣故事和歌谣即是对那些神话传说最好的见证。正如五世纪前的先辈们一样，他们明白世界本恶并期待它的终结。他们相信世界将被火和一只来自天国巨大美洲豹[1]所毁灭，而只有瓜拉尼人的神才能幸存下来。他们略带伤感而又无限的骄傲使他们确信自己的存在是精选的结果，并且迟早有一天，众神将使他们永生并与他们同在。瓜拉尼印第安人知道，世界末日来临之时便是他们的王国到来之日，而无恶之境才是他们真正的居所。"

---

[1] 天国美洲豹，同"无恶之境"Yvy Marae'y 一同组成 jaguarovy（蓝虎）信仰，是瓜拉尼人灾难主义信仰的重要构成。详情请见埃贡·沙登为尼穆达胡—乌科尔著作所作序言，特别是第88—90页。马科斯所称的天国美洲豹（见 correo electrónico, 28 noviembre, 2010）乃是小说最重要的图腾，另一隐含的图腾是"为寻找无恶之境的瓜拉尼人引路"的蜂鸟。这一意象未在小说中刻意出现，但小说赋予其与"卡拉伊人"同等地位。

第二章

　　凌晨时分，寂静的亚特兰大[1]机场尤显空旷，在 B 过道有数不清的候机室，托托·阿苏亚加在其中一个落寞地抽着烟。一对胖乎乎的里根[2]年代的情侣在前面的"汉堡王"[3]里嘀嘀咕咕，因为今天是周日，店里已不出售啤酒了。一位红发老汉从面前走过，也在旁边的酒吧逗留了一会儿，但人家却拒绝给他上一杯无糖马提尼酒，因为马上就打烊了。他往后退了退，两眼怒气冲冲地看着阿苏亚加，似乎他就是那个让今天是周日的罪魁祸首，然后嘴里嘟嘟囔囔地走了。阿苏亚加感慨地想起了海明威那篇绝妙的小说《一个干净明亮的地方》[4]，又想起马德里的周日恰是人们畅饮的时候。他还记起格洛列塔·德克维多大街附近的一家小酒馆，温情怀念着："那是文化，不是烦扰。"他缩在那件褪色起皱的蓝大衣里，似乎映衬着东方航空[5]朴素的灰色调，头发蓬乱，胡茬满面，香烟也透着忧伤，短小的鼻子夹在两只滑稽的眼睛中间，没有人看出来他 60 岁了。有一天晚上，在曼哈顿，埃丽萨把他介绍给了一个附庸风雅的女人，"风度不足却守时的他本有可能成为某个花痴撒克逊伯爵夫人的拉丁情人，然而他平民出身又诡计多端，偏偏不是个拥护君主制的人。"每次从俄克拉荷马州往南飞

---

1 亚特兰大，美国南部格鲁吉亚州重要城市。
2 罗纳德·里根（1911—2006），1981 至 1989 年任美国总统。
3 汉堡王，北美连锁快餐店。
4 《一个干净明亮的地方》，欧内斯特·海明威（1899—1961）1933 年发表诗作，描述了在一座讲西班牙语的城市咖啡馆里，一位老人所经历的孤独和痛苦（见 http://www.ocf.berkeley.edu/~ewall/hemingway.html E.Wall 分析文章）。此处阿苏亚加讲诗与自己的马德里回忆结合起来，意在说明主人公由诗中老人的境遇联想自己的处境。
5 东方航空，小说背景时期繁荣发展的美国航空公司，于 1991 年解体。

的时候,他都试图避免在亚特兰大停留过长时间。这是一座什么样的城市?他几乎记不起发生在这里的郝思嘉[1]和卡特[2]两人各自的故事了,两人都那么和蔼可亲。这座城市也应该是如此吧。曾经无数次来到这个偌大的机场,却从未看看这座城市。这次由于下雪和大量航班延误的原因,他有幸订到了那趟飞机的舱位。在迈阿密,他登上了巴拉圭航空公司[3]的航班。

"先生,需要红酒吗?"

在发动机平稳的隆隆声中睡得迷迷糊糊、略显慵懒的阿苏亚加睁开眼睛,随即又合上。头等舱的说话声和空姐的瓜拉尼语来回飘荡,像从远处传来的回音隐约可闻。他端起了酒杯。

"谢谢,卡琳。"

他啜了一小口,是正宗的智利安杜拉加[4]。他又用嘴唇呷了呷杯沿,微闭着双眼,淡淡的晨光如同回忆从蓝色天际照射进来……埃丽萨在7街52号喜来登酒店天花板下的跳板上跳跃着,穿着一件象征性的比基尼,适婚[5]的波提切利式适婚[6]乳头透着巧克力系古铜色。那是个幸福又意外的夏天。

"我加入了国会,是的,他们邀请了我……如果他们不这么做来偿还我,那一切可就不是现在这样了,再说我丈夫还是个不名一文的诗人。我叫埃丽萨,但你可以叫我丽萨。"

她跃动着,泳池温热。

---

1 郝思嘉,著名电影《乱世佳人》(维克多·弗莱明1939年执导)的女主角,其中再现美国独立战争时期(1861—1865)发生在亚特兰大的故事。
2 吉米·卡特(1924—),美国格鲁吉亚州人,1977至1981年任美国总统。
3 巴拉圭航空公司,已解体。
4 安杜拉加,智利红酒酿造厂。注意此处与作者2001年发表的小说英文版本略有不同,英文版中该酒厂换做干露酒厂(Concha y Toro)。为追求喜剧及多变效应,同时考虑到concha(贝壳,部分拉美国家有"屄"之意)的色情含义,故在1992年一个夜晚与英文版译者特雷西·刘易斯喝酒、玩笑畅谈时有此灵感。
5 适婚,此处原文co-ed,英文co-education的缩写,有女子适婚涵义。
6 桑德罗·波提切利,意大利画家,其作品《维纳斯的诞生》完美展现了女子的裸体。

"你想跟我睡觉,是吗?"

她的吻,近在眼前。埃丽萨在做爱后总会洗澡。

"也就是说你正在写书。啊,是古根海姆[1]。"

淋浴打在圆滚滚的褐色乳头上,旁边是橘黄色的毛巾。

"揉搓我,求你……啊,真过瘾,用力点,伙计!"

她的手在他勃起的阴茎上摩挲。

"请让我跟您告别吧。"

她跑去了报告会。埃丽萨出现在报告会的闭幕晚宴上,带着醉人的微笑,她的牙齿洁白无瑕,引得老学究们恼怒不已。

"我受不了了,我跟你发誓!我没法在那些庄重的场合一本正经的……我们去村里[2]吧。真该干一杯!见鬼!我这都是些什么陈芝麻烂谷子的破事儿啊!你别再笑了!"

他又想起后来他们从亚松森拉萨格纳主教学校出发去参观世界贸易中心[3]。两杯马提尼酒,一饮而尽。

"来,让我看看你那钱包,把你老婆的照片拿出来,呀,可真够胖的,不过你的女儿们倒着实可人……你知道吗?我以前想当建筑师。"

埃丽萨站在孤寂的海滩上,伴着新泽西州静谧的黄昏。

"不,你别问我这事儿了,我不想结婚,就这样吧。"

她赤脚走在沙滩细密的泡沫里,因着寒冷也因着高兴而发抖。她在颤抖,在哭泣。

"为什么男人们老是想以结婚来收场呢?"

---

1 古根海姆,即古根海姆基金会,成立于 1925 年,为世界各国艺术家及研究人员提供深孚众望的奖学金,以便其在自由氛围开展学术研究。
2 村里,即格林威治村,纽约曼哈顿"反文化"小镇。
3 世界贸易中心,纽约曼哈顿下城的一个建筑群,作者此处提及具有讽刺意味,因为小说原版发表后,该建筑群的其中两座高楼就在 2001 年 9.11 恐怖袭击中倒塌了。

他轻啜一口。又想起她那海绿色天空似的半透明眼睛、黝黑的皮肤和绿宝石般的眼神，在狂欢节上，在图书馆里。她的微笑伴着滴滴泪珠。还有大海……埃丽萨在床上抽着烟，身上有股男人的味道。

"喂，你多大了？说真话，别跟那些堕落的女演员一样故意抹掉几岁。不小了？"

她的脸不禁红了。

"粗鲁！来，给我……"

她嘴里吐着烟圈。

"你这黑色的家伙有点味儿……"

埃丽萨从拉瓜迪亚[1]飞往另一场报告会。还记得那天她的口红。

"来，用小镜子隔开我，不，再高点，就那儿，这样你就不会吻我了，是吧？"

这是诱惑，也是罪恶。

"蠢货！"

她又玩起了口红和镜子的游戏。

还有一次埃丽萨从另一场报告会回来抵达杜勒斯[2]，他们乘了一辆出租车。

"天哪！我快死掉了！他们让我全程说西班牙语……不过宾西大道[3]的海鲜味道真是好极了……"

他的手。

"你就不能老实点吗？等会儿……"

她从后视镜里看到了司机的眼睛。

---

1 拉瓜迪亚，纽约机场之一。
2 杜勒斯，华盛顿机场之一。
3 宾西大道，华盛顿中心城区宾夕法尼亚大道。

"真害臊!"

尊敬的旅客们,我们即将……

埃丽萨、女人。一切混杂着。

"托托……"

她那两个非洲的圆球挂在布满细密汗毛的胸前,他那秋天的赤道发卷[1]。

"我得告诉你件事儿……"

他厚重的颤栗的唇压了上去。

……抵达亚松森[2]国际机场。

"笨蛋,我不是说这个,你以为我不知道自己在干什么吗?"

他胡须密布的颌下是她宝石般水汪汪又严肃的目光。

"我跟你说我没怀孕,该死的,我领养了一个小女孩……你不会是想听这个吧?"

……请您扣好安全带……

埃丽萨在她家门口,托托紧张的拳头里攥着两只彩色气球敲响了门环。

"嘘!慢点开门。喜欢我家吗?那是因为我现在的丈夫可是个有钱人。嘘,来了。"

是一个黑人女孩和一个白人保姆。

"她今年5岁。"

她笑着说。

---

1 秋天的赤道发卷,复杂的情色形象,"赤道"指位于腰部,"发卷"指下腹浓密的毛发,"秋天"意指托托的年龄。
2 亚松森,巴拉圭首都。

"亲爱的[1],这位是妈妈的一个朋友。来,跟他握握手。对,就是这样,真乖。"

天真的小女孩显得有些笨拙。想要蓝色的气球还是绿色的?

……我们期待下次旅行与您再会……

他有点惊慌失措。想要蓝色的还是绿色的?四周寂静,小女孩儿还是一动不动。

……当地气温38摄氏度……

蓝色的还是……

"该死的!随便给她一个得了!你没看她是瞎子吗?"

……前往科连特斯的航班[2]在6号登机口登机……

---

1 亲爱的,此处用Megan,与胡安·曼努埃尔·马科斯合作过的众多艺术家、作家及仰慕他的人都对马科斯以近乎顽皮、亲密的方式向文字致敬的精神感到由衷满意。这也是其萌生将1987和2009版中简单的"querida(亲爱的)"换做我女儿的名字Megan(2012年8月私人谈话)的由来。感谢马科斯以此种方式让我的Megan永生,也使我有幸结识这位天才的艺术家朋友。

2 前往科连特斯的航班,尽管小说故事多发生在科连特斯,但作者的本意是希望至少巴拉圭民众一读小说便能想起亚松森。由于两座城市历史及文化上的紧密联系,小说中科连特斯某些杜撰的故事地点与亚松森真实存在的地点高度吻合。作者利用corrientes(西班牙语中水流、潮流之意)一词流水、短暂的象征意义,在小说中勾勒出双重地点的效果。见丽塔·佩雷斯·卡塞雷斯文章《内向视角之文学批评:胡安·曼努埃尔·马科斯〈甘特的冬天〉中的康德原理》第350页。

第三章

"我开始害怕宗教，或者说是开始有点害怕死亡，就是在我父亲患癌症去世的那天。"埃丽萨说，"但我做梦都没想到我能认识科连特斯的大主教。"

主教笑了笑，又给她沏了杯茶，递上时还冒着热气。写字台上一个骨瘦如柴的耶稣绝望地向她张开铝制的双臂。一个德国姓氏的神父曾送给他们一只银制茶壶，但主教卡塞雷斯告诉她他们都用他这只古老又便宜的陶制茶壶，第一次用它是在他的钟店里，那时正值查科战争[1]，他还只是个教士。

"您的家人都信新教吗？"大主教用非常柔和的声音问道。

"我父母都是穷困的圣公会[2]教徒，却属于富裕白人宗派。这让我有点惭愧。"

"您肤色黝黑[3]，但眼睛泛绿。我认识一些很虔诚的圣公会基督徒。"

"哦，是吗？我可不是。我的朋友们都信些什么教？我从来不问他们这个。半个世纪前我就不做弥撒了。现在我想做弥撒。"埃丽萨红了脸，"其实我比看上去要老。"

"你们都属于北美圣公会。有很多圣公会教徒，他们都在边界[4]工作。

---

1 查科战争，1932至1935年间巴拉圭和玻利维亚为争夺半干旱的、不适宜居住的格兰查科地区而发起的战争，以巴拉圭战胜并确定对其领土西半部的实际控制而告终。
2 圣公会，美国新教分支，与英国圣公会形成联合体。
3 黝黑，指暗黑肤色。
4 边界，指美国和墨西哥之间的国界线。

那些没有合法证件的湿背人[1]都快被他们榨干了。"

"有意思。我们从没在南边生活过。不过我在那儿有个朋友。叫托托,他也许会来看我呢……不管怎样,我还是很开心知道这些。"

"您还是圣公会教徒吗?"

"已经不是了,我们甚至没在教堂举行婚礼,我是说,根本没有教堂。尽管潘乔是巴拉圭人,但却是新教徒。"

"那家伙跟上了年纪的德国佬[2]似的。我是说,他们不做弥撒。"

"不过,潘乔有个妹妹,阿马波拉,我觉得是个很虔诚的天主教徒。"

"有所耳闻。"

"今天我来看您不是潘乔的主意,而是我自己要来。他们跟我说您很有感化力。"

"没您想的那么厉害,甘特夫人。"主教说道,笑容里透着一丝悲凄。

"不管怎么说,我愿意在学校里教些英语课,就近了解一下女孩儿们。也是为了写那本书。"

"当然可以,不是没有可能。再来点茶吗?"

"不了,谢谢。"

"您父亲去世多久了?"

"噢,很久了。是在我们去布加勒斯特旅行之前。"

"您一直陪在他身边吗?"

"很少,是的。父亲一直住在匹兹堡[3],离家不远。是癌症晚期,不到一年就走了。我去看过他几次,但最后那天,我不在他身边。"

"为什么您说从那时候开始对死亡觉得害怕了呢?"

---

1 湿背人,由于墨西哥偷渡者经常游过布拉沃河(格兰德河)潜入美国谋生,因此常被称为"湿背人"。
2 德国佬,巴拉圭有很多德国人后裔,多信新教。
3 匹兹堡,美国宾夕法尼亚州重要城市。

"那是我的第一位至亲濒临死亡。我不知道……那时只觉得有一天同样的事也会降临在自己身上。"

"这改变了您的生活吗?"

"没有改变很多。只是让原本的生活更悲哀,也许吧。有时候我在想……一天到晚拼得你死我活,急不可耐,忙着开会,忙着在学校的楼梯跑上跑下,忙着发表著作,还被各种各样的 deadlines 追得屁滚尿流,这样的生活有什么意义!您知道什么是 deadline 吗?"

"据说跟花名册差不多。"

"这一切都让我狂乱。"

"……"

"我是说,让我发疯。"

"您该感到知足啦。您看起来健康美丽,又知书达理,而且还有位日进斗金的丈夫。"

"是啊,可是有时候一个人总是不知道该往哪里走?不是吗?"

"你们有孩子吗?"

"似乎……"她嘟囔着,"我不能生育。"

"那没有收养一个吗?"

她没再说话。卡塞雷斯主教起身走向面对海湾的落地窗。他身材高大,皮肤黝黑,头发灰白,约莫 80 岁,像那些人到暮年的农民一样,散发着永恒的生命力,但又像是僵化保守人群中一个干瘦的庄稼汉,饱经风霜的手指上戴着一枚红宝石戒指。她还是坐在那儿,裹在大衣里。他则从她发白的下颔望着她。

"您知道吗?我也害怕有一天自己要死去。"

时不时地,埃丽萨总给人一种她的诸多生活场景过于小说化的感觉。

就像此刻这种无聊的不安和乌纳穆诺式的交谈[1]。

"您？主教？您可是要上天堂的人啊。"

"我不知道；但不管怎么说，在注定的那一天到来之前，我还不想离开。"

"生活是美好的，对吗？"

"并不全是。死亡令我感到恐惧，就像也令您感到恐惧一样。"

"人……"埃丽萨用手套捂了捂张开的哈欠，"无法治愈癌症，却企图找到上帝。"

"可能我说的都是些蠢话吧。"

"不，您没说蠢话……我父亲也害怕死去，所以他很虔诚，一次不落地作弥撒，不是吗？就像您说的。圣公会教徒都会去天堂吗？"

"当然。"

"总之，只是时间的问题罢了……真是个伟大的文学命题！您知道我教文学课吗？"

"从报纸上了解过。"

"我要送您一本我写的书，关于安东尼奥·马查多[2]那个时代的。"

"不胜感激。"

"现在轮到我说傻话了。"

"不，我绝不认为这是蠢话。马查多是一位真正的诗人。"

"我不明白为什么有人会觉得他的诗过于口语化。您读诗吗？"

"嗯，如果福音书也算的话。"

"我是说，诗……更通俗一点的。"

---

[1] 乌纳穆诺式的交谈，对死亡的痛苦纠结是西班牙存在主义哲学家及作家米盖尔·德乌纳穆诺（1864—1936）的作品主题之一。
[2] 安东尼奥·马查多，西班牙诗人（1875—1939），他对时间的思考与存在主义紧密相连，并通过对韵律的完美应用表现出来。

"当然。聂鲁达¹过世后,应智利阿连德总统的教父智利领事之邀,我为他作了一个安魂弥撒,诵念了追思祷文。但我认为聂鲁达生前是位无神论者。"

"不过我不确定,只是猜测。事实上,一旦迷恋上权势,谁能做个无神论者呢?"

"您说的有道理。骨子里,没有人是无神论者。"

"我也不是。"

"我也觉得您不是,我亲爱的孩子,那您丈夫甘特先生是吗?"

"他是经济学家。"

"他侄女索莱达·萨纳布里亚呢?"

"我不清楚。但她在一家天主教学校上学,不是吗?据我所知,政府说她是个共产党。可她母亲是个很虔诚的天主教徒。她应该也很虔诚。"

"这些外国佬的简单头脑真叫人喜欢。他侄女和另外一个女学生贝罗尼卡·萨里亚组织了6月份的学生示威游行,反对里根总统密使亚历山大·黑格²来访。学生们不喜欢里根在马尔维纳斯群岛³问题上支持英国人。"

"这我知道。但我说她虔诚仅是根据红衣主教的风格判断。仅仅是风格的缘故。您读过卡德纳尔⁴的诗作吗?"

---

1 巴勃罗·聂鲁达,智利诗人(1904—1973),1971年诺贝尔文学奖得主。信仰马克思主义,长期从政,是萨尔瓦多·阿连德政府的支持者,皮诺切特军事政变推翻阿连德政府后不久,1973年死于癌症。

2 亚历山大·梅格斯·黑格(1924—2010),美国上将、政治家、外交家。曾任尼克松政府白宫幕僚长及里根政府国务卿。为周旋马尔维纳斯群岛危机两次访问阿根廷后,于1982年6月25日辞职。因此,黑格两次到访阿根廷属实,但其在科连特斯逗留则纯属作者虚构。见http://www.state.gov/www/about_state/history/sectravels/haig.html。

3 马尔维纳斯,指马尔维纳斯群岛战争(英称福克兰战争),是划定小说主要事件时间表的重要历史节点。

4 埃内斯托·卡德纳尔(1925—),尼加拉瓜神甫,曾供职于桑地诺政府,其诗作表达了社会团结的主题。

"读过。"

"喜欢吗?"

"相当喜欢,虽然不是最喜欢的。"

"大主教,这会儿我还真想再来杯茶了。"

卡塞莱斯则起身专注地走向写字台后面的书架,取出一本天蓝色封皮的大厚书,随意翻了几页,看了看目录,又放回原处。

"我不知道,我刚在找一首诗……"他说,"想读给您听。不过耐心点,我还没找到。"

"哪首诗?"

"《最后的旅途》,胡安·拉蒙·希门内斯[1]的。"

"嗨,先生,"埃丽萨笑了,"我是说,大主教,那首诗我都能背下来了。"

他一听也笑了,显得更放松了。

"这么说来,您应该很烦那些叽叽喳喳的小鸟儿[2]了。"埃丽萨边说边给自己倒了杯茶。

"叽叽喳喳的鸟儿倒还好些,听收音机叫更糟糕。"他咕哝道,"这您知道的。不过,您从来没爱上过谁吗?"

埃丽萨顿时双颊绯红。

"这……当然了,当然,我依然爱着甘特。"

"您现在都不叫他教名了?"

"潘乔,甘特,都一样。"

"您有过不少艳遇?"

"可是,大主教,"埃丽萨答道,突然像西班牙人调情似的耸了耸肩,"这些小事儿别人可从来不问……牧师都是些难以理解的人。"

---

[1] 胡安·拉蒙·希门内斯,西班牙诗人(1881—1958),1956年诺贝尔文学奖得主,其诗作《最后的旅途》有影射死亡之意。

[2] 叽叽喳喳的鸟儿,《最后的旅途》中的诗句。

"圣胡安先生向您推荐我,却没告诉您我的嘴里有把双刃剑。刚问您用的是俗世刃[1]。"

埃丽萨惊愕地看了他一眼。

"他们早跟我说您有点傻乎乎的。"

卡塞雷莱斯向她伸出右手。

"甘特夫人,我要跟您说'早安'了,哦,不,这会儿该是'午安'了。"此时埃丽萨站起身,两人一直走到高大的压花雪松木门前,就像老朋友一样。"您可以去看看托罗克斯修女,可以从明天开始。"

"那么,您,神甫,从来没恋过爱吗?"

科连特斯教堂的主教将她缓缓轻推向前厅。

"当然有,亲爱的孩子,天天如此。"

---

1 俗世刃,双刃剑的形象来源于《新约圣经》的最后一章,即圣约翰的《启示录》,马科斯臆想这样的剑刃乃是"神圣之刃"。而此处的卡塞雷斯所指的"俗世刃"则少了宗教色彩,并出现在每年6月的世俗色彩浓厚的圣约翰节上。

第四章

　　同主教聊完后,埃丽萨竖起大衣领子,在教堂前的广场上找了个靶子[1],坐下来回忆起马德里。离她几步远处,一个西班牙将领[2]手中的石剑仍瞄准在前往埃尔多拉多[3]征途中指引他建立那座城市的幻想,那已是400年前的事了。"愿你的诗是明日疾风中不吝挥霍的未来"(保罗·魏尔伦[4])。在海蓝宝石般淡淡的清澈中、在明朗的晨光中,蝴蝶和灯光扑打着翅膀纪念露珠、太阳、生命和空气。沉浸在晚香玉的浓郁芬芳中,她多希望自己是一只会拉小提琴的蟋蟀、潮湿瞳孔中一把急不可耐的口琴,或者黄昏时分一首偷偷写就的情歌。巴丹杏树、松树、清晨的蓝宝石、鸽子的咕咕叫声、微风、日光、瞬息出没的蜈蚣和不绝于耳的蝉鸣,都使她眼花缭乱,又似在她的血液里激荡。和谐清爽的午后令她喜不自胜,跃入风中。她的手臂浸染在大片阳光里,空气中弥漫着绿色的味道,连说话的词语都是一串串从嘴巴里蹦跶出来。卡斯蒂利亚人和巴斯克人没能发现皮萨罗的矿藏[5]。他们在更往南的地方建立了具有双色皮肤、双种灵魂和双

1　靶子,本该出现的"凳子"被"靶子"代替,再现小说的创新写作手法。此处通过凳子(banco)的语义学含义(公园中供坐、躺或思考之所)引出靶子(blanco,射击用),意指当时军事独裁统治下的特殊氛围。

2　西班牙将领,胡安·萨拉萨尔,亚松森城建造者。

3　埃尔多拉多,西班牙人在南北美洲不断寻找的神秘城市,很可能在玻利维亚或秘鲁。

4　保罗·魏尔伦,法国诗人(1844—1896),此处引用的诗作似乎对作者《诗的艺术》(1874年著,1884年发表)原文有所修改。原文如下:你的诗是良善的财富,散落在紧张的晨风中(选自法语章节——19世纪:伟大的法国作家第511页)。由此看出,作者在引经据典时,常对原文加以修改。

5　皮萨罗的矿藏,卡斯蒂利亚人和巴斯克人是最先为寻找黄金白银到达巴拉圭的西伊比利亚人,但与到达秘鲁的皮萨罗不同,他们一无所获。

重语言的双面民族,而她那德国巴伐利亚人后裔的丈夫,就算在新世界的美索不达米亚[1]生活得再久,也找不到对这个民族的认同感。当埃丽萨在50年代认识甘特的时候,怎么也不会想到这个金发书呆子是来自锥体地区的[2]孩子。是的,她曾怀疑他是外国人后裔,因为他的英语说得实在太地道了,就好像有个隐形、顽固又精通语法的老师经常指导他模仿新英格兰[3]口音似的。那时甘特37岁,而她刚好30岁。在马里兰州[4]系主任家,一个瘦瘦高高的家伙一边向她投去战士般温情的目光,一边嘴里像个普鲁士人一样嚼着涂了劣质奶油的芹菜根,这让她感到紧张。她心想,这个被华盛顿公职人员公认为贪婪单身汉的德国佬在床上应该无聊透了,再说还有点口臭。她难以想象被这个高大魁梧的家伙压在身下并试图把他那芹菜味的舌头塞进她的嘴里。早些年,埃丽萨经历了一段不堪回首的失败婚姻。但离婚——她深信——对她的职业生涯大有帮助。她对目前的职位——西班牙语助教——很满意。她不再让自己受到任何人的恐吓,哪怕是系主任那些当经济学家的虚荣老同学也不能。然而,眼前这个长着爱尔兰眼睛、前途光明、不想结婚又让人无法抗拒的黑美人儿点燃了甘特生命中最后的激情。她波提切利式的乳头和漂亮迷人的微笑都让他为之疯狂。他狂热而高效地追求她,放任她的疯狂与火红热烈——火红如此刻她坐在上面的广场长凳[5],这也是科连特斯顽固军人们所能允许的最大众的色彩。他们在巴黎度过了第一个甜蜜6月,而此后的蜜月则都在纯粹的性愉悦与哈欠、

---

[1] 新世界的美索不达米亚,因巴拉那河与巴拉圭河交汇于此而得名,就像中东的美索不达米亚平原由底格里斯河和幼发拉底河交汇而成一样。

[2] 来自锥体地区的,即来自南锥体地区的,此处也可看到利用锥体(cono)与屄(coño)的相似发音而表达的微妙含义。

[3] 新英格兰,美国东北部地区,包括马萨诸塞州、康涅狄格州、罗得岛州、佛蒙特州、新罕布什尔州和缅因州,该地区英语带有明显口音。

[4] 马里兰州,美国东部海岸州名。埃丽萨是马里兰大学教师。

[5] 火红如此刻她坐在上面的广场长凳,这也是科连特斯顽固军人们所能允许的最大众的色彩,由于红色是共产主义的象征色,此处是对反共的军方势力的滑稽影射。

互相忍耐、各自升职、埃丽萨的多次流产中晃悠而过了。生活像个瑞士钟表厂一样被安排得密密麻麻。这是个瑞士式的比喻，埃丽萨偏爱钟表：这让她想起系主任家涂了奶油的芹菜。甘特有时也会生吃洋葱，这叫生猛日耳曼菜系吃法。他每天都会喝点加仑酒（五十岁之后，换成了威士忌），但每天睁开眼就进行的马术运动仍让他的腰腹保持平坦健美———埃丽萨每次摸他的腹部都像是摸着整过形的胡萝卜和辣椒[1]。后来埃丽萨养成了在她等待救赎的萨特之地[2]回忆马德里时光的习惯。她想起了那里的秋日、老同学们、蒙克罗阿[3]焰火中的地平线和深秋金黄的杨树，还有曾经在匹兹堡的小屋[4]里研究马查多时幻想的一切和在伊比利亚航班[5]飞机上（因为这家最便宜）向往的过去。在马德里时，她意识到为什么马查多的紫色艺术[6]随着内战[7]发生了巨大变化；为什么那些金色的诗句融合了他在阿圭列斯[8]无数个烦恼黄昏下的勇气；而那时的西班牙似乎被死亡刃锋永远地分裂了。埃丽萨很不幸地沦落在了充满酷刑的马德里，但当时已别无选择。佛朗哥[9]将西班牙隔绝于电影、自由、欧洲、非教会书店和外国戏剧之外，宪兵和修道院取代了大学。但埃丽萨喜与人交往，这个纯粹的特质却是独裁政府从未能削弱的。炸油条工、邮递员、酒窖主、看门人和集市上的女人都暴露了《新闻短片和纪录片》[10]的虚假，牵连出了死亡之谷里

---

1 整过形的胡萝卜和辣椒，融合了辣椒的热辣味道、胡萝卜的生殖器形状和埃丽萨钟爱的震动装置之机械属性的多元素性爱符号。
2 等待救赎的萨特之地，指法国存在主义作家让·保罗·萨特（1905—1980）。
3 蒙克罗阿，马德里学界圣地，首相官邸也坐落于此。
4 匹兹堡的小屋，匹兹堡大学是著名的西语美洲研究中心。
5 伊比利亚航班，西班牙航空公司。
6 紫色艺术，紫色常与谦逊联系在一起，指马查多诗作的人民属性，也指有社会主义倾向的诗人比奥莱塔·帕拉。
7 内战，西班牙内战（1936—1939）。
8 阿圭列斯，位于马德里附近。
9 弗朗西斯科·佛朗哥大元帅（1892—1975），内战胜利者，此后在西班牙实行独裁统治直到去世，曾推行保守、亲教会的文化政策，禁锢艺术及政治表达的多样性。
10 《新闻短片和纪录片》，佛朗哥独裁统治时期在影院强制播放的官方新闻纪录片节目。"暴露了"指该纪录片内容欺骗人民。

的阵亡者[1]，一切都像沃尔特·惠特曼[2]的诗歌那样呼吁着民主与自由。埃丽萨由此确定了自身志向和第二语言。她选择马查多作为自己的论文主题，并开始写作那部至今已被翻译成三种语言的经典作品，也就是她曾向神甫提及的那本书。她习惯了卵巢下的痴迷，却不无诗意：西班牙的小年轻们让这痴迷变得愈加长久、膨胀和健硕。她几乎跟那时所有不知名的诗人都睡过觉。后来结婚了，她还与其中一个重燃激情，就像她曾对甘特说："是我把他带到河里去了[3]，我以为只是个平常小伙子，却没想到还会作学术报告。"她经常喝着红酒和一些乳臭未干的小子取笑胡闹。有时为了嘲弄、刺激甘特，她会在他耳边低声细语地说："问题是我从没遇到一个像国王一样真正阳刚的男人。"而倾慕佛朗哥政府功效的甘特对这样的话总是一笑置之，就这样渐渐地到了银婚之年。甘特从小就被教导"所有西班牙人都是蠢货"。他那不识字的农民父母从德国巴伐利亚州移居到丛林地带，并且学了印第安话，却不会说西班牙语[4]。后来甘特在首都一所德语学校赢得奖学金，并早早地就同那些有法国佬做私人教师的富家子弟来往。但他对国家北部的领事馆里教授的免费英文课和《新政》[5]课程却会严肃对待，而领事馆也恰好在学校附近。1939年，他以最优成绩升入中学。在此三个月前，一个无名将军被选为总统[6]，因为他是指挥查科战役获胜的司令、是农民的儿子、在欧洲接受教育又生活俭朴，也因为他是一名反法西斯而亲法、不会用武力对付人民的将军。

---

1 死亡之谷里的阵亡者，两种意象结合而成的文字游戏，一指西班牙内战后为纪念牺牲者的阵亡者之谷，二指《圣经》中的死亡之谷。
2 沃尔特·惠特曼，美国诗人（1819—1892），因其民主、平等的主张闻名。
3 是我把他带到河里去了，对西班牙诗人费德里科·加西亚·洛尔卡（1898—1936）《不忠的妻子》的影射。
4 学了印第安话，却不会说西班牙语，居住在巴拉圭的德国后裔的普遍现象。
5 《新政》，美国总统富兰克林·罗斯福执政期间为缓解30年代经济大衰退引起的一系列社会问题而推行的施政计划。
6 一个无名将军被选为总统，指何塞·费利克斯·埃斯蒂加里维亚（1888—1940），查科战争胜利将领，1939年赢得总统选举，自由党人。

"历史开始于¹阿尔托斯山脉上空²。将军在炮火中像一支水箭登上这片绿色土地,即使机翼损坏也不停止前进,而现在他的谦恭也不允许他在生死关头高声说话,赢得战争并不必声势浩大、表情夸张,只要武装祖国、机敏行事即可。就这样他进入阿尔托斯山高处,和百姓一起生活,并用法语、瓜拉尼语和铁制武器与他们交流。人们看到他在傍晚乘飞机像星星一样寻找停战契机。夜里他的不眠的确就是一颗纯净之星。没有人像他一样宁死不屈,没有人像他一样拥有蓝色雄鹰般的火红目光,没有人像他一样口袋空空。战争还在继续,历史自高处开始,今天9月7日³。"

他跟上面提到的那些人交情不错,有几个北欧人还向他承诺要给巴拉圭年轻人提供奖学金。甘特获得了哈佛⁴的,但那时却遭到了父母的反对,因为他们就一个儿子,阿马波拉嫁到了乡下,看来不可能再攀到一门好亲事。但此时总统遭遇空袭遇难,继任者是名右翼军人。甘特夫妇是轴心国⁵的同情者,但最终决定把那几年让给耶鲁⁶的奖学金,这样便可使甘特免遭希律式歇斯底里的暴政⁷。耶鲁时光对甘特来说是艰难的。最大的愿望是能看看教堂街、邓肯酒店、在纽黑文⁸停留了两个世纪的老海德堡地下世界,吃一吃饱满的蛤蜊,品尝比尔森啤酒,因为这一切对像他这样一个只拿奖学金的拉美学生是那么遥不可及。他以优异成绩毕业,继而攻读研究生并于1940年代末获得博士学位。然而双亲却在他毕业前相继死于癌症,前后只相差一年。甘特支出积蓄参加了父亲的葬礼,但当母亲

---

1 历史开始于……,出自马科斯《诗与歌》,作者仅改变原句标点,为突出主题及美学效果总以出其不意的方式通篇大量引用该诗人作品。
2 阿尔托斯,位于巴拉圭境内,埃斯蒂加里维亚就任总统一年后在一次空难中牺牲于此。
3 9月7日,埃斯蒂加里维亚1940年逝世纪念日。
4 哈佛,美国名校。
5 轴心国,二战时德国、意大利、日本组成的联盟。
6 耶鲁,另一美国名校。
7 希律式歇斯底里的暴政,指如留在巴拉圭,潘乔就会成为政治镇压的对象,正如《新约》中希律王的那些受害者一般。
8 纽黑文,美国康涅狄格州城市,耶鲁大学所在地。

去世时，他已身无分文。后来他有了一份不错的公职，也可以帮帮姐姐阿马波拉，尽管她已嫁给了萨纳布里亚。甘特也是索莱达的教父。艾森豪威尔[1]上台时，他已是收入稳定又声望众孚的金融家，也有了美国佬护照。1958年时他已不再跟鲍勃·霍普[2]一起打网球，但还会跟耶鲁的老同学一起练练——比如埃丽萨的系主任——时间竟然已过去这么多年了！埃丽萨又开始梦到马德里了。为什么甘特觉得所有西班牙人都是蠢货？事实上他们也曾作过巨大的历史性努力——并非由于奥威尔[3]——而首个阿根廷亲美猴萨米恩托[4]也是通过此种方式上台，后来死于流亡途中的一颗甜橙树[5]下并大叫道，英格兰是弱智之母且如老虎般残暴[6]。胆小勤劳的甘特夫妇从小教育阿马波拉要学会居家必备的辛劳和守道，对长子则是让他学习恺撒[7]的高尚尊严。起初埃丽萨对这点并没有怀疑。而今，尽管她身材瘦削，却仍充满活力，就像简·方达[8]一样，可是见鬼！居然已经55岁了。可在冬天[9]寒冷至极的亚热带地狱她还是愿意向前看。为什么甘特觉得所有西班牙人都是蠢货？她很愤怒。她想起了那些酒馆、阿圭列斯的学生餐厅、

---

1 德怀特·戴维·艾森豪威尔（1890—1969），美国二战胜利将领，1953至1961年任总统。
2 鲍勃·霍普，当时美国著名演员鲍勃·霍普（1903—2003）即是成功的象征，与他一起打球也体现出其社会地位迅速提高。
3 乔治·奥威尔（1903—1950），英国作家，其有关西班牙内战的反法西斯作品《向加泰罗尼亚致敬》（1938年）塑造了英国国内对该战争的舆论基调。
4 多明戈·萨米恩托（1811—1888），阿根廷作家，曾任总统，其名著《文明与野蛮：胡安·法昆多·基洛加的一生》将美、英视为促进阿根廷繁荣的典范。
5 甜橙树，巴拉圭特色树种，此处讽刺萨米恩托尽管轻视巴拉圭，却最终流放至此直至去世。
6 英格兰是弱智之母且如老虎般残暴，对萨米恩托来说，英国的文明之源，同时也是野蛮的老虎——拉美代表性动物——的本性。
7 恺撒，德国19至20世纪初的国王头衔。
8 简·方达，（1937—）美国1960、1970年代著名演员，因其女权主张及反对美国干涉越南战争而闻名。
9 冬天，此处可看到小说时间及空间的复杂同时性，如南北、冬夏的交织。埃丽萨身在12月（夏天）的科连特斯（南半球），却在怀念同一时间（北半球的冬季）的马德里（北半球）。由此可联想到巴赫金的小说时空体理论，即在一部文学作品中将特定的时间及空间联系起来，构成凸显人物与其所处环境统一性的复杂时空体。见《对话想象：巴赫金的四篇论文》第84—85页。

那种微小沙哑的寂静时刻中的生活[1]像只苍白的风筝突如其来,那些东西过去了,却还像个秘密一样在模糊的双眼、灰烬和记忆中颤抖、停在那里,否则,一切都将不值得。她喜欢白天涌出的水、喜欢像空白页面的完整晌午涌出的水;她不喜欢那些灰色、沉默不语的秘密,它们总在黑夜里像红色花瓣和荒野中的灵魂炭屑一样燃烧,总在午后像遥远货车里的狼嗥一样鸣响,在那些古老的事物、在另一个世界的角落里——在一个充满响亮桅杆和火焰的世界里。在这些赫拉克利特[2]的日子里,她感觉生命被延长,而留恋过去也让人很费力气。有人说秋天要来了,可她知道秋天早就开始了,但不管怎么说,明天又是新的一天。她怀孕的时候有人给她读过别人在周末专为她写的文章,可那时候她的眼睛却盯住学校[3]里的松树高脚杯,恨不能一饮而尽;或是在人海中有目的或无目的地看无国界的风景,然而这像炸鳕鱼一般的美味时光却是她的丈夫从未体验过的。忽然,她感到像是在一个幽灵身边过了20年。跟他在一起的周末实在太沉闷了。她记起满布星辰的夜晚,阿玛迪斯肥美的海鲜总在星光下发蓝,安德烈斯·梅亚多街上的那家酒馆总用华而不实的古文书做装饰,墙体设计也运用骑士元素,再近一点,还有家叫"拓博"的酒馆,在费尔南多·艾尔·卡托利科街,从伽利略街拐过去就到了,那儿的一瓶巴尔德佩尼亚斯红葡萄酒还不到一美元,要是谁对格玛笑一笑,第二瓶就可以免费了——她是路易斯的女儿,刚一岁半,长着一双蓝眼睛,她母亲的名字已经想不起了,不过那是个能做出世界上最可口四季豆的女人。当然,并不是谁都能拿到去西

---

1 那种微小沙哑的寂静时刻中生活……此处几乎原封不动地套用了诗人马科斯《诗歌与歌曲——赫拉克利特的日子》中的诗句,唯一的区别是将原作的第一人称换为第三人称。

2 赫拉克利特,古希腊哲学家(公元前535—475),其作品主要探究变化与宇宙秩序间的问题,由此衍生出"符号"的含义。"符号"常以"火"的形式体现,是世界元素,世界按照其定律组成。本章埃丽萨思考属于自己的"赫拉克利特的日子"、已经主宰并将继续主宰自己生活的那些变化和秩序。

3 学校,即埃丽萨任教的美国马里兰大学。

班牙的护照。埃丽萨仍记得那些不知名的外乡食客，长着一样的拉美脸，佛朗哥的盛怒使他们的肱骨像烟囱[1]一样竖起、变成雕塑；反佛朗哥人士把国王王后的生日踩在脚下却不知该如何铲除暴君，而现在，向佛朗哥这样的人已被世界拒绝[2]了。广场上的黄昏已经降临[3]，冬天穿过她的眼睛[4]，再一次捕捉住干枯松树的哀鸣。一个行人快步从面前走过。或许有人已然理解这种伤感、这件华达呢大衣、这支冰冷悲痛的香烟和那从卡斯蒂利亚空气中遥望大海的眼神。没有人停下。马德里不会总在下雪，而这就是全部。人们总是会忘记在一生千万次的拥抱中谁是最后一个，甚至不曾记得飞机的颜色和匆匆相逢中确切的脸庞。因为她知道他们还在那里张开双臂等待着，甚至眼神都是离别时的样子。烟蒂被遗忘在灰烬中。那些陪他们走过千山万水的鞋还要走很长的路才能回家。但她仍留在那里，留在广场上打着哆嗦。她没有选择那个冬天、那个家、那座城市、那阵风，她什么也没选择。一切过后——埃丽萨想——当黄昏来临，再没有更远、更悲哀和更无法丈量的距离了。 我们，这些蠢货，埃丽萨说，而今都像那些不会使用系动词 ser 的瓜拉尼族人一样了，这都要归罪于萨米恩托。甘特已经失去了自我，但还是索莱达的叔叔。在华盛顿家中无所事事时，埃丽萨总会想起索莱达。她把她训练得百依百顺，就像她曾教过的塞戈维亚男孩。索莱达经常吸手指。后来，甘特让她洗碗，因为萨尔瓦多女工已经睡了。埃丽萨喜欢索莱达，毫无疑问这是因为两人之间有种说不出的思想上的怀旧情谊。她只是认为：任何人都没有权利让别人从左派脱离而在一个世界

---

1 肱骨像烟囱，遥指秘鲁诗人塞萨尔·巴列霍（1892—1938）的诗集《白石头上的黑石头》（1939 年发表）中的《肱骨》一首。
2 这样的人已被世界拒绝，作者借此批评某些反佛朗哥者的虚伪嘴脸，这些人反对向独裁统治受害者提供庇护和基本权利，与佛朗哥无异。
3 广场上的黄昏已经降临，此处套用了诗人马科斯《诗与歌》第 42—43 页中的诗句。
4 冬天穿过她的眼睛，此处为埃丽萨坐在科连特斯广场上对马德里冬日的回忆，下文中的"行人"也是她记忆中马德里的影子，也是从某一拉美国家走出的人，坐在马德里的公园回忆过去。

上最悲哀也最美丽的城市里寻欢作乐[1]。索莱达真正吸引她是缘自一天凌晨她从她房前走过要跟看门人安赫尔·翁塔纳尔喝酒聊天时对她说,将来有一天要去马德里并且想仔细了解那个她曾生活过的地方。当时埃丽萨便立刻像个傻女人似的在一贯冷漠的小绵羊面前哭起来。她终于明白,尽管岁月流逝,遭遇了那么多困难倒霉事,安东尼奥[2]这家伙说的还是有道理。"在这里,无名悲伤的回音已然听闻,灵魂里苍白的建筑在我的血液里发抖"(勒内·达瓦罗斯[3],梅纳尔版本[4]诗集)。长长午后的细灰、无声的裂痕和疲塌的教堂分散了丁香花的残香,也使忠实橡树的废墟四处零落。在步履急切却有条不紊的太阳庇护下,倦意袭来,没有一丝风,护身符无处安放。她在广阔的周遭像只蚱蜢似的谨慎迟疑着。在潮湿、压抑、沉闷的间歇中,所有表情、侧影、回音、酷热、栗色字母表和公园里数不清的百灵鸟似乎都在对她造成伤害。情绪的厌烦、昏昏欲睡、乏味的习惯和在那个难以忘记的城市里度过的不幸日子都在将她摧毁。在丽池[5]的无尽孤独里,她为自己那些从未实现的、遥不可及的希望吃尽了苦头。

---

1 寻欢作乐,不同单词合成的文字游戏,即蒜油(alioli 或 ajiaceite)和斗牛喝彩声(olé)合成的单词。
2 安东尼奥,即安东尼奥·马查多。
3 勒内·达瓦洛斯,巴拉圭诗人(1945—1968),在一场摩托车事故中丧生。
4 梅纳尔版本,复合影射,一指阿根廷著名作家豪尔赫·路易斯·博尔赫斯《吉诃德作者皮埃尔·梅纳尔》故事中杜撰人物吉诃德,二指当代法国作家勒内·梅纳尔。此处引用的正是后者的句子,但作者此处故意将其归于巴拉圭诗人勒内·达瓦洛斯,因而此处并列两个勒内、两个梅纳尔以及法国、巴拉圭、阿根廷和西班牙文学作品,从而生动地证明所有写作的个体最后都是一个整体。
5 丽池,马德里丽池公园。

第五章

百叶窗半开着,天气依然很热。如运动员一般健壮魁梧的侧影矗立在粗糙厚重的墙体间。孤独中,高大的身躯像只被囚禁的美洲豹颤抖着。黑夜里街上焰火一闪而过的光芒像尖利的喊叫映在他白色的胡须上。这密不透风的主教小房间让人像梦游者似的喘不过气来,他把衬衫扔在被汗浸湿的床上,给房顶的风扇通上电源。

"就是这破东西搞得我嗓子疼。"

空气稍微清凉了些。天就要亮了,又是一个不眠之夜。

"真见鬼[1],我就用了,看它能怎么样?!"他扯着嗓子骂道,开了灯。两个劣质荧光灯管在又高又潮的屋顶一亮一灭地闪烁着。一个巨大的、东倒西歪的木质书架占据了整面墙,上面密密麻麻摆满了书、陶器、唱片、杂志、牙膏、除臭剂、电动剃须刀、动物状的泥制镇纸和圣徒像,旁边的一幅圣母马利亚像上挂着件脏背心。另外几面墙上贴着孩子们的水彩画、用小钉钉着的女人肖像和一幅毕加索名画《格尔尼卡》[2]的复制品。还有两幅简·方达的画像《饭后甜点》,一幅是完整的裸体像,另一幅是在越南河内戴贝雷帽的头像。两幅画像中间是一串挂在"基督教受难节"简陋钉子上的木质念珠。胡须斑白的庞然大物坐在了书桌前。桌上凌乱地放着手稿、杯子、空空如也的芬达多[3]酒杯、两个钥匙链、一座数字钟、梳子、

---

[1] 真见鬼,瓜拉尼语(Añárakó peguará)通俗说法,标准写法为 Añarako peguare.
[2] 《格尔尼卡》,西班牙画家巴勃罗·毕加索(1881—1973)名作(1937年),取自西班牙内战时期遭受佛朗哥军机轰炸的巴斯克地区同名某地。
[3] 芬达多,西班牙白兰地品牌。

几支铅笔、笔记本、红墨水笔批改过的试卷、一座实心的铜铸耶稣像和一个电动咖啡机。一只满是汗毛的脏手热着咖啡。微闭的双眼带着某种神秘感细细打量着冰冷的十字架。这瘦弱昏厥的耶稣跟办公室那尊一模一样，向他无力地张开久经拷打的长长的臂膀。

"不朽应如此夜[1]。"他想。半个世纪前，正当查科战争处于胶着状态、胜负不分时，每一天都在困惑茫然和思乡病中度过，那些将人与世隔绝的爆炸和遥远的排射声让他原本流畅准确的家乡话变得时而结结巴巴。接着是停战——想象中他自愿缺席的仪式。没有空气的地道总是延展在记忆里或者梦中。那是被各种各样的轰鸣声、阴险狡诈的雄蝰蛇[2]喷出的火焰、被点燃做信号的丧葬植物和灌木丛里撕心裂肺的凌辱声包围着的隐秘而悲哀的地狱边境。一切仿佛静止，他像一块没有时间印记的石头被激烈的战争俘虏。在沙漠中无法入眠的夜里赞美诗的到来遥遥无期（只有黄昏不休的厮杀声）。他被绑在一块被雷电击倒或是用人类的斧头砍倒的手无寸铁的树干上，本该回家、回到大地、回到胚珠的树干被荒野的常春藤和寂静慢慢腐蚀掉，宛如一首墨迹未干却清晰可见的挽歌之地。没人命令他参军。一袭教士黑袍本可使他免遭战乱厮杀，但他还是去了。小麦色的头发散在发红的额前、下巴透着勇猛者的冲动，一直蔓延到头顶。他是红色的领袖，用最根本的热情和冷静的眼神带领着这支伤亡惨重、坚忍不拔、充满愤怒的农民队伍。没有灯光、没有人说话、没有水[3]，只有一个神父形单影只

---

[1] "不朽应如此夜。"……按照作者构想，在回忆查科战争时，卡塞雷斯即是欧亨尼奥·亚历杭德里诺·加拉伊——领导伊勒达格战争取得胜利的巴拉圭将领——的形象，其在战争前夕这样鼓励士兵"不能死，我的孩子们，再坚持两小时大家一起为伊勒达格献身！"更多信息见《巴拉圭军事英雄传略》http://www.ejercito.mil.py/historiamilitar_biog_heroes.html。

[2] 雄蝰蛇，大型蝰蛇品种。

[3] 没有水，干渴成为查科战争的决定因素之一。事实上，前述的伊勒达格战争的胜利正是得益于当地的一些水井。伊勒达格在瓜拉尼语中意为"古老的水源"。

地在晨曦中的沉思[1]。

　　神父只存在黄昏里了,他被囚禁在不见天日的角落里。嗜书如命并能破译典籍的他此刻正被阴暗窥视着,离卢梭[2]、易卜生[3]、圣奥古斯丁[4]、拉腊[5]很远。他只能用传教士的那套说辞作演讲,演讲主题从戒指到扳机,从破旧的临时制服到山羊,从斑马到眼镜蛇。被关押的日子既没有反抗也没有喜悦,只有内心仍然升腾着狂野的愤怒和重建祖国的勇气,这是死而重生的爱。他像个瞎子一样审视着东北方。天空在镣铐和骨灰的混杂中低下了眼帘,隐没在这伸手不见五指的黑暗里,就像一个藏匿在乌云里的爵士歌手。他缓缓地从磨损的教士口袋里摸出最后一截烟,小心翼翼地慢慢点上。在无人知晓又饱含敌意地自说自话中,他又染上了抽烟的习惯,仿佛这脆弱又极具说服力的燃烧在寂静中点评着什么。他闭上了那双盯住命运和遗忘门槛的军人的火热的眼睛。伤口(大家都知道的)背后潜藏着夜深人静之后的黑暗魔法,没有女人,更没有椰汁解渴。参谋部的指令一如既往地精准。他们还指望着他,他们还要在他的带领下、在他的咳嗽和伤口中前进。而他的信念(这种不可思议的忠诚)在那堆被鲜血染透的破布中,在这支面色苍白、人种混杂的队伍中,在这个与他并肩作战、共同进退的民族中重生,这就是参谋部[6]最确定明晰的指令,也是唯一不会因罪孽而被屠杀的东西。

　　他流了血,他们冷不防地在他的另一个脸颊行亲吻[7],除了这个流血

1　只有一个神父形单影只地在晨曦中的思考,注意此处的文字组合,也可说"一个孤独(形单影只)的神父在晨曦中思考"或"思考成为晨曦中唯一无恶(形单影只的神父)行为"(见 correo electrónico de Marcos, 4 noviembre 2010)。
2　让·雅克·卢梭(1712—1778),法国作家,对文艺复兴运动影响深远。
3　亨利·易卜生(1828—1906),挪威剧作家。
4　圣奥古斯丁(354—430),基督教最杰出的神学家和圣人之一。
5　拉腊,马里亚诺·何塞·德 拉腊(1809—1837),西班牙浪漫主义作家、记者。
6　参谋部,巴拉圭中心指挥机构。
7　他们冷不防地在他的另一个脸颊行亲吻,此处包含两个福音书片段,一是犹大叛变耶稣时,当众在耶稣脸颊亲吻(《马太福音》第26章第48—49节),另一是耶稣教育信徒在敌人的另一脸颊亲吻(《马太福音》第5章第39节)。也就是说,此处体现了战争固有紧张气氛的画面:鱼死网破的坚定信念和对祖国与战友的深情厚爱。

的窟窿,他不想留下任何遗产。一个卫生官员(一名博士)跟他说,战争造成的心理创伤有时会带来双重痛苦,就像在身体里安置了一枚大炮却让人毫无还手之力。出没于丛林之间的蟒蛇、残缺不全的肢体、军官和梦中的天使有时会激起一种神奇的能量。他想象着在糟糕的战略绘图中有某个地方能隐现胜利的征兆,那将是一切终结的所在,一个与和平的约定,没有恐惧,没有忍耐,如圣母般安详平静[1]。

"我得读点东西。"

说着,他不紧不慢地走向书架。

"夏尔[2]还是帕韦斯[3]?"

他笑了,透着军人式悲哀,伸手从口袋里摸出一本紫色人造革外皮的《圣经》。放上唱片,屋里忽然爆发出瓦格纳[4]的咆哮,他微微一震,随即调小了音量。然后手里拿着书,回到了椅子上。

"要是有谁引诱处女[5]并与其发生肉体关系,就要承担她的嫁妆并以她为妻。要是父亲不愿将嫁妆交出,则引诱者要承担通常由处女们承担的嫁妆……"

他一边眼睛盯着书,一边手在桌子上摸索着,直到碰到一个玻璃杯。他端起来喝了几口,打了个嗝。唱片机在远处转动着,坐在催人昏昏欲睡的风扇下,他那毛发浓密的坚实胸膛还是汗涔涔的。他把张开的书放在桌上,头向后仰,疲惫不堪地摊开强壮的双臂,眼睛一动不动地看着头顶上方缓缓转动的风扇叶和巨大的风圈。额头灰白的发间刻出了两道深深的皱纹,下巴上细密的胡须让他感到燥热不堪。他笑着,迷迷糊糊地睡着了。

---

1 想象着胜利的征兆……如圣母般安详平静,此处"胜利"为动词主语,"如圣母般"是"胜利"的形容词,即"胜利的征兆,如圣母般,他想象着"。
2 勒内·夏尔(1907—1988),法国诗人。
3 切萨雷·帕韦斯(1908—1950),意大利诗人、小说家、文学评论家和英美文学翻译家。
4 理查德·瓦格纳(1813—1883),德国歌剧作曲家。
5 要是有谁引诱处女,引自《出埃及记》第22章第16—17节。

突然,一阵急促的电话铃声把他惊醒,猛地从椅子上跳起来。

"谁会在这个时候打电话呢?"他思忖着。

但却只闻其声,不见电话机。"放哪儿去了?"他挪开桌上的纸,看了看书架,挪了挪衣柜,最后跪在地上,总算看到了电话线,急忙顺着它捋到了乱七八糟的床上,掀开一个厚重的大靠垫才看到电话机。

"喂!是我,我是卡塞雷斯。"他坐到床上。"当然,我的朋友[1],我跟你说了是我,不,是感冒,嗓子疼。"他干咳了两声,咽了咽口水。"……您在等我?我马上去……好的,伙计,我知道了。"

他用力挂上电话,听到有人在敲门。

"卡塞雷斯神父吗?"年老妇人的声音从门口传来。他打开门,看到一个秃顶的、侏儒般身材的修女,"马塞林教士今天凌晨要向您忏悔。"老修女唱诗般地说道。

"医生已经跟我说过了!"这大胡子扯着嗓子喊道,"砰"的一声关上了门。他迅速穿好衣服,一个箭步跳上书桌,铁掌般的大手一把抓起《圣经》。看到打开的那几页的瞬间,他的眼中闪过一丝亮光,但很快便"啪"的一声合上,塞进了质地精良的黑色大衣口袋。像被地狱的天使追着一样飞也似的朝大路跑去。他打着寒颤,脑海里不断重复着刚在紫皮小书中看到的最后一句话:"不要把生命交给女巫[2]。"天刚亮没多久,阿根廷和梵蒂冈的国旗在黑色奔驰车两侧随风招展。

他耽误了很久才动身去聆听忏悔并按照《圣经》教导别人悔过。自打入教后,在神学院无数个不眠夜中,他一遍遍地在重音落在倒数第三个音节的单词和复合元音间来回研习,最终干了这说话如密码般晦涩难懂的行当。他回忆起那些隐秘的挑战(很多声音的碰撞)、磕磕绊绊的语法、

---

1 我的朋友(chamigo),瓜拉尼语"我的"(che)与西班牙语"朋友"(amigo)的缩合词,表示亲密如家人的通俗说法,标准瓜拉尼语写作chamígo。
2 不要把生命交给女巫,引自《出埃及记》第22章第18节。

低贱卑微的词典、纯洁正派的墨渍、半通不通的印刷拉丁语最终的屈服、带着墨水味儿的形容词、被排字工人排得斜躺着的必不可少的逗号、首页上面教士的火爆脾气印迹和堂区流浪猫的脊背。只有在晚上（记忆里没有拐角却满布碎片的时空[1]，没有衰老，没有更新：只有当下），才能读些书中不曾出现的暗语，那些在烟雾和孤独中因心血来潮而刺下的无人能懂的纹身，如今在尘埃落定后也已老去。罗马只是白天的隐喻，黄昏时他们只有靠一根香烟来怀念雪利酒的味道。他挚爱夏加尔绿松石色的画作[2]（他们总是穿着白色领子[3]的衣服），而现在，那种一点点吞噬过雨林与战争的绿色愤怒却像只悲伤的蚯蚓在慢慢地腐蚀掉。他坐在用树干制成的、延伸至灵魂的老旧木椅上，疲惫地望着指尖极不情愿被燃尽的小半截香烟。他佝偻的胸膛常常在夜里对着空无一物的周遭用力张开。

　　总是被悲痛和饥渴紧紧追击[4]，创伤和记忆在梦里无休止地回放，前行的路上仿佛再也无法重建那些被撕碎的力量。如何才能带给他的人民崭新的黎明？明天赖以为生的技能是什么？我要仔细回顾这场暴风雨，必要时举枪瞄向死亡。让已成为永恒的一切再来一次吧！库阿迪上士、佩罗上将和罗曼中尉，还有洛梅罗、里奥斯[5]。所有曾经的战士们！战争就要开始！还有那供水船和永远的饥渴！让里瓦罗拉[6]搭乘闪电飞驰而来吧！让

1　没有拐角却满布碎片的时空，"没有拐角的时间"即"循环的时间"或战争岁月的不断重复。"满布碎片"指军工厂和炸弹产生的危险碎片。
2　夏加尔绿松石色的画作，马克·夏加尔（1887—1985），犹太、俄国、法国画家和雕刻家，其画作色彩绚烂。详情可见《艺术词典》第6卷第383—386页。
3　白色领子，指教会职务压抑了卡塞雷斯的兴趣爱好，如以夏加尔的绚烂色彩为代表的绘画。
4　被悲痛和饥渴紧紧追击，此章中卡塞雷斯的梦境总是闪现着50年前查科战争的场景，就像幻灯片一遍遍放着，这显然是每一个经历过战争的老兵都会遭受的创伤。如前文所著，饥渴和水源成为巴拉圭胜利的决定性因素。
5　库阿迪上士、佩罗上将和罗曼中尉，还有洛梅罗、里奥斯，此处卡塞雷斯在冥想中将另一段历史的主人公移位成查科战争的成就者，事实上，所列举的历史人物皆属于三国同盟战争（1864—1870），即巴拉圭孤军奋战巴西、阿根廷和乌拉圭联军的战争。见巴拉圭人胡安·E. 奥莱瑞《英雄志》（1922年）。
6　巴洛伊斯·里瓦罗拉上校（1840—1868），三国同盟战争英雄，因其在骑兵上的丰功伟绩而著名，在伊托罗罗战役结束后，于圣诞节去世。见《巴拉圭历史词典》第213页。

法利尼亚[1]从隐秘的血泊中横渡而过！让塔拉韦拉[2]带上他的芒刺字母表、永远的编号和无情的靴刺，还有他的诗或死神（这就是他的生存方式，或者，一段无可避免的传奇）！让已经永生的再死去一次！让"科英布拉"[3]舰、巴多[4]的军刀伤、乌迈塔[5]和拉莫娜·马丁内斯[6]大街的战火去追溯时间的源头！让破布、马蹄刺、短刀、弯刀[7]、幽灵[8]、《我的女王》[9]的诗句、夏天、狂犬病、伤寒、蝎子、梅毒、亲吻、回忆、农夫、歌手、竖琴、瓜拉尼亚[10]、科雷亚[11]的剧作都来重新担起保卫的重任！记忆如集中的山火，照亮阴影和错觉；仍会梦见入伍、小分队、背着背囊的士兵、忘记伤痛的步兵、精灵[12]的军事启示录、复仇女神[13]不懈的呼喊和圣餐的迷雾——潜意识里像层层手绢包裹着的恐惧、勇气铸就的皮盾、活下去的愿望和生命之墙还在负隅顽抗。安特克拉[14]在利马监狱里作了一首诗，或许那就

---

1 何塞·玛丽亚·法里尼亚中校（1836—1917），巴拉圭巴拉那河船队将领。
2 纳塔利西奥·塔拉韦拉（1839—1867），巴拉圭诗人、记者。三国同盟战争期间，任《Cabichui》报编辑（瓜拉尼语写作 Kavichu'i），辛辣讽刺了巴西军队。后死于战争恶劣环境造成的肺炎。
3 科英布拉，巴西马托格罗索州城市，三国同盟战争初期曾被巴拉圭军队短暂占领。
4 何塞·马蒂亚斯·巴多（？—1868），三国同盟战争巴拉圭英雄，以射箭闻名。被巴西军队俘虏后，拒绝医疗救助，英勇就义。见《巴拉圭历史词典》第 18 页。
5 乌迈塔，三国同盟战争时期巴拉圭河沿岸要塞，巴拉圭军队曾在此坚守多年，阻止了敌军入侵。
6 拉莫娜·马丁内斯（1852—？），三国同盟战争时期巴拉圭女英雄，15 岁就开始在伊塔·瓦特的战壕里鼓舞士兵、与其并肩作战。见《巴拉圭历史词典》第 155 页。
7 弯刀，类似刺刀的作战工具，略短。与步枪相连或挂于腰间。（见 correo electrónico de Marcos, 28 abril 2010）。
8 幽灵，瓜拉尼语中飘荡在田间地头吓唬单独行人的鬼，常于夜间出没，形如云，白而透明。瓜拉尼语写作 porá。
9 《我的女王》，查科战争时巴拉圭军中传唱的民歌，由埃米利亚诺·费尔南德斯作词、费利克斯·佩雷斯·卡多索作曲，表达了前线士兵对远方女友及妻子的爱意。
10 瓜拉尼亚，巴拉圭作曲家何塞·亚松森·弗洛雷斯（1904—1972）创作的音乐形式，见《伽兰世界音乐百科全书》第 2 卷第 460 页。
11 胡里奥·科雷亚（1890—1953），巴拉圭剧作家，擅长用瓜拉尼语进行音乐创作，对瓜拉尼歌剧发展贡献巨大。
12 精灵，巴拉圭民间人物形象，一种调皮或有害的精灵，捕捉乡野间独自行走的小孩或少女。
13 复仇女神，古希腊罗马神话中的复仇女神。
14 何塞·德安特克拉·伊·卡斯特罗（1689—1731），律师，在亚松森对抗总督战争中担任政治领袖角色，这场对抗被称为巴拉圭独立战争的前奏。后在玻利维亚被捕，在利马被监禁并执行死刑。

是梦里他丈量大炮火门的侧影？他修改了命运中喧闹轰鸣的片段（我们称之为历史或"周二和十三"倒霉日），再用红色标出血凝而成的自由，并否定时间边缘里那些次要的脉络。他充斥着粉尘的毛孔似乎都在投票反对专权，而这专权正随意分配流浪艺人、随意决定独裁统治、随意安插电报系统、随意发放治疗疥疮的良药，并猜度哪条街、哪些卫星会挂上自己的名号、传出敲击木桩的回响和棍棒钻机的声音、禁闭克维多的十四行诗[1]和重启曾经结束的一切。曼格雷[2]拉紧约翰·威廉斯[3]的吉他音弦，弹唱着小步舞曲、玛祖卡舞曲、抒情短诗和旅途过往，那旋律仿佛在为各自的谱号和来自潮湿雨林与泉眼的诗琴调音，又似在抹平他河流般的悲伤，仿佛在吟唱勤劳蜜蜂无尽的忧郁，又似在恰如其分讽刺猴子的喧闹、隐喻坚信不疑的胜利。为那诗歌与音乐的炮火，为那前赴后继的军队，为那被驱逐出大海[4]的烈魂忠骨，这些简单的祭礼与祈祷又何足挂齿，我会走向你，我危难之际的古老祖国！我的战友！我将重新审视并克服饥渴、疲累和困意！夜里，谦卑微贱的子民将揭竿而起！

　　这时，神父掐灭了烟。

---

1 十四行诗克维多（quevedos de soneto），双关语，不仅指 quevedos 本意"眼镜"，也指弗朗西斯科·德克维多（1580—1645），西班牙诗人，著有大量十四行诗。文中赋予安特克拉一种克维多风格的概念化十四行诗。
2 曼格雷，16 世纪巴拉圭一位著名的酋长，也是巴拉圭作曲家和吉他演奏家奥古斯丁·巴里奥斯的笔名。曼格雷也是编年史家鲁伊·迪亚斯·德古斯曼（1558—1629）传奇故事的主角。故事中的曼格雷酋长向居住在今阿根廷罗萨里奥省富尔特附近的安达卢西亚姑娘求爱而被拒绝，于是曼格雷攻击并打败了富尔特圣兵。关于曼格雷这一名称及其身份在小说中的出现，马科斯如是说："歧义手法是《甘特的冬天》叙事架构中最常用的创作技巧，如伟大音乐家奥古斯丁·巴里奥斯和创作了曼格雷传说故事的巴拉圭及拉普拉塔河流域首位作家鲁伊·迪亚斯·德古斯曼的出现正是发挥了这样的作用……《甘特的冬天》中的曼格雷既是巴里奥斯的笔名，也是鲁伊·迪亚斯·德古斯曼笔下的人物"（见 correo electrónico de 28 abril 2010）。
3 约翰·克里斯托弗·威廉斯（1941—），上世纪 70 年代演奏奥古斯丁·巴里奥斯（曼格雷）作品的意大利吉他演奏家，以此重新唤醒大众对曼格雷作品的热爱。见《音乐及音乐家词典》第 27 卷第 409 页。
4 被驱逐出大海，此处指巴拉圭没有海岸一事。

第六章

11月火辣辣的阳光照射着她们,两人被抱在胸前的学校课本折磨得无精打采,慢腾腾地在街上晃荡着。

"你觉得我们写那篇关于黑格尔[1]的论文得花多长少时间?"索莱达问道。人行道两旁白石灰墙面反射出刺眼的光芒。

"最多两小时,"贝罗尼卡答道,她天生骨子里就透着无师自通的骑马和帆船航行本领。"午饭后我找你一起吃甜点,然后我们就搞定它。"

在一棵甜橙树荫下,几个小孩子围着一个假扮成外星人[2]的孩子叫嚷着,另一个则裹着厚厚的"航天服",热得汗流浃背。

"星期三的太阳真要命!"贝罗尼卡喘着粗气哼哼道,用手掌压了压被烤得烫手的头发。索莱达细细端详着她右手无名指上那闪闪发亮的小东西。"这可是母亲的护身符,早上去考试的时候给我的,所以你看,她就是有点疯疯癫癫的,以后我带你去我家,你就知道她了。当然也会见到我哥哥阿尔贝托,不过爸爸不太喜欢他跟穷人家的女孩子来往。"

"好漂亮的戒指!"索莱达不禁赞叹道。

她俩走到一幢曾经呈白色、而今已挂满了苔藓和攀缘植物的小屋前。几条狗衰老无神的眼睛呆呆地盯着门槛,似乎对阅读陀思妥耶夫斯基[3]的作品毫无兴趣,倒是对街上的一切格外留心,眼神里流露出留恋不舍。索

---

[1] 格奥尔格·威尔 海姆·弗里德里希·黑格尔(1770—1883),提出"命题"和"反命题"的哲学发展观点,并演绎为"合题",而"合题"又会转化为"命题"和"反命题",如此周而复始。
[2] 外星人,美国斯蒂文·斯皮尔伯格(1947—)导演的电影《外星人》(1982)中的主人公。
[3] 费奥多尔·陀思妥耶夫斯基(1821—1881),俄国小说家。

莱达告诉贝罗尼卡五点等她，随后便打开院子的铁门进去，对过道里发出嘎吱嘎吱响声的台阶已经习以为常了。

贝罗尼卡继续迈着缓慢的步子沿着那条狭窄小巷走去，太阳时不时地透过人心果树的叶子照在她身上，最后她在一条停着牲口车和布满灰尘的公交车大街处停下来。一个小飞机正从头顶上飞向不远处的机场，不过她并没注意。再往前会看到几座古老肃穆的房舍，隐身在宽阔的私家花园中。她穿过其中一个花园，雕花雪松木厚重大门上方的过梁上挂着一束干枯了的槲寄生花。当她走进去关上门的时候，身后总是传来门上金刚打磨玻璃有气无力的叮叮作响声。她把书扔在色泽模糊的靠墙小铜桌上，轻轻地走上了一条令人伤心的波斯地毯。那地毯上绣着一个大蜘蛛网，可是有些年头了。她在一道威严壮丽的雪花石膏楼梯处停了下来。一个有着运动员结实胸膛的小伙子像蚂蚱似的一蹦一跳地下楼来。他的胸膛上长满了金黄色的汗毛，有的呈现为红色。

"我到旁边的泳池里去游五分钟。"他匆忙地喊了一声，便跟贝罗尼卡交叉而过。小伙子房间的门敞开着，贝罗尼卡往里窥视了一下，看到了一些赛场上用的小旗子和色情海报，床上乱七八糟，有一些橄榄球比赛标语牌，唱片散落在被烟蒂烧出好多洞的粗麻地毡上。接着她回自己房间，一进门就把钥匙一扔，倒在了床上，手指摸到床头柜的时钟收音机，选了一首爵士乐。她边听边解开衬衣扣子，脱下了软皮鞋和裙子，赤裸着走到浴室，打开淋浴喷头。正在这时，她听到有人按了雪松木大门的门铃，还有父亲在楼下叫哥哥的声音。于是，她往肩上披了件绿松石色的宽大便服，头往奢华楼梯的栏杆探出去，她的皮肤是绿色的[1]，搭在绿色栏杆上的头发也是绿色的。

---

1 皮肤是绿色，取材于费德里戈·加西亚·洛尔卡诗句"我喜欢你是绿色，绿色的风，绿色的树枝"。此处也暗指"绿色"一词的情爱含义。

"我刚见他出去了,"她向父亲喊道,"不知道去哪儿了。"

埃瓦里斯托·萨里亚·基罗加听后在下面红着脸嘟嘟囔囔地说着什么。

贝罗尼卡又回到浴室,站在淋浴喷头下面,用指尖揉搓着阴蒂,玛瑙一样闪亮的眼睛像雌猫一样上下打量着墙上那面具有放大率的镜子。那镜子是她安在儿的,仿佛是把一只雄猫关在了门后。

之后她就下楼去用午餐了。管家给她搬来一把包着印花皮套的椅子。她坐定后,一边吃着与科连特斯骄阳似火的金秋并不应季的鸭嘴鲶[1],一边听堂埃瓦里斯托指责儿子跟犹太人邻居一起洗澡。

"新来的护士叫什么名字?"贝罗尼卡问道。

"就是你们干的这些荒唐事儿惹我发火……要我的心脏出了问题看你们会怎么样?"

"新来的护士叫什么名字?"贝罗尼卡坚持道,潮湿的餐厅里浓重的阴影已经憋得她快透不过气了。

"比奥莱塔,"埃瓦里斯托暂停下责备对他们说,"不过还什么都不会,他们刚从庄园鞣皮的活儿那儿给我打派过来。你母亲这个可怜的女人,居然就因为《皇帝的紫罗兰》这部电影就给人家改名叫卡门·塞维利亚[2]。亲爱的,你要把午饭给你母亲送上去吗?"

"好的,爸爸。"

阿尔贝托吃完拌牛奶的米饭,悄悄站了起来。

"你看看这些征兵站文件的要求是什么。"堂埃瓦里斯托叫住他说道,"跟军事警察可不是闹着玩儿的,稍不留神小心他们就会把你送到马尔维纳斯群岛去。"

---

[1] 鸭嘴鲶,南科诺地区可食用的大型鱼类。
[2] 卡门·塞维利亚,西班牙女演员(1930—),曾参演《皇帝的紫罗兰》(理查德·鲍狄埃导演,1952年,西班牙)。

第七章

贝罗尼卡上楼去叫醒母亲。

"妈妈?"她隔着半掩的门叫道。阴暗中只能看到一些模糊的轮廓,一道厚重的大窗帘遮住了唯一的窗户。贝罗尼卡摸索到一个搁板角、一个高烛台、几本树胶粘装的书和几个装饰性的大花瓶。她顺着墙角钥匙闪烁着的绿光往前走去,碰到一张摇椅,终于踱到了母亲身边。整个房间都笼罩在灰暗里。母亲就睡在高高的白桦木床头的大床上。

"她比我漂亮,"贝罗尼卡咕哝道。床上的妇人好似刚从长时间的昏睡中醒来,双手慵懒地揉搓着面颊,伸了个懒腰,平静地翻了翻身。贝罗尼卡听到她放了几个声音低沉的屁。

"我把饭给您端上来吧,都过晌午了。"

"好极了,"她的声音低沉细弱,听起来很舒服。贝罗尼卡帮她支起身子,坐到她旁边,透过透明睡衣能看到她仍坚挺的乳房,母亲则睡意昏沉地看着贝罗尼卡的一双蓝色大眼睛。因为有一次,堂埃瓦利斯托跟她说,"简直是诽谤!凭她这双蓝色的眼睛,怎么可能有犹太人血统呢?"

于是,贝罗尼卡就用史翠珊[1]、摩西、耶稣和戴米尔[2]其他电影里的人物开导她。

"爸爸雇了一名新护士,不过还没什么实践经历……"

贝罗尼卡感到有双温热的手放到了自己腿上,抬头一看,妇人披着

---

[1] 芭芭拉·史翠珊(1942—),美国著名犹太裔女歌手。
[2] 塞西尔·B.戴米尔(1881—1959),美国电影导演,以其战争题材电影闻名,代表作有《十诫》(1923,1956年新版)、《万王之王》(1927年)。

乱糟糟的头发正对她微笑。贝罗尼卡吻了吻她光洁的额头,她立即气喘咳嗽起来。

那天下午,贝罗尼卡按约定准时到索莱达家共进午后甜点。后面那所院子遍布灌木和垃圾,夏日疾风中依稀看到一个老旧的锈迹斑斑的吊床吱吱呀呀地晃荡着。她抄近道走,避开了那里。贝罗尼卡脱下了老式修女服,换上了件鲜亮的针织紧身露脐上衣和白色短裤。天气闷热得让人喘不过气来,她们一起温习了笔记和课文,汇集整理了卡片。黑格尔研究思想时,并不将其看作静止不变的原生存在体,而是不断发展变化的认识过程……朝阳开着的窗户里探进些许树木绿色的枝叶,让人感到下午一种自由光亮的安静,楼下的院子显得无比悠远。《精神现象学》[1]的第一部分分析了"意识"和"对象"的关系,得出的结论是:由于"对象"具有精神性和逻辑性的本质……因此它是可以被认知的。

"想抽烟吗?"贝罗尼卡问,"我有。"

索莱达接受了。

贝罗尼卡用钥匙反锁上门,潮湿和雾气中影影绰绰可见她们的乳头像成熟的葡萄。两个人扑倒在沙发里,腿伸长搭在傻不愣登的大写字台上。她们先是急促而狂躁地拥抱亲吻,然后便缓慢地在火热的氛围中停下来。感性认识与作用于我们知觉的对象有直接联系……她们感到浑身发烫,皮肤上渗出了温湿的汗水,一只滚烫的手无意间碰到了书本,红色的针织衫下手指如写字的铅笔一样在两块坚挺光滑的小卵石间滑动着。

"我们为什么不脱掉上衣呢?"贝罗尼卡说,"把人都热死聊了。"

索莱达有点茫然失措,不过还是解开了红色针织衫,脱下来随意一扔。那双硕大的混血双乳爆炸在在贝罗尼卡眼前,自己轻轻地舒了口气。主张

---

[1] 《精神现象学》,黑格尔重要作品(1807年),深受德国浪漫主义影响。该书第一部分讲述人类通过对世界的敏感认识追寻真理。根据黑格尔的理论,这种追寻成为更广泛的追寻的动力。见《世界哲学家及其作品》第2卷,第797—801页。

思想辩证和概念关联的黑格尔派理论指出,事物实际发展过程的规律和内容是独立于认识而存在的,这又恰恰跟黑格尔所提出的理论对立,比如独立于飞鸟短暂刺耳声音的纷扰、独立于周围植物浆液的炽热芬芳、独立于黄昏垂柳的质朴的美丽。

"这书质量不太好[1],"埃丽萨说,"《林奇夫人与朋友[2]:对爱尔兰女冒险家和灭国的巴拉圭独裁者[3]轶闻的真实叙述》。作者没意识到,越是对某个事物大加针砭,其实也就越是对其大加……托托,颂扬用西班牙语怎么说?"

"不知道。"

"就是歌颂、赞美之类的……"

"呃……enaltecer[4],或者类似的词吧。"

"都是些令人厌烦的琐事。越是说她在林奇夫妇中出身卑贱,她越是要变成优秀的爱尔人而不断逃离英国,越是说她在结识洛佩斯前更像个巴黎妓女,也就使她显得越伟大!"

"可是,亲爱的……你别头脑发热,何必要把这些写进你书里呢?人们对过去不感兴趣,只想读到自己经历的事情。"

"……"

"你又何必在意林奇夫人跟你是一样的姓呢?有太多人姓'林奇'了,

---

1 质量不太好,瓜拉尼语 mbore,"质量不好"、"没价值"。
2 《林奇夫人与朋友》,艾因·布罗茨基 1975 年发表传记,历史上的林奇夫人(1835—1886)是巴拉圭独裁者弗朗西斯科·索拉诺·洛佩斯(1827—1870)在三国同盟战争战前及战争期间的情人和战友。林奇是爱尔兰人,1853 年与洛佩斯在巴黎相识。关于林奇的动机和特征——坚强的女英雄或自私的操纵者——至今仍存争议。
3 灭国的巴拉圭独裁者,关于如何评价洛佩斯在三国同盟战争中的作用一直争议不断,有人认为他是投身正义事业的英雄,有人认为他是挑起一场不必要的大屠杀的始作俑者。由边界之争引发的巴拉圭抗击三国同盟军的战争最终以巴拉圭溃败并丧失大片国土而告终。
4 夸奖、赞誉之意——译者注。

连切[1]也叫林奇,埃内斯托·格瓦拉·林奇。"

"那也有可能是我的远亲。"

"别开玩笑了。"

"当然了,托托,按照爱尔兰人的习惯,林奇夫人是我的亲戚,切也是。"

"你是我认识的第一个在乎亲属关系的美国人。"

"……哪怕就是为了反对林肯的装腔作势。"

"有一次,一位很招人烦的在白宫就职的加利西亚女人,也姓格瓦拉,她在切担任部长期间写信给他,你知道切是怎么回复的吗?'实话说,我已记不清老家在西班牙哪个地方了,祖先们早就一手朝前一手朝后离开那里了,如果说我没继承这个传统的话,那是因为本人现在的位置很不舒服……'而结尾他写道:'因此,我不认为我们之间存在什么近亲关系,但若将来您会因为世界上发生的任何不公而愤怒得发抖的话,那你我就是战友,这才是最重要的'[2]。"

"我十分肯定她是我亲戚。"

"爱尔兰人真他妈扯淡。"

---

1 埃内斯托·切·格瓦拉(1928—1967),阿根廷人,曾与菲德尔·卡斯特罗共事并在其政府担任要职,后在玻利维亚身亡,终断了其在该国传播社会主义革命的旅途。
2 "有一次……才是最重要的。"对于这段历史无从考证其真实性,但马科斯叙述道:"我很清楚地记得在某个地方读到过这段历史,是一本关于切的传记或是一篇发表在《前进》或《突破口》杂志上的文章。我记得是在匹兹堡大学希尔曼图书馆读到的。一位女士从西班牙给切写信,问他们是不是亲戚关系,而切的回信大致就是如此。这是历史上的说法,我首先加入了'白宫就职的加利西亚女人'这一情形,因为像阿苏亚加一样,几乎所有的阿根廷人都称西班牙人为'加利西亚'人;其次,一想起电影《白宫》中有个角色在舞台上高唱《马赛曲》的情景,总让我热血沸腾,那是一个在咖啡厅工作的西班牙吉他演奏家和歌唱家,他会用法语唱这首歌。在当时,这已不仅仅是法国国歌,而是全人类的赞歌,我也借此向他致敬"(见 correo electrónico, 21 septiembre 2010)。作者上述阐释向我们揭示了其对小说结构的精心构思,将自己所读的作品、想象力和个人情感皆融入其中。

贝罗尼卡从高高的大理石台阶上看到了那个男孩,他身材干瘦,脊背略驼,既怀有对军人肩章的深深留恋,又因军人专政造成的外汇抽逃[1]而羞愧,这种矛盾的情绪已浸透在他的血液里。

"你好,奇皮[2]。"贝罗尼卡跟他说打招呼问候着,满脸堆着虚伪的笑容向他伸出手臂。

"你好。"他的声音像是从鼻子里发出来的。

"坐吧。"贝罗尼卡以命令的口气说道,奇皮坐在了绿色天鹅绒[3]外套大扶手椅的一端。

"你化妆得真好看!有点像奥利维亚[4]。"

"奥利维亚都比你像男人。我从索莱达家出来时,阿尔贝托那傻瓜刚进去洗澡,赤条条地在那儿大声唱歌,好像他是巴拉那的主人似的,一点都没察觉时间。"

"太了不起了!"奇皮吭吭哧哧地说。

"我以为你要去个酒厂洗澡呢。"

"是的……"他脸红起来。

"反正再怎么说你也没什么肌肉好洗的……你通常从哪儿里开始打香皂呢?"

"呃……"奇皮像笛子一样哼哼唧唧,"这个比较私密,不便透漏……"他感到喉咙发干,舌头燥热得打卷,紧张地眨了眨眼,看起来几乎要哭了。贝罗尼卡靠着他坐在了绣花沙发臂上。

---

1 外汇抽逃,外汇走私是小说时代背景下拉美腐败政府的通病,巴拉圭斯特罗斯纳独裁期间尤为严重。
2 奇皮,原文 chipi,为 Cipriano(塞浦路斯)指小词。
3 绿色天鹅绒外套大扶手椅上,阿根廷作家胡利奥·科塔萨尔《公园续幕》中的场景,以此向原作者致敬(见 correo electrónico de Marcos, 21 septiembre 2010)。
4 奥利维亚·牛顿·约翰(1948—),上世纪60、70年代英国和澳大利亚享誉世界的流行音乐歌手。

"你喜欢我的嘉宝¹香水吗?"她冷冷地问,上半身凑近他的鼻子。奇皮发现她没穿胸衣,一股浓烈的潮湿气味扑面而来。他开始出汗,呼吸急促,脸色惨白,龇牙咧嘴地憨笑着,一副滑稽相。

"喜欢吗?喜欢吗?"贝罗尼卡吼叫着,同时用一只岩石的手抓住他的后颈把他那土耳其人的脑袋²摁进她充满香气的酥胸。

"当贝罗尼卡和阿尔贝托各行其是时,埃瓦里斯托夜夜都在跟一个肥胖的中美洲准将玩国际象棋,那人叫古梅辛多·拉腊因。"埃丽萨说。

马最后走到了那儿,他仔细琢磨了半天,怎么也看不出下一步能是一步好棋。

"该您走啦,博士!"准将以他惯有的军人风度催促道。

"我还没想好。"

他并不着急,几分钟战略上的思考,也许这盘棋就赢了。那些许久没动的象的棋子似乎在讥讽地观望着他。准将缓缓地站起身来,卡丹³绿色宽格大衣纽扣下露出快要窒息的多毛的大肚皮。他慢条斯理地走到五光十色的酒柜前,选了瓶金万利⁴,手中端着高脚杯,在奢华的客厅里一边静静地踱步,一边谨慎地窥视着棋盘上被逼进死胡同的对手那双发红的眼睛。他确信已把对手拿下了,很享受那种让他赢得了唯一的战役的消遣性代数学。萨里亚·基罗加还没决定,仍在不安地寻找最精确的一步棋。他脑子中一团乱麻,有个连精神病医生都要掩饰其厌恶的中魔房间⁵传来一对夫妇刺耳的喊叫声,扰得他心神不宁。他感到心中一片阴暗,因为他断

---

1 嘉宝,香水品牌。
2 土耳其人的脑袋,对没做过某事而被冤枉的口语化说法,土耳其人有时也被误用为代指阿拉伯人一名。
3 皮尔·卡丹,男士服装品牌。
4 金万利,白酒品牌。
5 连精神病医生都要掩饰厌恶的中魔房间,作者对这一描述的解释如下:"威廉·彼得·布拉蒂小说《驱魔人》场景再现,这是我着手写作《甘特的冬天》前读的最后一本小说"(见 correo electrónico, 21 septiembre 2010)。

定过去行之有效的规矩如今已经不灵了：贝罗尼卡经常独自出去，怎么来阻止她？还有阿尔贝托……这小子既没有继承高尚的举止也没有继承无畏的勇气，更没有学会以种族和姓氏将人区别对待，身边老是围着些不知名的、生活潦倒的家伙；那些人披着长长的头发，没有一点男人味，还模仿码头工的用语说话，用口哨吹奏城镇边缘地区的乐曲，卧室墙上贴满了卖弄风骚的女人的廉价照片，却又没有跟那个12岁的健康佣人上过床，依旧让她睡在厅堂里自己干活……事情居然本末倒置到如此地步！去年夏天送他去哈佛上学花了多少钱呀！

"主动出击的人是不会输的。"准将坐在绣花大扶手椅上，带着胜利者的微笑。

"别高兴得太早。"萨里亚－基罗加嘴角微翘，走了马。准将一下子跳起来，眼里露出了绝望落败的神情。最后两人都像精疲力竭的斗鸡，却还彼此以"您"敬称。

"战争没有给拉腊因留下创伤，却让他积聚了大量财富。"埃丽萨笑了。那笑半含悲伤半含愤怒，让人产生想亲吻她的冲动。"自从变成鳏夫，由于一些体面人的出面，他得以控制一个强大的连锁妓院……但是，他并不嗜好肆意挥霍，你知道，他只是喜欢品尝点烧酒，经常下下国际象棋。不管怎么说，这是他和萨里亚之间的一点共同爱好了。"

第八章

"别在电影院吃东西,没教养。"贝罗尼卡说。

"我没吃东西,是在嚼口香糖。"

"一样让我烦。"

"好吧。"奇皮把口香糖粘在了椅子下面。

"真恶心……"

"你不喜欢这部电影吗?"

"不喜欢,很无聊。"

"想出去吗?"

"不,外面太热了,我们还是在这儿享受空调吧,既然我们付了钱。"

"是我付的。"

"你也就这点用武之地了。"

奇皮咽了咽唾沫。

"你真像个女人。"

"贝罗尼卡,求求你别这么说。"他伸手去握她的手,她像触了电似的一下抽回来。"你说得太过分了,人家会跟着学的。"

"我才不管他妈的'人家'呢。"

"还是为我想想吧。"

"你,我他妈的也不管。"

奇皮眼睛盯着银幕,试图不理她。

"可怜虫!"她眼睛里闪着怒火,"我拿脑袋打赌,你不仅像个女人,而且还是个处女。"

奇皮有气无力地咳了两声，一动不动，两眼直勾勾地盯着前面屏幕上一个苍白光亮的脸庞，只有他那抽搐的脖颈似是艰难地吞咽着什么，仿佛他要窒息了。

"为什么不给我看看你藏在房间里的《约会》周刊呢？你以为我不知道吗？看到的那些都是真的吗？他们做的那些都是真的吗？"

奇皮晶莹的眼中泛起了泪花。

"你一般几点看那些图片呢？是不是还得关上门？嗯？因为万一你的老娘进来的时候你正……嗯？"

奇皮啜泣起来。

"小滑头！"

邻座的人开始向他们投来不耐烦的厌恶的目光，或者说是好奇的嘲弄的目光。

"娘娘腔的小滑头。"

伴着断断续续的抽噎，奇皮请求贝罗尼卡允许他去"卫生间"。

"快滚！"

贝罗尼卡看到他磕绊了一下，在铺着地毯的昏暗过道里取出了手帕。

"达希尔·哈米特[1]曾说：'当你发现了自己的风格，就是结束的开始。[2]'"埃丽萨说，"问题是，在美国我们偶尔还能讲讲英语，而诸位，在拉丁美洲注定了只能讲西班牙语。"

"不进来看看吗，我的心肝儿？"其中一个女人倚着木门像猫一样地叫着。强烈刺眼的红色灯光让那些女人都变了形。"她们有口臭"，阿尔贝托手放在夜晚孤零零的方向盘上喃喃自语道，"肯定她们都有口臭。"

1　达希尔·哈米特，美国侦探小说家（1894—1961），由于其左倾政治主张，曾于1940至1950年代美反共浪潮期间短暂入狱。见 Http://www.pbs.org/wnet/americanmasters/database/hammett_d.html《达希尔·哈米特》报告。
2　结束的开始，引自哈米特接受詹姆斯·库珀采访语录，题为《贫乏之年的瘦子》，见1957年3月11日《华盛顿邮报》。见理查德· . 莱曼《影子人：达希尔·哈米特转》(1981)，第235页。

"别害怕,宝贝儿,就下来玩会儿吧。"

"我们想和你聊聊!"像发情的乌鸦叫声似的一阵放荡的笑声传进他的耳朵。

好朋友们都拒绝陪他去那儿。"我们总得找个时间去试试。"他鼓动他们说。"我已经去过了。"一个朋友撒谎说,"现在轮到你了。""要是染上淋病的话,老爷子会宰了我的。"另一个朋友坦白说。"找时间总得去试试。"阿尔贝托嘟嘟哝哝地重复道。

他下了车,锁上车门,穿过街道。随着慢慢接近抹着厚重油脂的闪亮嘴唇、涂着深碳色眼影的眼睛、喷着廉价发胶的头发、细长的脖颈、锉刀锉过的指甲以及脸上深深的皱纹,他的双腿有点发抖了。他晃了晃双腿,便走进去。在朝院子的屋檐下,靠着一道挂满泛黄年历的墙边的铁长凳上,一对对男女在相互抚摸。里面很昏暗,两个光头的人将他们的酒杯放在柳编吧台上。月光透过院子尽头的门缝射进来,枇杷树的影子如上了刑似的在砖铺地面上被拉得很长。

"你一个人多孤单!"他听到背后有人说。一个和母亲一般年纪的女侏儒向他咧开满嘴金牙,他恶心地一把推开了她。另一个女人从墙角拉起她的男伴,伴着帕里托·奥尔特加·伊·加塞特[1]的老旧唱片乐曲节奏跳起舞来,好像他们感到一种绝望的孤独。阿尔贝托避开他们,在吧台要了一杯啤酒,一只油腻腻的手从灰暗中向他递过来一罐,阿尔贝托啐了一口:是温的。他随手在柜台上甩了一张大钞。

"所有的女孩儿都在这儿了吗?"

"漂亮的女孩都在工作,小老板,您只能等一会了。"

他用手帕擦了擦冒着酸味儿的嘴巴,强忍着没有吐出来。一阵微风

---

[1] 帕里托·奥尔特加·伊·加塞特,由1960年代阿根廷流行音乐歌手帕里托·奥尔特加(1941—)和西班牙著名哲学家何塞·奥尔特加·伊·加塞特(1883—1955)两个名字组合而成。

吹过,稍稍缓解了枇杷树院子的潮湿。从一个房间走出一个胖子,他一边走一边系着衬衫纽扣,身后一个短发小女人探出头来,手里端着一个洗脸盆。

"马尔西亚纳,看在上帝的份上,给我拿点水来。"

另一个女孩儿闻声站起,接走洗脸盆。门又重新关上了。胖子来柜台结了账,阿尔贝托能闻到他身上的汗味和廉价发蜡的味道。那人八字须上还抖动着汗滴,怪怪的笑脸上满是愉悦的神情,连呼吸都还是急促的。他操着混血人的话道别,阿尔贝托不知他说了些什么,只见他摸了摸还在门口拉客的女人的屁股,就用口哨吹着街头巷尾的探戈曲不紧不慢地走远了。

"喂,那个女孩儿现在有空吗?"

"是的,小老板,等她穿好衣服,就会从房间里出来。"

马尔西亚纳端来干净的水,用手指敲了几下门,门开了。

"谢谢,亲爱的,给我拿个干净的床单来。"

阿尔贝托倚在吧台上,就像看到的马龙·白兰度[1]在电影中的样子。两个光头在他旁边一声不吭地抽着烟。过了一会儿,那个小女人出来了,一边用手急急忙忙地梳理着她的短发。阿尔贝托向她迎上去。

"我们坐会儿吧。"她说。在凳子上,她用双臂拦住他,开始亲吻他的脖子。"她没有口臭。"阿尔贝托想,同时他感到牙齿轻微地打起了个冷战。

"你叫什么名字,我的心肝?"

"阿尔贝托,你呢?"

"马莱娜[2]。"

---

[1] 马龙·白兰度(1924—2004),美国著名演员,因擅长扮演大男子主义角色而闻名。
[2] 马莱娜,作者马科斯对小说中这个名字的解释:马莱娜为乡村俗名,取自由奥梅罗·曼西作曲、德玛斯演绎的探戈舞曲《马莱娜》。作者以此名表达对致力于描写下层普通民众生活和探戈舞曲的阿根廷著名后现代主义小说家曼努埃尔·普伊格的敬意,该名也曾出现在曼努埃尔的《红红的小嘴巴》(此书名源于由伽达尔和勒佩拉演绎的探戈舞曲《纽约茜草》)一书。见(correo electrónico, 29 octubre 2010)。

"是玛利亚·艾莱娜还是马格达莱纳?"

"就叫马莱娜,没别的。"

"你多大了?"

她解开他的衬衫,亲吻他的胸脯。

"别问那么多,亲爱的,你要进去吗?"

"是的。多大了?"

"十七岁,"她一边亲吻着一边低声说道。阿尔贝托不禁为之一惊。

"跟我姐姐一样大!"

她第一次抬头直视他的眼睛,微笑着,不停地抚摸他的肚子。

"其实马莱娜不是我的真名。我来这儿是为了挣钱交学费。"

阿尔贝托试图用跟她缠绕在一起的舌头说点什么。

"好吧,要是你不会染上我什么病的话,我以后可以经常再来。"

"我周一、周三、周五在。"她说。

"有人看见我了吗?"奇皮说,颤抖的双手紧握着方向盘,眼睛盯着灯飞驰掠过的沥青路面,将闪电般的耀眼路灯不断地抛在后面。

"看见什么啦?"

"有人看见我哭了吗?"

贝罗尼卡瞅了他一眼。

"没有,没人看见,你开慢点。"

"我们连100迈都没开到。"

"再慢点。"

他放轻了踩住加速器的脚,速度表盘上的指针向左晃动。贝罗尼卡在柔软的真皮座椅上伸了伸懒腰,车窗开着,任由头发被风吹乱。

"你是不是在带我回家!"

"你想我带你去哪里?"

贝罗尼卡在寂静中窥视了一眼那张瘦削的脸庞。

"我们去河那儿！"她忽然大叫道。

"你疯了！"

"我们去河里游泳！"

"贝罗尼卡，你真是疯了，我连泳衣都没有。"

"我也没有，蠢货。跟你说了，去河那儿！"

"如果要求出示证件呢？"

"你要是不带我去，我现在下车，自己去。"

"你打算怎么游泳？裸泳吗？"

"我想怎么游就怎么游。走吧！"

"贝罗尼卡，我们改天去吧……再说，我也饿了。"

"停车。"

"你说什么？！"

"马上停车！"

"你别做荒唐事！"

"我跟你说我就在这里下车！"

"放开方向盘！"

"停车！你这个笨手笨脚的家伙！"

"贝罗尼卡，我们会撞车的！"

"关我屁事！"

奇皮踩刹车，把车停在路边。贝罗尼卡的眼睛显得比任何时候都黑，喷着怒火。小伙子觉得她更漂亮了。

"最后一次，如你所愿。"

"太好了，车停在这里，我们快走。"

"不过，你也得让我高兴高兴。"

"你不是想强奸我吧。"

奇皮立马满脸通红。

"……我想让你吻我一下。"

"想都别想！你太丑了！"

"贝罗尼卡……就一下……"

贝罗尼卡看了他片刻，闭上了眼睛。

"好吧，快点，蠢货！"

奇皮轻轻俯下身子，把颤抖的嘴唇慢慢放到她的嘴上。贝罗尼卡猛地一闪。

"好了！现在我们去河那边吧！"

车子发动起来，恢复了速度，静静地开了几分钟后，到了一个岩洞边。

"向左转。"

车子离开了公路，开上一道布满石头和灌木的堤岸。

"贝罗尼卡，这里很不好走。"

"别跟女人似的。"

"真的，车会被划破的。"

"我们已经快到了，你没有感觉到水的清凉吗？舒服极了。"她开始愉快地扭动着身子。最后车子停在了几棵树中间。

"关灯。"

奇皮顺从地照做了。她下了车，朝乳白色的天空摊开了双臂。

"过来，我们下水去。"

"贝罗尼卡，我发誓，我只了解自己的身体构造。"

"把你的鞋脱下来，我的鞋里全是沙子。拿着，放进车里去。"

他把鞋子扔进车里。从车门处他看到她在脱背心裙。他感到一股难以抑制的兴奋。

"你不下去吗？"

"……暂时不。"

贝罗尼卡耸了耸肩膀，冲向在广袤的宁静中流淌着的喧闹的暗色水带。她把两腿伸进水流中,突然冷得一哆嗦。

"水很凉。"她惊叫道。接着深吸了一口气,便潜入水中:"快过来,笨蛋,跟你说了水很凉!"

她在柔和的水浪中欢快地尖叫着,随时用手抓住超级比基尼,但有时依然从身上滑下来。她轻盈地扎进水里,又轻盈地从水里钻出来。她噼噼啪啪地戏水,弄出一个个漩涡。奇皮惊愕地愣了一会儿,随即便脱掉衣服也向沙滩跑去,踩到野生带刺的植物时便做出滑稽可笑的跳跃姿势。齐腰深的河水冻得他瑟瑟发抖。

"哎呀,全身都浸到水里!"

奇皮把整个身体都没入水中,霎时感到一股冰冷的能量充满他的肺叶,他把头扎进水里,然后又从水中扬起来,不停地摇动着把水甩掉。

"太棒了!"他笑着感叹道。

"看到了吧?"贝罗尼卡用手拉了他一下,"来,我们到更深的地方去。"

"不会有危险吗?"

"哈,这儿里水更凉,太舒服了!你看到了吗?觉得怎么样?活动起来呀!"

"贝罗尼卡,我已经够不到底了。"

"哎呀,怕什么!别担心,小宝贝!妈妈会给你做人工呼吸,嘴对嘴,知道吗?"

吞咽着深色的海水,奇皮脸红了。他们在水里游来游去嬉戏了好一会儿,却谁也没触碰谁,直到春日清晨第一缕柔弱的阳光洒上水面。

"好了,我要走了。"贝罗尼卡突然说道。奇皮看她从水里跳出来,在沙滩上倒退着往后走。他也走了几步,但仍在水里,这时贝罗尼卡的声音让他停住了:"你先等等,不要看。"

她慢慢脱下了身上唯一的衣服。奇皮的眼睛在清晨的暗影中拼命地睁大。贝罗尼卡做着怪动作,转动着身体,抚摸着大腿,挤压着乳房。奇皮觉着水中的东西强烈勃起了,不禁羞红了脸。

"你还不出来吗?"

"好的……马上,可是……我的内裤掉了,正在找。"

"啊,怕啥呀。要是我,就这么光着回去,不过要擦干身子。"

"等我一会儿。"

贝罗尼卡继续做着怪动作,一丝不挂,把肚子挺给他看。

"上帝呀……"奇皮喃喃道,牙齿在打战,水下的勃起越来越坚硬。

"肯定你有个地方竖起来了。"贝罗尼卡突然说,仍旧不停地扭动着裸体。

"你说什么?"

"肯定你有个地方竖起了"!贝罗尼卡高声喊道。奇皮脸又红了。"没关系。"

"你说什么?"

"我说没关系,你过来,我想看看它。想让我摸摸它吗?"

奇皮开始颤抖,身体还浸在齐腰深的水里,他向沙滩迈了一步。

"不"!贝罗尼卡喊道。"这样不行,把你的内裤扔给我。"

"什么?"

"把你的内裤扔给我!你光着身子出水肯定更漂亮。"

"贝罗尼卡,你疯了!"奇皮从嗓子眼里吼叫道,像只呜咽呻吟的公鸡。

"你要扔给我,我就摸摸它。"

奇皮哆嗦得像一片纸。

"稍等一下。"他结结巴巴地说着,从水下抓起内裤,扔向沙滩。贝罗尼卡把它捡起来。他看见她还是扭动着身子向车边走去,直到沿堤坡而上消失在他的视野里。

"上帝呀……"奇皮不停地颤抖着重复说道。他艰难地从水里走出来。忽然,他听到发动机的声音,立马跳起来往那儿跑去。带刺的植物把他的身体划破,下身的阴囊不停地摇来晃去。当他喘着粗气跑到停车的树下时,绝望中只看到那些清冷的橘黄色车灯光芒远远消失在鸽子展翅的晨曦里[1]。

---

1 鸽子展翅的晨曦,豪尔赫·路易斯·博尔赫斯《疲惫行人将要如何》一诗中清晨场景的配图;此诗中傍晚时分配图为"乌鸦纷飞的黄昏"。在这首作者晚年创作的诗歌中(见1980年布宜诺斯艾利斯《号角报》),博尔赫斯预言性地指出自己六年后的亡命之地日内瓦。见在线杂志《自由启蒙》http://www.liberataddigital.com.83/ilustracion_liberal/articulo.php/666 M. 诺亚:《豪尔赫·路易斯·博尔赫斯:……书与夜》;见 http://www.scielo.php?script=sci_arttext & pid=S3028-12052005000100007 # 3 S. 菲佛:《博尔赫斯抒情诗中的命运和迷宫》,以及博尔赫斯:《马德里,20年代(下)》(见马德里《ABC报》1985年6月15日第38版)。

第九章

　　她们点燃了硫黄,一股浓重而令人作呕的味道从破旧枝形烛台上那七个奄奄一息的蜡烛中弥散开来。蓝色的烛光将她们的皱纹倒映在圆桌上,令她们更显衰老,像是在磨损毛边的凄惨哀鸣中落在老旧不堪的罩袍上的棕色秃鹫,又像是灰色臃肿的身体上游动着的黏滑的蟾蜍。湿漉漉的黑暗中发出持续的咝咝声,一张暗黄的模糊不清的面孔尤显朦胧,凶险匕首的白光一闪而过,一阵淫荡放纵的大笑声飘荡着,寒冷刺骨的回音响彻整个黑夜。

　　"我已经忘了自己是谁,"瘦骨伶仃的人群中呻吟着垂死挣扎的腹语声,"我来是为找寻伟大的蝴蝶[1],我看不见,却能听到百灵鸟的啁啾声、露珠落在皮肤上的滴答声和踩在脚下卵石的碰击声。"

　　有人往大家手放在一处的地方呕吐了,腐臭的呕吐物溅在手手相传的笔记本上。

　　"你为什么在我独身一人的时刻来拜访我?哎,我希望让你狂暴地强奸,尽管你很腼腆。"

　　一声嚎叫,老妇跌倒了,其他人视而不见,继续不停地打嗝。她们燃烧了更多的硫黄,大家都咳嗽不止。一个青筋暴露、纹着剪纸上[2]超女[3]

1　原文为瓜拉尼语,瓜拉尼语标准写法为Panambi。文中暗指巴拉圭诗人曼努埃尔·奥尔蒂斯·格雷罗(1897—1933)的著名作品《发光的蝴蝶》,某种程度上也暗讽瓜拉尼农民的泛神论思想。有关奥尔蒂斯·格雷罗基本资料可见罗伯特·阿马拉尔著《巴拉圭的锻造者》第466—67页,以及特雷萨·门德斯·费斯著《昨日今朝之巴拉圭诗篇》(瓜拉尼语诗集),第二卷,第307—320页。
2　原文为英文。
3　超女,流行文化人物,相对于超人。

图样的手紧张不安地摩挲着笔记本上的字迹。

"是他们!就在这儿!我听到了他们疯狂的咆哮声,他们咬碎风暴、打破云层,无人幸免!他们是末日灾难!第二次重建[1]!"

又一股异味儿散发在黏热的寂静中,有人拉屎了,夸张的嘶叫在众人的困倦中被拉长。蜡烛在淫荡地燃烧着放纵的躯体,他喘着粗气,醉酒的舌尖在她发干的嘴里打转,汗水闪烁在滚烫的双手上,手滑过她鼓起的乳房和双腿间柔软的隧道,直到热吻激起她强烈欲望。

"我的身体温润如玉,"她在激动的嘤嘤啜泣中喃喃自语,"如苔藓般青翠,如象牙般白皙,我的美丽如同一只贞洁的美洲豹,无论是茉莉花还是冰雹,无论是麻风病人还是尚未成熟的少年,无论是金银还是淡水,无论是去势的人还是患性病者都为之疯狂。"

她发出彩虹般美妙的声音,他的脸上是原始野兽般的表情,火山在爆发,犹如手榴弹炸开来的碎片,她不想离开那火热的胸膛。

"用仙人掌之花向我喷射吧。"

老妇们在恶臭的黑暗中面面相觑,有几个人站了起来,拿来刀叉。她们扎她,先是犹豫,而后便夹杂着愤怒疯狂地刺去,窃窃私语似老鼠的叫声。她流着血,笑着,肿胀的身体被缠绕在褪去镀银睡裙的裸体舞者中。

"啊,耶稣啊,我需要一条龙……"

她们把她拉近蜡烛,将她的手放在火上烤。空气中闻到一股皮肉烧焦的味道。

"我是一只飞燕,"她用仅剩的一点力气轻唱着,"无人给我伤痛,也无人给我寒冷和悲伤。让我们干杯!圣杯[2]在哪里?"

---

[1] 第二次重建,反对巴拉圭独裁统治者阿尔弗雷多·斯特罗斯纳(1912—2006)提出的施政纲要的嘲讽说辞。斯特罗斯纳1954至1989年期间执政,后被军事政变推翻,在巴西流亡至死。

[2] 圣杯,中世纪传说指耶稣受难前最后一次晚餐用过的葡萄酒杯,后遗失。被多次作为有关亚瑟王传奇的文学及音乐作品主题。也写作"Grial"。

有一个老妇将尿壶递上,她把尿液一饮而尽。

"现在开怀畅饮吧,我的小女人们……为弗吉尼亚帽[1]干杯!"

她用手轻轻地把臭烘烘的器皿搁在头上,放声大笑,黏稠的黄色液体缓缓流下。老妇们肥胖的身体像黑色的兔子挤来挤去。忽然,她停住笑声,周围只听到颤抖的呼吸声。妇人"呼"地一下将蜡烛全部吹灭,站起身来,她血迹斑斑的胸部呼吸着清晨的空气。

楼下,朝街的门铃声像是阴暗中成片的玻璃在破碎。手搭在厚重的雪松木门把手上,湿漉漉的头发滴着水,衣服还粘在身上,贝罗尼卡在门厅就嗅闻到从楼上母亲房间散发出来的烧硫黄的呛味,不觉打了个寒颤,忽然,一声从噩梦中惊醒来的尖叫响彻整个院落:

"我的火山口有一只无敌的蝎子!"

"不给我复仇的机会吗?"

"改天吧,准将,天快亮了。"

"再来一杯?"

"不了,谢谢,真的不用了。"

"先生……我知道家丑不可外扬,不过,似乎您的确有些烦心事……如果我能助您一臂之力的话……毕竟我们是老朋友了。"

萨里亚·基罗加一言不发地眨巴着眼睛,近侧萦绕着的金万利酒的怪味熏得他昏昏欲睡。对面肥胖的拉腊因满面愁容地看着他那依然匀称的肩膀、浓密的白络腮胡子、苍白柔和的双唇、挑衅性的大鼻梁和刚毅的下颌。灰色的瞳孔依然如前,眼神则在不远处购自阿吉拉尔经典著作出版社[2]的藏书中间某个角落飘忽不定。

"我那已经安息的夫人永远离开了我,"准将又说道,"我孤单单一人,

---

1 弗吉尼亚帽,锥形圆帽,后成为法国大革命中自由与解放等民主思想的象征。为区别与他国旗帜,巴拉圭革命旗帜两端各有一个弗吉尼亚帽。
2 阿吉拉尔经典著作出版社,西班牙著名出版社。

又能如何呢？……不过我能理解已婚的朋友，我……怎么跟您说呢？甘愿为您效劳。"

"我也是孤身一人，"萨里亚最后说，"父亲从来不跟我说话，只顾他的天竺葵，您认识他，是吗？"

"您是指上校？当然。堂亚历杭德里诺是威风凛凛的男子汉，祖国的英雄。如今多大年纪了？"

"对我来说，他是永生的……我不明白他怎么会跟贝罗尼卡如此合得来，甚至支持她参加去年6月反对黑格将军的不光彩的上街游行。您想想！一个名门闺秀竟然挨了治安警卫队的棍子！都是他们挑唆的！"

"那些共产党不会善罢甘休的。"

"父亲居然鼓动她！您能相信？而且他跟阿尔贝托也很谈得来……虽然这小子貌似安分。再说说马塞林神父吧，他病入膏肓了……您认识他吗？是我的忏悔神父，也是为数不多的几个留下来的神父之一。"

"有人告诉我他是半个自由党人。不过，肯定是谣言。"

"我夫人……精神失常后，我曾恳求马塞林神父负责阿尔贝托的神学教育……没想到这个可怜的人也病倒了。据说来日不多了，心脏问题……跟我一样。"

"但您健壮得简直像头牛！"

"总之……我不知道没有了马塞林神父，仅凭一个巴拉圭神父卡塞雷斯，教会将来能有什么前途！"

"那大胡子老家伙，有人跟我提起过。似乎有点布尔什维克派头[1]……是个土生土长的巴斯克人。"

"的确老了，但不像布尔什维克派。跟我父亲一样，是查科战役的老兵。"

---

1 布尔什维克派头，对共产主义者的蔑称。

"的确像个布尔什维克派。"

"可怜的马塞林……不仅精通拉丁文和希腊文,还是一名圣徒,总是紧张不安。我告诉他,神父,您要当心心脏……从来不跟医生打交道的他却跟我说,别担心,亲爱的埃瓦里斯托,大天使长加百列[1]与我同在。他对大天使长加百列非常虔诚。"

"是啊,是他通知圣母马利亚的,我们经常在十字架前为他祈祷。"

---

[1] 大天使长加百列,基督教及犹太教中最主要的天使长之一,也是告知圣母马利亚耶稣即将诞生的天使长。

第十章

　　主教西蒙·卡塞雷斯焦急地看着手表。晚了三个小时！科连特斯市小机场杂乱无章的餐厅里，四只空咖啡杯散乱地摆在孤零零的桌子上。身边没什么读物，他显得百无聊赖，紫色封皮的《圣经》被落在了奔驰车里。清晨以每小时150公里的车速迎风出门时，金灿灿的太阳才微微发出柔和的红光，此刻，阳光已透过密实的米色窗帘照亮了整个餐厅。最终，周围聊天的人宣布了自亚松森飞来的阿根廷航空公司的喷气式航班延误的消息。主教在桌子上甩下几张钞票后，便急躁不安地站起身来，像一座随时会爆发的火山。阳台上挤满了孩子，他用脏兮兮的粗糙难看的手掩面站着。远处地平线的云层里传来低沉的隆隆声，越来越近。人群中带着宽慰的呼喊似是对707航班现身的问候。厚重的金属门夹杂着首批旅客的感叹声打开了，露天阶梯令他们更显疲惫。很快，托托·阿苏亚加穿着催眠的、满是褶皱的蓝色大衣，拖着一只行李箱，走出了海关通道。卡塞雷斯几乎是扑了过去，紧紧抱住他。

　　"您就是罗伯托·阿苏亚加先生吧？"他问。身穿褶子大衣的男人愕然地点了点头，眼前这位满头白发的大个子就像抓鸽子似的一把拎起他的行李箱。随后两人没再说话，一起走到一尘不染的黑色小轿车旁。"天气真热，对吗？您把大衣脱了吧。"

　　车子启动上路后，阿苏亚加点了根烟。

　　"您也在学校教书？"他问道，一边向车窗外吐着烟圈。

　　"不，"卡塞雷斯坦言道，"我是主教。"

　　阿苏亚加一脸惊愕地看着他。

"呃……怎么样?"他顿了顿,问道。

"什么怎么样?"

"就是您的教区……是这么说,是吗?"

主教陷入了沉思。

我们的财富[1]毁于战争,我已决意将其所剩献予祖国。弗朗西斯科·索拉诺·洛佩斯写道。

"……我想可能有些问题,特别是6月份学生示威游行之后,我不得不在学校担任职务以避免内阁干涉。这个大主教区可是块硬骨头,管好它绝非易事。"

梅塞德斯在公路上飞驰着。阿苏亚加在座位上急躁地动来动去,把手中的香烟朝梵蒂冈旗帜飘扬的方向扔去,随即将车窗关至一半。

"但为何是科连特斯的大主教亲自来机场接我呢?"

卡塞雷斯笑了笑。

"是甘特夫人让我来的。她在米西奥内斯[2]做些关于殖民时期巴洛克风格的调研。我想可能后天回来,今天没有返回的航班。"

"我以为她仍在修女学校教书呢,最后一封信上她是这么说的。"

"是的,她说那样能够更好地了解科连特斯人的习性癖好,不过课程已经结束了,现在正忙着写完那本书。"

"埃丽萨总是行色匆匆。"

"她在美国似乎是一位很著名的老师,或者,至少广为人知。我可不是因为她嫁了一个巴拉圭人而想给她作宣传。"

"不,这是真的。'著名'用在这儿恰如其分,她的确是那个专业最著名的。"

---

1 我们的财富,出自弗朗西斯科·索拉诺·洛佩斯1869年写给其子埃米利亚诺的信,详见深入了解巴拉圭网站 http://www.musicaparaguaya.org.py/profundo6.htm。
2 米西奥内斯,阿根廷东北部省份,与巴拉圭东南部相邻,境内分布多处建于殖民时期的耶稣教会遗址。

"我真高兴听到您这么说。"卡塞雷斯说着,一边神情自若地以每小时100公里的车速操作九十度的转弯。

"这么说您是巴拉圭人……那您从事什么职业,主教?"

"耶稣会士[1]。"

如果巴西[2]将来吞并了巴拉圭,那么同时期其他国家间的政治平衡被打破的危险也就迫在眉睫了。弗朗西斯科·索拉诺·洛佩斯写道。

阿苏亚加看着主教,似乎在问他是不是自嘲。卡塞雷斯又笑了。

"不好意思,这是我认识甘特夫人的那天她跟我开的一个玩笑。她去我办公室想问问能否在学校教英语课,我问她丈夫信什么教,她回答说他是经济学家。"

"咳,甘特是新教徒,您认识他吗?"

"不认识。"

"再好不过。不管怎么说,非常感谢您不辞辛苦到机场接我。"

"别客气,阿苏亚加。其实我来这边是给教会的一位神父涂临终圣油的,他早上刚刚去世。先前就病入膏肓了,我们把他挪到了一个举行宗教仪式的院子里,那儿空气比较好。而且,医生也不允许他接待任何来访。看到东北方的那座桥了吗?从那儿过去就是。"

"是不是一个法裔巴斯克人?"

"对,是马塞林神父。以前也在学校教书。"

"埃丽萨跟我提起过,是个知识渊博却极其保守的家伙。"

---

[1] 耶稣会士,耶稣会成员,天主教修会之一。耶稣会士在巴拉圭历史上曾发挥重要作用,17至18世纪,在瓜拉尼部落中广建教会,至18世纪中叶一直享有西班牙总督授予的特权。耶稣会对印第安人实行殖民化管理并对其进行文化同化,也同时使其免受奴隶买卖的摧残。此外,对保护瓜拉尼语、推动其在混血人间普及、增强瓜拉尼文化认同感作出重要贡献。有关其对瓜拉尼文化保护,可见 S. 基南《巴拉圭当代双语社会语言学》:《双语教育及语言政策》第31页。

[2] 如果巴西……,出自胡安·伊里维埃雷斯·加尼亚所著弗朗西斯科·索拉诺·洛佩斯书信集《以元帅之标记》(见 correo electrónico de Marcos, 23 octubre 2010)。

可以说[1]与巴拉圭结盟是阿根廷的自由传统之一。圣胡安·包蒂斯塔·阿尔韦迪写道。

"这是因为修女学校总是自恃清高,马塞林神父也只和有财有势的人家来往。"

"比如萨里亚·基罗加一家。"阿苏亚加说。卡塞雷斯不动声色。

"看样子您了解得很清楚。"他用不偏不倚的口吻说道。

"也不算太清楚,只不过埃丽萨跟我讲过萨里亚·基罗加夫人的一些事情,就是有幻觉症的那位,的确如此吗?"

"是的。"

"她是通过她的学生贝罗尼卡认识萨里亚·基罗加夫人的,她是她的母亲。埃丽萨真是被她迷住了,因为她发现这个中年妇人自认为是林奇夫人,一个上世纪当过巴拉圭独裁者索拉诺·洛佩斯情妇的爱尔兰妓女。"

"她是爱尔兰人,却并非妓女。"卡塞雷斯斩钉截铁地说。

"好吧,不管怎样埃丽萨也叫这个名字,埃丽萨·林奇,您想想这真是不可思议的巧合。埃丽萨高兴坏了。"

"她父母了解一点巴拉圭历史吗?"

"不,怎么可能。老头子是个疯山羊一样的爱尔兰人,母亲是个愚昧无知的黑人。"

卡塞雷斯全神贯注地握紧方向盘,车缓缓驶入一条两旁矗立着高大女贞树和宏伟楼群的街道,嘈杂、密集、尘土飞扬的交通状况让他们不得不在众多红绿灯中耽搁时间,忍受杂乱无章的公交车排出的有毒尾气。卡塞雷斯关上窗,打开了空调。

---

1 可以说……,见阿根廷政治家胡安·包蒂斯塔·阿尔维迪(1810—1884)1865年所著小册子。详情见阿尔韦蒂所著《巴拉圭战争历史》第136—138页。尽管阿尔蒂也主张确定布宜诺斯艾利斯为中央政府首都,但由于其支持内陆右派势力引起布市主要领袖萨米恩托和米特雷不满。基本信息可见《拉美历史和文化百科全书》第一卷第39—41页。

"主教您呢?是哪里人?"阿苏亚加问道。

"亚松森,父母是潘普洛纳[1]人。"

"啊,巴斯克人,跟马塞林一样。"

"是纳瓦拉人[2]。"

"我父母也是那儿的,"阿苏亚加边说边满意地调整坐姿。"他们是桑坦德[3]人,在查斯科穆斯[4]有个葡萄酒庄。我们很少通信。我是在美国完成全部学业的。每次去看他们,都像过节一样。父亲会用缇欧佩佩[5]雪利酒款待我,您知道吗?从小父亲就让我喝这种酒。"

"……"

"他还给我烤鱿鱼,您喜欢吃小枪乌贼[6]吗?"

"圣塞瓦斯蒂安口味[7],不加番茄酱。"

战争把万恶的军旗[8]插遍到各个地方,地下组织和外交政策最终导致了利益相斥的不幸结盟……美洲光辉革命的补充不在于坚决摧毁索拉诺·洛佩斯掌权的巴拉圭,这是唯一将来能够遏制老牌帝国主义企图[9]的强力要素……米特雷将军[10]自认为相比美洲更应与欧洲进行利益捆绑,

---

1 潘普洛纳,西班牙北部纳瓦拉省首府。
2 纳瓦拉人,纳瓦拉地区与巴斯克地区接壤。
3 桑坦德,西班牙北部海滨城市,坎塔布连自治区首府。
4 查斯科穆斯,阿根廷布宜诺斯艾利斯郊区城市。
5 缇欧佩佩,一种雪利酒品牌。
6 小枪乌贼,即小鱿鱼。
7 圣塞瓦斯蒂安口味,西班牙桑坦德地区传统烹饪法。
8 战争践踏着……,出自何塞·埃尔南德斯 1869 年所著《进步的敌人》(见 correo electronico de Marcos,23 octubre 2010)。见 T. 阿尔佩因·多尼(1846—1880)《一个民族的蓝图和建设》: 7http://www.scribd.com/doc/7229659/Biblioteca-Del-to-Argentina-Tomo-II。
9 帝国主义企图,据猜测,为扩大在南美的政治经济影响力,英国曾在查科战争时暗中帮助三国同盟。史学家仍对此猜测持不同观点。如莱昂·波梅尔所著《巴拉圭战争:大交易!》(1968)中持反英立场;弗朗西斯科·多拉蒂奥托 2002 年所著《被诅咒的战争:巴拉圭战争新历史》第 19 页则有意弱化英国作用。
10 巴托洛梅·米特雷(1821—1906),三国同盟战争中阿根廷军队总司令。

更令人不解的是今天居然有人认为相比祖国更应与巴西进行利益捆绑。何塞·埃尔南德斯[1]写道。

"您喜欢喝雪利酒吗，主教？"

"缇欧佩佩还不错，但我习惯喝白兰地……有股咖啡的味道，正如博尔赫斯所言。"

"噢，我也喜欢白兰地，比如芬达多。"

"您的父母回西班牙了吗？"

"嗯，佛朗哥死后回去的，年纪大了。可事实上他们发现相比西班牙更怀念查斯科穆斯，所以又回到了阿根廷。不过，我那单身的妹妹留在了西班牙。"

"您跟甘特夫人怎么认识的？"

"啊，老早就认识了，是在纽约大学的一次教师会议上。她是匹兹堡人，住在华盛顿，在马里兰当老师。虽然很多学校都愿意聘她做教授，但因为甘特是银行总裁，不能离开华盛顿。她是我最好的朋友，我们时不时地在会议上见面，总是这样。"

"甘特夫人曾告诉我她有个女儿。"

"收养的，也是黑白混血。"

"失明。"

"对，几乎失明。但是他们并没有对她过度保护，与其他孩子没什么两样。现在14岁了，也有了男朋友。"

"那孩子跟父亲一起生活吗？"

"不，甘特根本没时间，跟奶奶住在一起，在匹兹堡。"

"萨里亚·基罗加家的女儿贝罗尼卡，对甘特夫人很是亲近，甚至

---

[1] 何塞·埃尔南德斯（1834—1886），著名长篇叙事高乔史诗《马丁·费耶罗》（1872）及《马丁·费耶罗的归来》（1879）作者，也是萨米恩托和米特雷的强烈谴责者，主张维护阿根廷内陆右派利益，曾参加内战。基本信息可见《拉美历史和文化百科全书》第三卷，第182—183页。

跟她说要学医给小盲女做手术,让她重见光明。"

"真是傻话!"

您号召我们[1]同巴拉圭作战,这不可能,将军。这个民族是我们的朋友。您要是号召我们攻打布宜诺斯艾利斯人和巴西人,我们势必一鼓作气,那才是我们的敌人。派桑杜[2]的火炮声犹在耳边,我对恩特雷里奥斯[3]人民的悲伤感同身受。里卡多·洛佩斯·霍尔丹[4]写道。

"您也教文学吗,阿苏亚加?"

"是,我是专心教的,而埃丽萨实际上更想成为小说家。我跟她说,只有你找到真正孤独的自己,明白吗?或者说,另一个自己,才会成为传记作家或者叙事小说家,比如巴赫金[5]和普鲁塔克[6]即是例证。"

"真奇怪,如此现实而贴近人性孤独的创作却叫小说,英语则叫虚构。"

"你们神父似乎对孤独颇有体会。"

"是神学家。"

"在俄克拉荷马州有时我喜欢啃滚烫的炸土豆,要么就是在拉瓦勒[7]……特别是下雪的时候。"

---

1 您号召我们……,乌尔基萨在三国同盟战争中征兵攻打巴拉圭时,里查多·洛佩斯·霍尔丹写给乌尔基萨信中的著名语句。见 http://www.lagazeta.com.ar/lopezjordan《Ricardo López Jordán》。

2 派桑杜,1864年12月被巴西和乌拉圭红党支持者联合占领的乌拉圭西部边境城市。此处对巴西具体行动不作说明,但派桑杜的占领加快了巴拉圭和同盟国之间消耗战。见弗朗西斯科·杜拉蒂奥托2002年《被诅咒的战争:巴拉圭战争新历史》第562页。

3 恩特里奥斯省,位于科连特斯南部的阿根廷省份,横穿巴拉那河和乌拉圭河,许多科连特斯及恩特里奥斯的民众在战争中支持巴圭。

4 里卡多·洛佩斯·霍尔丹(1822—1889),阿根廷和乌拉圭政治家、军事家,也是坚持省份自治而非布宜诺斯艾利斯市自治的捍卫者。具体可见《拉美历史和文化百科全书》第三卷,第459页。

5 巴赫金(1895—1975),俄罗斯著名文学理论家,强调叙事语言多样化(复旋律性),阿苏亚加认为,只有这样才能逐步向传记作家迈进,即前面所述的"时空体",或一部文学作品中时间和空间的连接性。

6 普鲁塔克(约公元46—119年),以传记写作闻名的希腊罗马作家。

7 拉瓦勒,阿根廷著名的旅游商业街。

"她打算写什么呢?"

"林奇夫人的故事,跟您说过。比如她写过林奇和洛佩斯[1]在伦敦时,乔治·艾略特[2]把她介绍给马克思,不过这一段后来放弃了。洛佩斯读过1844年手稿[3]。"

"但那时手稿还没出版。"

"好吧,神父,稍微运用一下您的想象力吧。情节是这样的,听完歌剧后,马克思请他们去喝鸡汤,我想应该是博物馆附近很烫很油的那种。洛佩斯非常喜欢,突然马克思从寒冬腊月热气腾腾的鸡汤热气中抬头对埃丽萨说,'你,将来会有几个巴拉圭孩子,你应该知道这件事。以后全美洲都会变成社会主义疆土。'"洛佩斯——据丽萨说,有点圣西门主义思想[4]——脸色一下子变得很难看。于是,马克思便安抚他,并在他肩上轻拍了几下,就像这样,看到了吗?并对他说:"别担心,无论如何,还有比斯特罗斯纳[5]更糟糕的吗?"

---

1 林奇和洛佩斯……,另有资料称二人在阿尔及尔相识后于1854年同游历伦敦,即在著名的巴黎相会之前。见A.帕尔特里涅利文章。http://www.amanza.com.ar/amanda/Notas/Elisa%20Lynch.htm。

2 乔治·艾略特,英国小说家玛丽·安·克劳斯(原名伊万斯)笔名。

3 1844年手稿,卡尔·马克思完成《经济学哲学手稿》创作,成为马克思主义思想进程的重要里程碑,于九十年后正式出版。

4 圣西门主义思想,法国思想家亨利·圣西门(1760—1825)的理论主张,其社会主义思想因含有强烈的基督教色彩而与发展变化的马克思主义截然不同。

5 斯特罗斯纳,此处为小说中唯一正式提及巴拉圭独裁者,作者以其专权统治为小说背景,同时认为斯特罗斯纳的独裁统治正是主人公人生遭遇的根本原因。值得思考的是当小说第一版于1987年,也就是斯特罗斯纳下台前两年在亚松森正式出版时,官方审查竟能允许以小说形式影射其统治。据作者回忆,当时负责小说编辑的同事非常担心因小说中出现类似语句而遭到血腥镇压,但事实是作品出版后非常畅销且未经受任何镇压,最有可能的原因是由于红党内讧导致的权力削弱已让斯特罗斯纳无暇顾及文化反动了。有关这部分细节,据作者回忆,"以后全美洲都会变成社会主义疆土"和"别担心,无论如何,还有比斯特罗斯纳更糟糕的吗?"两句话是与1970年与音乐家朋友戈登·坎贝尔在其公寓内喝汤闲聊时后者对自己亲口所说(见correo electrónico de Marcos,23 octubre 2010)。

求助境外贷款[1]是与巴拉圭传统财政体制相悖的。弗朗西斯科·索拉诺·洛佩斯写道。

"我不懂您的故事。"卡塞雷斯说。

"再听一个：有一天，林奇夫人和那个巴拉圭疯子去听歌剧，却分辨不出是巴黎版的还是科隆[2]版的，于是，洛佩斯对她说：'即使你不相信，但无论现在还是将来，都有很多一等一的布宜诺斯艾利斯人，同时，无论过去还是现在，都有很多名不符实的法国人；终有一天巴黎会被叫做布宜诺斯艾利斯，而布宜诺斯艾利斯则会被唤作巴黎。'"他们穿梭在这个城市的大街小巷，出入书店和剧院，在飘散着上乘肉香和极品南欧酒香的街道中游走。他们总是华服盛装地去听歌剧，当玛格丽特·戈蒂埃[3]弥留之际，洛佩斯俯身对她说："埃丽萨，其实我对音乐屁都不懂，可我喜欢看自己坐在这儿，这样那些婊子养的杂种就会看到你有多美，然后一个劲儿地嫉妒我。"

"真美。"卡塞雷斯说着将车驶向主教官邸的停车场，"很浪漫。"

"还有很多呢。战后，林奇夫人很怀念巴黎的冰马黛茶[4]，尽管这种冷饮在查科战争中被大加改造。她也自问文学的意义是什么，时常想起斯

---

1 求助境外贷款……，索拉诺·洛佩斯在战前对外交部长何塞·贝尔赫斯说的话。见胡安·伊里维埃雷斯·阿尔加尼亚所著索拉诺·洛佩斯书信集《以元帅之标记》（见 correo electrónico de Marcos, 23 octubre 2010）。见 http://www.cervantesvirtual.com 马丁内斯《被埋葬的三位一体，巴拉圭：走近社会诗歌之路》。

2 科隆，布宜诺斯艾利斯著名剧院。

3 玛格丽特·戈蒂埃，亚历山大·小仲马1848年著名小说《茶花女》中的主人公，作者以情人玛丽·杜普莱西为原型塑造的经典人物，1853年将其改编为同名戏剧；同年，意大利著名作曲家朱塞佩·威尔第以该小说内容为基础创作歌剧《茶花女》，该剧中茶花女改名为维奥莱塔·瓦列里。由此足见小仲马塑造的玛格丽特·戈蒂埃之经典。详情可见 A. 列维《法国文学导读》第二卷，第215至216页及《新格罗夫歌剧词典》第四卷，第799页。

4 冰马黛茶，以马黛茶泡制的巴拉圭冷饮。传统马黛茶加开水，冰马黛茶则是将马黛茶放放在冰水里面，加入冰块和柠檬。

特恩[1]和乔伊斯[2]也是爱尔兰人。洛佩斯少年时就和流亡巴拉圭的阿蒂加斯[3]聊过联邦制,他也亲眼看见他摸了给他加马黛茶的印第安女人的屁股。"

"打扰,"卡塞雷斯边说边熄灭发动机,"跟您说一下,我们就停在这儿了,若不介意,今晚您就是我的陋室贵宾了。行李箱放车上吧,过会儿有人来取。"

"啊,不胜感激,"阿苏亚加有点心不在焉地说道。二人下车后便迎着火辣辣的日头向官邸走去。

"这些故事有点《图兰朵》精神色彩,"卡塞雷斯礼貌地的接上话茬说道,"不过我很喜欢,它们揭示着一个纯净的灵魂。"

"什么精神色彩?"

"《图兰朵》精神色彩,布莱希特[4]加入中国元素的小说,描写法兰克福学派和一群沽名钓誉、迎合北美基金会以敛财的知识分子。里面讲一个老富翁去世后,全世界都为之哀悼,遗嘱里写明留有一笔巨款,用来建立一所研究贫穷从何而来的学院,殊不知,他自己正是贫穷的根源。"

我们很快[5]就会知道美国想让巴拉圭做什么,我敢保证他们已经准备好了看似友好光荣的交易,我也可以告诉您,我能感觉到这个大家伙想从上面对付我们,因为所有的渗透行为都表明这个国家似乎已然是它正义大

---

1 斯特恩,全名劳伦斯·斯特恩(1713—1768),爱尔兰及英国小说家。
2 乔伊斯,全名詹姆斯·乔伊斯(1882—1941),爱尔兰小说家。
3 何塞·赫瓦西奥·阿蒂加斯(1764—1850),乌拉圭独立之父。
4 贝托尔特·布莱希特1898—1956),以戏剧创作闻名,其他领域也著述颇丰。1965年出版的戏剧作品《图兰朵》也称作《蜕小说》,他把德文知识分子(Intellektuelle)一词分成三段(in、tellekt、uelle),再颠倒它们的次序,分别取其开头的字母,组成一个单音节的新词"Tui"(音译为"蜕")。尽管作者本人极力推崇,该作品本身并未得到充分肯定,其核心思想是讽刺迎合资本主义需求的知识分子。
5 我们很快……,见胡安·伊里维埃雷斯·阿尔加尼亚所著的索拉诺·洛佩斯书信集《以元帅之标记》。引用背景为1855年的巫水事件(见correo electrónico de Marcos, 23 octubre 2010),即巴拉圭军队开火炮击未经允许擅入领海的美国船只。

业的一部分,任何协议都难以实现。美国佬们执拗于他们的古老传统,总是大炮在前好让人感到它的威力,理性和正义也只有靠边站了。弗朗西斯科·索拉诺·洛佩斯写道。

"是,想起来了,"阿苏亚加说,"不过布莱希特没能完成这部作品。"

"美国人是最难拯救的民族,也是唯一认为自己生活在天堂的民族。早上好,托罗克斯管家,这位是罗伯特·阿苏亚加先生,刚从俄克拉荷马州来。"

老妇人向阿苏亚加伸手问好,并跟他说房间已经准备好、毛巾在衣柜里。随后告诉卡塞雷斯马塞林神父的葬礼下午四点举行。

"我的在下个月。"阿苏亚加咕哝着,却没人理他。

卡塞雷斯目送愁眉苦脸的穿蓝大衣者拖着沉重的双脚跟在年老矮小的修女后面,直到他们进了金黄色电梯。他忽然想起把《圣经》落在了车里,尽管已经疲惫不堪,还是向梅塞德斯走去,嘴里默念着马塞林临终前受终傅礼涂圣油时在他耳边含含糊糊说过的一句话:别把生命交给巫师。那正是那天早上自己偶然读到的一句话。他全神贯注地想着那句话,机械地打开车门、拿起紫色封皮的《圣经》、梦游般地在《旧约》第二卷中翻找,接着便觉得浑身仿佛被电击中一般。他惊恐地发现那一页像是被美洲豹的犬牙撕碎了,那些犬齿留下了一种血与残忍混合的绿色痕迹。

埃丽萨·阿里西亚·林奇夫人进了图书馆,走向一个写字台,旁边一位长着类似中国人眼睛的年轻图书管理员对她殷勤地微笑着。她借了两盘磁带,坐在宽敞的窗户前,巴黎秋天清澈如洗的清晨尽收眼底。她先打开一盒法语磁带。有人曾在上面描述光彩夺目的地中海沿岸的白石遗迹[1],

---

1 光彩夺目的地中海岸的白石遗迹……,埃丽萨所听的磁带是法国作家阿尔贝·加缪1954年散文集《夏天》节选片段《回到提帕萨》,加缪借此回忆在阿尔及利亚度过的童年时光,特别是对提帕萨的罗马遗迹的回忆。

她想到阿尔及利亚[1]。是的，美好存在，被欺凌的人也存在。磁带的声音像是这样说。无论我生而为人和作家的缺点是什么，我永远不可能不忠于她和其他人[2]。这盘录音带放完后，夫人换上了另外一盘。她不想像往常一样从春开始。她觉得秋[3]更为中庸些，没那么盛大。她是从一个农业国被驱逐出来的，在那里，自傲的西方世界用血浸染了阿波罗[4]推进器，此刻正尽享神秘意大利[5]人以真爱[6]之名创作的狄奥尼修斯舞蹈，距离被启蒙的阴暗世纪[7]很远，而对长眠于巴拉圭或爱尔兰的农民来说，那更像是一场酩酊大醉，一场梦。冷冷清清的图书馆里，一双明眸淹没在清晨明净宽广的蔚蓝中，前面广场上忧愁的树枝中立着一根桅杆。一看到那以共和国的威严主导四季轮换在缓缓飘荡的旗帜，她感觉心中有点什么在颤抖。对，正是她的三色旗！不是以红、白、蓝相同的比例，而是以不同比例构成，那正是弗朗西斯科战死时倒下的三色旗[8]！她紧张地在破旧的口袋里翻找手帕，一脸难为情地看着亚裔图书管理员，由蓝变红的眼睛因着固执的骄傲而神采奕奕、充满泪水。夫人深深地明白这种感觉，因为她爱它——无

---

1 她想到阿尔及利亚，注意此处的双关用法——既指加缪的阿尔及利亚也指历史上埃丽萨·林奇到访过的阿尔及利亚。

2 美好存在……和其他人，加缪《回到提帕萨》名句。

3 春，秋，此处指意大利作曲家安东尼奥·维瓦尔第（1678—1741）1725年小提琴协奏曲《四季》之春、秋。

4 阿波罗……狄奥尼修斯，希腊神话人物，分别代表人性中的理智、冷静和感性、放纵。

5 神秘意大利人，指小提琴协奏曲《四季》作者维瓦尔第（见correo electrónico, 9 octubre 2010）。

6 真爱，中世纪形容基督教之爱的术语，由中世纪西班牙伊塔地区神父胡安·鲁伊斯（1283—1350）经典著作《真爱之书》而来，此处略有讽刺意味。

7 被启蒙的阴暗世纪，马科斯对掀起启蒙运动的"光明世纪"采用的矛盾形容法，"光明世纪"认为幸福来源于理性主义。

8 正是弗朗西斯科……三色旗，此处采用同一人物双重身份的时空体写法，读者既可以认为是历史上三国同盟战争失败后、遭驱逐的埃丽萨·林奇在巴黎的一所图书馆努力分辨法国国旗和弗朗西斯科·索拉诺·洛佩斯战败牺牲时倒下的巴拉圭国旗，也可认为是小说人物的埃丽萨·林奇老师在一所巴黎图书馆遥想那场为自由而战的近代战争。

处不在却又短暂易逝。她自问什么是命运的希望,压力之下顽强不屈的静默也许就是命运的恩赐。这便是活下去的英雄主义,不是在厄运或天命中求生,而是在酷刑折磨和铁石心肠中求生。总有人担得起众人当之无愧的敬佩而不是鄙视,正如同老渔夫[1]只会在公海对抗孤独和鲨鱼。即使冬日凛冽刺骨的寒风冻得她瑟瑟发抖,她的灵魂依然充满了这些确定无疑的信念。经历过那场使祖国与旗帜重回怀抱的葬礼后,她变得更加强大,被那没有乐观没有预言的等待所震撼,被那没有圣诞大胖子[2]、不知所云的村夫谣和椰子花的梦境所震撼,被那她将在星空下俯视、她的巴拉圭子孙们或在那儿短暂搁浅、或一生停留的坚实的土地所震撼。她明白,所谓希望,它超越爱、上帝和死亡,就是在敌意的清晨如同火之挑战一样掠过的图书馆这一个小小的方凳、苍穹下的眼泪和旋律急速的乐章。她闭上眼睛,咬紧牙关,喃喃自语道:"我们必胜[3]。"腋下夹着磁带、正要起身的时候,她注意到远处那个不会讲西班牙语的越南小伙子[4]惊得目瞪口呆。于是,夫人摆出一副勇者的姿态对他笑了笑,用越南语问道:"为什么这样看我?你听到磁带的声音了?"

---

1 老渔夫,指欧内斯特·海明威1952年出版的小说《老人与海》中的主人公。
2 圣诞大胖子,双关语,既指巴拉圭圣诞彩票"大胖子",也指圣诞老人,南北半球根据季节变化小说中多次出现的人物形象。
3 我们必胜,上世纪60、70和80年代社会政治运动常见口号,英语"we shall overcome",曾被改编为美国非裔民权运动主题曲。
4 越南小伙子,越南曾沦为法国殖民地,因此在巴黎图书馆看到越南人并不稀奇。此处提及越南人的另一个社会政治原因是上世纪60、70年代的越南战争。

第二部

第一章

　　院长是个已经驼背、身材矮小、年龄已记不清的修女。她走进来的时候，所有人都在福楼拜[1]学术厅里了。跟在她后边的是卡塞雷斯、阿苏亚加和一个穿着考究的*新手*，以及一个背着一张书桌的工友。睡觉的女学生都醒来了，全都醒来了，仿佛是看到她们都在工作。她们站起来，好奇地观望着那个新来的人：阿苏亚加在修女和主教之间默默地点燃了一支香烟。院长打了个命令的手势让大家都坐下，然后她走向女学生，严肃地咳嗽了一声：

　　"神父马塞林……的死，使我们的学校蒙上了一层阴影。他的教学地位和牧师地位是非常难以弥补的。特别是你们，女孩子们，将会为如此忘我工作的老师的去世感到深深的悲伤。"

　　贝罗尼卡躲在教室尽头的角落里，站在向一片葱茏的体育场敞开着的大窗户旁，掩饰着她讥讽的怪相。她一动不动，人们几乎看不到她。她额头上方留着直挺挺的短发，像个乡下教堂唱诗班的指挥，神情高傲，一副专心思考的样子。配以金黄色纽扣的蓝色灯芯绒外套紧紧地裹在身上，似乎有点儿瘦，因为她肩膀很宽，上身长得像个亚马孙地区的人，袖口里露出的双手，由于夏日太阳的烤晒和磨练，呈现出深暗的棕褐色，如同骑士防晒的手。淡灰色的裤子紧紧地系在吊带上，露出穿着蓝色袜子的双腿，

1　古斯塔夫·福楼拜（1821—1880），法国小说家。这一段的大部分是引自福楼拜的代表作《包法利夫人》开头一段的释义。因此新手一词用了楷体，在福楼拜的文章里就是这样出现的。

肥大的鞋子装饰着饰钉,没有多少光泽。她的手里紧紧攥着一个小纸团,那是她的朋友索莱达在她笔记本上写的一首诗,从书桌底下偷偷递给她的。为什么时间有[1]秋天的那种颜色?是谁占卜了这个艰难而长期痛苦的日子?我不知道有多少话语、多少吻、多少强烈的渴望期待着我的双唇。但是我用它们来歌唱。在这儿你们可以听到我坚定不移地反对暴君的声音,那是为了葡萄,为了天真单纯,为了生活。这是一个常用的词语,你们就使用它吧,将它紧紧地握在手里。

"我理解你们的焦急心情。"院长继续说道。"阁下已经提醒过我,今天你们应该进行哲学考试,这是马塞林神父的课程……你们应该是在焦急地等待着考题……但是,我要借这个本学年你们聚在一起的最后的机会,向你们介绍一位你们的英语教师埃丽萨·林奇·德甘特博士的好朋友。在这儿你们看到的这位先生,是罗伯特·阿苏亚加博士。他刚从俄克拉荷马州来到这儿就来拜访你们的英语教师了。我希望这次你们可不要做出像集体逃离警察那样的荒唐可笑的不光彩的事情!"

传出了几声窃笑声。院长狠狠地向学生们瞪了一眼。

"阿苏亚加博士将和卡塞雷斯阁下一起负责纠正你们的考试,然后也许你们能说服他帮助你们做年终戏剧演出的舞台布置。坐下吧,去干活!"

院长开口想结束她的演说,但是学生们一起模仿着半岛家畜阉割哨的调子唱道:

人人为自己,上帝为大家!

院长在一片哄笑声中涨红了脸,垂下了眼睛。她羞怯地在两男人身上轻轻地拍了拍(他们犹如两座黑色高塔似的护卫着她洁白的教服)便离去了。阿苏亚加耐心地等着那嬉闹的掌声结束,细心地把烟蒂在八角形的

---

[1] 词语引自马科斯的诗集《诗与歌》中《在这里你们听到我的声音》第71页。

瓷砖上捻灭。

"好的……'抬起你们忧郁的眼睛',就像院长说的那样……"

"托罗斯。"卡塞雷斯说出院长的名字。

"……就像托罗斯院长说得那样,我是顺便来到这儿,几乎可以说是出于凑巧……实际上,我没有多少中学教学的经验,也可能没有教学的能力。毫无疑问,中学教学要比大学教学难得多……"他咳嗽了一声,吸烟的过。"好吧。无论如何……我不想发表任何讲演。我和卡塞雷斯阁下认为,考试在你们的能力范围之内……我们整整一夜都在准备这些问题。"

学生们无声地吼叫着,脸露恐惧之色。阿苏亚加露出厌烦的微笑。

"好了,请你们不要害怕……我看考试相当容易,一点也不复杂……有什么问题吗?"

一片寂静。

"好吧,不管怎样,你们一拿到试卷就好好看看是否有什么疑问。我们很乐意为你们作必要的说明。"

卡塞雷斯从超市用的口袋里取出鼓鼓囊囊的一大包锥形复印件,然后一个书桌一个书桌地分发。

"首先写上你的名字……"他逐个地对学生说。

"别给我们弄错了,神父……"几个学生低声说,一边向那个紧张的大胡子老人眨巴着眼睛,如同当时电视里深受欢迎的木偶老鼠[1]。阿苏亚加无动于衷,又点燃了一支香烟。他从窗户里望出去,外面是网球场和田径运动场。七姐妹[2]的姑娘们手握球拍跳来跳去,屁股撅在空中。那是一个炎热的下午,但是非常干燥。万里晴空,没有一丝云彩。阿苏亚加惬

---

[1] 当时电视里观众爱看的场景。
[2] 这里的"七姐妹"用的是英文斜体。这个名字在美国是封给对女人来说最著名的七所大学的名字。此处用作形容词,即"七姊妹风格"。

意地吸着香烟,实际上那群散发着芳香的不安分的年轻姑娘令他感到不安。卡塞雷斯走到他身边。

"好啦。"他说。

"我们干吗不问问他们是否需要什么说明。"

"同意。"耶稣教神父就像刚才院长做得那样咳嗽了一声,学生们悄悄地抬起了眼睛。"教授提醒我现在你们可以提问题。"

几只胳膊举了起来。大胖子不慌不忙地一排排走过学生。阿苏亚加厌烦地看着他裁剪得十分得体的外套和长裤褪裤子以及那条黑色领带上的灰色卡丹标志在一头金色长发之间晃动着。单声调的声音传到他的耳朵里,仿佛是遥远的轻声细语。他冷冰冰地开始研究那些女孩子的面庞,她们的戏剧动作和神态,她们各种各样的体型,她们那情绪不佳的神色,她们那显然是争先的努力,独自的,或靠着某个同伙偷偷的帮助。卡塞雷斯继续回答着接二连三的问题。那些问题不都是敏锐的,但是他还是竭力地回答。阿苏亚加决定去帮助他。一个有着一双乌溜溜大眼睛的金发美女已经举起手来。

"请吧,小姐。"

"这个……"

"请讲吧,我也可以回答您,这样可以减轻点神父阁下的负担……"

贝罗尼卡站起来,好像有点惊慌。

"您把问题忘了吗?"阿苏亚加以嘲讽的语调说道。

贝罗尼卡仰起萨里亚-基洛加家族挑战性的下巴(这个家族的先人佩德罗·门多萨[1]曾经乘桅帆船在大海上乘风破浪去探险),继承了四个世纪以来祖辈铿锵有力的语调。

  佩德罗·门多萨,西班牙探险家(1487—1537),他在1536年创建了布宜诺斯艾利斯,是拉普拉塔河广大流域的第一任总督。

"没有忘……我想知道给我们多少时间交实习论文。"

"您说什么?"

"论文[1]。我们写了一篇马塞林神父布置给我们的论文。"

"啊,是这样……关于什么的论文?"

"关于黑格尔。"学生们一起回答。

"啊,很有趣。"阿苏亚加说,"你们可以跟考卷一起交。"

"谢谢老师。"贝罗尼卡说,接着坐了下来。阿苏亚加继续好奇地看着她,窥探着那双盯在论文上的严厉的眼睛以及那些在答案上迅速涂涂抹抹的手指。科连特斯城教堂的头领最后走到了她的身边。

"您不想坐下吗?"那个大人物说。阿苏亚加顺从地接受了。他们登上了沉重的木讲台,脚下发出咯吱咯吱的声音。在光洁的联邦时期[2]的写字台后面,有一张舒服的尼龙扶手椅。卡塞雷斯坐到桌子上,用戴着大红宝石钻戒的手指了指,把扶手椅让给了阿苏亚加。女学生们紧张地写着,或者把遭罪的圆珠笔叼在厚厚的唇间走神。可以听到某个角落里的窃窃私语声。

"自己做自己的,姑娘们。"主教警告道。在他的旁边,阿苏亚加厌烦地把臂肘支撑在那件旧家具上,闷热让他大汗淋漓。他把灯芯绒外套搭在了扶手椅上,又解下了领带。一个姑娘举起了手,阿苏亚加示意让她走过去。那姑娘从课桌间的通道走近来。她有她的忧伤和不幸[3]。14个年头,学校是一个长长的过道,是阶梯、柏树、椰子树、小山羊、棕榈树、松树、太阳照射的门槛、一种昔日的柔情,如同被遗忘在一本黄书中的沉

---

1 这里的论文系指西班牙文的散文、随笔、杂文或一般作文。
2 联邦时期,系指阿根廷1835—1852年期间,亦即胡安·曼努埃尔·罗萨斯独裁专政时期。见H. 赫林所著《一部拉丁美洲历史》(1967)。
3 几乎完整地引自马科斯诗集《诗与歌》(1976年版,第29页)中的《女学生们》第一节,当时作者在亚松森中学任教。

睡的花朵，某种悲惨的秘密。她有她的忧伤和不幸。但是，冬天的风扑打着她的脸，用一双模拟为农牧之神的双手在清晨死板的蓝色中扯走她的围巾；同时还用森林之神萨梯的手指骗过了修女们的猜疑眼睛。她有她的悲伤和不幸。14岁的年纪，生活有点儿严肃了。因此，她从窗户里遥望远方，眼睛里展开了历史的课堂；亚历杭德罗[1]现在是那块游云。她有她的悲伤和不幸。14个冬天，天空至今没有改变。

"老师，"女学生走到讲台前像猫叫一样地说道，脸上露出一种女罪犯的怪相。"这里有个问题我不懂……"她把试卷拿给阿苏亚加看。问题是这样的：

西塞罗[2]的《霍腾修斯》[3]促使了一个著名思想家哲学的诞生。这个思想家叫什么名字？ 1.休谟[4]。2.圣奥古斯丁[5]。3.圣安塞尔莫[6]。4.圣托马斯·阿奎那[7]。

看了问题，阿苏亚加微微一笑。他那样看着她，他做得对，仿佛她是个陌生人，仿佛那天清晨变成了黄昏；她站在远处，[8]在别的细长腿姑娘们中间。他把一头金色长发甩到背后，欣赏那令人惊讶的高高耸起的胸部。她的裸体出现在镜子里，那个面色红润的姑娘发现了她，两人用羞怯的目光互相看了看对方。她把钥匙挂到屋门上。别人将会认为她在检查

---

1 亚历杭德罗·马戈诺（公元前356—323），古希腊后期的征服者。
2 西塞罗（公元前106—43），罗马国务活动家和作家。
3 《霍腾修斯》，在这部作品中作者西塞罗倡导学习哲学，这对圣奥古斯丁皈依基督教起了关键性的作用。
4 大卫·休谟（1711—1776），苏格兰哲学家。
5 圣奥古斯丁（354—430），《上帝之城》（413—426）的作者。
6 圣安塞尔莫（1033—1109），中世纪基督教神学家，他创办了中世纪经院哲学的哲学学校，提出了著名的上帝存在实体论证明。
7 圣托马斯·阿奎那（1224或1225—1274），中世纪基督教神学家，他的不朽鸿篇巨制《神学大全》和《哲学大全》系统地梳理阐述了当时的天主教思想。
8 完整地引自诗集《诗与歌》中的《女学生们》第二节，第30—31页。

笔记本、绘图纸和上学的书籍。人们会认为她正在温顺地俯在桌子上，心无旁骛地沉浸在阅读之中。他们不知道她在那儿，她就如从窗户进来的黑夜。而在那面同谋镜子里面出现的月亮上的月亮，只是街角上的一个路灯。星星是在排队的一大批自由职业者的委托人，他们在濛濛细雨中惬意地等待着最后拿到一个月的工资。当然，这就是生活。但是明天是周一，14个年头，周一都是糟糕的日子。

"你干吗不去问神父大人？"阿苏亚加说。"我对基督教哲学不太……不太了解。"

"是圣奥古斯丁。"卡塞雷斯以严肃的声音干巴巴地说道。

"谢谢神父大人。"女学生小鸟啭鸣似的恭恭敬敬地说，同时目光注视着不知如何是好的阿苏亚加。"谢谢老师。"

说罢，扭动着她那桃子般的臀部回到位子上。从那儿，她又向神父和阿苏亚加送去微笑，继而用舌头舔起了自己的下嘴唇，然后又慢慢地去舔上嘴唇。阿苏亚加眉宇间露出的略显伤心的神气似乎让她有点扫兴。

"这个学生叫什么名字？"阿苏亚加问。卡塞雷斯用手指在马塞林的卷宗上指了指她的全名。

"索莱达·蒙托亚·萨纳布里亚·甘特。"

她整夜失眠。她是趴在敞开的书上睡觉的。这天清晨刷牙的时候，她的眼睛又红又肿，照着镜子感到很难过。她稍微整理了一下头发，勉强地吃了点早餐。在等公共汽车的时候，她困得倒在了地上。她拼命地力图记起书中的那些原理，但是却一个也想不起来。因此，尽管她整夜失眠，她的手还是悄悄地往前伸、果断而不让人发觉地放到了书桌上。她伸开手指，摸索到了书形的东西，将它打开，那是要查询的笔记本。但是她的眼睛若无其事地望着窗户，仿佛正在思考着考题上的平行四边形。老师看着她，但是没有产生任何怀疑。对这一套，可说她技术娴熟。笔记本上的东西进入了她的记忆，她一条条抄到考卷上。但是也不是像认为的那样容易，这样的抄袭是在学校里艰苦练习的实践中学到的技能,她要冒得零分和受人嘲笑的风险。尽管如此,在前一天晚上,她一边读呀读呀,也还是发誓第二天上午要记得那些书本上的定理。[1]

"索莱达·蒙托亚[2]?"阿苏亚加皱起眉头重复道,"她是洛尔加诗中怎样的人物?"

"对,她是洛尔加诗中的人物,但是蒙托亚是她的第二个名字,而不是姓。她的父亲已经去世,原来是一位浪漫的理发师。她是埃丽萨丈夫一边的侄女。黑格来的时候,她组织了规模宏大的抗议活动。她会写诗,读托洛茨基[3]。"

那是[4]皮拉圭[5]。他唯一要干的事情就是像一条咳嗽的狗一样站在那儿,记录下送牛奶工来的时间、邻居拜访我们的时间或我们看月亮的时间。有人把他安排到那个街角上,教给他颠倒着阅读报纸来掩饰他奸诈虚伪的字母。现在我愤怒地用一个手指指着他,为的是当你们路过街角的时候既不要告诉他时间也不要跟他打招呼(他的嗅觉很可悲,目光也混浊)。我知道他是一个可怜的人。但是有许多像他那样的人,这些人在所有的人中制造出一个不可居住的世界。我诅咒他们患梅毒症的卑微小人的族群,发誓绝不会不借给他们一把小提琴。

"她读托洛茨基?"阿苏亚加讥讽地说,"真有意思。"

---

1 完整地引自诗集《诗与歌》中的《女学生们》第三节,第32—33页。
2 索莱达·蒙托亚,加西亚·洛尔加《吉普赛歌谣集》中《巨大痛苦之歌》一首歌谣中的人物。诗歌中索莱达所遭受的深深的痛苦是小说中索莱达所遭受的巨大痛苦的提前预告。
3 莱昂·托洛茨基(1879—1940),俄国马克思主义革命者,他脱离了他的斯大林主义共同信仰者,在墨西哥被杀害。
4 完整地引自诗集《诗与歌》中《自由之诗》一首的第一节,第72页。
5 皮拉圭,瓜拉尼语意为"多毛的脚",系指阿尔弗雷多·斯特罗斯纳政权用来监视巴拉圭人民的雇佣侦探。规范的瓜拉尼语书写应为pyrague。

"没错,有一天她拿来她写的一首纪念洛佩斯在塞鲁克拉[1]战死的诗给我看,她对我说那是一首挽歌。"

"那是维克托·雨果式[2]的挽歌,"我想,"奥利里[3]式的挽歌,安德拉德[4]式的挽歌。"

"不,这首挽歌只有三行字:

'诗人已经把你歌颂,

我再加上这么一句诗:

现在你就是我们。'"

"嗯嗯嗯……不错。如果不是以'你'相称这种非常西班牙人化的方式,那句更完美了。"

"她大约18岁左右……读小学时由于感情不成熟留过一次级。是个奇怪的女孩子。她的狗叫拉斯科尔尼科夫[5]。"

短短几个月之后,西蒙·卡塞雷斯主教就将会把一本紫罗兰色封面的书放在她的枕下。"你将依旧像女巫那样的生活。"那本《圣经》是她的书,因为也就是在那本书上她读到了拉萨罗[6]复活的情景。索莱达刚进

---

1 塞鲁克拉,三国联盟战争最后一次战役(1870年3月1日)的地方。"Corá"也写为"Korá"或"Kora",最后一个写法为标准的瓜拉尼语正确形式。在此次战役中,弗朗西斯科·索拉诺·洛佩斯和巴西军队一同战死。来自多方的消息称,当时他连续不断的高喊那句著名的豪言壮语:"我跟祖国一起死亡。"但是也有人称,他的最后的话语是:"我为……祖国而死。"另外,对他的死亡方式也有争论:一说是中弹而死,一说是被长矛刺死,证据各异。比如,见F.多拉蒂奥托所著《被诅咒的战争:巴拉圭战争新史》,第451页。

2 维克托·雨果(1802—1885),法国浪漫主义小说家,勇敢的诗人。

3 胡安·奥利里(1879—1969),巴拉圭诗人和历史学家,他的作品宣扬了洛佩斯的英雄形象。

4 奥莱加里奥·维克托·安德拉德(1839—1882),阿根廷诗人、记者和政治家。他对三国同盟战争中巴拉圭的事业深表同情,反对阿根廷统治者巴托梅·米特雷和多明戈·萨米恩托的政策。有关基础资料可见阿根廷教育部编写的简短《奥莱加里奥传》,见 http://www.me.gov.ar/efeme/olegario/biografia.html。

5 拉斯科尔尼科夫,陀思妥耶夫斯基的小说《罪与罚》中的主角(俄文原版出版于1866年)。

6 拉萨罗,亡灵秉承耶稣的意志复活。见卢卡斯《福音书》16:19-31。

监狱的时候，卡塞雷斯大概认为她将会用宗教信仰跟他纠缠，跟他讲《福音书》，用那本美洲豹撕破的小书激怒他。但是，让他大出意外的是，她一次也没有跟他谈到这件事，连建议他读读《福音书》的话都没说。尽管到晚上又要拷问她，她到时还会是情绪很激动，但是她甚至有点儿幸福感，而那种幸福几乎令她恐惧。主教大人连新生活对她并非是免费的都不知情，她必须为新生活付出高昂的代价，以未来的丰功伟绩支付它……但是由此开始了一段新的历史，一段把一个叫甘特的人逐渐变成新人的历史，也就是他从一个世界逐步跨进另一个世界的历史，一段他开始认识另一个从来不认识的现实的历史。

阿苏亚加的右手还放在打开的马塞林的案卷上。他抚摸着下巴看了一下女学生们的名单，手指指着索莱达的名字问卡塞雷斯：

"这个人……这个学生的情况怎么样？"

"不知道……她们都是马塞林的学生……等一等。"主教打开了另一个案卷，这个案卷封皮很庄重，更像硬纸板。他眼睛盯着一份名单，似乎感到惊讶。

"怎么？"

"平均分成绩为 A。"卡塞雷斯低声说道。"这在马塞林的学生成绩单上很少见。老先生的学生名册上，这样的成绩只是还有另外一个人。"

"就是尽头上那个黄头发的女孩子。"

卡塞雷斯惊讶地看了一眼阿苏亚加。贝罗尼卡不停地写着，一脸的兴奋。阿苏亚加得意地把箭牌香烟送到形成曲线的嘴边。

"她是萨里亚家的孩子。"大胖子说道，"您是怎么知道的？"

"您在回答问题的时候，她举起了手。她想知道何时交马塞林给她们布置得关于黑格尔的论文。我觉得她是为其他女孩子负责，懂吗？像是想保护她们。"

阿苏亚加乐滋滋地看着自己嘴里吐出的烟圈缓缓上升,在即将消散的下午的炎热空气中破裂消失。他静静地等待着。交卷的时间到了,卡塞雷斯要求学生交卷。交卷之后,女学生们比较有秩序地走掉了。卡塞雷斯到楼上去了一下,从咖啡店端来一个托盘,上面放着两瓶啤酒和几块鸡肉三明治。阿苏亚加说他没有胃口,但是他喝了啤酒。他们把试卷分开,快速地逐一改了起来。他们不时地听到外面有轻轻的敲门声和一些女学生尖着嗓子问她们的分数。卡塞雷斯不耐烦了,对她们说第二天才看她们的卷子,让她们都回家去。当卷子终于改完了的时候,阿苏亚加向主教告别,告诉他他要到机场去接埃丽萨。卡塞雷斯要把自己的车借给他,但是阿苏亚加说他更喜欢乘出租车。阿苏亚加把他的灯芯绒外套搭在肩上,步履矫健地穿过阴暗潮湿的宽阔过道,过道两边的墙上贴满了海报和光荣榜。出了过道,他进了公园。尽管太阳已经落山,外面依然是那么炎热。阿苏亚加叹了口气,大步流星地穿过公园,站到对面的人行道上等出租车。没有一辆出租车从他的眼前驰过,他转而倚到公共汽车站的柱子上等公共汽车。一辆公共汽车过去了,上面的乘客挤得满满的。那时,一辆阿尔法-罗密欧牌[1]折篷轿车开近人行道停下来。

"老师,我们可以带您去您去的地方吗?"

阿苏亚加一时看不清车里的人是谁,但是他似乎觉得她们是穿着校服的女学生。

"谢谢,但是我去的地方很远。"

"没关系的,请上车吧。"

"我是去机场。"

车门打开了。阿苏亚加稍有踌躇,但他看一下表,就上车了。那时,

---

1 名牌汽车。

他在暮色降临中的微弱光亮下认出了她们。

"她叫索莱达·萨纳布里亚,我叫贝罗尼卡·萨里亚。"开车的那姑娘说。车轰轰鸣响着启动了。阿苏亚加机械地掏出一个长条包装的大麻烟送给她们。她们有点愣住了。但是,贝罗尼卡作了决定。

"好的,索莱达,给我一支,你想吸吗?"

索莱达一时脸涨得绯红。她把大麻烟分成两截,阿苏亚加帮她们点着,贝罗尼卡兴冲冲地吸了一口,顿时精神焕发。

"你去找埃丽萨吗,老师?神父大人说她今天从拉斯米西奥内斯回来。"

阿苏亚加点头表示同意。两个学生如此亲切地对待他有点出乎他的意外。他们在长时间的沉默中前进了一段路。贝罗尼卡的一头金色长发在风中飘荡着,但索莱达似乎有点儿害羞,她剪成了短发。

"感谢您在考试时的说明……"索莱达终于羞怯地低声说。

阿苏亚加没说话,只是以笑作答。

"索莱达可是非常喜欢跟老师逗着玩儿的。"贝罗尼卡说。阿苏亚加复又微微一笑,没有说话。

"你们是非常优秀的女学生……马塞林可是很少给学生平均分打五分的。"

"可是,主教大人没有让索莱达过关。因此昨天她气得用一把梳头的梳子把自己的整本《圣经》都刮坏了。梳子生了锈,连手指都刮破了。喂,索莱达,让老师看看你的手指。她的手指流了一上午的血,我不得不用嘴为她吸干,然后涂上双氧水。"

阿苏亚加惊讶地看了一眼那两个女学生。索莱达的脸又红了起来,谨慎地把手放到了她的腿和阿苏亚加的腿之间。

"对不起,我们坐得有点儿挤了。"贝罗尼卡说。"这样的车就只有一排位子……不过,这样就更好,对吗?"

他们轻快地飞速前进。

她就像是纳迪亚·科马内奇[1],只是头发是金黄色的。埃丽萨曾这样说。

---

1 纳迪亚·科马内奇,罗马尼亚体操运动员,18岁即在1980年奥运会上获得一枚金牌和两枚银牌。之前在1976年奥林匹克运动会上获得类似的成绩。

第二章

"可是,奇皮派不上什么大用处[1]!"索莱达尖叫道。

"我们总得跟某个人出去。"贝罗尼卡说。在那个挂着瑞士棉毛混纺[2]半透明窗帘、墙上挂着笑容满面的罗伯特·雷德福特[3]像的房间里,索莱达惶惶不安地走来走去。镶在银框里的镜子窥视她那一张一合的双唇,映照着她背后被燃烧的火焰刺激得迷茫的贝罗尼卡的目光。

"见鬼,这家伙完全是个没用的废物!"索莱达继续说。她的香水是廉价的,但是这天下午她很漂亮。

"如果他讨厌,我们就把他扔下不管了。"

"我们得早早回来。"索莱达说,又把一块酒芯糖放进嘴里。

"你不是说你妈妈去了雷西斯腾西亚[4]了吗?"

"家里没有人,但是邻居在。这个可恶的老太太,总是盯着我回家的时间。"

"就是那个在市场上放高利贷的女人吗?"

楼下传来了埃瓦里斯托·萨里亚-基洛加的声音,他在叫他的女儿。贝罗尼卡从前厅的栏杆上探出身去。父亲看到了她橘黄色的背心裙,他觉得这件衣服在设计上用了摩登的低胸口,就是说,很夸张。随后便问她在做什么。

---

[1] 正文已忠实译出原文的含义。
[2] 同上。
[3] 罗伯特·雷德福特,美国电影演员和导演(1937),在20世纪60—80年代的电影界深受欢迎。
[4] 雷西斯滕西亚,科连特斯城附近的阿根廷城市。

"我跟一个女朋友在一起,一会我们要和奇皮出去。"

"好的,我要去跟拉腊因下盘棋,下完就回来。你出去的时候不要忘了把卡门·塞维利亚交给你妈妈。"

"好的,爸爸。"

先生抚摸着下巴。

"贝罗尼卡……"

贝罗尼卡从栏杆上探身出来,露出平胸。

"我希望你不要回来晚了,亲爱的……"

贝罗尼卡连蹦带跳地跑下大理石楼梯,走到父亲身边,几乎是贴着他的耳朵低声说:

"爸爸……我想我要留在我女朋友家中过夜了。她妈妈去了雷西斯滕西亚,她要求我陪她。"

先生抚摸着女儿赤裸的肩膀,甜美地微笑着,下意识地模仿着她那温柔的语调说:

"好吧,我的宝贝,可是,干吗不早告诉我呢?"

"因为她……"贝罗尼卡垂下眼睛撒娇了,"因为我首先得得到您的同意才能答应她呀。"

她感到父亲潮湿的嘴唇贴到她的额头上,那是在告别。当她爬上大理石楼梯时,她听到了父亲从外面的关门声。她走进了自己的房间,看到索莱达正在不耐烦地看着她的互助基金会手表,红嘴唇噘得能挂个油瓶子,脸色难看。

"这个奇皮总是迟到。"

"索莱达,我不喜欢你的发型。过来,我重新给你梳一下。"

她解开她的短马尾辫,索莱达没有拒绝。她坐在优质丝绒被上,梳子飞来舞去,将索莱达的头发全部散开,轻快地变化着打理,一手娴熟的技艺,如同做游戏。头发有时热乎乎地蹭到索莱达的脖子和后颈,让她舒服得发抖。

"……已经……晚啦。"索莱达轻松地自语道。"奇皮马上就要到了……"

"等等这个假男人吧!"贝罗尼卡嘴里叼着发卡吃力地说。

我有点忐忑不安,因为奇皮从来没约过任何朋友。两个女孩子跟他单独出去是非常令人讨厌[1]。我们已经15岁了,但是他单独一人来了。这样我们两人上了车就得坐在前排座上。我觉得奇皮很开心,因为我们坐得挤在一起。奇皮喜欢贝罗尼卡,喜欢跟贝罗尼卡紧靠在一起坐。当告诉她要改变路线的时候就趁机碰碰她的腿。我看着车窗外的灯光。有一点儿风。我喜欢乘车兜风。自从爸爸去世后,我和妈妈就没有车了。您不会相信,但是我感到这会儿有点儿奇怪。我问奇皮为什么不带个朋友来陪陪我,我可不愿意做灯泡。奇皮装傻[2],聚精会神地开车,好像不把我说的话当回事。他说贝罗尼卡打电话只叫他一个人来。那时贝罗尼卡吭吭哧哧地说不出话来……跟往常一样,每当我们跟奇皮在一起时,她总是说:我们干吗再要一个假男人!奇皮臊红了脸。当贝罗尼卡想怎么样的时候,她是很可怕的。神父,您对她很了解。

他们把车停到了广场边上。滨海大道上人流如织:夫妇或情侣们坐在小桌子上,孩子们在划水道上吵吵嚷嚷,报童们则喊叫着兜售晚报。

"我不想在这儿下车!"贝罗尼卡说。索莱达看着小船,河面上黑乎乎的。

"你不是想吃个冰激凌吗?"奇皮说话了,尖尖的声音里有些胆怯,手掌伸开放在方向盘上。

"但是我不想待在这种人群中间。"

---

1 正文已将此方言之词原意忠实译出。
2 同上。

"那么,你想去哪儿?"

"去个酒吧[1],菠萝蜜酒吧。"

奇皮重新启动了车。

"把空调打开!"

她感到所有的事情都让她憋闷得透不过气来:空气、人和习惯。那个瘦猴既没有人格也没有思想。他那紧张的目光不去顾及街道、信号灯、路边的小亭子、橱窗和鬼鬼祟祟的侧影,而只是盯着她小巧的手表和她的女朋友,就是那个简朴的姑娘;她沉浸在五光十色的夜景之中,听着街上的刹车声和喇叭声。瘦猴在等待着,尽管他不知道等待的是什么。在一个拐角处,他拉住了女朋友的手:

"你好像走神了……"

这句话让两位姑娘感到惊诧。索莱达的目光离开了车窗,她们无声地笑了起来。清风之手把索莱达按自己的方式美化的秀发吹得飘散起来。她把一只手放到贝罗尼卡的手上,对她温柔地说道:

"我喜欢看这一切。"

"我知道您总是很忙,神父大人。我不想浪费您的时间。嗯,问题是我的话不能对任何人说。但是我信任您。神父有义务保守秘密,对吗?那好,我不记得我们在酒吧是待了一个小时还是两个小时。那是一个豪华酒吧,是最时髦的酒吧。也许您知道它。我是去年妈妈的生日时去那儿的。冈萨雷斯将军是我爸爸理发店里的客户,他邀请我们两个人去喝香槟和吃冰激凌。哈!我记得妈妈喝了很多香槟,讲了很多有趣的事情。您认识这位将军,他严肃地注视着妈妈,但是什么都没有说。他非常谨慎。昨天晚上,我们要了冰激凌,奇皮要了一杯威士忌。他不会喝酒,但是肯定是为了给贝罗尼卡留下深刻的印象。我感到很奇怪。有时候贝罗尼卡跟奇皮一

---

1 正文已将此方言之词原意忠实译出。

块儿出去。就是说,不带我。就他们两个人单独出去。我不清楚为什么。贝罗尼卡已经喜欢大学里的小伙子们了。她跟那些人一块儿出去玩橄榄球[1]。有一个小伙子跟你一样留着胡子,神父大人。贝罗尼卡对他感到发疯。神父大人,您知道……我不知道是否应该告诉您。但是我觉得……哦,这不过是一种猜测……我……我认为贝罗尼卡已经不是处女,神父大人。"

"来,索莱达,我们去卫生间。"

索莱达还没吃完她的饭后冰激凌点心和香蕉段[2]。

"我对你说啦,我们去卫生间!"贝罗尼卡拉住索莱达的手腕。"看你的头发全乱啦!你,假男人,付账吧。"

奇皮看她们绕过了桌子,一口喝干威士忌[3],招呼了侍者。

"请结账。"他以在一出滑稽剧里那位那不勒斯烟贩的语调说道。

索莱达照了照墙上涂满阿拉伯图案的镜子。

"我的头发没有那么乱!"

"我知道不那么乱,因为是我给你梳的。我只想告诉你,今天晚上我住到你家。"

"可是,我们的考试已经结束了呀!"

"我只想留下来聊会儿天。咱们喝杯咖啡,然后就暖暖和和地睡觉。我已经给家里说过了。"

索莱达用手梳理着头发,有点儿不知所措。

"喔……随你便好了。"

贝罗尼卡把她一双乌溜溜的大近视眼贴到大镜子前涂口红。

"你看,我家里没有人……"索莱达不好意思地低声说,"妈妈在雷西斯滕西亚,我们只好自己动手做早餐了。"

---

1 正文已将此方言之词原意忠实译出。
2 同上。
3 同上。

贝罗尼卡轻轻地推了一下她赤裸的后背。

"行啦,咱们走吧!"

我本以为在回家的路上她不愿意奇皮触摸她。但是,事情并非如此,神父大人。

他们在索莱达家的对面停下来。奇皮从车前绕过去,打开车门,帮索莱达下了车。

"谢谢你做的一切,奇皮。"索莱达吻了他的面颊。奇皮想关上车门,但是贝罗尼卡用脚别住了。

"等一等,傻瓜!你没看到我也要下车吗?"

奇皮感到难过,强抹掉惊愕的神色。

"对不起,我不知道……"

一道电闪雷鸣。

"好了,"贝罗尼卡一只脚踏在人行道上说,"趁着还没下雨我们进去吧。再见。"

她很快地握了一下奇皮的手,后者愣愣地看着两个姑娘打开门走了进去,那条叫拉斯克尔尼科夫的狗令人厌烦地吻着她们。奇皮冷淡地没有回答索莱达的挥手告别。

贝罗尼卡没有回头就进了屋。在门内她听到了汽车远去的发动机轰鸣声。索莱达关上门,把钥匙挂在门旁。在回身看贝罗尼卡的时候她惊呆了。她发现她站在夜间不大的前厅里,把汗津津的美丽的胳膊伸给她。在难以分开的阴影中,她看到她——也许是第一次——脸色涨得绯红,充满渴望,非常的漂亮。她的双目陶醉地从上到下欣赏着那个健壮的躯体,仿佛那是一尊雕像,又仿佛是围绕在烈火中的一块钻石,而底座则是潮湿的橘黄色。贝罗尼卡静静地把她拉在颤抖的手中,抚摸她那个欲望难抑的小脑袋,用滚烫的手指把它轻轻地抬起来,直至接触到火热的朱唇。她情意绵绵,有些眩晕,身体颤抖起来。她感到她女朋友火烫的胳膊也拼命地紧紧拥抱着她。

神父大人,我跟您讲这件事,是因为我不知道这是不是罪过。她……的确,只不过是刚开始,但是……嗯,我也喜欢,神父大人!……这很不好,对吗?我感到害臊,我的上帝!

强烈的电闪撕裂开来,夜间的大鼓在夏日异乎寻常的暴风雨中发出巨大的回声。刹那间的闪光令人毛骨悚然,把光秃秃的房子映照得一览无余。两个影子在瞬间可怖的闪电中站立起来。马莱娜像一片树叶似的颤抖着。阿尔贝托……请给我留下破旧的屋顶,它在雨水无情的击打下呻吟着。你不要痛哭悔恨……小伙子多纤维的裸体在没完没了为羞愧而爆发的大哭声中放纵扭动。长满欧茶树的院子里又响起了一个炸雷,酷似巨大的响鞭震动了房舍,墙壁晃动起来,发出刺骨的恐怖的呼啸声,划破暴风雨的夜空。大风如一阵阵含着沙子和水的飓风似的从红彤彤的街道上吹进来,夹杂着冰雹。马莱娜还跪在肮脏的垫子上,浑身冰冷,牙齿在她那像石头般的双唇间痉挛的牢笼中咯咯作响。一头短发散乱在她那用黄色床单保护着的青紫色面孔上。冰冷的狂风像锋利的匕首一样穿透屋角里的旧鞋子,这些鞋子像是用它们磨损了的怀旧的皮孔一动不动地望着她。她蜷曲着在阿尔贝托的脊背上磨蹭;后者弯曲着身子,并且心不在焉。飓风夹杂的冰冷的水珠如同飞来的珍珠打湿他的头发。你已经好了点儿,我的宝贝……在轰轰隆隆的雷鸣声中,他宽阔的胸脯被压得透不过气来,大地压抑的啼哭上升到这被电闪弄得茫然的空间,仿佛在预告一次令人恐惧的分娩。阿尔贝托……风从耳后吻着他的后颈,仿佛他喜欢风。一阵阵的大风吹满了那个易遭损伤的淫荡的房间,阿尔贝托抬起眼睛,努力地环顾四周,长时间地凝望着她,感到沮丧,一言未发。在这个烈火中令人悲哀而低沉之夜的密集爆炸声中,一只颤抖的手在上下抚摸着马莱娜的面孔。小伙子的呼吸像是更趋平静。爆炸无休止地震荡着粗糙屋顶的木结构,让它在那些从自身重新学习新方式的嘴唇上方发出吱吱咯咯的响声。他们在那拥在一起的身体上学习，在那互相寻找嘴巴的手指上学习。那些嘴巴发现了那种无声的受伤的语言在互相说些什么。那种语言来自一个听人使唤的吻，闪着光亮，发出刺耳的信息。房间脆弱地覆盖着他们。马莱娜的手在男人的两腿间拨动着，把那双无产阶级的小手伸向他苍白的身体，悲伤而温柔的微笑从那些仍然泪汪汪的眼睛里映现出来，从那双唇中流露出来。那双唇和泪眼无视那个早熟的强壮男人胸脯上童年时期迷宫般的秘密；无视在母狗般温柔的吻中那双紧张干瘦的双臂的秘密。他们在噼噼啪啪的响声和柔和的纹身花纹的闪光中发现了如葡萄般甜美的吻。忧郁的秘密永远为偷配的钥匙所打开。水滴来自响雷；情绪的波动来自夜间灾难性的篝火。湿漉漉的野草般的头发在那个黑暗的房间里纷乱地搅缠在一起。那佝偻的身体在土坯墙根下颤抖着，在枯井旁颤抖着。阿尔贝托的舌头舔遍那只松鼠的身体，舔遍那只滑溜溜的大蜥蜴的身体。那是男人在随便一个女性身上开始得到的爱的附属品；也是一份纯洁，一种希望，如同火焰，是在妓院里雷声大作时制服对方的争斗。她也急不可待地进入那个从来算不上什么人的身体中。她疯狂地不停胳肢着他，血管近乎爆炸，气喘吁吁，宛如火山爆发或猛虎扑进绿色的森林。他极度兴奋地骑到她身上。在这个狂风暴雨的寒冷之夜的背面，一片云彩，一只燕子，正在那个脆弱的通道里，飞向充满阳光也充满伤痕的可爱的白日。那个夏天同样是不可重现的。那些孤独的、雷声隆隆的时刻在呻吟着低声说着一种方言，一些不可理解的关于皮肤和火的话语。咆哮的天际处在烈火之中。奇特的地缝喷出的气体是潮湿的。在那个死火山口上，有神奇的戒指和爱情骑士；在那个"修女"的大口中是熔岩和罪过。没有人知道，所有的女人都不知道。蝎子、玉米，都是原来的样子；还有蹄甲和闪电。"这个女巫，也就是你妈妈，她在哪儿？""你肯定她会爱你吗？"在黑沉沉的夜晚，闪电的线路是可怕的。汗水、欲望、那张倾吐着甜言蜜语的小嘴巴。你的父亲征兵捍卫马尔维纳斯群岛。你也天天一起跟他们下象棋吗？阿尔贝托已经习惯了传统，传统已经铭刻在他的脑子里。或者说,你不是男子汉吗?推推看,你一点用处都没有,整个屋顶都在坍塌,事情就是这样,我的孩子……夜间,刺耳的轰鸣声连绵不断,街灯暗淡,模糊不清,唯有闪电的声响震耳欲聋,又是那么密集,你那空虚的蕴藏着"种子"的身子在哆嗦打抖。别停下来,继续、继续,在竞争中不要落后。难道你不是男子汉吗?阿尔贝托又一次没有停歇,干了点儿对你有用的事情。那个卑微的任你摆布的女仆,每个空洞、每根头发、每颗牙齿,一切的一切,你都要付她双倍的价钱。现在是几点钟?你不要再睡了,老头儿。自从你……快点儿吧,你不愿听她那让人讨厌的声音。她正在做梦,干脆结束了吧。她大概认为你是在跟妓女和吸毒者在一起;她要挖掉你的眼睛,你快点儿动作吧。阿尔贝托,谁说你是足球射门能手和重量级举重运动员。萨里亚属于悠久的基罗加家族,跟祖国很亲近,跟住在街角里的那个人也很亲近。那个住得更远的人会向你静静地伸出一只美丽的手,这可以让你炫耀,因为你学会了舞步。你在那个不值钱的奸诈的人两腿之间在做什么。她的口水都流到污池里,麻风病人也在那儿呕吐。你没感觉到像老居民区里的大婶说的那样那个人在扎你?大婶告诫说,啊,孩子,不要触摸自己的身体,你正在被感染怀乡病和艾滋病。暴风雨无限的悲哀在离开、在逃跑,亲爱的,因为我们跟你在一起,谁曾劝你在雷鸣声中堕落变质?那个夜间散发着恶臭的黑洞不愿意我们看到伸出有力的手。你的头发长得是何等的卷曲、胸毛是多么稠密呀!你在抛弃我们,小心肝。屋顶在发出吱吱咯咯的响声。阿尔贝托,你在伤害我们……阿尔贝托,你不是……你应该杀死她,应该杀死她!电闪是一场疯狂的射击战,它带来了水。这个床铺是一个水坑,是一个大疮。暴风雨正在打穿屋顶,正在把你赶到一个角落里,赶快出来,赶快逃命,没心没肺的笨蛋……小可怜虫,你不知道你在做什么,大雨把我们全身都浇湿了,你做的事几乎要让雨水把我们淹死了……啊,这像是一个梦,我们多么渴望黎明时我们没有任何许诺,没有任何责任。或者说,我已经必须得走了吗……?也许没有人去调查夏日的风车翼,也没有人去调查露水和白日怎么突然就到来了。瞬间即逝的彗星、成为青年人的持续的惊讶、简单晕厥的平静、失眠、明天很快胡子又变成了另一副样子、带有轻微汗渍的男裤的襟门、惯例的匆忙辞职、持久的奴役性,这些难以摆脱的不确定的东西,让人对普遍的痛苦变得麻木不仁,而你最终感到的疲倦由于更多的负担可称作厌恶工作[1]。一个无关紧要的晚上,狂怒者仍然在窗前跳动。啊,那道闪电还将必然成为最后的一道,它没有离开,也没有走掉,更没有变成烟雾。它毫无幻想地结束了,你则变成了苔藓,变成了黄昏时的新闻和水。这风不是你的风,这世界不属于任何人;你承受不了欢快的节日,承受不了重大事件到来的前夕,承受不了秋天或者冲击。你在自己的额头、嘴前或胸前划十字吧,看着那远方的闪电如烈火燃烧,那是因为暴风雨接近了尾声。你好好注意,暴风雨要休眠了,你对它是多么的重要。如果这场飓风是另一场飓风,或者它们都是另外的飓风,在你的怀抱中几乎没有一次困倦的停歇,你就不要睡觉,你也不要让它睡觉,你学到的东西已被禁用了。在这个洞穴里,那么多次太阳出来,太阳没有手,没有抚弄,没有温情,也没有话语,你不得不摆脱它,阿尔贝托。你得回家去,阿尔贝托,那才是你应该干的事。那个竖立的硬币睡得多稳,显然它没有在漫漫长夜中旅行,也没有塞利纳牌军表[2],它指挥的声音管不到一个军曹,连一个妓女都指挥不了,阿尔贝托……在这周六的光线中,还有比这更清澈的蓝色吗?算了吧,阿尔贝托……使劲把它抖落掉吧,既然似乎屋顶正在坍塌,看上去已经光秃秃的,

---

1 此处是一种隐喻(见 correo electrónico de Marcos,16 noviembre 2010),初见于意大利诗人、讲述者和翻译家塞萨雷·帕韦泽(1908—1950)的诗集《厌倦工作》(1936)。作者在上述作品中,把诗歌和讲述融于反法西斯的同一范畴内,回忆了人类生存中痛苦的辛勤劳作。又见布尔克哈特文章:《关于大海、语言和工作:论塞萨雷·帕韦泽的诗》,载于《象限仪》杂志。
2 塞利纳,一种表牌,但同时也是法国小说家路易 - 费迪南德·塞利纳(1894—1961)的姓。他的作品《长夜漫漫的旅程》(1932)在此处的引文中被影射(见 correo electrónico de Marcos, 6 noviembre 2010)。

东方正在破晓……天空呈现出古铜色,光线柔软而富有弹性,它的性具已经睡过而现在仍在沉睡,你就起来吧,起来在房间里走动,不要让邻居看到。手里有钱对你有什么用?他们今天可能去拜访你,但是,你要看好了,他们可是一起像野兽一样对你火冒三丈,向你发泄。你的身体被租用了。没有人跟你有过真正的亲密,没有人给你倾诉过心事。没有人在傍晚的时候闪电穿透了地下室。现在已是破晓,威胁已经到来,你的付出没有射精、没有价格,因此得不到补偿。阿尔贝托,我的宝贝,你赶快醒来吧……我知道实际情形,穿衣服吧,时间已经晚了……而你,马莱娜,快梳理一下头发,你应该豁出去不顾一切,一定要甩掉他。他要站起来,他没有为睡觉付费,这一觉不是免费的,除非你走掉。可你不愿意走,你钉在了那儿,你没有必要抚摸他,没有义务去吻他。颤抖的眼皮上的那种气息,那种温情,有可能是扰乱性的。他睁开眼睛对你微笑,对你说,跟我结婚吧。马莱娜,求你了,我的话是认真的,你不要担心,我要告诉我的父亲,我的未婚妻是一只蓝色的美洲虎[1]。

---

[1] 蓝色美洲虎,就像前面已提及的,根据瓜拉尼人的宇宙观,大灾难之一将毁掉整个世界,但是最后它被一只巨大的蓝色老虎所吞没。至今在农民的传说中,"蓝色老虎"仍指具有巨大破坏力或净化力的人或力量。

第三章

在闷热的学校剧院大厅里,他们坐在落满一层尘土的木板上,倚着胶状的横幕,嘴里嚼着口香糖等待着。有的人则爬到吱吱嘎嘎作响的楼梯上。他们穿着紧身裤,船形鞋,不穿昔日的制服,看上去显得更为成熟。两手插在口袋里,不慌不忙、安安静静的托托·阿苏亚加,用目光扫视了一下那些混杂的、穿得五颜六色的人群。贝罗尼卡站在她弟弟的身旁,从舞台的一个角落里,用敏锐的目光观察着他。索莱达没有出现在志愿演出者的人物表上。老资格的西班牙语言文化学者看着剧目想说点什么。最后,他终于开口了。

"《悲悼》[1]。"他说。

那天清晨,西蒙·卡塞雷斯又递给了他一杯咖啡。

"谢谢。"阿苏亚加从"第二帝国"[2]扶手椅上轻轻欠起身来说,目光偷偷地注视着他们半个小时前刚刚喝光的深色拿破仑牌白兰地[3]。主教咳嗽了一声。

"屋顶上这个该死的风扇吹得我嗓子疼。"他粗硬的胡子抖动着。

"应该是值得一看的一出戏……"阿苏亚加继续说。他没穿衬衫,干瘦的胸脯上同样流着汗。

"这儿演的戏也被认为是破坏性的,应该选点无害的东西。"

---

1 《悲悼》是美国剧作家尤金·奥尼尔(1888—1953)的名著(1931),相当于埃斯库洛斯的奥洛斯提亚三部曲的现代版。基本资料见《国际戏剧词典》第一卷,第535页。
2 第二帝国系指法国拿破仑三世恢复君主政体的历史时期(1852—1870),也指这一时期家具的风格,其特点是笨重的装饰。
3 名牌白兰地。

"当然了,我想应该演点古典的东西。我对向人的脑子里灌输任何东西都不感兴趣。我属于后结构主义[1],什么都不相信。如果我自己什么都不相信,我又能向他们脑子里灌输什么东西呢?尼采[2]说,社会最高的座右铭将是有一天宁可死两次而不被人恨和被人怕。我能像他们脑子里灌输什么信条?"

"是这样。这就是你的疑问之处。让人怀疑是危险的。"

"我告诉你,我根本不想掺和进任何麻烦!我连拍死一只苍蝇的本事都没有!"

"做好人是非法的。"

"我讨厌牧师和共产主义者。"阿苏亚加不安地喝光了他的薄荷咖啡说道。"因为他们相信世界大同的道德概念,没有什么好人和坏人之分,只有长相丑美之分。如果你换一个说法,那就是不管是我们还是婊子养的,都是一样的人。但是,这种事完全不影响我睡眠。"

"我从查科战争以来一直失眠……"

卡塞雷斯在窗前摇摆着双腿耸了耸肩膀。阿苏亚加在主教的写字台上找香烟,除了一个捏扁了的空烟盒之外什么也没有找到,烟盒扔在一个塞满烟蒂的烟灰缸旁,周围是一些乱糟糟的文件。

"你没有烟了吗?"大胖子问道。

"你把你的一包烟和我的一包烟都吸光了。"卡塞雷斯继续摆动着双腿。阿苏亚加的脸上露出不悦的神情。

"你有车吗?"

"有。"

"我们去买烟吧!这样我们脑袋会清醒些。"

---

1 一种文学批评流派。后结构主义接替了结构主义,同时又长期保存了前者的某些重要特点。结构主义在产生时认同一些共同的形式或体系,而后结构主义则否定这些现象的存在和准确性。
2 弗雷德里希·尼采(1844—1900),德国哲学家和诗人。

"天就要亮了,我6点钟有弥撒。"

"我们马上就回来!"

大胡子从窗户旁跳动了一下,然后走到他的床前,拿起自己的衬衫,把阿苏亚加的衬衫也扔给他,接着取出梅塞德斯轿车的钥匙,笑嘻嘻地在脸前摇晃着链子上的小铃铛。阿苏亚加穿上了衬衫。

"但是,别着急!"在穿过主教正在打开的厚重大门之前,阿苏亚加高喊道。

"实际上,这是一个三部曲。"阿苏亚加在他的学生们中间不慌不忙地踱着步。"或者说,差不多依旧是继承了古典作家的风格。具体说来,即是像古希腊最伟大的悲剧作家、享有'悲剧之父'美誉的埃斯库罗斯的奥罗斯提亚三部曲[1]。"

贝罗尼卡下意识地点了点头表示同意,阿尔贝托在他身旁露出讥讽的笑容。

"第一部叫《回家》[2]……就像希腊的《阿伽门农》。如果我记得不错的话,这一部由四幕组成。嗯,没太大的分量。第二部相当于《奠酒人》[3],题目为《被追捕者》[4]。这部分我感兴趣。而第三部是在《福神》[5]的基础上写成的,名字很怪。真的,几乎所有奥尼尔想象出来的生灵都取这个名字:《一无所有者》[6]。"

阿苏亚加无声地咳嗽了一下,开始审视那些带着期待目光的年轻人

---

[1] 埃斯库罗斯的奥洛斯提亚三部曲:埃斯库罗斯是古希腊剧作家(前525—前456),他重新创作了阿伽门农和妻子克吕泰涅斯特拉,以及他们的儿子和女儿俄瑞斯特斯及厄勒克特拉的神话。在剧中,俄瑞斯特斯和厄勒克特拉发誓要向母亲克吕泰涅斯特拉报仇,因为后者杀死了他们的父亲阿伽门农。俄瑞斯特斯首先杀死了母亲的情人,然后又杀死了母亲。
[2] 正文已完整译出原文含义。
[3] 同上。
[4] 同上。
[5] 同上。
[6] 同上。

的脸庞。

"今年你们学过奥尼尔的著作吗?"

"学过。"几个人高声回答。

"什么作品?"

"只学了《琼斯皇帝》[1]。"

"好的,"阿苏亚加继续说道。"那我就只来给你们讲讲这部作品的情况。它在1931年首演……"

刚才说过话的姑娘举起了手。

"老师……我只想告诉您我们学习《琼斯皇帝》并非把它作为一个剧本。是埃丽萨告诉我们必须写一篇关于比较文学的论文。"

"是吗?"

"好吧,那我们就跟《这个世界的王国》[2]比较一下。"

阿苏亚加笑了,并向姑娘表示了感谢。姑娘又在自己的位子上坐下来,阿苏亚加继续踱步和用动作示意。

"这个三部曲在新英格兰演出。在一个海边的小镇上。美国内战[3]过后不久,你们已经知道,也就是1865,1866年……当然,这里要提到一个家庭,也就是门农一家。家长阿伽门农叫阿尔扎,阿尔扎·门农。在他不在家期间,他的妻子克里斯蒂娜,也就是埃斯库罗斯剧作中的克吕泰涅斯特拉,对他不忠,跟指挥官布兰特勾搭成奸……对,就是爱西斯托,一点不错。奥尼尔给他起了个奇怪的名字:亚当,亚当·布兰特。"

阿尔贝托从窗户里忐忑不安地看着阳光明媚的清晨。贝罗尼卡用胳膊肘捣了他一下,提醒他注意。

"门农的儿女,拉维尼亚和奥林跟厄勒克特拉和奥雷斯特斯酷似。

---

1 奥尼尔于1920年首演的剧作。
2 古巴作家阿莱霍·卡彭铁尔(1904—1980)的长篇小说(1949)。
3 指分裂战争,1861—1865年的美国内战,南方各州企图脱离联邦。

对此也许要做一说明：布兰特窜通克里斯蒂娜杀死了门农。《被追捕者》是我想推荐给你们的剧目。在这出戏里，拉维尼亚怂恿他的弟弟复仇。奥林杀死了布兰特，克里斯蒂娜自杀。嗯，这就是一切。我们对《一无所有者》不感兴趣。"

阿苏亚加两手叉腰。

在这个时间，他们不得不跑到市中心找到了一个还开着门的小货亭。卡塞雷斯在一家电影院的角落里刹住车，白发如霜的脑袋从黑色梅塞德斯轿车的窗户里伸出去：

"两包走私香烟，金黄色的。"

他们开了空调，加大油门返回。

"你的弥撒还没到时间……"阿苏亚加低声说。卡塞雷斯把他的银质打火机递给了他。

"你在考虑什么剧目？"大胡子用眼睛的余光看着他问道。

"啊，我对你说过了，搞点古典的东西，比如说，厄勒科特拉。"

"……"

"当然了，欧里庇得斯[1]的作品。你看到电影了吗？"

"看了，我想是伊琳娜·帕帕斯[2]主演的。"

"哦……也可以是现代版《苍蝇》[3]，也许，或者是布莱希特的《安提戈涅》[4]……"

"想都没想过！"

"为什么？"

---

1 欧里庇得斯（前485—前406），古希腊埃斯库罗斯下一代的剧作家。
2 伊琳娜·帕帕斯，希腊女演员（1926—），主演了在欧里庇得斯同名剧本基础上改编的电影《俄瑞斯特拉》。
3 《苍蝇》，法国存在主义作家让·保尔·萨特的剧作。
4 这部话剧于1948年首演。

"太可怕了……所有萨特之流都被当局封杀了。此外，演出必须用英文。"

"什么？"

"当然了，学校是双语制，并且父母……"

"但是半数的观众根本不懂英语！"

"半数的观众不懂英语，但是学生家长们希望他们的孩子练习英语。我们还一定要邀请美国学校的学生们担任男角色。"

阿苏亚加不停地摇着头点燃了香烟。

"我想也用不着要求警察批准！"

"如果我们插手的话，拷问者后面就会来了。"卡塞雷斯说。

阿苏亚加的目光忧郁地逐个看着那些渴望演男女角色的人，他们正在焦急地分配剧本复印件。

"还有什么问题吗？"

一个女孩在在人声鼎沸中举起手来。阿苏亚加立刻认出了她。

"谁演拉维尼亚？"贝罗尼卡说。

第四章

"你坐吧。"

"好的,爸爸。"

"你不要担心贝尔塔,她不会来给我们送咖啡。我们每次进书房,她都一定要给我们送咖啡。这次我提醒了她,我们不想被打扰。"

"……"

"好了,说说吧,小伙子,你想对我说什么?"

"爸爸,我想结婚。"

"是吗?"

"我是认真的,爸爸!"

"我不反对,是的,不反对。"

"……我不好意思告诉你。"

"行啦,阿尔贝托!我想是一件很重要的事!你的学习怎么样?"

"考试已经结束了。"

"那么?"

"我各科都及格了。"

"及格!不能只满足于各科都及格。我从来不是各科都'及格',而都是成绩优异。你干吗不学学你妹妹?"

"她抄袭。"

"什么?"

"贝罗尼卡在考试中作弊。她在腿上作弊,一切都是抄的。她把小纸条塞在紧身衣里,因此得了高分。"

"你别胡说八道!"

"你问她自己。"

"你不要这样对我讲话!"

"爸爸,你不想听我……"

"什么不想听你讲话?你说吧!谁堵住你的嘴啦?"

"因为你把我的话题岔开了,我说起来就更困难了。"

"阿尔贝托,我是你父亲。"

"好的,那我就对你说,我想结婚!"

"我在你这个年龄的时候,一心想的就是学习……我理解你要寻求你的……消遣。不过要有节制,要适当。你认识了某个你喜欢的女孩吗?是犹太人吗?"

"不是。"

"好极了!带到家来看看!"

"我不想把她带到家来。我想跟她结婚。"

"是你学校里的吗?"

"不是。"

"贝罗尼卡的朋友?"

"不是这样的人。"

"你是在俱乐部认识她的?"

"不是。"

"天啊!"

"我想……你不认识她。"

"我认识她父亲吗?"

"不认识。"

"她姓什么?"

"好像是萨纳布里亚。"

"萨纳布里亚?"

"对,萨纳布里亚。"

"除了何塞·德尔卡萨尔·伊·萨纳布里亚[1],我从来没听说过什么萨纳布里亚。这是很久很久以前的事了……总之,你什么时候认识她的?"

"差不多一个月了。"

"啊,一见钟情呀!阿尔贝托,我觉得你在让我浪费时间。"

"我只想让你高兴。[2]"

"我不喜欢你这种讥讽的话。这就是美国学校里教给你的?"

"好的,如果你不愿意听我说……那我就走。"

"你坐下,我还没说完哪。"

"你还想知道什么?"

"我们谈谈这个姑娘。我想知道她的名字。她从事什么职业?她的一切。"

"她叫马莱娜,没有家,只有一个妈妈。"

"马莱娜!我从没听说过这个名字。"

"……"

"你说她没有家?这是怎么回事?她在孤儿院长大吗?"

"他爸爸去世一段时间了。"

---

[1] 这里是出于门第上考虑,埃瓦里斯托自豪地炫耀他对卡萨尔家族这个历史人物的了解。据马科斯所知,何塞·德尔卡萨尔·伊·萨纳布里亚是巴拉圭独立初期最富有的牧场主和商人之一。马科斯博士还了解,这个富豪的孙子费尔南多·德拉莫拉·德尔卡萨是"1811年7月20日反对巴拉圭独裁者何塞·弗朗西亚、倡导民主新闻纪要的作者"。何塞·德拉卡萨尔·伊·萨纳布里亚的其他后代还有:贝尼格诺·费雷拉,1904年革命中上台执政任巴拉圭自由党总统;比森西亚·德拉莫拉·德尔卡萨尔·德比希尔·伊·卡拉约,她是胡安·曼努埃尔·马科斯本人的高外祖母(见correo electrónico de Marcos, 28 noviembre 2010)。为了更广泛地研究拉普拉塔河流域这个巴拉圭望族历史上的作为,见佩德罗·安东尼奥·阿尔瓦伦加·卡瓦耶罗写的文章:《卡萨尔·伊·萨纳布里亚一家》,刊载于亚松森天主教大学《巴拉圭研究》杂志。

[2] 这段话的开头一句为英文,作者指出了其语法错误,并讲明正确用法。中文译文符合原文意思。

"她多大年龄?"

"17岁。"

"17岁!她的监护人是谁?她跟谁住在一起?"

"她跟妈妈和一条狗住在一起。在一个小房子里。"

"那么,谁抚养她?"

"她有工作。"

"在这个年龄,唯一能找到的工作就是做家庭佣人。她是家庭佣人吗?"

"在一家桑拿浴里工作。"

"一家桑拿浴?在我的印象里,这些地方名声不好。"

"我跟她在一起很快活。"

"一个按摩师!就像你爷爷跟天竺葵一样!"

"我比她大一岁。"

"什么?"

"爸爸,我向你保证她是一个很好的女孩。"

"阿尔贝托,你的阅历很浅……我已经经历了很多……我为镇压颠覆作过战……你不要相信连来历都不清楚的人。"

"我跟马莱娜谈了很多,很了解她。此外,她答应我一旦我们结婚她就放弃按摩工作。"

"当然了,她会想到我来养活你们。"

"绝非如此。她想找一份另外的工作。如果需要的话,我们将签一份协议。假若我一时找不到工作,她会为我付学费。"

"我真的开始为你担心了。她完全欺骗了你!我希望见见这个女孩子!你说她连家都没有……"

"我不喜欢你用这种态度面对她!"

"你看,你说她要放弃她的……桑拿浴的工作再找另外的工作。是这样吗?"

"没错。"

"她找什么工作?"

"我怎么知道呢!当个店员……"

"她的学历是什么?"

"不知道。"

"跟所有的穷人一样,应该是一个榆木疙瘩脑袋。并非是天生如此,但是没有得到应有的教养,懂吗?"

"她很聪明。"

"吃饭行,但脑袋不灵。"

"但她很聪明。"

"她骗了你,阿尔贝托。她知道你有钱。放弃按摩是她唯一的方法。一家桑拿浴……"

"她要学英语。托托有一个美国女朋友和……"

"托托,这个……托托是谁?"

"托托·阿苏亚加。"

"我从未听说过着这个名字。"

"是位哲学老师,或者说差不多是这样,贝罗尼卡学校的。"

"贝罗尼卡学校的哲学老师不是马塞林神父吗?"

"是的,现在好像是他来做了。"

"肯定是大胡子把他弄来的!应该是外国人吧。"

"嗯,从美国来的……"

"你想想!来自一个总统可以让儿子去做舞蹈演员[1]的国家。"

"但是托托是查斯科姆斯人……或者是桑坦德人!我不很清楚。"

---

[1] 罗纳德·里根的儿子为舞蹈演员,罗纳德·普雷斯科特·里根是著名的乔弗里芭蕾舞团的演员。

"这就更糟糕。西班牙已经不是西班牙。"

"可是,不是卡塞雷斯把他弄来的。他只是来访问。在美国他很有名气。"

"我感到很惊讶。那么,他到这儿来是访问谁?"

"访问埃丽萨,贝罗尼卡的英籍美国人教师。"

"拉温查¹!那个黑女人!"

"……"

"她应该是离婚了,所以需要这样。"

"不,她有丈夫,一个叫甘特的人。"

"这个阿苏亚加有多大年纪?"

"不知道,看上去45岁左右……"

"我已经想到了!没有人在这个年龄能出名!"

"我只是想告诉你埃丽萨想教马莱娜英文,以便她能找个工作。这是我要求她的。"

"可是,埃丽萨叫什么名字?她不是教师吗?"

"她要求我们就叫她埃丽萨。"

"真荒唐!就是说她允许你跟她以'你'相称。"

"是的。"

"啊哈,我明白了。我想她对你们也是以'你'相称,对吗?"

"没错。"

"那么,另一个家伙跟你们也是以'你'相称。"

"是的……"

"对贝罗尼卡也称'你'?"

---

1 拉温查是给埃丽萨·林奇起的鄙视性的外号。历史上,在亚松森的上流社会,"拉温查"这个名字被视为苦心钻营想与富人结婚的人。此处似乎是指"林奇"是个堕落的女人。请见 M.C. 西尔韦拉文章:《不可避免的介入:葡萄牙参加巴拉圭战争》(2003),第340页。

"当然了。"

"明天我就去跟托罗斯院长谈谈!这真是闻所未闻!"

"爸爸,你冷静点。"

"你闭嘴!你干的这些蠢事让我烦透了!好在你的学习结束了。"

"还没有。"

"你说什么?"

"我们正在为颁发学位仪式排演一出戏。"

"你也参加?"

"是的,还有美国学校的几个小伙子。"

"贝罗尼卡呢?"

"也参加,她演主角。"

"啊,好吧!"

"另外,演出用英文。你总是说戏剧演出应该用英文。"

"演的戏叫什么名字?"

"《悲悼》[1]。"

"色情剧!谁选的?"

"托托。"

"这个头脑简单的好事之徒!"

"爸爸,我告诉你,他是哲学文学博士。"

"博士又怎么样?马克思也是学者!"

"但是托托不是马克思主义者……"

"算了吧,人人都这么说!一个人可以让他的女学生以'你'相称,并且宣传弗洛伊德[2],本身就不是正派人。这就是因为这个国家缺乏铁腕

---

1 这里指奥尼尔的剧作《悲悼》。
2 西格蒙德·弗洛伊德(1856—1939),奥地利心理学家,儿童精神分析法创始人和该领域杰出的临床工作者之一。

人物！这些军人是些懒蛋！为什么不学学皮诺切特？[1]"

"爸爸……剧本是英文的，没有人能懂。"

"……这么说拉温查是美国人了。我原以为她是非洲人呢。"

"不，我觉得她是住在华盛顿。"

"所有的美国女人都是轻浮的。"

"我不懂你的这句话。"

"跟你没关系。"

"好的，我唯一要告诉你的就是我想跟马莱娜结婚。我就要跟马莱娜结婚。"

"这事我们以后再说。"

"我不准备等好久。"

"为什么？你干了……莽撞的事？"

"你是不是说我让她怀孕了？"

"多丢人！嗯，因为……这事……就算是这样吧。"

"不，她很小心。"

"这荒唐！才18岁！"

"17岁。"

"你闭嘴！你不知道你干了什么事！你干吗不去找别的女孩？干吗在大街上找？为什么不去俱乐部？"

"俱乐部我经常去。"

"那就没遇到个你喜欢的女孩吗？"

"我喜欢马莱娜。"

"马莱娜！多可笑的名字！我敢肯定她从来就没去过俱乐部！"

---

1 奥古斯托·皮诺切特（1915—2006），智利将军，1973年利用血腥的政变推翻了萨尔瓦多·阿连德总统，从此在智利独裁专政直至1990年。

"我从来没带她去过。我觉得到那儿她不会感到舒服。"

"当然了!在一个……身旁我也不会感到舒服。你说她姓什么来着?"

"萨纳布里亚。"

"她的名字没有改变吗?犹太人常常起基督教徒的名字。"

"没有,我告诉你她不是犹太人。"

"在一家桑拿浴工作!你想不到有人告诉我一些这种地方的事情是怎样的!不是所有人到那儿只做做按摩!知道吗?"

"……"

"她是怎么去哪儿工作的?"

"一个人介绍的。"

"谁介绍的?"

"不知道,我想是一位将军。"

"是不是一个教父或什么的?"

"不知道。"

"你看,阿尔贝托,我们总是有……你妈妈的问题。我敢说她会很不高兴你跟这样的女人混在一起。"

"我不这么看。"

"什么?"

"我比你更了解我妈妈。"

"你怎么敢这样说?"

"……"

"你看,我的儿子,我看你还是再需要点钱,买点新衣服,穿上到俱乐部去,跟那些玩橄榄球的小伙子们一起再聚聚。那里不知有多少年轻姑娘喜欢冠上你的姓!你是一个聪明、有地位、很有魅力的小伙子。如果你愿意,就在那儿开心地玩吧!忘掉那个到处一抓一大把的女孩。"

"不，她爱我，我也爱她。俱乐部里那些姑娘们只喜欢梳妆打扮和金钱。"

"我亲爱的儿子阿尔贝托，请你原谅我说这样的话……你知道我从来不说脏话，但是……我为你担心，小伙子，我认为你落到了一个……妓女手里。"

"我不懂这句话是什么意思。"

"就是……就是说，一个卖淫女，一个娼妓，懂了吗？"

"你是说一个……"

"别说啦！"

"不，爸爸。我敢肯定马莱娜不是这样的女人。"

"她没……感染上你不好的东西吧，对吗？"

"看在上帝份上，爸爸！她连呼吸都是健康的！"

第五章

"早上好,小姐,我爸爸在吗?"

"谢谢。"

"喂,爸爸吗?请原谅我往办公室给你打电话。"

"谢谢爸爸。"

"对,我想跟你商量件事。"

"哈!没关系,你知道我不会跟他一样。"

"当然了,因为阿尔贝托还年轻,爸爸!"

"不,你说什么?"

"马莱娜?不,我不认识她。"

"好的,我只想跟你谈谈我的朋友索莱达。我想我已经跟你提起过她。她很穷,但很忠厚正直。"

"对,我们从小就是好朋友。"

我决定给你写这封信,因为我没有勇气当面告诉你。我知道你会大发雷霆,贝罗,可我不想你跟我闹得不愉快。但是我不能去跟你住在一起。我不能把妈妈一个人扔在家里。再说,如果人们议论起我们,我感到很害怕,贝罗尼卡。我说这话是认真的!我不知道该怎么办,贝罗!

"谢谢爸爸。我只是在跟她说之前跟你商量一下。"

"谢谢。"

"不,她爸爸去世了,只跟妈妈住在一起。"

"……我想她在一个公务办公室任职,或者是在一个法院,差不多是这样。她总是谈她退休的事。"

"当然了,人就是这样。"

"几乎没有什么亲人,只有一个上了年纪的叔叔住在国外。"

"没有,我从未见过他。他很少来看她们。他有一个瞎女孩,索莱达是她的教母。"

"当然了。"

"不,房子是租来的,可以说她们是穷人,但人很厚道。"

"自然,我很愿意帮助她!"

"啊,那太好了,这样我们就可以继续一起在大学读书了。"

"是的, 两个人都读建筑专业。她想学社会学,但是我说服了她。"

"我很高兴。"

"好吧,那就没什么问题让她到这儿来了?"

"你说什么?"

你知道,我也很高兴我们在一起。但是,我感到很难为情,贝罗!我不明白是怎么回事!但我明白我的精神难以集中。我们一起学习的时候,你高声朗读课文,我也是同样的情况。我总是走神。我知道你对我很好。我知道大家都对我很好,而你爸爸要为我付学费!我本想学社会学,但如果他更喜欢建筑学,那就尊重他的意见。我不知道对这一切怎样感谢你,贝罗,但是我不能再跟你住在一起。

"那么……我想她是打算自己单独住了。"

"不,那儿的人没有管家,实际上他们没有任何服务。"

"是的,他们应该是些穷人,我已经对你说过了。"

"我想这是她的问题。"

"当然了。"

"她肯定会走运。"

"啊……我也只是这么想。"

"不,爸爸,你会陪我很久。但是,索莱达就像是一个姐妹,你懂吗?"

"不懂,当然了,从血统上讲不是。"

"从慈善的角度讲,是。"

"从基督徒的角度讲,更是一点儿不错。"

"你觉得什么时候合适?"

我和妈妈向来相处得非常亲切和睦,如同很好的朋友,贝罗尼卡,特别是自从爸爸去世之后。你知道我帮她整理家务,洗衣服,做饭。如果我让她单独一人生活,谁帮她做这一切?她没有条件雇一个佣人,她的工资刚刚够我们两个人的开销。我在那儿买了几件外套。我生活很节俭。但是我知道系里的课程允许我找份工作。据说大学里要求是很严格的。现在所有人都想成为建筑师或工程师。贝罗,我很不安,我需要你理解我,对吗,亲爱的?

"我想事情今天就办。"

"不,因为她住得很近。"

"比较而言是这样。她可以提一个包就来,其他需要的东西可以以后再说。"

"我的阻力很大。"

"肯定是这样。"

"实际上,我希望她今天晚上就来,这是真心话。"

"你真是个急性子。"

"我不知道为什么。"

"因为……我想这事很简单。"

"是的,我一直都在她家。"

"不过,这不一样。"

"我不明白……我想如果我们睡在一起,我们就会更亲密。"

"对,会更亲密无间。就是这个意思。我们可以学习到更晚。"

"嗯,你说什么?"

"不,我希望现在你马上就告诉我。"

"如果你愿意,我亲自去看你。"

"好的,那么你就回答我。"

"我知道,但是,我想在今天晚上。"

"你在怀念什么?"

我永远不会忘记你的吻,贝罗。我觉得它已经粘贴在我的嘴上,人们都会看它,并且……我觉得妈妈也已经发觉了。今天早晨我们一起用餐的时候,她看我嘴唇的样子非常稀奇。你不应该那么用力咬我,贝罗尼卡。

"既然你以后一点不让我高兴,我干吗还要拿高分呢!"

"不!我以后不想给你打电话了!"

"抄袭?谁告诉你的?"

"他真是疯了。"

"没错。"

"第一女主角。"

"我的英文怎么啦?"

"月底吧。"

"当然我能背下来。"

"今天晚上!"

"我认为你很固执。"

"不,我不辩白。"

"固执!"

"我不在乎。我准备说句难听的话。"

"因为我非常悲伤。"

"嗯,见鬼!你听到了吗?见鬼,见鬼,见鬼!我希望今天晚上索莱达来跟我睡在一起!"

"明天不行,就今天!"

"我到你办公室去,在你的女秘书前对你喊见鬼!"

"我听着哪,对……"

噢,我的心肝宝贝,这就是我要对你说的一切。我也很想搬到你家去。我渴望跟你在一起,贝罗。但是,我不能把妈妈一个人丢下。再说,正如我对你说的,这让我感到很丢脸!我害怕人们知道这件事。你想不到为了不让人发觉我的事情我费了多少心思,特别是为了不让妈妈知道。她已经非常注意我在读什么书了,美籍德裔政治哲学家马库泽[1],秘鲁政治领袖、小品文作家何塞·卡洛斯·马里亚特吉[2],以及所有的这类书籍。就连我借给你看的那本庇隆[3]的书她都害怕。她不会对我说什么,但是我知道她对我非常担心。她巴望着我跟美国学校的一个小伙子结婚。你知道她的偶像是潘乔叔叔,此人在美国获得了成功。你不知道自从我爸爸去世后,为了我能上学妈妈做出了怎样的牺牲!于是我开始了耍些小伎俩。但是她从来不给自己买东西,贝罗。一切都为了我。另外,我叔叔很严厉。如果我不结婚,他会打死我。如果我把妈妈一个人抛下,他也会打死我。如果你知道……贝罗尼卡!他真的会打死我的!

"你说谁?不要打断我的话茬!"

"啊,阿苏亚加。当然我认识他。他是戏剧的导演。"

"他告诉我们跟他以'你'相称。对我也一样。"

"我不知是怎么回事。"

"嗯,对这一切我不感兴趣,爸爸。"

"没有人教过我一个单词。"

"主题呢?"

---

[1] 赫伯特·马库泽(1898—1979),马克思主义哲学家,美国中立化公民,但是生长在德国。
[2] 何塞·卡洛斯·马利亚特吉(1895—1930),秘鲁马克思主义理论家,他将马克思的思想观念贯彻于秘鲁的社会经济现实中。
[3] 胡安·庇隆(1895—1974),民粹主义倾向的阿根廷军事独裁者。

"是一部剧作,这就是一切!"

"没有,一个西班牙文词也没有。"

"他亲自指导排演。"

"托托。"

"我想给他打电话的时候才给他打电话。"

"不,我不温柔,也不可爱[1]。"

"我不想看到你!"

"不,我不会等你吃午饭!我要跟索莱达一起吃午饭,直到你作出决定!在你作出决定以前,我不会回家!"

"你会看到的。"

"我不想去你的办公室。我要你现在回答。"

"不是那个回答。"

"你有精神病吗?"

好了,我要结束这封信了,贝罗,因为我想在你见到我之前让你在你家中跟贝尔塔在一起。我深感遗憾,亲爱的贝罗,但是我不能抛下妈妈。你不要认为这是一种借口。这样做真的是让我也十分羞愧,我的确是愿意你跟我亲亲热热,情意缠绵,贝罗。但是我非常怕人知道。如果人们发觉了……我认为我……我会自杀的。这是真话,贝罗尼卡。

"谢谢,爸爸。"

"我也很爱你。"

"对,她会很高兴的!"

"再见。"

"因此我想结束这封信,我的宝贝。因为已经是六点钟了,而我答应你六点半时带着我的提包到你家。再说我还必须把这封信烧掉,贝罗,

---

1 正文已按此注释的内容正确翻译。

我不想让妈妈闻到烧纸的味道。我知道你绝不会读这封信,我也绝不会告诉你我给你写了这封信。但是我还是为你签上了名字,尽管火柴已经拿在我的右手里。贝罗,我爱你。我这样很幸福,贝罗。"

第六章

古梅辛多·拉腊因准将亲自去迎接挨瓦里斯托·萨里亚－基洛加博士。从宅邸门口他看到他不慌不忙的从黑色的劳斯莱斯轿车[1]上下来，径自登上门廊的石台阶朝他走来。那位身材匀称的先生神态疲惫而紧张，在那无动于衷的苍白脸色下，掩饰着某些焦虑。像惯常一样，拉腊因亲切地拍了拍他的肩膀。堂埃瓦里斯托轻轻地低下头，将其贴在那位军人威严面孔的鬓发上。

"哎，我的准将……我请求您不要怪我在那么不合时宜的时间给您打电话。"

"这才叫朋友呀！您愿意我们在图书室里谈吗？"

萨里亚－基洛加先生轻轻点了点头。胖子轻轻地拉住他的胳膊，那般的小心翼翼，仿佛后者是瓷做的。随后他们进了家门。宽敞的前厅里挂满了镶着金框的镜子和托莱多壁毯。穿过大厅，他们在一个昏暗的客厅里坐下来。客厅里装饰着印象派画的苹果和瓜果，大理石的拿破仑和圣母马利亚雕像，以及鹿皮面的《大不列颠百科全书》。拉腊因按了一下铃，管家立即出现了。那是一个干瘦的、脸色苍白的老人，在那卑微的小胡子下，露出一副奴才相的笑容。

"您想喝点什么，博士？"拉腊因问。

"那么……"萨里亚－基洛加紧张地勉强露出一丝笑容，"我想我要的东西会让您想不到了，我的准将。我想我需要点烈性的。"

---

[1] 英国产极为豪华的名牌轿车。

"没问题！我陪您。喜欢喝点什么？"

"朗姆酒。"

"加点可乐吗？"

"您指的是人们称之为'自由古巴'的混合饮料吗？"

拉腊因被问得惊慌失措，只是清了清嗓子，干咳了一声。

"……我想这是别人对您这样说的。"

"不，谢谢。我喜欢纯酒，加点冰。也许加几滴柠檬喝起来更舒服些。"

"很好。您听懂了吗？"拉腊因对管家说。管家恭敬地鞠了个躬。"我要加苏打水威士忌，多加冰。不，最好还是把冰盒给我拿来吧。"

管家像一只猫科动物似的在大马士革[1]地毯上拖着脚退下去了。拉腊因站起来走到一个漆成金黄色的靠墙小桌前，从小桌里取出一个镶嵌着黄晶的银烟盒。他把烟盒打开，里面便响起了金属般的乐曲。他把烟盒送到朋友面前。

"谢谢，我不吸烟。"萨里亚－基洛加做了个礼貌的手势。

"我知道您不吸烟，博士。我拿给您看是让您听听音乐。您听到音乐了吗？当一个人打开烟盒的时候，它就会奏起拉腊主题曲[2]。这些日本人！什么都会发明，对吗？"

"是这样。"来访者低声回答说，同时在天鹅绒沙发上颇显不舒服地动了动。

"听到什么啦？"军人挤了挤眼睛，把一只蒙特克里斯托牌雪茄[3]烟屁股朝向盛有一本《谷登堡圣经》[4]的玻璃匣吐去。他没有听到回答。于

---

1 叙利亚首都，以产精美的地毯著名。
2 拉腊主题曲是1965年由大卫·利恩执导的电影《日瓦戈医生》的主题曲，该电影是在俄国作家鲍利斯·帕斯捷尔纳克的同名小说基础上改编的，由莫里斯·贾尔作曲。
3 名牌雪茄烟。
4 又名《42行圣经》和《马查林圣经》，是现存的西方第一部完整的书籍，为最早的活字印刷品，因印刷者谷登堡而得名。谷登堡为中世纪一位德国工匠，他用欧洲第一部印刷机印制了最早的纸质《圣经》。

是从口袋里掏出一个卡特牌[1]白金打火机,点燃一支哈瓦那雪茄,喷出一口浓浓的烟雾。"日本人真有点了不起。我不明白他们怎么就战败了呢!"

他在萨里亚－基洛加身边坐下来,审视了他片刻。

"您对战争怎么看,博士?"

"什么?"

"世界大战。"

"啊呀!这个题目太大了,您不这样认为吗?"

"您怎么看希特勒?"

"希特勒!"

"您认为他是个疯子吗?"

"毫无疑问,他的某些行为……是过头了。"

"这就是说,您认为他是发疯了。"

"也许。"

"可是,您不容忍犹太人。"

"哦!"萨里亚－基洛加笑了。"大概这句话不确切。我不喜欢他们穿行在我走的路上。如此而已。"

"您不认可焚化炉和那一切。"

"当然了。"

"太了不起了!"

"为什么?"那个带有贵族气魄的人看了他一眼,感到惊讶。

"有时候我不懂您的意思,我亲爱的博士。总之……"他叹了口气。"我们是生活在一个民主的社会里,不是吗?"

萨里亚－基洛加又笑了,显得有点惶惶不安。这时,管家端着托盘回来了。

---

[1] 名牌打火机,卡特也是高级时尚手表和首饰的制造者。

"您都放到桌上吧,"拉腊因说,"我自己来就行了。"律师又重新好奇地欣赏身着白色吸烟服[1]的神秘的老人静悄悄地踱步。"出了什么事吗?"

"没有,没有……"萨里亚-基洛加摇了摇头。"刚才那个人走路的样子引起了我的注意……他的脚步几乎听不到声音。"

"您是说小老头吗?一个可怜的人!他是最后从德国来到这儿的……已经跟我好多年了。我的妻子忍受不了他。他喜欢体验怀孕母猫的动作。您看他多像那些美丽的猫:一只眼睛是蓝的,另一只是黑的!可怜的老头喜欢科学。可是,您已经看到了,他仍然精力充沛。肯定他要比我们两人长寿……"

萨里亚-基洛加皱起了眉头。

"……我是说他会比我和我的亡妻长寿。"拉腊因补充道。他喝了两口酒,另一个人则疲惫地叹了口气。

"也会比我长寿,我的准将。您不要感到奇怪。您已经了解我得了心脏病,这正是我想给您谈的。"

"您说吧,我听着。"拉腊因手端一杯约翰·沃尔克[2],贪婪地吸着香烟,在沙发上调整了一下身姿。

"您看,就是关于我的遗嘱一事。"

拉腊因像是被弹簧弹了一下似的从座位上跳起来。

"……我越来越担心了。比方说,就在今天下午,我跟我儿子阿尔贝托谈了一次话,结果并不那么愉快。您记得他吗?我跟您提起过的。"

胖子静静地待着,眼都没眨一下,表示认同。

"嗯……看来他有些轻率的情爱关系。他告诉我小女孩只有18岁,

---

1 一种在家中穿的男用考究外套。
2 名牌威士忌。

不过，这女孩很可能向他撒了谎。我儿子是个非常天真烂漫的男孩子。从小就非常依恋他的母亲，我担心我夫人的病对他影响很大。不过，他一直是个很温顺的孩子。当然了，青春期的叛逆心理[1]是有的，但是，从来没有让我不痛快动过真气。相反，今天下午，我发现他有点激动，甚至跟我说要跟那个女人结婚。"

"太莽撞了！"

"自然，我并不觉得有什么了不起，问题是我父亲也非常关心他的事。"

"那可是个神圣不可侵犯的男人，令人敬畏。"

"您认识我父亲？"

"祖国的骄傲。"

"不，不过我要问您是否亲自认识他。"

"不是。"

"哦，他的私生活也是这样。查科战争之后除了种天竺葵他什么都不干。就是种天竺葵和跟我女儿谈诗，连养老金都不取。您觉得他这样做对吗？"

"地球上的圣物与荣耀[2]。"

"总之，幸好阿尔贝托没有染上……什么病。这些站街的青年女子往往是混居的，她们半点儿不注意个人卫生。但是我非常担心阿尔贝托染上坏习惯。我打算更多地了解一下这个女人。"

"我们可以马上收拾她！"

"阿尔贝托只是告诉我她好像叫……马莱娜。您听说过这个名字吗？"

---

[1] 这里"青春时期的叛逆心理"埃瓦里斯托又一次用了法文，以显示自己博学。
[2] 这是拉腊因编出的一句虚浮而荒唐的话，为的是颂扬亚历杭德里诺。

"……偶尔有所闻。"

"这应该是个现代名字,您不了解。啊,肯定这个女人是欺骗了阿尔贝托……她说的名字、年龄,一切都是假的。好吧,我去把这件事弄清楚。要紧的是您要清楚我儿子放荡不羁的性格,其他都是趣闻轶事。"

"我明白。"

"我的另一个女儿叫贝罗尼卡,她比阿尔贝托小一岁。"

"已经是大姑娘了,我记得她,非常优雅。"

"是的,对她我无可抱怨,她相当成熟和负责任。您知道,6月那些游荡在街头的女人的行为让她沾染了坏习惯。虽然如此,她仍是个好女孩,一直是最优秀的学生。往日她待在家里的时间很少,但现在比较多了,因为她带来一个女同学跟我们一起住。这女孩叫索莱达,家境有点败落了,但是血统纯正。据我们了解,两个人准备继续攻读建筑学。"

"她们的中学已经读完了?"

"是的,就在今年。"

"小伙子呢?"

"也读完了,在美国学校。"

"男孩下一步打算做什么?"

"哦,现在您让我记起了这件事,我还没有问过他哩。他只是告诉我他疯狂地要结婚……那个小妓女把他弄得神魂颠倒了。"

"这小伙子可麻烦了!"

"没错……"萨里亚－基洛加呷了一口朗姆酒。

"好的,博士……"拉腊因熄灭了烟,有点不安。"我能为您做点什么?"

"哦,您说对了。对不起,我认为我还没有给您谈正事。事情就是我开头对您说的,是关于我的遗嘱。"

"可是,考虑这件事您还太年轻了呀!"

"您别这么想，一个人不会总是处在朝气勃勃风华正茂的美好时代……我已经感到体力不行了。健康检查至今尚未划出警戒线，但您知道我的心脏状况……再说，我喜欢把事情想在前头，凡是要有预见。"

"有预见的人应该具有双向思维。"

"好了，如果您答应的话，我就跟您谈具体事宜了。"

"我感谢您的信任，博士。"

"嗯，我妻子的病一天比一天严重，生活自理已经没有希望了。所以我想把财产留给两个孩子，给他们平分。当然，要有一个遗嘱执行人为我的妻子管理体面的定期收入。"

"我觉得这样做很妥当。不过，您的孩子不是还都未成年吗？"

"是的，因此我为他们找一个监护人照顾他们，对他们进行基督教教育，培养他们的高尚道德，管理他们所得的遗产，以及处理其他所有的事情。作为对此人善意帮忙的报偿，要让他拿到遗产的 10%。"

"遗产的 10% 可是不菲的一大笔钱呀！"

"我认为这是合情合理的。"

"那么……您考虑好人选了吗？"

"考虑好了，我的准将。我请求您原谅我的信赖，我冒昧想到的就是您。"

"博士！"

"我求您了，拉腊因。"

"这责任可是重大呀！"

"我坚请您。"

"博士，我不知道……我不可能拒绝您的请求，但是，这可是件非常严肃、非常棘手的事呀！您的孩子，您的夫人！"

"这事情还远着哪，拉腊因。阿尔贝托已经 18 岁了，贝罗尼卡也已 17 岁，他们转眼就长大成人了……我还不盼着明天就死。"

"您说得对,博士。"

"那么您答应了?"

"我有点……为难。但是我希望给您提个条件。"

"请您说吧。"

"我不能接受 10% 的报偿,博士。如果真的发生点什么不幸的事,您的孩子就会变得跟我的孩子一样。"

"谢谢,拉腊因。我早就知道可以信赖您。"

胖子举起了他的黑牌威士忌[1]。

"愿我们都长命百岁!"他高喊道。

---

1 由约翰·沃尔克生产的一种名牌威士忌。

第七章

"这一切,我真不知道该怎样感谢您,夫人!"

"这很容易,你别称我夫人,这就够了。"

"您想让我怎样称呼您?"

"埃丽萨。"

"您说什么,打电话的这儿很嘈杂。"

"埃—丽—萨[1]。"

"埃丽萨。"

"对了。"

"……我也得告诉您件事。"

"有什么问题吗?"

"可是……也许您会生气。"

"好的,马莱娜,你知道我是很珍惜时间的!所以,你说话要快点儿!"

"问题是……我不敢肯定我会跟阿尔贝托结婚。"

"这是你们的事。"

"可是,您要教我英文,因为您是他的女性朋友……"

"我从不为友情做事,既不喜欢给别人恩赐,也不喜欢接受别人的恩赐。"

"但是,阿尔贝托要求阿苏亚加博士请求您,以便您……"

---

[1] 这里是用英文发音称呼埃丽萨的名字。

"你看,我不关心你和阿尔贝托结婚的事,见鬼。现在我有时间教你英文,我就愿意做这件事;当我没时间的时候,我就停下来,那时我会告诉你。现在你就好好学习吧,马莱娜,其他事都忘在一边。"

"这就是说,如果我跟阿尔贝托吹了您不会发火?"

"行啦,别再说啦,这怎么可能呢!"[1]

"我说了什么让您不高兴的话吗,埃丽萨?您刚才说的是英文吗?"

"不,亲爱的,是拉丁文。英文的意思是 certum est quia impossibile[2]. 翻译成西班牙文就是:真的,这怎么可能呢!"

"我还是不懂,夫人。"

"没关系,马莱娜。你身边有笔记本吗?"

"您真怪,夫人,我是说,埃丽萨!"

"……"

"那么您……不想跟阿苏亚加博士结婚吗?"

"……"

"您在那儿吗,埃丽萨?"

"在呀。"

"您可是太漂亮了,埃丽萨……阿尔贝托告诉我您有一双绿色的眼睛,皮肤是浅黑色的……"

"这不关你的事,马莱娜。"

"您以前结过婚,对吗?"

"是的。"

"因为您有那个小瞎姑娘……是阿尔贝托告诉我的。"

"……"

---

1 原文为拉丁文。
2 此话引自基督教著名的神学家和哲学家德尔图良(公元160—240年)的著作《论基督的肉身》。见 http://www.tertullian.org/quotes.htm。

"那么,她是谁的?"

"扯淡,你不知道那些男孩子怎么干事的吗?"

"阿苏亚加博士是女孩的爸爸吗?"

"不是。你身边有笔记本吗?"

"他是谁?"

"你不认识。你干吗要知道呢?"

"你为什么没跟女孩的爸爸结婚,埃丽萨?"

"是的,我们结婚了。我现在还跟女孩的爸爸维持着婚姻关系。"

"您爱他吗?"

"是的,我非常爱他。"

"您爱他胜过爱阿苏亚加博士吗?"

"托托是我的朋友,甘特是我的丈夫,这是两件不同的事。"

"您丈夫叫什么名字,埃丽萨?"

"甘特。"

"小女孩叫什么名字?"

"哎呀,你不觉得这问题涉及个人隐私了吗?"

"小女孩叫什么名字,埃丽萨?"

"讨厌![1]"

"这是她的名字吗?"

"不是。"

"……"

"我听不清楚,马莱娜,你大声点!"

"我问您甘特是不是跟另外的女人结了婚?"

"天哪,你这是干什么呀!不要再问了吧!你那儿有笔记本吗?"

---

1 原文为英文 Shit,根据上下文译成"讨厌"。

"有。"

"好的,记上一本书和一部你必须买的词典,还有我家的地址。"

"我可以问您最后一个问题吗,埃丽萨?"

"好的,最后一个,"

"您的第一个丈夫是死了吗?"

"你怎么知道我有第一个丈夫?"

"……"

"喂?"

"……不知道,埃丽萨。是您告诉我的吧……他死了?是个飞行员?"

"为什么一定是飞行员呢?"

"飞行员死得很多,就像在马尔维纳斯群岛[1]那种情况。"

"……"

"我妈妈告诉我,飞行员升天堂更快。"

"没有什么天堂存在。"

"您是无神论者,埃丽萨?"

"……"

"您没有任何信仰吗?"

"当然有,我相信很多事情。"

"您不是…共产党员,对吧?"

"看在上帝份上,马莱娜。收起你的笔记本,别瞎扯啦!"

"好吧,夫人。"

"你笑什么?"

"……看到了您信仰的东西吗?"上帝这样说。

德国戏剧家、诗人布莱希特指出,一种常规的情况可以通过"陌生

---

1 这里指的是马尔维纳斯群岛战争中死去的阿根廷空军飞行员。

化效果"[1]而改变。比如说,还有比萨里亚－基洛加在他的图书馆里翻阅着文件起草自己的遗嘱更符合常规的事吗……? 然而读者可以预知他很快就会离开家再去跟拉腊因下一盘象棋。即便像在意大利剧作家皮兰德娄[2]的喜剧中那样,人物突然反抗(这是从西班牙作家乌纳穆诺那儿抄来的)[3],并且当面抨击剧作者艺术水平低下和剧情平淡无奇,那也并非让人大感惊诧。这种情况似曾相识[4],并不新鲜。但是,不。萨里亚－基洛加突然闻到一股烧焦的味道。他仔细地闻了一下:不对,烧焦的味道不是来自厨房,也不是来自车库……那么,它来自何处呢? 是楼上有什么东西燃烧了吗! 啊,他的妻子! 又是一次妖巫夜会? 他急忙连蹦带跳地跑上楼,一边喊叫一边用力地捶卧室的门,那门从里边反锁了。

正如加缪[5]让他小说《局外人》中的人物杀死阿拉伯人[6]一样,这种戏剧性的场景来自各种可能。最明显的是家中失了火,抑或可能发生了什么可怕的事情。开始只是冒出点烟! 而此刻在咚咚地捶门声中,萨里亚－基洛加愤怒的眼前整个卧室内都是浓烟翻腾[7]了。他的妻子还能说话吗?

---

1 布莱希特的"陌生化效果"理论认为跟常规的戏剧寻求观众和主角的一致相反,应该是让观众不要相信他们在舞台上亲眼目睹的事情就发生在此时此地,而是要打破观众对舞台现实的幻想。他认为观众面对舞台上表演的恶行坏事,更能作出合理的反应和改变社会上那些时弊。为了创作这种"反现实的"剧作,布莱希特常常用异常的效果——比如突如其来的独白或者奇妙的音乐——打断舞台上的场面。关于布莱希特这方面的基础资料见《哥伦比亚当代欧洲文学词典》。
2 意大利剧作家、小说家皮兰德娄(1867—1936)为1934年诺贝尔文学奖获得者。
3 人物反抗作者的艺术技巧是乌纳穆诺在他的小说《雾》(1914)中采用的。在这部作品中,主人公奥古斯托·佩雷斯面见小说家抗议把他的生存写得凄惨悲苦。后来,皮兰德娄在他的剧作《六个寻找作者的剧中人》(1921)中采用了类似的手法。但是,尽管马科斯的小说中提到了这句话,但是我还是未能找到皮兰德娄故意模仿乌纳穆诺的证据。实际上,在1923年堂米格尔本人在《我和皮兰德娄》的文章中是赞扬这位意大利作家的独特和新颖,并且把两个人之间的相似归结为各自独立创作的努力:"这是一个很奇妙的现象……两个人并不认识……却追求了同样的道路,塑造了类似的观念。"他说,这种如此一致的相向而行,并非是由于抄袭,而是由于"有点什么在历史人物身上跳动"。见《乌纳穆诺全集》第10卷,第544页。
4 原文为法文。意思是认为一种情况以前已经经历过,但不知道在什么地方。
5 加缪,法国文学家(1913—1960),出生和成长在阿尔及利亚。
6 在加缪小说《局外人》中主人公杀死了一个阿拉伯人,因此而被捕。
7 "卧室内都是浓烟翻腾"这个失火的场景灵感来自曼努埃尔·普伊格的长篇小说《红红的小嘴巴》(1969)的写作技巧(Correo electrónico, 29 octubre 2010)。

她裹在透明的长睡衣里已经死了吗？她给他留下信件了吗？

骑士英雄阿玛迪斯·德高尔[1]犹如一个没完没了的长长的哈欠延伸着，但是，堂吉诃德[2]却似一种狂笑来反对圣母马利亚的贞洁和费利佩二世的宗教法庭[3]。当萨里亚－基洛加满怀恐惧走向床边的时候，那就有失资产阶级的风度了。他驱赶着烟雾，摸索到妻子的尸体，摇晃着她，感到毛骨悚然！双目中那种惊恐完全是真实的。

萨里亚－基洛加颤抖不止的手触及到了野蛮地刺进他妻子心脏的利器的把柄，那把柄上还留有一丝温热，一种隐伏的、不易察觉的温热。那种温热不似话语那么有价值，不似那天晚上诗人可能写出最悲伤的诗篇那么有意义，也不似诗人宣布说我今天晚上可以写出最悲伤的诗篇[4]那么震撼。要紧的是凶手就在房间里！要紧的是在这黑乎乎的令人作呕的浓烟中一双猫般的眼睛正在窥视着，打量着萨里亚－基洛加，窥视着他，打量着他，围困着他……

现在，萨里亚－基洛加的眼睛已经是读者的眼睛，听觉是读者的听觉。他所闻到的气味是读者闻到的气味，正如海明威所处的极限情势[5]，烟雾超乎寻常，危险从天而降，而吻则如一枚多汁的李子。萨里亚－基洛加焦虑的眼睛比往昔任何时候都更接近生命，在烟雾的笼罩下，它们变

---

1 《阿玛迪·德高尔》，典型的西班牙骑士著作，出版于13世纪末，佚名作品。
2 《堂吉诃德》，骑士作品，含有《阿玛迪斯·德高尔》中的戏弄性模仿、戏谑和讽刺。
3 费利佩二世，这位西班牙国王（1527—1598）于1556年登上王位，一直统治到死。他狂热地捍卫教会利益，因此在他在位期间，宗教法庭始终昌盛不衰。
4 "今天晚上可以写出最悲伤的诗篇"，这句话引自巴勃罗·聂鲁达的诗集《二十首爱情诗和一只绝望的歌》（1924）。这儿马科斯所涉及的一切事情都有着重要的意义。我们可以说，它的重要意义就在于是一种文学性的自我意识的插入，一种创造布莱希特式的"陌生化效果"的尝试，使读者始终处于一种手不释卷的兴奋状态。
5 所谓海明威所处的极限情势是指这位伟大的美国小说家很喜欢危险的紧要关头，比如作战、斗牛、狩猎大野兽，总之，一切卡尔·雅斯帕尔和马丁·海德格尔命名为"极限情势"的东西他都吸纳于他的虚构、置于演讲之中，不是从贫乏的大脑领域，而是从充满活力的身体领域。请见E.F.斯坦顿的杰出论文《海明威在西班牙》，第133页。关于雅斯帕尔和海德格尔，见W.布拉特纳的文章《海德格尔和雅斯帕尔》，第153—65页。

得模模糊糊。萨里亚-基洛加在床上浑身颤抖，眼睛隐隐约约地看到火焰中滚滚浓烟那边的垂死之光，在凝血、汗水和凶手的呼吸之间他嗅闻着，那个绿色大画面上的卡丹在向他走来。那是黑暗中的魔爪中的另一把匕首……颤抖在死亡边缘的人物脸色苍白，他没有别的奢望，只是徒劳地希望今天不是今天，而是您阅读我尚未写就的这一篇章[1]的日子。

埃瓦里斯托·萨里亚-基洛加博士生前曾任省乡村协会[2]会长和最高法院院长。他和夫人的不幸亡故在市民中间引起了深深的悲伤和沮丧。不幸发生在今天凌晨的这个首府。这位名声卓著的死者是我们这个社会最显赫的家族之一的后代和杰出的陆军上校堂亚历杭德里诺·萨里亚-基洛加的儿子。当兄弟国家战场上的号角吹响，召唤英雄的男子汉们[3]支援时，他是巴拉圭查科保卫战的不朽英雄。这位英年横死者曾领导无数的慈善机构和体育团体。他的无可挽回的逝去也使得我荣幸地以他这位备受赞誉的博学（法学家或律师）之笔叙述的报纸上这些文字深深地充满悲凄；他的笔是公正的社论撰写者之笔，也是家族最最可爱的父亲之笔。我们报纸的星期日副刊，没有他高雅的风格，没有他签字的声誉和持重有度的见解，已经不是原来的星期日副刊了。钞票、支票、银行转账、硬通币和黄

1　"我尚未写就的这一篇章"：有许多时候，索莱达和其他人物同时发声，以第一人称的口气讲述特别的插曲或故事片段。但是这里只是三次场合之一小说的讲述者自称是我（见另外的地方：小说第二部，第九章）。小说的讲述者"我"那种打断提问的方式是很有趣的。有两个讲述者吗？这一个是第一人称，另一个是第三人称，后者讲述小说的大部分？还是只有一个讲述者？那么，我是谁？是小说中的一个人物重新回顾一些事件吗？（见小说第三部，第一章，可对有关事情提供另外的考虑）。自然，在文学中没有绝对的回答，想方设法去寻找这种回答将会失掉这种技巧的最重要的东西：鼓励读者去创造阅读。读者跟讲述者的对话越多，他对作品阅读的积极性和创造性就更高。（这里援引下面的话："……当您正在阅读的日子……"）

2　乡村协会：这个团体在巴拉圭和阿根廷有一个实际相对的组织。按照马科斯的说法，那就是畜牧业企业家行会。一般来说这个行会的企业家直至今日都跟传统家庭和大量土地的拥有者有联系。（correo electrónico, 28 noviembre 2010.）

3　在查科战争中，巴拉圭的事业得到了阿根廷志愿战士的支援。这些志愿战士有的是定居在巴拉圭，有的是来自卡连特斯和其他边境地区。这种志愿者的典范是由阿根廷人组成的"圣马丁将军"第7骑兵团，在战争的一些经历中战绩卓著。见 J. 戈莱利和 J. 赫罗西的文章 http://www.zonamilitar.com.ar/foros/showthred.php?t=16523。

金的买卖以及当今在境外的种种行情发布服务,包括美元、支票、德国马克、乌拉圭比索、瓜拉尼克鲁赛罗、英镑、法国法郎、瑞士法郎、比塞塔、里拉、日元、秘鲁索尔等,都需依据法律规定、遵照初审法官的命令,在10点钟时放在这个都会大街我的写字台上,以便在第二轮国内开盘经营中,我着手在公开拍卖中销售。销售一辆汽车,它的商标、型号、样式、发动机、底盘都是在自动系列资产登记处注册的。拍卖成交买方当场要付10%的定金,另外加现金支付4%的佣金。汽车在公司的车间里,买方可以通过主持拍卖的人的秘书随时提货。在这张照片上,可以看到火灾对萨里亚－基洛加家族的豪宅中坚固的建筑造成的破坏,那座宏伟的宅邸是科连特斯建筑风格的骄傲。我们的摄影记者施展出全部的职业才能和拍摄经验,借助日产的长镜头,做到了逼真地重现火灾的场景,给人以临其境之感。这幕悲剧至今依旧震撼着公共舆论和东北方[1]的社会精英们。在这些精英中,暴死于匕首下的夫妇由于他们杰出的爱国情怀和高尚的内心世界享有极高的声誉和同情。他们具有一种圣洁的精神,人们都从他们身上得到恩惠。他们自动开办的律师事务所口碑良好,承揽的业务涉及行政事务、税务、民事、商务、房客驱逐、离婚、婚姻关系解除、文件兑现、遗产继承、法律程序外事务、债权人召集、破产、庄重的循环进展工程的开工典礼、印染业、干洗业、家庭熨烫服务、清洁卫生设备、白色和彩色成套浴室设备、龙头阀门、地下蓄水池、闸门、电镀和塑料配件、各种短管、瓷砖、药箱、各种尺寸的钉子;不发胖是为面包和小点心规定的口号;那些大大小小的全麦面包是天天为喝茶烤制的;还有松糕和奶油牛角面包以及甜味牛奶面包、可可布丁;这一系列精美无比的香甜面包配上黄油在特殊的高等家庭中品尝,会有一种用欧洲原料制作的超级瑞士面包的风味,而且保有无可

---

[1] 科连特斯城位于阿根廷的东北方。

争辩的传统质量,因此戒严状态也就传统性的延续[1]。为了向读者披露更多的信息,我们求助了督察员阿尔贝托·阿马多尔·苏马亚,他在火灾发生后几个小时之内就火速亲自赶到了灾难现场。按照惯常的对待口头、文字和电视新闻界的礼节,这位高级官员表示,根据公安人员精确掌握的罪行迹象,这对夫妇死亡的原因是显而易见的。督察员解释说,人所共知,萨里亚-基洛加的夫人长期患有严重的精神错乱症,因此由于一阵可怕的情绪失控这天凌晨她把自己和丈夫关在屋子里,并且动手刺死了丈夫,然后以同样的方式结果了自己的性命。在这样做之前,她引燃了自己的卧室,导致一场大火把佛罗伦萨式的宫殿般的建筑整个左翼毁于一旦;而且倘若不是新建立的消防队紧急出动,在那场飞来的横祸发生之后几小时就及时赶到的话,整个建筑就化为灰烬了。

"小姐,您得陪我去辨认尸体,或者说,陪我去表示哀悼。"督察员阿尔贝托·阿马多尔·苏马亚说。

"好的,"贝罗尼卡说。她不曾流一滴眼泪,直到许久以后,她跟索莱达关在自己的房间里时,才哭了起来。

"我唯一感觉到的是,由于受到阻隔,就这些碗橱和冷食筐保留下来了。偷东西的人太多了。"

"没关系,督察员。"

"您说什么?"

"我来处理一切。现在一切都交给我了。"

索莱达感到贝罗尼卡的手紧紧地握着她的手。那只充满情意的手握得是那样猛烈,以至指甲都扎进她的肉里,疼得她低声呻吟起来。

---

[1] 20世纪70、80年代南美的军事统治者们为了延长戒严授予他们的高压权利,他们经常利用戒严这一手段。

第八章

"好吧!"拉腊因把多毛而粗壮的双臂高举到华贵写字台上方喘了口粗气说道。"您爸爸把一切都托付给我了,条件是我要把你们带上正路。这就是说,您必须跟着我走正路了,年轻人。您懂吗?"

阿尔贝托静静地坐在考究的乌木写字台的另一边,观察着那个人胀鼓鼓的粗笨的大肚皮[1],灰暗而肮脏的皮肤,短粗的猪脖子,不干不净的臭嘴,那种滑稽可笑的习惯,患癫狂症者散发着恶臭的厚下唇——那种带有缺陷的气泡状的接缝似兔唇一般。这一切都令人作呕,令人可怕,带有一种腐朽和强烈的刺激性,就仿佛堆积在坟茔角落里的肮脏废弃物,又像是漂浮着开肠破肚的死老鼠、恶臭令人窒息的下水道,也或者说是在那个不人道的、凶残的、皮笑肉不笑的人身上的鲜血淋淋的排泄物。那个人散发出恶臭,充盈着愚蠢、丑恶、卑鄙、野蛮、淫荡和贪婪。他凝视着那疥蛤蟆似的油腻腻的下巴肉,那令人厌恶的暗灰色的赘肉,那像是患过淋巴腺炎似的紫色的麻斑,以及那同性恋者的清晰的硬皮痂,脑海里开始想象起那些被虫蛀过的海豹似的犬齿龋齿,赌场里那些兀鹫似的爪子,那种轻骑兵[2]或龙骑兵们患的淋病,炮手或暴徒,出租招贴画上的警卫,以及那

---

[1] 这一连串怒不可遏的话,是马科斯不得不躲进墨西哥驻亚松森的大使馆里逃避特别凶残的镇压浪潮时写下的(见引论)。作者在那儿失去了跟亲人的联系,用这一段铿锵有力的文字表示他的愤怒。这次逃进大使馆,是他12年流亡生活的开始。逃亡期间,他的家人在一年之后才得以跟他相聚。

[2] 前几个世纪欧洲一些军队的武装骑兵。这些骑兵以他们华丽闪光的制服而著名。

些三教九流[1]。他憎恶鸡奸者那撮在淫荡伪造的淡酒中暗算人的小胡子,那松弛的青紫色的妓院里麻风病患者口水不断的双唇,那屠夫似的、贪得无厌、喘着粗气跟人恶狠狠吵架的神气,那洞穴式的、充满血丝的近视的双目,那分泌着黏液的眼皮的凹陷和冷酷,那动物似的目光中的仇恨,那淫荡的、虚弱多病的老人的老花眼,以及老年人的眼泪和恶心的炭疽病。

"我觉得您好像没听我讲话,我的孩子。您似乎没有明白我现在是你的监护人。"

---

1 mameluco 这个词,在巴西人种学史上类似于拉丁美洲语境中的"混血儿",但是后来就用于杂七杂八的人,比如那些在殖民时期到瓜拉尼群落去寻找奴隶的巴西人贩子。见 E.Chang-罗德里格斯:《拉丁美洲:它的文明和文化》。

第九章

"阿尔贝托讨厌监护人的话。"埃丽萨[1]对我说,她已经要了第二份辣子鱼片,并且还不时地把叉子伸进埃尔瓦·马西亚斯[2]的冷盘里。"他从小就讨厌监护人的话,因为在他父亲还活着住在医院的时候就把他当作孤儿送进了学校受监护,监护人是马塞林。那天晚上葬礼之后,当他把这件事讲述给索莱达听的时候,我也在场。他已经不叫她马莱娜。"

于是,我杀死了马塞林神父[3]。我向你发誓,索莱达。学校里我们这些受监护的人始终非常悲惨。我们只能礼拜天离开学校。有些人亲戚会来找他们,带他们去动物园或看下午场电影。只有贝尔塔来找我,带我去望弥撒或用无线电话跟爸爸通话,向他报告我的分数。

我们孤儿一起睡在一个很大的房间里,那儿有20张床,都是些破旧的铁床,弹簧已塌陷了。我们起床很早,因为只有一个厕所。

我们半数的人待在那儿受监护,是因为我们的父母出钱把我们关在那儿,让他们管我们饭吃。其他的受监护者不付钱,因为他们很穷,并且告诉了神父他们也想当神父。但是,我们玩耍是在一起的。上完课之后,我们受监护的孩子上楼去吃饭,不受监护的孩子就回家去。

---

[1] 这里"我"用的是现在时,其实是小说的讲述者在另外的场合采用的第一人称(见前面第二部,第七章)。但是跟第七章不同,这儿讲述者"我"是以小说人物的身份出现,让我们去捉摸他的身份。也见第三部,第一章。

[2] 埃尔瓦·马西亚斯,墨西哥女诗人(1944—),在马科斯流亡的头几个星期她对他帮助很大,而马科斯则对她的作品在许多场合大加赞扬。他对这位女诗人的人格及其文学作品的评价见他的文章:《埃尔瓦·马西亚斯的诗是一种女性感知形式》(1985)。

[3] 这里的神父二字是以瓜拉尼语出现的。

餐厅也很大，冬天很冷。这儿没有铁床，而是两个大长木桌。牧师们在一个桌子上用餐，我们受监护的孩子在另一个桌子上用餐。马塞林神父坐在桌子的顶端监视我们把饭菜吃光，不允许掉面包屑。他对我们严格监督，不允许我们讲粗话，连"该死"、"活见鬼"、"他妈的"之类的话都不能说，必须说规规矩矩的话。如果我们不听他的话，他就拧伤我们的手指不让我们做作业，并且掐我们的面颊。礼拜六他不掐我们的面颊，为的是在我们的亲戚来把我们接走待两天时不留下红色的痕迹。

塞林神父对待受监护的孩子比对免费生更加严厉。他说这些孩子要想成为神父的话，就必须把他们教成圣徒和对他们进行惩罚。他命令这些孩子鞋子里放些小石子，还要用左手拿着滚烫的吐绶鸡侍候他喝马黛茶，孩子们的手被称为魔鬼的手。他凌晨就把孩子们叫起来做祷告。

有时候，他把一个被监护的孩子跟他一起关在房间里几个小时。孩子出来的时候都在哭，从来不会告诉我们在房间里做了什么。我很想知道马塞林神父在房间里干的事情。

一天，我对他说我想忏悔。他表现得很高兴，便把我带进了他的房间。他拴上门，我们两人就单独待在房间里了。那个房间又窄又长，就跟又瘦又高的马塞林神父一样。屋子里散发着猫尿的味道，只有一张床、一个淡黄色的蚊帐，再就是一张桌子和一把椅子。桌子上摆着一些书和一个耶稣受难像。他没有要我做忏悔。我们倚着墙坐在床上，他问了许多我爸爸妈妈的情况。我们一直聊天。后来他让我看一个从床垫下取出来的影集。有些照片由于时间太久已经变黄了。在照片上，马塞林神父显得很年轻，那是他和父母在法国的巴斯克地区[1]，还有其他小男孩，那是他的兄弟们。他也让我看了他接受圣职担任神父那天的照片。他告诉我那是他一生最幸福的一天，但是在那些照片上他神情很严肃。然后，他掀过了一页，我一

---

1 巴斯克地区也包括一部分法国领土，与西班牙巴斯克地区接壤。

下子惊怵了!那儿有两个一模一样的马塞林神父,都穿着教士服,其他打扮也如出一辙。他们坐在一道螺旋梯上,第一次露出了笑容!那时,马塞林神父开始用他热乎乎的手抚摸我的腿,并告诉我不要害怕。照片上的另一个人是他的孪生兄弟[1],感谢上帝也让他作了神父!

我叹了一口气,感到神父的手伸到了我的大腿里边。那时我对他说我必须出去,因为我要上厕所。不过,我说的那是假话。听到这话,他就把影集放回床垫下开了门。我跑出房间,为了不哭,便把自己关在了厕所里。

第二天,我们去了荒地。

在离学校半个街区的地方,有一大片荒地。学校安排我们在那儿做操和玩球,以防止我们产生杂念。我们排着队到那儿去。排头是穷学生中年龄最大者,一个假圣徒,伪君子,他拿着哨子和球。我们先自由玩耍了好一会儿,然后那个假圣徒把我们分成四个队来玩球,每队六个人。由于我们不能同时玩,我们就轮班,尽管那个头头喜欢的人从不下场。不上场时,我们可以站在一边观战。场地上尘土飞扬,很脏,因为没有草皮。不看球时可以在附近散步,但是禁止上街。

我喜欢在荒地的附近溜达。荒地的一侧有一幢房子,门总是关着的,据说那里面都是幽灵[2]。但是,年龄最大的受监护的孩子常常钻进去做他们的事情,从来没有一个鬼魂抓住他们。草地的另一侧是一座小木屋,里

---

[1] 马科斯说(correo electrónico, 11 noviembre 2010),他之所以让马塞林神父孪生兄弟出现在《甘特的冬天》之中,是想试验一下写适合于小说情节的侦探故事的结构。有意思的是,尽管马塞林孪生兄弟在小说中的形象是比较反面的,但在作者的传记中这两个人物的反响却是正面的。对此马科斯这样说:"那是为了纪念法国神父马塞林·奴特茨,他是圣何塞学校的伟大神父,是我的巴拉圭历史老师。但时间很短,只教了一年他就去世了,那是我在中学一年级……此人很有教养又很坚强,行事非常民主,是歌词《亲爱的祖国》的作者。这首歌曾在校园里以《种族颂歌》的名字在总统埃利希奥·阿亚拉在场下首次演唱。今天是正式的校歌和巴拉圭青年非正式的赞歌。在我的大学时期,我们在公共场合下开始唱这首歌,表示对独裁专政的抗议。现在人人都在唱。在查科战争期间是怀着爱国热情唱这首歌。"更多奴特茨神父的情况和他的歌曲,见 http://www.portalgualani.com.obras autores detalles.php?id obras=144445。

[2] 西班牙化了的瓜拉尼语,复数的"幽灵"之意。

面住着一个卖糖果和冷饮的老奶奶。她也卖小饼,但是我从来不买,因为贝尔塔说她是用脚和面,吃了会肚子疼。我常常跟这位老奶奶聊天,她非常善良,就孤零零一个人,因为她的独生子死了。有时她会送我著名足球明星形状的奶油糖果。老妇人牙已稀少,说话时漏风。她给我讲述许多事情,她的家就在街的尽头。

一天下午,她给我从她的衣橱里拿来一件浆洗好的衣服,那是她参加选美折桂时跳舞穿的。她想送给我,让我送给我的恋人,因为她认为那件衣服会带来好运。我告诉她我没有恋人,因为我是受监护的孩子。她摇了摇头——就这样——说,最好的恋人就是受监护的孩子、海员和命运悲惨的人。于是我答应她等我有了恋人时我会来找她取那件衣服。她向我保证一定会叠得整整齐齐的把那件衣服保存好,并且在里面放上许多荽和薄荷叶以及茴香以防虫蛀。

老奶奶也出售治疗各种疾病的药草,那些药草具有奇效。有一次可是把我吓坏了。她把一个大玻璃瓶拿给我看,那里面装满了许多条蝰蛇。她告诉我那是些剧毒蝰蛇,但是她用无数次的谈话把它们驯化好了。她从蛇毒中提取极品药物。那时我要求她赠送我一条蝰蛇。她把它装进一个小瓶子里送给了我,并嘱咐我千万小心。我向她保证我会把它妥善地放到床底下。让它给我带来好运。

有许多晚上,我都起床上厕所。马塞林神父拿着他经常读的书在走廊里来回踱步。他问我为什么不在上床睡觉前撒尿,我告诉他我有点腹泻,因为吃了青番石榴。最后他习惯了看到我经常起夜,便不再问。我每次上厕所的时候,都是把小瓶子里的毒蛇装在睡衣的口袋里。

终于在一天晚上,我从厕所回来的时候,看到马塞林神父的屋门是敞开的,但是里面没有人。我飞速地钻进去,把毒蛇放在了他的被单下,然后又若无其事地去上床睡觉。

第二天,马塞林神父没有跟我们一起吃早餐。神父们告诉我们他清晨有点不舒服。我们什么也没说，但是大家都在心里想着，但愿马塞林神父呜呼哀哉了。

中午时分，贝尔塔来找我，因为那是礼拜天，他要带我去看电影《罗宾汉》[1]和《血箭》[2]。然后我们去了我奶奶埃尔内斯蒂娜家。奶奶给我们做了味道鲜美的烧南瓜[3]，爷爷亚历杭德里诺看着新闻节目说道：如果坎波拉[4]辞职，那就一切见鬼去吧。

像惯常一样。周一一大早，贝尔塔送我去学校。跟每个周一一样，我们在课堂上都哈欠连连，马塞林神父就把打过哈欠的受监护学生的手指拧伤。一个可怜的受监护学生的手指"咯吱"一声，惨了。

虽说没有人知道马塞林神父已经死了，但实际上那个像马塞林神父的人是他的孪生兄弟，神父们把他带来为的是不让我们知道真正的马塞林神父已经去了另一个世界。这件事让我感到心中乐滋滋的。

后来，爸爸妈妈从庄园带着贝罗尼卡来跟我生活在一起了。爸爸对我说我必须努力学习，要成为像他那样的律师，成为一个对社会有用的人。

---

1 罗宾汉，中世纪英国民间传说中的英雄，据说他偷了富人的东西送给穷人。关于中世纪罗宾汉的传说电影有几个版本，包括《罗宾汉的故事》（由肯·安纳金执导，1952）和古典篇《罗宾汉历险记》（由米歇尔·柯蒂斯和威廉·基斯利执导，1938）。1938年的版本是马科斯在他童年时由婶母德里亚·萨拉·阿尔瓦雷斯陪着所看的最初几部电影之一。这位婶母教会了他在三岁时识字。为了让他能够直接阅读些罗宾汉的小说，婶母先让他预先高声朗读。
2 也许是指英文影片 Blood Arrow(《血箭》，由查尔斯·马奎斯·沃伦执导），美国西部片，1958年用英文首演。这是马科斯在他婶母德里亚陪同下平生所看的第一部电影。当时的亚松森"光辉"电影院如今已不存在了。
3 一种巴西东北部鲜美的南瓜汤。
4 埃克托尔·何塞·坎波拉（1909—1980），庇隆主义成员，1973年做过短时期的阿根廷总统，当年5月退位以便让庇隆本人重新当选。他跟庇隆主义的左倾分子结为一体，1976年军事政变时他不得不躲进墨西哥大使馆避难。

第十章

"但是，有可能你不明白吧，阿尔贝托？你从未读过侦探小说吗？"贝罗尼卡在床上打着手势说道。两个人做爱之后赤身裸体地躺在丝织床单上，索莱达陪伴在一边。他们吸着一只细细的大麻香烟，香烟快熄灭了，闪出一种如12月黄昏般的忧郁之光。

"的确，拉腊因是老家伙死亡最大的受益者。"阿尔贝托说，"但是很奇怪爸爸把一切都交给了他。他总是说军人的坏话。他跟拉腊因交上了朋友，为的是好有人跟他下象棋。"

"你别这么想，"贝罗尼卡说，"老头儿是许多军人的律师，他说坏话的人是德罗萨斯[1]，是庇隆，事情就是这样，从不去碰具体的思想反动的人。他跟他们在许多股份有限公司混在一起。拉腊因是他很相信的人。再说，如果是拉腊因杀了他，那他也会把遗嘱烧掉，按自己的意愿搞出一个假遗嘱来替代它。"

"我说不出为什么，但是我感觉[2]拉腊因是一个胆小鬼。"阿尔贝托说，一边把左面颊贴到索莱达多毛的肚皮上。后者把腿又劈开了一点儿，让他躺得更舒服。"我想象不出怎样用匕首把两个人捅死！爸爸是个很健壮的人呀！"

"啊呀，也不一定就是用匕首捅死的呀！"贝罗尼卡说，"可以用枪杀呀。反正尸体都烧焦了，而且警方不允许解剖。"

---

1 胡安·曼努埃尔·德罗萨斯（1793—1877），1835—1852年的独裁统治者。
2 原文为英文，西班牙文"感觉"或"印象"之意。

"但是卡塞雷斯先生向法官提出了抗议。"阿尔贝托说。

"法官跟警察都是串通一起的,等于是代警察出面办事。"索莱达说,手在抚摸着小伙子金黄色的头发。

"当然啰,"贝罗尼卡说,"警方能够让法官给拉腊因写一份老头儿的假遗嘱。我们都被出卖了。再说,你不是说拉腊因是妓院[1]老板吗?"

"没错,"索莱达说,"我看见过他几次。就是他告诉我,我在那儿的名字叫马莱娜,因为没有一个女孩子在那儿会用真名。直至有一次我跟他发生了争论,因为他想强迫我签订一份从事口交合同[2]。由于我只在周一、周三和周五去那儿,我有权选择不口交卖淫。据老鸨说,他拥有连锁妓院。"

"这就对了,"贝罗尼卡对阿尔贝托说,顺手把大麻香烟递给他。"他甚至用不着自己去杀死那两个人,只要派一个他的打手或一个拉皮条的人[3]就足够了!"

"在这儿真舒服……"阿尔贝尔托自言自语道。他满面笑容地注视着索莱达,后者则将他的脑袋深情地夹在两腿之间;于是,小伙子的生殖器硬了起来,他不好意思地赶忙拉过被单的一角将那小弟弟盖住。贝罗尼卡从床上下来,又喝了把缸里的啤酒,然后并且把啤酒递给了另外两个人。接着她又重新坐回床上倚在了床头,并且把黑色瓶子里的啤酒喝光。阿尔贝托向索莱达俯过身去,长时间地吻她。贝罗尼卡对着他的屁股左侧轻轻踢了一下。

"切[4],你们别又重新开始……再说,我可是马上就会看到。"贝罗

---

1 阿根廷和智利用作妓院的词。
2 就是说,拉腊因企图强迫索莱达·马莱娜在卖淫时从事口交。见马科斯强调的索莱达从事这一职业令人伤心地情况(重复出现在 correo electrñonico, 17 diciembre 2010):"口交合同"。
3 拉丁美洲"拉皮条的人"说法之一。
4 拉普拉塔河流域对一个人亲切讲话的话头。

尼卡开玩笑道。听了这话,阿尔贝托和索莱达就分开了,接着他们同时温顺地倚在了床头。

"我也认为是拉腊因或者是拉腊因支使人杀死了那两个人。"索莱达说。"毫无疑问,他们在赌博中有好多利害关系。"

三个人静静地吸了一会儿大麻香烟。贝罗尼卡呼哧呼哧地喘着气,神情紧张。她又从床上下来,打开一瓶啤酒,躺在沙发上,将它一气喝光。阿尔贝托和索莱达一声不吭地欣赏着她那修长而美丽的脖颈,那儿已经渗满了汗珠,不停地发出咕咚咕咚地吞咽声。接着,贝罗尼卡把空瓶子投向罗伯特·雷德福特的张贴画。她重新站起来,脸上挂着心事重重的表情开始在房间里走动。汗水顺着她的后背和还留着沙发上玫瑰色天鹅绒印迹的臀部流下来。

"我们必须把拉腊因除掉。"贝罗尼卡突然说道。阿尔贝托笑了。

"你喝醉了吧!"阿尔贝托对她说,"他身边有无数的保镖,而我们连件武器都没有。"

"你不要做个卑鄙的小人。"贝罗尼卡说,"我在学校的箱子里放着老头的手枪,那是送给他的圣诞礼物。拉腊因绝不会怀疑你。你到他家去,跟他聊会儿天,待到只有你们两个人的时候,你就给他两枪。"

"多美妙的主意呀!"阿尔贝托嘲弄道。

"你说过你在小时候干掉了马塞林神父。"索莱达说,显然那样的故事只是一种幻觉[1]。

他们三个喜欢睡在一起,因为这样可以聊天一直聊到深夜。在洗漱之前他们总会做爱。索莱达在床上很腼腆,有点不像她本人,但是只要能

---

[1] 显然那样的故事只是一种幻觉,这句话在1987年和2009年出版的本部作品中没有。这种缺失违背作者的意愿,导致某些读者认为阿尔贝托真的杀死了马塞林神父。考虑到这种混乱,我在这儿加进了这一说明,完全支持马科斯(私人交谈,2012年8月5日)。在我把本书翻译成英文时,也这样做了。

让阿尔贝托和贝罗尼卡高兴,她什么都可以接受。贝罗尼卡和阿尔贝托两人从来不发生冲突。索莱达经常半开玩笑地对他们说,她真喜欢只有一个情人:让贝罗尼卡坦然地躺在阿尔贝托身上。她笑着说:不是因为我喜欢女人,而是因为我喜欢的是女性化的男人。但是他们之间最美好的东西不是性,也不是啤酒和吸大麻香烟。最美好的是三个人在一起的感觉;他们畅谈童年往事,互相听对方倾诉。在她的一生中,索莱达只有唯一的一次在那短短的几天里谈到她的父亲,那个已经亡故的理发师安佩里奥·萨纳布里亚。

爸爸是一个好人。有家日报说他是共产党员。那不是真的。

我对父亲最久远的记忆是在科连特斯。我在那儿出生,几乎一生都住在那儿。那些记忆已经模糊了。当时我年纪很小,连幼儿园都还没有上。

我们住在潘乔叔叔借给我们的一座小房子里,离市中心不远。妈妈管理花园非常细心,花园虽说不大,但是开满了鲜花。当她在办公室里做完秘书工作下班回来的时候,我就帮她整理花园。花园里到处生长着老鹳草花和天竺葵。妈妈的梦想是某一天能在对面建一道走廊。

小房子在爸爸工作的理发店附近。有时候他带着几位理发师回家来,坐下来长时间的聊天和听唱片。

爸爸非常喜欢音乐,周六经常有许多朋友到我们家来。他们弹起吉他,唱呀,跳呀,一直待到傍晚。

爸爸也喜欢喜剧。每年有两三次,他们编出作品,包括诗歌和乐曲,一起工作的有几位朋友,也有几位理发师。有时候他们到乡下去演出,也在大学里演出,爸爸和他的朋友们在那所大学里上夜校。

我不知道为什么那家日报说他们都是坏人。坏人是不喜欢唱歌和弹吉他的,也不喜欢演戏。坏人只喜欢人们受苦。

科连特斯是一座小城市,那儿气候炎热,居民讲西班牙语。想讲英语的人,就必须在领事馆里学习,因为所有的地方都用西班牙语,甚至电视里的动画片都是如此。那儿的石匠们[1]都讲西班牙语。也有许多人讲瓜拉尼语，但是我们只听懂一星半点。爸爸不会讲英语，也不会讲瓜拉尼语，他想着讲一点法语，妈妈说他是卖弄学识，臭显摆。

我们家附近有一路有轨电车通过，叮叮当当十分地喧闹。电车已很陈旧，是英国货，有时电线跟街角紫葳科树木的红枝条缠在一起，就得折腾一番。那时在中午阳光的照射下，喷溅出的火花犹如是从主祭坛上帝[2]头上迸发出的闪电。

我家附近也有一个市场。周六一大早我们就跟爸爸一起去买最好的肉，用来做晚上的烤肉。我们会看到那些骡子拉着的木轮车，车上装满了土豆、窝荀、卷心菜、胡萝卜和木薯。慢慢地我身上就出汗了，因为我们跑了许多摊位，直至选好了做凉拌菜的最甜的洋葱和收拾得最干净的西红柿。相反，有时候我们是去超市。那儿有空调，食物不那么脏，也不加那么多香料。

那时期我们有辆车，爸爸把它停在下坡路上以便启动。我们买完肉和蔬菜之后，就到港口一家商店里去买威士忌，那家商店是以一位航天员的名字命名的。由于我们是旧车，所以耗油量很大，而且汽油又价格昂贵。不过，威士忌很便宜，因为是走私品。爸爸说，汽油钱是给总统的，走私的钱是给总统的朋友的。

我们并不是全年都住在科连特斯。当爸爸有假期的时候，我们就去布宜诺斯艾利斯我外婆家。在那儿爸爸买许多唱片和书籍。几乎每天晚上爸爸妈妈都去看戏、看电影和出席音乐节，我就留在家里跟外婆一起看电

---

[1] 那儿的石匠们，西班牙文版美国木偶戏《石头族乐园》中的人物，1960、1970和1980年代在美国电视台播放颇受欢迎。

[2] 请注意，这是某种天真进入了索莱达的感知（马科斯在他的 correo electrónico, 17 diciembre 2010 中重复说过），按照她的方式把主祭坛上的耶稣基督描写成了"上帝的头"。索莱达是一个非常复杂的人物，是青年人天真、艺术上的早熟和社会政治上的强烈信念的混合体。

视。爸爸是梅塞德斯·索萨[1]的朋友,后者是位会唱歌的夫人。一天,她跟她的丈夫波乔[2]一起到我们家来了。她送了我一个气球和圣菲甜食,让爸爸看了她的朋友写的一支曲子。曲子的歌词很怪[3],也许是因为这位先生是希腊人。那是他为一部非常著名的电影《索尔瓦》[4]写的乐曲。好像索尔瓦的确是一位共产党员。我外婆是阿维拉[5]人,她说赤色分子都是无神论者,但是佛朗哥更坏。听罢这话梅塞德斯笑了,好像还唱起歌来。她还说她喜欢我叫的索莱达这个名字。

在布宜诺斯艾利斯我们没有车,活动都在地下乘车。那里的火车叫地铁。后来我们到了纽约的时候又是另一个叫法,但火车是一样的。爸爸想进科连特斯大街的书店,而妈妈则喜欢在圣菲大街买鞋子。有一条佛罗里达街,那里没有车子,是一条步行街。爸爸在那儿给我买冰激凌和杂志。报刊亭里也卖书、香烟和零食。但是爸爸不给我买糖果,他说糖果会伤害牙齿。到了傍晚我们回家的时候,我的衣服上就沾满了煤屑和油烟子,脏

---

1 阿根廷 1960、1970、1980、1990 年代受人欢迎的女歌星(1935—2009)。在军事独裁之下,1978—1982 年被迫流亡国外。
2 波乔·马茨特利,梅塞德斯·索萨的丈夫。马科斯于 1973 年在亚松森与这对夫妇相识,成为莫逆之交。(见 correo electrónico de Marcos,17 diciembre 2010。)
3 关于这句话的灵感,马科斯说了下面的话(correo electrónico,17 diciembre 2010):"歌词很怪的曲子的确是 1970 年代梅塞德斯在她布宜诺斯艾利斯北区的家中拿给我看的。这首曲子是伟大的希腊共产党作曲家米基斯·狄奥多拉奇斯的作品。他也是《希腊人索尔瓦》的作曲者。是作曲家本人把这些曲谱送给了梅塞德斯。他们是朋友,同时有着共同的理想。索莱达由于幼稚,混淆了乐曲的书写和希腊字母。"
4 《希腊人索尔达》是由迈克尔·卡柯亚尼斯执导的,脚本根据尼古斯·卡桑特萨科斯的同名小说改编。电影由米基斯·狄奥多拉奇斯作曲,他是索萨的好朋友。希腊作曲家后来遭希腊军政府逮捕和拷问,不得不利用偶然的机会流亡巴黎。关于狄奥多拉奇斯的基本情况,见《吉尼斯人民音乐百科全书》第五卷,第 4130 页。
5 马科斯的外婆弗洛伦蒂娜·布拉斯克斯·桑塞贡多·德马斯,根据其自传,阿维拉人。在西班牙内战期间,为了共和派的事业,她跟全家不得不移民到亚松森,尔后又居布宜诺斯艾利斯。(见 correo electrónico de Marcos,17 diciembre 2010。)阿维拉城处于卡斯蒂利亚和莱昂地区,内战中很快被叛军占领,在整个战争中都是佛朗哥意识形态中心。关于阿维拉在西班牙内战中的情况,见 G. 吉劳·戈迪内斯的博士论文:《弗朗哥后方一个卡斯蒂利亚城市的文化生活》,http://eprints.ucm.es/tesis/fll/ucm-t27654.pdf。

兮兮的。当时当我们把采购的东西一包包打开的时候,真是感到心满意足。我外婆看着我爸爸买的书,嘟嘟哝哝地对他说警察会抓我们,因为那些书里都是些大胡子的人。有一次爸爸对她说那个大胡子[1]的高乔人写了很多东西,都是针对捍卫马尔维纳斯群岛,甚至是为了捍卫巴拉圭。我外婆只是对他说猫食天天都在涨价。

一天晚上,爸爸妈妈带我去了一个非常大的剧院[2],里边坐满了穿正装的人,有一个乐队和一些舞蹈演员。门口的先生不想放我们进去,但是,爸爸跟他交谈了一下,又轻轻地拍了几下他的肩膀,问题就解决了。我十分喜欢音乐。爸爸说,那些舞蹈演员练了许多年才跳得那么好。那时我记起了我们在科连特斯看到的一个杂技团,于是我问爸爸为什么这儿没有小丑和高空吊杆演员。他们也应该是练了许久才能在空中转那么多圈、翻那么多跟斗,逗得孩子们不停地大笑的吧。

我们乘一条破旧的轮船[3]回科连特斯城。那条船行驶得慢慢腾腾,一个大轮子在河水中吱吱嘎嘎地转着,仿佛是疲惫不堪。船上有一个十分古老的餐厅,结满了黄色的蜘蛛网,散发着浓重的大蒜味。汤非常地鲜美,我从来没喝过那样的汤。通过餐厅的窗户,可以看到岸上黄昏的景色。遥远的山脉和静静的树木仿佛沿河向后面闪去。爸爸和妈妈在船头甲板上紧紧地拥抱在一起,而给我则是裹上一条毛毯让我睡得暖暖和和,不至受凉。那时候我似乎觉得在暗色河水中的月亮也感到寒冷。我们吃早饭的时候,餐厅里非常热闹。有一次我们认识了一位主教,另一次我们认识了一位非

---

1 大胡子,系指阿根廷作家何塞·埃尔南德斯(1834—1886)。
2 一个非常大的剧院,指布宜诺斯艾利斯克隆大剧院,以歌剧、舞蹈和交响乐演出而非常著名。
3 布宜诺斯艾利斯和科连特斯城由巴拉那河相连。这一部分是作者对童年的回忆,当时他们全家乘一条阿根廷公司的船去布宜诺斯艾利斯。(correo electrónico de Narcos, 17 diciembre 2010.)

常著名的儿童文学作家[1]。大家相处得十分亲切。乘船旅行是很惬意的，因为既悠闲又自在。爸爸给我们拍照留念，但照片都是黑白的，因为那时拍彩色照片还非常昂贵。尽管如此，我还是记得那如同基督教圣灰星期三似的灰色忧伤的氛围，而且我喜欢。

---

[1] 另一次我们认识了一位非常著名的儿童作家，这是自传中对青年时期另一个人物的回忆，此人叫堂娜·康塞普西翁·雷耶斯·德查韦斯，写了小学教科书、小说《林奇夫人》和故事集《月亮河》。她是巴拉圭著名诗人埃米利奥·佩雷斯·查韦斯的祖母。马科斯12岁的时候曾到她家中拜访过她，当时她已过70高龄。（见 correo electrónico de Marcos, 17 diciembre 2010.）

第十一章

那是一个雨夜,托托·阿苏亚加在房间里一边喝着马黛茶一边拨弄着吉他。突然他听到几下沉闷的敲门声,手中的吉他便停了下来。敲门声又起,阿苏亚加起身开了门。贝罗尼卡浑身透湿地进了屋。

"贝罗尼卡!你淋成了落汤鸡!"阿苏亚加叫道。

"我必须马上跟你谈谈。"

"没问题,请坐吧。"阿苏亚加指了指他的大沙发椅,自己则坐到了床上。"谈什么事?"

"是关于……一个不在犯罪现场的证明。"

所有那些在露天剧场的人,贝罗尼卡在幕后百感交集[1]地想,都等待为一场用他们不懂的语言演出的悲剧拍手叫好!

"好的,总之,我猜测你是被做淫媒的人诱惑了。你到一家妓院去了,你不了解皮肉生涯的危险性。像我们这样门第的男人,绝不会有一个人落到交际花和妓女的魔爪里。从来不会有。我希望你忘记那家妓院,我要你离开那家妓院。你懂吗?"

"是的,爸爸。"阿尔贝托早就这么说了。

"你们学了散文、诗歌、短篇小说……那都是文字的语言。"阿苏亚加对着学校戏剧厅**禁止吸烟**[2]的牌子喷了一口烟继续说道,他们正在那儿排练。"但是,在戏剧上,肢体动作和表情的语言更重要。表情会代替

---

1 这里马科斯故意用了一个瓜拉尼语变形词。
2 这里的禁止吸烟为了醒目用的是大写斜体英文词。

语言。不仅是肢体动作,而且还有神情。不是纯粹的情节冲突,而是一种美学的冲突,低俗的喜剧冲突和讽刺性的戏剧冲突,日常生活的戏剧性冲突和批评性的戏剧性冲突,崇高的悲剧性冲突和卑鄙低贱的悲剧性冲突。这是我们现在所关心的,也是我们的兴趣所在;是我们唯一所关心的,是我们唯一的兴趣所在。"

"那个狗屎主教也掺和进这件事了!"苏马亚高喊道。

"不可能……"索莱达怯生生地说。

"怎么不可能!"苏马亚高叫着,啊,灰林鸮怎样在树上歌唱[1]。

"如果犯罪是在一个小时前,那跟主教卡塞雷斯先生就没有任何关系。"索莱达说,"演出期间,我跟他一起一直待在贝罗尼卡的化妆室里。"

"对,这话没错,"贝罗尼卡说,"我要求他们留下来给我带来好运气。"

"这个巴拉圭主教就是有罪过!"苏马亚高叫。

"可是,他一直跟我在一起。"索莱达说,"卡塞雷斯先生是个非常好的人,非常地清白。我向您发誓,督导员!"

"我们给奥尼尔来点小动作。"阿苏亚加早就这样说了。"你们知道,他设想了这部作品是企图让希腊神话适应现实情况,想把悲剧现代化。但是,现在他的作品已老化陈旧了。而我想向你们建议,为了让作品重新焕发青春,来个有点荒唐的花招。这就是演出的时候仿佛它是希腊剧。我们利用假面具和所有手段。但是不是那种古典式假面具,而是更美洲化的假面具,美洲豹、美洲虎式的面具。你们觉得怎么样?也许你们觉得不舒服,但是在排练中慢慢就习惯了。不需要所有人都戴面具。贝罗尼卡的面具将是最重要的。戏剧中的面具是用来不让观众看出演员是谁,而是另一个人。贝罗尼卡将不是贝罗尼卡,而是厄勒科特拉;厄勒科特拉将是拉维尼亚;

---

[1] 灰林鸮怎样在树上歌唱,这句话引用的是加西亚·洛尔加的诗歌《月亮、月亮之歌》。原诗句为:"灰林鸮怎样在歌唱/啊,灰林鸮怎样在树上歌唱!"马科斯用这些话把他书中的人物和丑陋的不祥之鸟联系起来。

拉维尼亚将是贝罗尼卡。演员再也不是本人自己,对吗?"

"他一点也不招供,但是我们什么都知道!"苏马亚高喊。"然后,所有人都是……"

"喝点马黛茶吧?"阿苏亚加说,贝罗尼卡点点头表示接受,她把头发包在阿苏亚加给她的一块毛巾里。

"你完全明白了吗,托托?"

"当然了,一切都是查对时间的问题。"阿苏亚加说,一边把冒着热气的马黛茶递给贝罗尼卡。

"谢谢。"贝罗尼卡说,有点儿紧张。她喝茶时发出了响声。"观众不会想到你不是阿尔贝托,对吗?"

"假面具的话筒把声音都变成了那个样子,以至我在那边感到很平静。阿尔贝托跟我的身材差不多,再说,又穿着长衫和高档半筒靴,就连你自己都不会把我们分辨出来。"

贝罗尼卡深深地叹了口气,她坐在大沙发椅边上,手中的马黛茶摇来摇去。

"但愿一切顺利!"她高声说。

"只是到最后大家都摘掉面具向观众致意时,你必须及时回去。拉腊因真该吃那些子弹。别人不干,我自己也会干。不管怎么说,我来日不多了。但是我明白阿尔贝托一定会干这件事。"

贝罗尼卡用一双乌亮美丽的大眼睛看了他一眼。

"这就叫一种……不在犯罪现场。对吗,托托?"

阿苏亚加微微一笑。

督察员阿尔贝托·阿马多尔·苏马亚踢了一脚门,凶巴巴地带着动静闯进了贝罗尼卡的化妆室。化妆室里就她独自一人,衣服全脱光了,但头上还戴着悲剧的大面具,就像一位毕加索1906-1907年创作的立体主义绘画《亚威农的少女》[1]。

警察一脸的惊愕,站在化妆室的门槛上审视着那个神秘的裸体,那张面孔如岩石般地僵硬冷酷,仿佛是幽灵的脸。墙上宽大的镜子里的光亮,把那整个裸体清晰地映照出来,如同是它的复制品。

"他们杀死了拉腊因准将!"苏马亚高喊。

"拉腊因?"贝罗尼卡说,"我觉得有一次听到过这个姓。"

"他是个在党的人!"苏马亚高喊。

"是吗?"贝罗尼卡说,"我知道他利用了许多党的女人,但不知道他也是一个党的人。"

"您是什么角色?"苏马亚高喊。

"我?"贝罗尼卡说,接着列举开了她的角色:"垂死挣扎的柠檬、一致的悲哀、孤独的怀念、阴沉的水、日常的孤独、隐藏的雨、瞬间即逝的哀歌、伤残的玻璃、遭背叛的欢乐、被迷住的爱情、复数的愉快、自由的习惯、秘密的安静、急迫的吻、无限制的冒险、梦的洞穴、不幸的无依无靠、高喊的空洞、黄昏的失眠、无限大的皮肤、没有保护的侧影、不受惩罚的灯、荒野的酒精、酒精[2]、清晨的云雀、勇敢的堤岸、黑暗的道路、痛苦的向日葵、悄悄的间歇、欲望和粮食、匿名的侧面、透明的话语、纯净的火花、轻微的回忆、手无寸铁之火、偶然而破碎的闪光、瞳孔和翅膀、

---

[1] 《亚威农的少女》,这幅画创作于1907年,是一幅毕加索的名画,画的是五个形态各异的裸体女人。人们常说全为妓女,其中一个是戴着假面具的坐姿,似乎同时既能往前看也能往后看。那种画面上同时性的动作受到赞赏,被人称作20世纪绘画的关键成就,甚至把它跟爱因斯坦的相对论联系起来。见A.I.弥勒的文章:《爱因斯坦、毕加索:时空和混乱造就之美》,特别是第85—125页;而在174页则这样说:"毕加索和爱因斯坦……曾研究过同一个问题:在历史的这一时刻,即当时间和空间很显然不是我们本能所感知的那样时,应该如何描述二者呢。"所有这一切说明,毕加索这幅名画的同时性动作跟小说叙述的方式及其时空的安排是重要的类似。见《对话的想象:M.M.巴赫金的四篇散文》,第84—85页,这里阐释了时空的观念。

[2] 这里的"酒精、酒精"是故意重复的,目的是为了保持这一段大部分一连串七字音节语句的节奏韵律。

准时的昏暗、电的危险、血的花瓣、天蓝色的珍珠母、温情的回声、亲切的芳香、河流的停顿和沸腾、没有堡垒的行为、惰性和潮湿的偶然、否定受毒害、一早的角落、温顺、徐缓的腐蚀、雪的腰部、发光的灰烬、钻石的幼仔、世界性的改变这样对抗现行、邪恶、迟到、昏暗。减轻、黎明、破晓、燃烧、允许、饶恕、抵制、诱惑、编织、归还、拒绝。"

"我不明白您说的是什么!"苏马亚喊道。

"不明白吗?"贝罗尼卡说,"那么这是因为演出已经结束了。"

说吧,她像一只中午正在出壳的蜂鸟[1]一般摘下面具,开始唱起来,浑身散发出芳香。

---

[1] 她像一只中午正在出壳的蜂鸟,影射这种鸟的瓜拉尼神话。这种鸟在瓜拉尼被认为是那些寻找无恶之境的人的引导者。"贝罗尼卡变成了蜂鸟,以及后来索莱达变成了美洲虎,"马科斯对我说,"这是两个瓜拉尼人类解放的象征。"

第十二章

躲在夜间图书室大窗户的后面,阿尔贝托窥视着拉腊因。那个大胖子独自站在那儿喝着茴香酒。从厚窗帘的暗影中,阿尔贝托悄悄地向他溜过去。待离拉腊因只有两米远的时候,他跃身扑向大厅中央,两手握着他的老左轮手枪对准了他。

准将用眼角的余光发现了他,但是没有半点儿惊慌。他慢慢地转过身来,以家长的神气面对着小伙子。

"可是,我亲爱的孩子……"他抚弄着手中的酒杯说,"您脑袋出问题了吧?您就没看到我的管家拿着枪站在您后面?"

阿尔贝托本能地背转了身子,拉腊因顺势闪电般地把他的手枪推开,将他打倒在地。

小伙子的身体倒在他的脚下,手中已没有了武器。拉腊因一动不动地长时间凝视着他,脸上露出惊讶和不屑的神色。阿尔贝托躺在地板上,旁边满是打碎的酒杯碎片。拉腊因叹了口气。他用目光寻找着那瓶法国柑曼怡酒,走近木架,把酒瓶打开。他品尝了烈性酒。在日本烟盒的旁边,有一个消声器。拉腊因把它安在了阿尔贝托的左轮手枪上。他弯下身去,几乎是枪管紧贴着太阳穴对准了小伙子的脑袋,随即开枪射击,直至打光最后一颗子弹。阿尔贝托带血的脑浆溅满了锦缎地毯。

拉腊因又一次叹息,这是一次更深的叹息。他抓住阿尔贝托的双脚把他拖到桃花心木写字台旁。接着他那大鲨鱼般肥胖的身体便陷进了柔软的安乐椅里。透过敞开的大窗户可以听到远方车辆行驶的喧嚣声。温和的轻风在暗影中从花园里吹来,轻轻地摇动着窗帘的薄纱。拉腊因从裤子口袋里掏出一方刺绣的手帕，交叉起双腿，擦拭靴子上的血迹，脸上露出厌恶的表情。他把手帕扔进象牙字纸篓内，接着打开了写字台中央的抽屉。他取出最后一期《花花公主》[1]，把它放到写字台上从中间打开。当月的小伙子有着东方人的俊美，但他生殖器的尺寸却似乎与他短小优雅的身材不成比例。拉腊因打嗝散发出茴香酒味，他抚弄起了腹部和勃起的性器官。最后，他拉开了裤子门襟的拉链。他从安乐椅上看着阿尔贝托，那张脸由于弹孔累累而变了形，那双呆滞的眼睛在沾满脑浆和和鲜血的地毯上绝望地突出来瞪得大大的。拉腊因冒出了汗，双唇几无察觉地颤抖着。最后，他手里托着那块黑乎乎的肉摇摇晃晃地站起来走到了尸体近前。他激动得浑身发抖，用脚把小伙子的尸体翻转过来，让他嘴下趴卧着。他跪倒他的身旁，用尽力气把他的裤子褪下来。

直到那时，他才看清了那个脸上罩着耶稣裹尸布[2]朝他扑过来的人，那人脚蹬高档半筒靴，披着虎皮，手里握着一把闪光锃亮的自动手枪。

---

1 《花花公主》，一种言情杂志，专门刊登裸体男人照片。
2 耶稣裹尸布，耶稣下葬时所用的圣布，至今仍在意大利都灵被看护。传统上认为是耶稣被钉在十字架上后用以遮盖他的尸体。人们从对那些污痕的想象中，感知那块圣布是用于十字架上的。对这一情况进行了科学的研究，其结果是引起争论，意见不一。

第三部

第一章

谁杀死了古梅辛多·拉腊因?

管家是在晚上10点钟到图书室去关灯时发现尸体的。他立刻叫了苏马亚,后者很快就赶到了,并且了解了情况。闭路电视清晰地录下了犯罪实施的经过。可以看到阿尔贝托进了图书室,拉腊因朝他的脑袋连续射击,那只联欢节上的美洲虎近距离朝胖子开枪后就跳窗逃走了。苏马亚没有把录像带交给法官,也没有告知新闻界。尸体解剖证明胖子是中了两枪毙命,但是这一结果被隐藏起来没有外泄。警方的推测是阿尔贝托和他的新监护人正在亲切交谈时被一个化装成美洲虎的凶手枪杀的。

这消息震动了全省,国家电视网连续发布了两天。死者之一是尚健在的最受人敬重的阿根廷人之一的孙子。这位阿根廷人是一位杰出的陆军上校,查科战争期间他自愿参加了巴拉圭军队。在那个平庸堕落的年代,亚历杭德里诺·萨里亚-基洛加上校象征着吉诃德式的荣誉和利他主义无可救药的结合体。在他的痛苦中,国家陪伴这位勇士老人度过了他的晚年。

公众舆论了解此事尚存太多的疑团有待厘清。

这个时候阿尔贝托在拉腊因家里做什么?所有人都清楚,此刻他应该在学校学位授予的仪式上担当奥林的角色。

几乎所有不在犯罪现场的证明都是有缺陷的。

最完善的不在犯罪现场的证明是由托罗斯修女和马塞林神父的孪生兄弟提供的,后者是从布宜诺斯艾利斯赶来主持亡者的送终仪式的。在奥尼尔作品的整个演出过程中，所有观众都看到他们坐在第一排。

埃丽萨声明她也去看了演出，并且一直坐在大厅里未动。但是她记不起那些坐在她周围的陌生观众的脸和其他特征。

托托·阿苏亚加声明他不得不扮演奥林那个角色，因为阿尔贝托一直没有到场。几个演员看到他第一次幕间休息时没戴面具，但是在其他三次幕间休息时他没有把面具摘掉。尽管他一再说不摘面具是为了好玩，并且也不记得是否真的没摘面具，但这使完全认同他的可能性复杂化了。

贝罗尼卡扮演的是拉维尼亚，但是她一直没摘面具。

卡塞雷斯拒绝说明，但是索莱达保证说他们整个演出期间都待在贝罗尼卡的化妆室里。索莱达当场被逮捕，并且关在警察总局接受讯问。亲政府的电台指控她非法从事迷信占卜活动，目的是变成美洲虎而不纳税[1]。卡塞雷斯先生以适时的愤怒在他教堂的每一次弥撒上都指责政府以戒严为借口[2]对最受人民欢迎的诗人和学生领袖进行报复。

老陆军上校和他的夫人也被法官传唤。他们说明罪案发生那天晚上他们一直跟一些邻居玩牌戏。尽管这种解释似乎可信，而且就这位大查科英雄的年龄而论，在深夜化装成老虎带着手枪去作案，似乎这太难以想象，但是他居然没有到剧院去为他最喜欢的孙女鼓掌助威又难以让人不感到奇怪。

亡者萨里亚斯－基洛加佛罗伦萨式的豪宅里的仆人也要因这一案件一个接一个地被传唤到庭。他们有可能马上被拉腊因准毫不客气地辞退，这使他们从技术的角度变成了可疑分子。女管家三天两头地病病歪歪，但依然十分傲慢而神气。她戴着一块散发着萘味的让人看不清她的面孔的黑

---

1 说到亲政府的电台指责索莱达从事所谓的迷信占卜活动，目的是要变成美洲虎不纳税，讲述者是这样讽刺被专制独裁控制的广播电台使用如此荒唐的语言来中伤反对派和知识分子（见 correo electrónico de Marcos, 17 diciembre 2010）。

2 以戒严为借口，戒严给当局一种借口来中止许多合法的权利。

面纱,指挥着那一群仆人的行动。于是那些仆人互相支持,众口一词地声明那天晚上大家都一直在看第九频道播出的老影片《豪尔赫·米斯特拉尔》[1]。

阿马波拉·甘特没有去看演出,因为没有她女儿的角色。她说罪案发生的时候她正乘公共汽车回家,这之前她是在跟北方军区骑兵司令胡安·弗朗西斯科·冈萨雷斯将军喝茶。冈萨雷斯将军是萨纳布里亚理发店的顾客,跟阿马波拉一样是单身,科连特斯一家日报的社会版影射他们是一对绝配。唯一令人感到奇怪的是为什么冈萨雷斯将军没像以往那样用他的汽车或直升飞机送她回家。

不管怎么说,警方对这一案件的侦破似乎没有太大的兴趣,而好像更感兴趣的是企图以这一案件为借口来清算6月学生游行示威的领袖们。一些中学生和大学生遭到了逮捕关了起来。索莱达的被捕在科连特斯的学校,以及学生和青年诗人团体中间引起了恐慌和愤怒。卡塞雷斯先生建议阿苏亚加尽早回美国去。后者听从了他的建议,更多的不是由于恐惧,而是由于感到自己没有能力对事件发挥影响。另外,他也要在塔尔萨[2]恢复化疗。官方电台掀起了针对卡塞雷斯的连篇累牍、声嘶力竭的宣传攻势,暗示他是"科连特斯的红色主教"。同时也针对所谓的索莱达的同性恋主义散布流言蜚语,大肆抨击。甚至官方亲自出马让那些粗俗下流的造谣中伤得以传布。一天的黎明时分,学校对面的墙壁上胡涂乱画出这样的奇怪的文字:**为一个没有共产党员和女同性恋者**[3]**的阿根廷而奋斗**。就连埃丽萨本人都遭到一些捕风捉影的辱骂的围攻。那些讥讽和辱骂怀疑她对丈夫不忠和她的白种人的出身。如果不是多亏了是世界银行总裁的妻子,可能她的扎实的学术证书就难以抵挡住警察的暴怒而捍卫下来。

---

1 豪尔赫·米斯特拉尔,西班牙戏剧演员和电影演员。
2 塔尔萨,美国俄克拉荷马州的城市。
3 这里的女同性恋者用的是最粗俗的叫法。

埃丽萨早已打电话给她的丈夫,告诉了他侄女被捕的事。甘特回答说他太忙了,顾不上省里这些纠纷,并说萨纳布里亚的女儿已经长大了,可以处理自己的事情了。中午的时候,阿马波拉常常把索莱达的衣服从警察局拿回家来洗。索莱达便趁机把写的诗歌和短信揉成一团塞进衣服里给她。有一个星期五,内衣上出现了血斑。于是阿马波拉哭哭啼啼地恳求她的嫂子去一趟华盛顿,无论如何把甘特叫回科连特斯来。埃丽萨第二天就乘飞机去了。

至于贝罗尼卡,她几个星期长时间地躲藏在她爷爷家里,她知道,一旦镇压进一步升级,她就是被猎获的对象了。她的预感没有错。

上校既喜欢面条也喜欢他的孙女。每次吃面条都是埃内斯蒂娜夫人亲自监督下锅的作料[1],不到面条煮得不软不硬恰到好处等待捞出的时候她绝不离开厨房半步。吃过面条之后,贝罗尼卡常常到她放着一些革命书籍的顶楼卧室里睡一会儿午觉,然后下楼来叫醒爷爷去运动场。但是那天下午没有可能了。

上校正站在厨房临街的窗前品尝咖啡。

"贝罗尼卡,"爷爷用一种平静的声音说道。"你自己走吧[2]。"

贝罗尼卡没有走近爷爷,他从窗户里看到有几个穿橄榄绿色衣服亚麻色头发的人,他们踩着天竺葵朝小房子的门口走来。贝罗尼卡一愣,当即如闪电一般朝后院跑去。

听到几下敲门声,埃内斯蒂娜夫人把门打开。

"您好,夫人。"一个闯入者招呼道,"贝罗尼卡姑娘在吗?"

亚历杭德里诺走到门口。来访者问候上校,但明显地不情愿。这时,

---

1 这儿指的是阿根廷和乌拉圭一种就着面条吃的番茄酱和其他调料。
2 此处爷爷叫贝罗尼卡"走"用的是拉普拉塔河地区的方言,这个词也有逃走和跑掉的意思。这种用法在南科诺地区和中美洲主语应是"你"。

一个陌生的彪形大汉从后院闯了过来,他的脸酷似退役的拳击手,手里拖着脸色煞白的贝罗尼卡,仿佛她是一片叶子。

"她在这儿,我的中尉。"那个暴徒说道,"差一点她就从后面跳墙跑了。"

"我们奉命让您跟我们走一趟。"中尉对贝罗尼卡说,后者在那个捉住他的人手里浑身颤抖。见此情景,埃内斯蒂娜夫人用手捂住嘴没有叫出声来。

"没事的,我的孩子。"上校拥抱了贝罗尼卡。

"爷爷……"贝罗尼卡终于轻声说道,"您愿意为我保存我床头柜上那本《老人与海》[1]吗?"

上校静静地表示同意,他没有松开妻子的胳膊。

一进入拷问室,一个手持高压电棍的军官就要求贝罗尼卡把腰部以下的衣服脱光,并向她保证说,在剧院的艺术家、歌唱家和诗人中间同性恋者和吸毒者的比例是很高的。贝罗尼卡问他索莱达关在哪儿,军官反复思考后对她说了这样的话:

"今天晚上你将吞噬自己的粪便。"

接着他告诉贝罗尼卡索莱达已经这样做了,并说现在已进入了另一个阶段,就是把一个装着饥饿母老鼠的玻璃管插进阴道里。

---

1 《老人与海》:海明威小说的主人公堂亚历杭德里诺是同比并行的,但是,在这个主人公和任何一个孤独的奋斗者之间也都存在这样的关系。因此这中间插入的文字也可以包括贝罗尼卡和索莱达的关系,尽管那不是作者的初衷。对此作者说(见 correo electrónico, 17 diciembre 2010):"我并没想把贝罗尼卡和索莱达的关系归结到海明威小说中渔夫圣地亚哥的象征主义中去,但也许是潜意识造成了这样的效果。阐释是自由的,而我认为在这件事上,是顺理成章的。"马科斯本人的告白就堂亚历杭德里诺这个人物的形成提供了如下的材料:"陆军上校亚历杭德里诺的许多材料来自我的叔叔随军医疗队上校卡洛斯·阿尔瓦雷斯医生,后者两次担任亚松森国立大学医学系主任,曾留学美国,在查科战争前线以医疗队队长的身份战斗了三年。他是那查瓦英雄之一被埃斯蒂加里维亚总统提升为中校,被总统查韦斯提升为上校。阿尔弗雷多·斯特罗斯纳总统一直没有提拔他,因为他一直对这位总统滥用权力持高尚的批评态度。是卡洛斯叔叔在1977年8月25日用他的车把我带进亚松森的墨西哥大使馆让我躲藏起来。"

在他的孙女被捕两天之后，亚历杭德里诺·萨里亚－基洛加第一次发作了心肌梗塞。上校年事已高，担心发生更严重的情况，于是就紧急住进了豪华的军队医院，老人的健康开始慢慢恢复。

"是恐惧引起的。"家庭保健医生悄悄地对埃内斯蒂娜夫人说，"上校担心姑娘的情况，你们不能找个人谈谈，让他们把孩子放了吗？"

"身经百战的狮子会害怕？"埃内斯蒂娜太太回答医生说，她不太相信医生的话，她感到精神疲惫。

一天上午，上校和他的夫人在医院的病床上正在玩一局"抓三张"牌戏，值班医生进来告诉他们省长要来看望上校。后者稍稍欠起身来说他不想见他。

"可是，阿莱霍，"埃内斯蒂娜夫人马上以温柔的声音表示了异议，"这可是请他帮助贝罗尼卡难得的机会呀！"

老头儿用他那双火热的蓝眼睛注视了妻子好一会儿，然后不慌不忙地说道：

"恰恰相反，后患无穷[1]。"

贝罗尼卡几乎整天待在铺在水泥地板上的一床毯子上，那地板就算是警察局放在厨房里的床了。贝罗尼卡旁边睡着一个医科大学生、两个黄色杂志贩子和一个扒手，后者也许是告密者。他们被禁止互相说话。贝罗尼卡由于跟那位大学生的狱友相视而笑肋部被踢了许多脚。晚间凉爽了点儿，被下面的厨房烤热的水泥地板变得几乎是舒适宜人的。那天晚上，贝罗尼卡裹在她的斗篷里，记起了那一天是她爷爷的生日。她记得上校对界限模糊的社会进步法有一种隔代遗传的厌恶，常常一遍一遍地重复历史是一场梦魇，我力图从梦魇中醒来[2]。贝罗尼卡骄傲地猜测她的祖父是科连

---

1 "恰恰相反，后患无穷"，这是玩牌手段上一种挑战式的回答。这里是堂亚历杭德里诺回答他妻子说的"那是求人帮助贝罗尼卡的难得的机会的话"。

2 原文为英文，是引自《尤利西斯》中的人物斯蒂芬·代达罗斯的一句话。

特斯唯一读过《尤利西斯》[1]的一位80岁的老人。上校在战争中的丰功伟绩之一就是夺取了敌人后方的几口水井。在顶着上午的烈日曲折蜿蜒地行军数日和历经数个12月的不眠之夜之后，上校率领着溃不成军的一个营——他的年龄比士兵们都大许多——毫不气馁地去献身厮杀，直至取得胜利。上校告诉贝罗尼卡，在战斗开始的前夕，在篝火边出现了他教母的幽灵——一个随军的巴拉圭女居民[2]——她告诉他后边她要变成大街、钞票和学校[3]，但都是幻觉：没有人能把星星放在他的肩膀上[4]，从那天晚上开始，老少校再也没穿过军装；他说他回答教母的幽灵说：如果祖国是诗，妈的，那我亚力杭德里诺也是诗[5]。尽管忍受着由于电击和强奸腹部剧烈的疼痛，但是一想到一位美国历史学家[6]把一次胜仗的丰功伟绩归功于那位据有瓜拉尼人思维的军事战略家，称那次战役的指挥就如一次数学运算，贝罗尼卡脸上还是绽出了笑容。

当上校第二次心肌梗死发作的时候，贝罗尼克仍旧关在警察局里，但是晚上已经不再折腾她了。她感染了严重的性病，正在接受警方医院医

---

1 《尤利西斯》，詹姆斯·乔伊斯1922年出版的著名长篇小说。
2 这种三国同盟战争中随军巴拉圭女人的任务是安排营地、做饭，同样遭受着战争的痛苦和折磨。
3 跟在军中服务的主教卡塞雷斯一样（见第一部第五章的注释），堂亚历杭德里诺身上也明显地带有欧亨尼奥·亚历杭德里诺·加拉伊的重要历史人物形象的影响（见correo electrónico de Marcos, 17 diciembre 2010），后者是作家、战士、查科英雄，他的名字装饰着学校和街道，他的形象印在从前瓜拉尼的纸币上。
4 没有人能把星星放在他的肩膀上，这句话不是什么引文，而是作者自己创造的，此处他是利用了"星"这个词的一词多义现象，即它既是天体星星，又是军服上的军衔标志（Correo electrónico de Marcos, 17 diciembre 2010）。
5 如果祖国是诗，妈的，那我亚历杭德里诺也是诗，这里是人物的颠倒词序改义法，因为亚历杭德里诺这个名字也是由14个音节组成的一种诗句。
6 据说战胜者将军埃斯蒂加里维亚在查科接受一位法国记者采访时，把战争作为"一次数学运算"，但是，马科斯对此类的历史事件总是清醒地认为有艺术加工的可能性，可他也总是对知识分子充满崇敬。他认为这里是把堂亚历杭德里诺和"一位美国历史学家"并列，而后者是历史学家大卫·索克在创作的人物。索克是《查科战争的行为》（1960）的作者。马科斯认为，索克的作品是关于查科冲突"军事行动的最优秀著作"（见Correo Electrónico de Marcos, 22 febrero 2011）。

生注射强力抗菌素的治疗。这给了她一点还能活着出去的希望。她琢磨之所以对她施以严刑,是因为她爷爷要保持自己的尊严而拒绝为她向军事当局求情。她对索莱达的处境一无所知。她竭力克制自己不去想她,因为一想到她就会陷入深深的痛苦和沮丧。

上校的心肌梗塞很轻微,然而这也足以让他进入昏迷状态了。这一次医生用更为惊人的语调催促埃内斯蒂娜夫人。

"还能抗一抗,他的身体强壮得令人难以置信,尚存一点余威!"医生尖着嗓子喊道,"但是现在必须马上把姑娘救出来!把她救出来,老人要见她!"

尽管上校已恢复神智,但他依旧拒绝见省长和部长们。马塞林神父借口为他涂临终圣油来看过他一次。他跟老上校单独关在房间里。亚历杭德里诺呼吸困难。他用他那双铁杆共济会会员[1]的讥讽的小眼睛瞥视了一下神父,便继而用颤颤巍巍的手从床头柜的抽屉里取出一本廉价书。他打开书的第一页,毫不犹豫地把书递给了神父。神父看了一下,在印着《老人与海》的一行字下面,贝罗尼卡用她那歪歪扭扭的字母写道:爷爷,不管发生什么事,都不要为我向他们求情。

圣周六,贝罗尼卡已经被囚禁了三个月,半夜左右,她感到心口一阵强烈的憋闷。她记起了在战火纷飞中,他爷爷曾经会见了一位法国小记者,那是位新手,尚无经验。

"您已经站到了荣耀的门口!"小伙子激动地说道,那是引证法国诗人兰波[2]的名言。上校跟他聊了一会儿,然后这样回答他说:

"如果同样我就要死了,我还去要山羊干什么?"

---

1 共济会是一个国际秘密社团组织,在一定的历史时期,尤其是在拉丁语系国家,它带有明显的反教会主义色彩。
2 让·尼古拉斯·兰波,法国诗人(1854—1891)。

"兰波也是这样吗?"年轻的记者问上校。

"不,不管怎么说,他是一个步兵上尉的儿子。步兵是一个扯淡的兵种……可是我的部队,您知道吗?不,这时查科一个马塔科人[1]——一个印第安对我说的:如果同样我就要死了,我还去要山羊干什么?马塔科人自杀的很多[2],知道吗?但是,我用法文告诉您这句话,为的是让您听起来更文明些,不是这样吗?"

当那位指挥官请那个小伙子喝一杯雪利白葡萄酒的时候,后者便愣愣地看着他。

耶稣复活的周日晚上,贝罗尼卡知道山羊已经变成了蜂鸟。一个军曹在她的肋部踢了一脚把她唤醒,将她戴着手铐拖起来,用枪托推着她去了头头的办公室。贝罗尼卡走进办公室,以悲伤的心情证实了他们的墙壁是用一页页的《宪法》纸裱糊的传说是真实的。那个头头通知她,已经接到了释放她的命令。

"不过,这只是由于一个悲伤的消息!"头头吼道,"如果您继续干蠢事,我们还不会放过您,还会继续追踪您,直至把您抓住!"

贝罗尼卡身体还很虚弱,浑身疼痛,一辆出租汽车停下来,带她及时赶上葬礼。

从公墓回来,埃内斯蒂娜夫人请陪他们一块去参加葬礼的为数不多的朋友和亲属喝了点茶。马塞林神父拉着贝罗尼卡的胳膊,把她轻轻地带到了花园里,那是上校高声跟他的天竺葵讲话的地方。手里端着热气腾腾的茶,神父把嘴巴贴到贝罗妮卡的耳边,带着浓浓的马黛茶芳香悄悄地对她说道:

---

[1] 马塔科是北查科和中查科地区的一个土著民族,一般来说他们居住在皮科马约河和贝尔梅霍河之间的干热地区,也被称为威奇人。
[2] 马塔科人的自杀倾向可见于一些人种论研究的文章,包括哈维尔·罗德里格斯·米尔的研究成果:《文明边界上的威奇人:阿根廷查科地区的资本主义、暴力和萨满教》,第273—296页。

"我要求了他:勇敢点,亚历杭德里诺!到了您这个年龄老勇士为什么还要害怕?他不想对我说什么,但是,昨天到了最后的时刻他对我说:可是现在痛苦的不是我了。"

那时,贝罗尼卡明白,她应该把练习书法和写作当作减肥的手段了,山羊随意讲话的传统被剥夺了,但是,她不能失掉温情,不能失掉高贵的身份和豪爽,不能失掉英雄气概。她上楼走进上校的房间,那儿还散发着烤玉米饼的气味,当时她就发誓把这段历史[1]写下来。

当她正在摸摸每件家具、每一本书和每一个相框的时候,就听到奶奶用温柔的声音在卧室门口对他说:阿马波拉有几个纸条给你。

---

[1] 从这儿就可以证明我们在第二部第七章和第九章见到的讲述者"我"是贝罗尼卡。那么,如果是这样,那就增加了那个讲述者"我"与讲述了小说大部分的"我"并非是同一个人的可能性,因为这个"我"涉及贝罗尼卡时总是用第三人称。但是如上所述,这样的考虑之所以重要不是因为在整个事件中那些主语模糊不清的"解决办法",而是由于在阅读的创造过程中读者的介入。

第二章

"名字?"督导员苏马亚问。

"索莱达·蒙托亚·萨纳布里亚·甘特。"索莱达回答。秘书用打字机打下来。

"年龄?"

"17岁。"

"住址?"

"您知道我住在哪儿。"

"写上科连特斯城[1]……"苏马亚口授给秘书说,然后又接着审问。"职业?"

"学生。"

"你不要撒谎,婊子。我们知道你周一、周三和周五在'爱巢'工作。"

"那只是为了帮助我的母亲,她是寡妇。我白天都去上学。"

"好的,孩子,我们把你逮来是让你告诉我们三件事:你干吗是同性恋;你干吗是共产党;你怎样把自己变成美洲虎[2]。如果你不说,我们就往你阴道里放一根烧得通红的铁丝。"

"我不知道怎样把自己变成美洲虎。如果我会把自己变成美洲虎的话,现在我马上就从这儿逃跑了。"

"不,你逃不掉的,因为这儿的门是装甲的,只能从外面打开。你会把自己变成美洲虎,这已经证明了。好吧,我们一条条地来。"

---

[1] 这里的动词"写上"是用的瓜拉尼语。
[2] 这里用了标准的瓜拉尼语"美洲虎"的写法。

第三章

尽管您[1]明天必定是另外的日子,为了看到您并不愿意看到的鲜花盛开的花园,您还是不惜作出一切努力!看到那并没有得到您允许的黎明的到来,您心中会是多么的悲戚!那一天在您想好之前就到来了,我怎么能够心中欢喜!(引自唱片奇科·布奎·霍兰达)。甘特和他的妻子已经在巴黎待了两天。埃丽萨一再坚持做事直奔主题。但是甘特想休息一下,随意欣赏一下戏剧,在蒙特马特雷[2]跟他的老主顾讨价还价谈谈生意,并且在面对着凯旋门[3]的一家饭店里睡睡懒觉。甘特喜欢爱丽舍大道[4]的马提尼酒,纯的,另加一点英国的杜松子酒[5]和波尔多[6]的味美思酒。埃丽萨喜欢圣米歇尔大道[7]——这是数年前科塔萨尔[8]告诉她的一条秘密大道[9](在每一定数量的瓷砖下面某个人都会藏一些小金鱼)。卢卡斯[10]死了,但

---

1 《尽管您》(1970)是巴西作曲家和歌唱家奇科·布奎·霍兰达(1944—)的一首歌,出现在这儿的是西班牙文译文。尽管作曲家可能想到的是他那个时代所有巴西军事独裁者,但这里引文中的"您"可以是任何独裁者。关于这首歌的西班牙文资料和歌词,见hppt://www.encontrarse.com/notas/pvernota.php3?nnota=25847。
2 巴黎的一个区。
3 凯旋门,巴黎著名的纪念性建筑物。
4 爱丽舍大道,巴黎繁华的中心大道。
5 英文字杜松子酒。
6 波尔多,法国著名酒城。
7 圣米歇尔大道,巴黎的一条非常著名的大道。
8 胡里奥·科塔萨尔(1914—1984),阿根廷作家,久居巴黎。
9 一条秘密大道,恰恰没有确认是哪条大道。聪明的《甘特的冬天》的法文译者阿兰·圣-萨恩斯在他的前言中亲切地谈到它和小说的全部巴黎因素。见阿兰·圣-萨恩斯《甘特的冬天》的前言,第9—11页。
10 卢卡斯,这是埃丽萨对科塔萨尔的昵称,见她的著作《一个那样的卢卡斯》(1979)。

是埃丽萨还在继续寻找他。在一家咖啡馆的露台上,那些穿着旧紧身牛仔裤的人——被从地铁里抛出来的非洲人、拉丁人——观望着老索邦大学校区[1],观望着廉价咖啡馆里和由于酷热的下午而小胡子被氧化了的维克多·雨果[2]塑像脚下的那些焦躁不安的不知姓名的人群;那些形象虽然尚未完全淡出人们的记忆,但他们在未来的某个后天却是会彻底被人们置之脑后的人;一批默默无闻的悲哀的画面早已被扔在了优等博物馆昏暗的地下室里。甘特夫妇无意中碰到了两个被流放的老朋友。埃丽萨在索邦大学看到了第一个唱歌的人,那是在梅塞德斯·索萨的独唱音乐会上。米托[3]跟她一起唱了维克托·哈拉[4]的一支歌。没有人认识你[5],没有。但是我却歌颂你(费德里戈·加西亚·洛尔加)。我不认识曼努埃尔[6],也不认识阿曼达。我不知道你的家。我没有跟你一起睡眠,也没有跟你一起用过午餐。我只知道你信封上静止不动的微笑和永远录制下来的奇妙的声音。我永远看不到你死亡,哪怕你同我一起死去。但是我不需要你的声音来歌唱

---

1 老索邦大学校区,巴黎大学艺术和文学系的所在地。
2 雨果的这尊塑像在索邦教堂的对面。
3 米托,巴拉圭音乐家和作曲家吉列尔莫·塞克拉(1948—)的外号。根据小说的情节,他曾流亡巴黎,是马科斯多年的合作者,曾共同完成过几个音乐项目。此人基本情况见 R.阿马拉尔:《巴拉圭的锻造者》,第 588 页。
4 维克托·哈拉,智利音乐家,以演唱民间歌曲和政治色彩的歌曲著名。由于他的左派身份,在皮诺切特上台执政的政变中被捕。他跟许多被捕者被关在圣地亚哥的一个体育场里(现在这个体育场以他的名字命名),在他挑战式地弹奏他的吉他时,政变者打断了他的双手。后来他在机枪扫射中死亡。他的妻子霍安·哈拉在描写他最后的日子时纠正了政变者把他的双手砍掉的传说,但是这种纠正并没有影响哈拉在小说中出现的根本情况。不管这位智利歌唱家的手是被砍掉了还是被打断了,它们继续象征着一双强有力的巨大的手。见霍安·哈拉的报告:《维克托·哈拉的一生》,http://www.revolutionarydemocracy.org/rdv9n2/jara.htm. 也见霍安·哈拉的报告:《维克托,没有唱完的一首歌》。
5 这里的诗句是摘自费德里科·加西亚·洛尔加(1898—1936)的最后一部诗选《哭伊格纳西奥·桑切斯·梅西亚》(1935)。此处将加西亚·洛尔加和哈拉并置意味深长,因为洛尔加跟哈拉一样,也是死在暴力之手,被反对一个左派民选政府的右倾军事或者说准军事力量所杀害。
6 我不认识曼努埃尔……也不认识阿曼达,这些诗句是跟前面引用的加西亚·洛尔加的诗句一起都是完整地引自马科斯的诗集《诗与歌》,第 77 页:《送给维克托;哈拉的挽歌》,曼努埃尔和阿曼达是维克托·哈拉的父母。

你,也不需要你的血来维持生命歌唱你。我只想告诉你我叫曼努埃尔,我母亲也叫阿曼达。

我的到来[1]只是为了这些吻,请你保存好双唇,也许我还会再来(路易斯·塞努达)。我叫维克托·哈拉[2]。我生来是为了歌唱我受伤害的狭长的智利。我的声音如同其他声音中的小溪,我的爱连着其他梦境中的大海。我歌唱了神鹰的尊严和白雪,人间的柔情和重逢,还有人生紫罗兰色的风俗习惯。现在我的吉他已经破碎,请帮我粘贴起碎片复原。请你们等我歌唱,我向你们保证我定会回还。

请把他记下来[3],他已经死了,对世间的灵魂而言,在他的身上发现了一个伟大的躯体(塞萨尔·巴列霍)。他们摘除了他的眼睛[4],但是他依旧看着星星。他们切除了他的双唇,但是他依旧在亲吻。他们砍掉了他的双臂,但是他依旧拥抱着他运动场上的兄弟姐妹。他们砍掉了他的双手,但是他依旧弹奏着吉他。他们毁掉了他的嗓子、舌头和语言,而他仍然在歌唱,歌唱,歌唱。他们剥夺了他的生命,而他却继续站立不倒,在一滴无限大的眼泪下,在声音低沉的旗帜下,在任何没有被埋葬的希望下,在这边,在那边,从北到南,绝不屈服投降。那时,将军只好颁布命令,说他已经死亡,扯淡!

清晨随着鸟儿的一声啼啭到来了[5](尼古拉斯·纪廉)。不会擂鼓也

---

1 我的到来只是为了这些吻,出自西班牙诗人路易斯·塞努达(1902—1963)的诗集《我来看你》(1931)。
2 我叫维克托·哈拉,这些诗句出处同上,第78页。
3 请把他记下来,引自秘鲁著名诗人塞萨尔·巴列霍的诗集《西班牙,请帮助我解脱痛苦》中的一首诗:《他常常用巨大的手指在空中写字》(1937)。
4 他们摘除了他的眼睛……,这里的诗句跟上面塞萨尔·巴列霍诗出处相同,诗句影射维克托·哈拉死于暴力。
5 清晨随着鸟儿的一声啼啭到来了,古巴诗人尼古拉斯·纪廉(1902—1989)的诗,系《送给赫苏斯·梅内德斯的挽歌》(1948)的最后部分。梅内德斯是一位农民制糖业的领袖人物,由于他的无产阶级行动而被杀害。见 M.E. 乌鲁蒂亚:《尼古拉斯·纪廉:充满音乐节奏的诗》。见http://www.scielo.php?pid=SO718-22012006000100014 & script=sciarttext。

不会敲钹[1],更不会鸣礼炮三十响。我们不会刊登分级广告,也不会把它登记在电话簿上;不会把它放在牙科医生等待的名单上,也不会在大街上张贴出巨型海报;我们不会从这家到那家走门串户地转告,也不会高声呼叫;我们不会去按任何一家的门铃,也不会去品尝特殊的菜肴和美酒;我们不会去考虑是不是圣诞节,也不会去考虑是不是春日。但是你将会歌唱,而我们所有人都会知道那是白日。

不管是神父还是仇恨[2],都不能切断我跟你的关系(巴拉圭诗人赫里布·坎波斯·塞韦拉)。可以对这个人进行拷打[3],可以在一个月或一秒钟内把他杀死,可以给他戴上镣铐,可以让他远离他的亲人,可以剥夺他的生命,可以将他放逐,可以禁止他的行动,可以否定他的名字,可以毁坏他的名声。我们可以用斧头剁掉他的双手,但是,如果他不愿意,我们无法强迫他去恨。

埃丽萨走进舞台,邀请他第二天吃晚饭。米托欣然接受了。

甘特遇到了另一位被流放者,此人像一个外国佬那样在拉丁区流浪。甘特在找一部像《里诺·凡杜拉》[4]那样的正派影片。他突然感到厌倦,先喝了一点酒,然后就到画廊折腾了一番。那儿挤满了焦急等待的裸体年轻人,门口的广告告知,凡是希望纹身的人,不但价格有折扣,还可以得到一位巴斯画家的签名;可以在男人的左屁股上和女人的右乳房上印上耐洗的艺术家的名字。甘特用臂肘推开水泄不通的人群。拥挤的人群很长,有些人成双成对地直挺挺地站在那儿,相互磨蹭,相互触摸,相互找寻着什么。在甘特的身边,有一个意大利胖女人,她心满意足地吸吮着冰激

---

1 不会擂鼓……,跟尼古拉斯·纪廉的诗出自同一诗集的第80页。
2 见巴拉圭诗人埃里布·坎波斯·塞韦拉(1905—1953)的诗《一小块土地》(1950)。
3 这些诗句同坎波斯·塞韦拉的诗句一起均引自诗集《诗与歌》第81页的诗《送给维克托·哈拉的挽歌》,影射维克托·哈拉死于暴力。
4 里诺·凡杜拉(1919—1987),1960、1970和1980年代的知名欧洲电影演员。

凌,停下来的时候便用她那沾满油水和泡沫的双唇高声喊叫着跟一个脸色苍白、身材瘦小的法国女人讲话,后者吸吮着一个更大的冰激凌。尽管只有两米远,但是甘特也要使劲地伸长脖颈方能看到书店的尽头。他看到利维奥阿夫拉莫[1]头发已经花白,但仍然是那么小巧温柔,他安静地坐在那儿,身旁的桌子上摆满了他新出版的法文版《圣保罗艺术》[2];他鼻梁上架着一副巨大的眼镜,正在为购书者用工整的字体亲笔签名,犹如一个博学的孩子。甘特一生中曾跟他交谈过一次,那是在埃丽萨在马里兰大学组织的一次关于阿夫拉莫和波提那利[3]的学术研讨会上。当排队终于轮到他的时候,甘特感到害臊起来,他发现自己穿着衣服。看到他利维奥·阿夫拉莫先是一愣,笔举在空中,接着便给了他一个题名基督[4]的木刻印刷品让他把身子遮挡起来。

"我是甘特,还记得吗?埃丽萨的丈夫,北方人!"

巴西画家不住在巴黎,而是住在法国南部,这些天他是偶尔住在米

---

[1] 利维奥·阿夫拉莫(1903—1992),巴西艺术家和雕刻家,曾跟巴拉圭长期合作,从1961年起最后在这个国家定居下来。基本情况见《艺术词典》,第一卷,第70页的短文:《利维奥·阿夫拉莫》。见 http://www.pintoresco.com.br/brasil/abromo.htm。

[2] 《圣保罗艺术》,阿夫拉莫从来没有写过这样的作品,这里是马科斯的杜撰。关于这一杜撰的过程,马科斯有以下说明:"本来埃丽萨的朋友人物是巴拉圭作家奥古斯托·罗亚·巴斯托斯。可是当我决定在《甘特的冬天》第10稿和最后一稿一切或者说几乎一切应该是或者不是同一个时代时,世纪末巴拉圭现实中有点典型的东西(比如说,科连特斯城可能是亚松森),罗亚·巴斯托斯变成了巴西住在亚松森的造型艺术家。而利维奥·阿夫拉莫却以两个人体现了他。在这一场景的前一个版本,是罗亚·巴斯托斯在巴黎拉丁区为他的文学作品签名售书。这合乎逻辑,因为他是一位作家。当罗亚变成利维奥的时候,我就必须杜撰一位艺术家为一本艺术书签名。由于利维奥是圣保罗人,我就杜撰了《圣保罗艺术》这个书名。"(见 correo electrónico, 22 febrero 2011.)

[3] 坎迪多·波提那利(1903—1962),巴西画家,阿夫拉莫的同代人,他把一个著名的社会经济主题植入了他的作品。

[4] 这里的"基督"一词用的是标准的瓜拉尼语。它即可以指通常意义上的基督,又可以联系上奥古斯托·罗亚·巴斯托斯的长篇小说《人之子》(1960)中的人物克里斯托瓦尔·哈拉。这就又一次在杜撰阿夫拉莫这部虚构著作的创作和联想过程中,马科斯给了我们一个极为有趣的解读:"我记得……1985年我在耶鲁学习时,进一家书店里发现了一本漂亮的巴西艺术家的书,其中以突出的方式印着利维奥·阿夫拉莫的一幅雕刻作品,当时我是多么的激动啊!"(见 correo electrónico, 22 febrero 2011.)

托[1]家里。第二天甘特夫妇跟他们二人一起用晚餐。

他们找了一个人少的小饭馆,那儿有果汁、肥咸肉、血肠和羊小肠[2],没有找到木薯。甘特说:

"我做东。"

烤肉香气四溢,留声机里播放着马克西撒舞曲[3](奥古斯丁·巴里奥斯[4]第三华尔兹舞曲的第四乐章),馅饼热腾腾的,甘特给他们二人放了番茄酱[5]。

侍者送上葡萄酒来。甘特也就说起了葡萄的问题。

"你没看到利维奥和米托他们不喝酒吗?"埃丽萨说,神情宽宏而平静,表现出长期患难与共、永远不弃不离的恩爱夫妻的柔情。

"了解南方的情况吗?"米托问,他是科连特斯人。

"我处理的材料都是技术性很强的东西,"甘特说,摆出一副谦虚的样子。"听不到那些街谈巷议的小道消息。"

"对,大街上的小道消息[6]!"利维奥阿夫拉莫提醒说。

"失眠成灾,"乐师说,"就像在马孔多[7]一样。什么也没有发生。时光停止了。《族长的没落》[8]。"

---

1 这句话的原文作者为了给作品以更多的神秘气息而做了一番文字游戏。
2 羊小肠,一种在南科诺和安第斯山地区非常普遍的用羊小肠或牛小肠做成的食品。
3 马克西撒舞曲,一种以巴西歌曲伴唱的舞蹈,在19世纪初和20世纪的开始几个年代很流行。这种舞蹈掺入了波尔卡和探戈的因素,明显地受到了巴西黑人舞蹈的影响。基本资料见《音乐和音乐家词典》,第6卷,第166页。
4 奥古斯丁·巴里奥斯(1885—1944),巴拉圭作曲家和吉他手,化名曼戈雷。她最出名的作品之一是《马克西撒舞曲》,另一著名作品是《第三华尔兹舞曲》,因为巴里奥斯善于在古典舞和民间舞中植入巴拉圭和其他拉丁美洲国家舞蹈的节奏。基本资料见《音乐和音乐家词典》,第二卷,第771页。
5 番茄酱,原文用的是瓜拉尼语,即英文的 ketchup 或 catsup,一种经常抹在汉堡包上吃的番茄酱。
6 大街上的小道消息,原文为瓜拉尼语。
7 马孔多,一个想象中小镇,哥伦比亚作家加夫列尔·加西亚·马尔克斯(1927—2014)的长篇小说《百年孤独》(1967)中的主要事件都发生在这儿。
8 《族长的没落》,加西亚·马尔克斯的另一部长篇小说。

"族长的扯淡!"埃丽萨高声喊道,她想,这个话题太残酷了,因为利维奥阿夫拉莫还处在流亡之中:对国家他能说什么呢?对那些已经改变了原来面貌的他所怀念的人他能说什么呢?"潘乔的侄女已经被捕了。"

甘特紧张地喝光双倍加苏打水的奇瓦牌酒。

"你的侄女,就是骆驼[1]?"米托说,他用了一个学校里给高个儿人[2]的外号。"阿马波拉的女儿?"

"对,当然了。"甘特说,"还能有谁呢?"

"阿马波拉?"巴西艺术家说。

"潘乔的妹妹,"埃丽萨说,"一个寡妇,潘乔,萨纳布里亚全名还有什么?"

"安佩里奥,我觉得好像是这样,可人们就叫她萨纳布里亚。"

"一个大块头的家伙,壮得像头牛。"埃丽萨继续说道。"可是他心脏和胃都有毛病[3],结果几年前就死了。阿马波拉就倒了霉,日子不好过了。甚至理发店都属于别人,是租来的。小房子是潘乔的。"

"最后她流落街头了……"米托说,他向凯奇[4]挑战,"我觉得萨纳布里亚属于老自由党[5]。"

"不,他不属于自由党。"埃丽萨说。"他信仰二月[6]。"

---

1 骆驼,巴拉圭给那些个子高大而有点驼背的人的外号。
2 原文为瓜拉尼语。
3 原文为方言。一种地方病,病到晚期的时候消化系统和心脏都出现严重的问题。
4 他向凯奇挑战,不管是现实生活中的米托·麦克拉还是小说中的塞克拉,均为一位从来就具有挑战性的美国作曲家约翰·凯奇的伟大崇拜者。(见 correo electrónico de Marcos, 22 febrero 2011.)
5 自由党,自由党和红党,两个老对手是巴拉圭政治上的主要政党。本书作者马科斯是自由党的一个重要人物。
6 他信仰二月,或者说他是巴拉圭二月党成员。之所以叫二月党,是因为在1936年2月它的创始人拉斐尔·阿亚拉少校发动了叛乱,把自由党总统欧亨尼奥·阿亚拉赶下台,自己登上了总统宝座。于是佛朗哥第二年被流放。从此二月党在国家的政治历史征途上起起伏伏,总的来说在左派倾向上发挥作用不大,但却很明显。

"嗯,同样是孔特雷拉人,"乐师说道,"不相信二月,也相信三月。"

"不错,是半个马西昂派[1],"甘特说,已经打起了哈欠。"并且迷上了足球。"

利维奥先生沉默不语,一副沮丧的神气。埃丽萨又开腔了。

"问题是在两个月前那个独生女姑娘被捕了,她被指控是赤色分子和诗人。有一个人死了,是个中美洲人。"

"阿马波拉很伤心,真可怜。"甘特说,"所以下星期我们回去的时候,要过一下卡连特斯城。不管怎么说,她是我唯一的妹妹。"

利维奥先生依然沉默不语,一脸的消沉。

侍者打开一张折叠桌,侍奉他们用晚餐。除了甘特,其他人都点了生嫩的烤肉。甘特点了半熟的牛肉[2],据他说,这道菜只有在耶尔会做。

"可是,既然这样的话……你们干吗没有直接去科连特斯城,在巴黎干什么?"利维奥先生问,他非常冷静,用他艺术家的手指捋着水杯的银边。

甘特夫妇静静地互相看了一眼,埃丽萨脸上泛起了红晕,甘特咬了一口烤肉。

"烤肉不错,对吗?"甘特微笑着说。利维奥先生感到扫兴,他是在用一双孩童的眼神等待着回答,此人对待人生游戏是非常严肃的。甘特把肉吞咽下去接着说道:"归根结底,巴黎这地方我们是经常来逛逛的。我不说姑娘落到了好人手里……但情况也不至于坏到哪儿去!"

"不是这样,潘乔。"埃丽萨低声说道,她感到羞愧,没有去看利维奥先生。后者曾是马查多的朋友,也是她最崇敬的艺术家。

---

1 半个马西昂派,这个词表示一种文字游戏,即把二月党人/二月/三月跟马克思/马克思主义者联系在一起。
2 半熟的牛肉,这里用的是英文词,即考得不太熟的牛肉的意思。

画家把他的绣花餐巾放到兰花花束旁边,轻轻地站起身来。

"谢谢您的牛排。"他对埃丽萨说,接着又转身对着米托,"哎,我在门口等你。"

如果人类自我担当[1],在真正的民主中创造出没有精神错乱的人,那就会在世界上出现一种展现在所有人面前的童年时期的东西,在那时没有什么人,唯有祖国。

---

1 如果人类自我担当,这是德国乌托邦-马克思主义哲学家恩斯特·布洛赫(1885—1977)不朽著作《希望的原理》(1954—1957)中的最后一句话。布洛赫在这本书中探讨祖国概念的乌托邦思想,或者说,在德国的另一个故乡。见 P. 比克利:《德国祖国概念的一种批判理论》。

第四章

我开始来说说爱。爱可以称之为虚无缥缈的东西，可以说它是固定不变的词语，可以说它是低声细语的悄悄话，可以说它是古罗马宗教崇拜的刻瑞斯女神柱[1]，也可以说它是瞎眼的海豚。大海往后退了，它召唤我走上在沉默不语、酩酊大醉中火光冲天[2]的光明大道。你从高处走来，是我笔记本上流传的光辉篇章，是光鲜的沉睡岩石，是响铃，是缓慢的阴影和突然到来的黎明。当我仰首凝视天空的时候，它的蓝色坡面像鼓皮又像赞美诗。你像一朵颤抖的海花从空中飘然而下，犹如某个人在远方弹奏的颂歌。我像一个没有目的地的行者，眼泪一直流到嘴巴上。一朵玫瑰掩饰着你形体的笑容，是天星座在一个玻璃匣里。你轻柔地走到我的面前，于是我即离去。一个敌对的魔鬼马戏团包围了你，他们像夜间展翅飞翔的老鹰，像静止不动的船帆上的血，像两眼闪着逼人寒光的眼镜蛇和蜗牛，像分担一种悲哀的回忆，像喷着紫色火焰将你包围的火山口，像利器般的眼睛和你心灵中的轻风，像那个曾经是我的女人的冶炼金属薄片，然而它现在已变成一种物质，大洋或秘密，是一束多变之光。如果我和你在一起，你不要哭泣，爱情是一条完全沿着你的身体航行的河流，也是一种眼泪，一种契约和一棵多刺的植物，抑或是我们在离开时没有来得及关闭的灯。

---

1 刻瑞斯女神柱：在古希腊的万神殿，刻瑞斯是司掌粮食作物生长的女神。被称为帕埃斯图姆刻瑞斯神殿的遗迹在今天意大利南部，那儿有宝贵的多利斯风格神柱，尽管认为实际上那座神庙是纪念雅典娜女神的。

2 火光冲天：在1987和2009两个版本中，由于字形相近，火光这个词被误排成"战争"一词。这个版本已纠正了这一错误。

从哪一刻起那支乐曲带着伤痕在一个铜管乐队[1]响了起来?那是孤儿的乡愁,在高山之巅闪耀着光芒。那儿留下了我的时间表,我的地图,我的墨水瓶,夏日蓝色的表,深沉的圣母——是我的生母,也不是我的生母;那儿也有像生命一样留在你身上的爱抚,那种平静即使是建筑师都不会理解;一个阴森森的地方躺卧着往日的岁月,或许是一棵痛苦的被压垮的心,炎热的希望的黎明,秋日的反射光。当片片树叶飘落、一面镜子在看着我们的时候,总会在路上出现一个死神,一只手朝我们伸过来,正在干渴时,眼前却出现一眼清泉。别的语言——大家都不说的语言——爱情的名字叫什么?当爱情叫那种名字的时候,你的笑容收敛起来,那时雨也在这些玻璃窗后停了下来,我们在远方,街上有一个孤独的行人,我们在做什么?

请你告诉我,当我爱着你,并且展示出我的悲伤而冷酷的面孔,对你说,在你穿着那件红衣服的时候,你是多么的漂亮呀的时刻,那个有着我的瞳孔的女人她是谁?她是谁?请你告诉我!你跟我讲讲她的情况吧,你比我更了解她;当我在想着你变成美洲虎的时候,我充满了喜悦和柔情,看到了未来的前景,宽大的正义门槛,自由的旗帜,大火中荒凉的土地,听到了兄弟之间单义的语言,也看到了清澈的水,没有名字的阴暗的地区,褐色的海岸和红色的土地。

死神就要蒙着眼睛和放射着黄色的目光到来了,最后的话语是紧张的,眼睛完全失明,眼泪在空中流淌,它的气息停落在何处?它的足迹遗留在哪儿?你来干什么?此刻是夜晚,落着雨,我是女人,我还是女人,我还在呼吸。你让我去超越时光和黄昏吧,地狱之汤,把我完全淹没吧!上帝把他的眼睑藏起来了,只有死神知道他的藏身之处在哪儿。当一个骑士走来的时候,另一个骑士就走了。我在血泊中等待着,生命不保,等待命运的安排。

---

1 铜管乐队:安第斯山地区一种小型的十二弦琴。

中午的眼睛和简单的音节,从一切中保卫着我。你有我的身体和姓氏,你从我中保卫着我,从别人中保卫着我,也从天空和深渊中保卫着我,从事物中保卫着我,从乡村中保卫着我,从祖国中保卫着我,从愤怒中保卫着我,从忧伤中保卫着我;保护我吧,爱情在你的婚车上从那儿下来!把婚车挡住!劈开你的雪白的双腿,让乳汁的导管传过去;仰起眼皮,不要看见死神;把手伸给我吧,朋友,在你死亡的时刻,小酒馆前面芳香四溢的玫瑰将装饰你虞美人般地前额;如果我死亡,空中会有一尊雕像静静地竖起来;如果我不死亡,一段夜晚和指南针将变得混乱失灵,闻到香脂或听到梦呓;把你暗色水中的水泡、令人难以忍受的面孔以及灯笼卖给我吧,我要死了。模仿我吧,像湖泊,像梦幻中的消失,像整篇的诗,像一切我不曾是过的东西,一切未曾看到过、未曾触及过、未曾读到过、未曾听到过、未曾拍击过的东西;像所有我开始不再去过的生日,尽管我在死去,可是我还在爱。而你会告诉我爱,我的心肝,永远的女人,所有人的出生地:你的双唇还留在我的双唇上,你刚刚死去;我会知道你爱我,我的死就是你的死,也是所有人的死,是众多人的死;这死亡来自时光的侧面,来自虚无飘渺的燃烧的腹内,来自莲藕,来自门槛,来自人类内心中白日消失的时刻。我像一个即将进入地下的白日那样待在你身上,睁着眼睛,爱在嘴上,同一面旗帜和同一种记忆把我的声音传送到高高燃烧的桅杆上,并将扬起我的阴影,重获我儿时已经失去的天空;那时,我的寂静将不是所有人心灵中的寂静。

弗朗西斯科·哈维尔·甘特走进浴室洗淋浴,已经是感到眼花缭乱。浴室里装饰着大理石、瓷砖和白金。那是响石时期[1]的遗风。甘特呼哧呼

---

1 响石时期:影射修建伊泰普巨大的拦水坝帕拉纳上河地区的工程时期,工程的名字按照瓜拉尼语叫"响石"。工程巨大,由巴拉圭和巴西合建,1982年完工。斯特罗斯纳政府宣传这项工程开启了巴拉圭的新纪元,这儿是用了嘲笑它的名字"响石时期"。

哧地喘着气使劲地吸氧。他已经72岁[1]，但身条依旧保持得很好。他等待着蒸汽让浴室暖和起来，但是没有达到目的。于是他裹着浴巾，要妻子把他床下的暖床器搬来。埃丽萨正在双腿夹着索莱达的诗沉思，听到他的叫声，便拔下插销，把电炉递给了他。她的丝绸长睡衣将她丰满的乳房绷得硬挺挺的，依然让人垂涎。

"谢谢，"甘特站在浴室门口对她说，接着又以最阴沉的语调补充道，"我看该往省府打电话了，你知道那儿的人都起得很早。"

他开始洗澡。埃丽萨坐在水床上，旁边是电话。在埃丽萨的身边，女仆放了一个金色托盘，里面盛着柚子、烤面包片、黑咖啡和当地日报。有两份是独立报纸，有一份是亲政府的。甘特的名字出现在头两份报纸上。世界银行总裁到来进行一次私人访问。一份报纸带着反布宜诺斯艾利斯人的民族主义回忆，来访者出生在这样的家庭里，仍然还在说家乡话，当他在北方伟大国家的办公室里听到胡里奥·伊格莱西亚斯[2]唱歌的时候，他是多么的激动呀，因为那句歌词是："姑娘呀，现在你在这里[3]。"另一份日报有点尖刻了，它指明在25年前就是美国佬，福特[4]曾任命他为驻罗马尼亚布加勒斯特大使，至今他都不付他父母在比利亚里卡市[5]的墓地费用。这份报纸作为鲜明的回忆还刊登了一幅埃丽萨的照片，下面的文字是：埃丽萨·林奇·德甘特，生于宾夕法尼亚州，目前任马里兰大学教授。亲政府的报纸没有对此事发表言论。

埃丽萨喝了一口咖啡。闪光表指向9点钟。她拿起话筒，拨通了前一天晚上下飞机时一位官员给他们的电话。

---

1 他已经72岁：有时候在小说的创作过程中，会任意拿作者的生平逗趣。马科斯说（见correo electrónico, 17 julio 2012）他经常听的一首歌的名字给了他如何写甘特年龄的想法。那是一首德国歌曲。由于甘特出生于德国，当时他的实际年龄应为62岁。
2 胡里奥·伊格莱西亚斯（1943—）：西班牙著名的歌唱家。
3 姑娘呀，现在你在这里：这是伊格莱西亚斯唱的标准的瓜拉尼语歌词。
4 杰拉德·福特（1913—2007）：1974—1977年的美国总统。
5 比利亚里卡：巴拉圭小镇，距亚松森130约130公里。

电话里的交谈不超过三分钟。甘特打着哆嗦从浴室出来，一个劲儿地嘟哝着冷，倒霉。

"电话打通了，"埃丽萨说，"他在一个小时之内等你。"

甘特急急忙忙地穿好衣服和袜子，然后又回到浴室找梳子。他照了照镜子，看到自己的头几乎秃光了，只在耳边还有几绺灰黄的头发，双唇和眼睛周围都出现了金黄色的皱纹，那形象酷似一个老海盗在惊讶而凶狠地观望着什么。像惯常那样，他迅速地刮完脸，又喷了一点香水，穿好外衣，便一边系着领带一边往外走，同时问妻子那装束行不行，像每次一样，埃丽萨看都不看就作出肯定的回答。

"你在看什么，埃丽萨？"

"看这些报纸，上面谈到你。"

"说些什么？"

"没什么，就是你的简历。"

"没提到姑娘的事吗？"

"一个字都没提。"

"真是些胆小鬼。"

"为什么？你知道他们会受到多大的压力？"

"这一切只不过是一种人道主义的姿态。"

埃丽萨合上报纸，用小勺去挖一块柚子。于是甘特在告别的时候，便感到嘴里有一股水果的酸味，与此同时，还听到背后低声讲了一句柔和的英语。埃丽萨只是在庄严的场合里才使用这种语言。

科连特斯省长宽敞而舒适的办公室，避免带有太重的军事情调，其装饰主要是9月紫葳科树木[1]的油画，油粉已经开了裂，画面上加尔铁里[2]

---

[1] 紫葳科树木：一种花朵放光的树木。
[2] 莱奥波尔多·加尔铁里（1926—）：从1976年起为阿根廷军事委员会成员，1981年成为军政权首领，后由于马尔维纳斯战争的失败而下台。

将军面带笑容站在那儿。冬日的光芒透过浅咖啡色的窗帘照射进来。楼下面传来交通车辆杂乱的回声。省长半个身子陷进皮扶手椅里,干干净净的长裤腿露在外面。从伦塔牌[1]的衣服上,甘特估计省长的年龄与他相仿,但身体已经发福。省长手里掀动着一个厚厚的案卷,但是甘特看不清它是有关什么。但是从另一个案卷里,他推测案卷里是诗歌,是对姑娘的说法,说她是当地一个18岁的大学生,毛主义者[2],犹太人,纵火狂,共济会员,生态保护主义者,怪癖者,自由党人和马克思主义者,劣等骑士[3]和吸毒者,不务正业的穷光蛋,桑地诺分子[4]和埃塔分子[5],无国籍者和诗人。在这个国家里[6],太阳是一声呼喊,生活是一个从不提及的词语(里韦罗·德里韦罗)。远离你侧旁河流的中午[7],远离你双唇无限的深情,远离你梦境中无限忍耐的气力,远离你夫妻晨曦中轻飘飘的飞翔,远离你奥秘中隐秘的皮肤,远离你血液中坚固的要塞,远离你街角处的恐怖惊讶,远离你简单的工作习惯,远离你清晨阳光中安逸的习性,远离你作茧自缚、倍受折磨的天真无邪,远离你久唱不衰的民歌,远离你遥远继承来的沉默,远离你的柑橘园、竖琴和钟铃,远离你租来的难以忍受的地下室,远离你蓝色天花板上广阔的空间,远离你在怀抱中轻柔入眠的情感,远离你自吻手的愉悦,远离黎明与你同行的信念。我们继续吧!

海岸线上双目失明的日子[8],时刻永远相同的日子,没有自由的日子

---

[1] 伦塔牌,衣服名牌。
[2] 毛主义者,中国共产党领袖毛泽东(1893—1976)的支持者。
[3] 劣等骑士:更多的是指无能的骑士。
[4] 桑地诺分子:尼加拉瓜社会主义运动的支持者,他们在1979年推翻了索莫萨右派独裁。
[5] 埃塔分子:西班牙巴斯克地区分裂主义运动的支持者。
[6] 在这个国家里:引自意大利诗人里贝罗·德里贝罗(1906—1981)的诗作《瓶中后记》。此诗出自里贝罗1949年作品《盛宴》一书。见H.阿玛尼双语文集《20世纪的意大利诗人》,第213—214页。
[7] 这里的诗跟上面里韦罗·德里韦罗的诗一起,都是引自马科斯的诗集《诗和歌》中的《胜利之歌》,见诗集第82—83页。
[8] 远离你侧旁河流的中午……我们继续吧:这里的诗引自法国超现实主义诗人保尔·艾吕雅(1895—1952)的《她那永远纯洁的眼睛》。

（保尔·艾吕雅）。刻在表上[1]而不影响你时刻的日子，用方言听不到你的音节，在角落保护不住你的影子，小径上不知道你的夏日，在一个梦不到你眼泪的地方，在你回忆的蓝眼皮上，在电和属于他人的空间，在紫罗兰和令人疑惧的噩梦中，在火烫无声的伤疤上，在古老毗邻的呼喊中，在滚动的单色卵石中，在孤独无伴的处境中，在等待你重新思考之中，在踏到你的足迹前夕，在你解放的太阳门口，在你未曾触及的明确话语之间。我们警惕吧！

鲜血、天空[2]、面包，以及希望的权利，应该为一切痛恨邪恶的清白无辜的人所有（保尔·艾吕雅）。这是一种号召[3]，为的是你去探身生命之火，在恐怖的生命之火的烈焰中净化自己，跃身其他生命之火的河流，在它温暖的水中认识自己；为的是让你突然享受到喜悦，在无限的喜悦中尽情放松自己；为的是你去拥抱第一个从你面前走过的人，邀请他与你结伴同行；为的是你能在放心的吻中入睡，不必去拴屋门；为的是你在做着揪心的噩梦整夜失眠，醒来时眼皮肿胀，但是你依旧高高兴兴地呼吸着清晨，面带笑容，因为你听到那位姑娘还在轻轻地打着鼾安然熟睡。因为你有权利拥有面包、书籍、空气、短暂的爱和希望。我在这个号召中重新提到你，让你在这星期中驰名世界！

如果我们不睡眠[4]，那是为了窥视黎明的到来，它将证明我们终于还在活着（罗伯托代·斯诺斯）。天一亮[5]，一种血的历史将封闭它的静脉，

---

1 海岸线上双目失明的日子：请注意，这里的诗跟上面艾吕雅的诗一起，都是引自马科斯的诗集《诗与歌》中的《胜利之歌》，见诗集第84页。
2 鲜血、天空……这里的诗引自保尔·艾吕雅的诗《爱情力量的妙语》（1947）。见 J. 拉帕塞特：《法国学士学位：保尔·艾吕雅的诗》。见 http://www.philagora.net./bac-fr/poesie-paul-eluard.htm。
3 这是一种号召：这里的诗跟上面艾吕雅的诗一起，都是引自马科斯的诗集《诗与歌》中的《胜利之歌》，见诗集第85页。
4 如果我们不睡眠……引自法国超现实主义诗人罗伯特·代斯诺斯（1900—1945）的诗《明天》（1943）。
5 天一亮……这里的诗跟上面代斯诺斯的是一起，都是引自马科斯的诗集《诗与歌》中的《胜利之歌》，见诗集第86—87页。

一个悄悄的刽子手将懂得忘记,一些疲倦的手将指示生活,一些昔日的眼睛将从恐惧中回归,一把生锈的钥匙将把朱顶雀从笼子中放出,一扇装甲的门将爆炸成碎片,一尊阴郁的雕像将补救它的仇恨,一种茉莉花将把冬天摧毁,一种数不清的蟋蟀将疯狂地鸣叫,一种早期的代数学将把萤火虫分布,一只笨得出奇的松鼠将令人惊愕地笑起来,一个兴奋的大胖子将大汗淋漓,一个漂亮的皮肤黝黑的女人将选择一个强盗(一个无辜的美女将让她的大腿感到羞愧),一辆免费的公共汽车将分发邮票,一场巨大的灾难将产生欢乐,而且到处都有许多人(实际上,几乎是所有的人),那种欢腾的局面就像一个马戏团,一个婴儿诞生时将会问在长久的等待后他来到了什么地方。那时,我们将会归来。

不过,我们没有一个人[1]会留在这儿。最后一句话还没有说(布莱希特)。所有人,就是那些遭受了孤儿境遇和遗忘、严刑拷打、放逐、诽谤的人[2],那些承继了人间地狱的苦难、惩罚、干渴、疾病、十字架、愤怒的人,那些周围都是可怕的流亡者和在逃犯、死兽的腐肉和烧红的利刃的人,那些渴望改变那种惯例的、常规的和永难摆脱的悲哀,与死亡、仇恨和一颗被迷惑的心中的无比的屈辱作殊死斗争的人,那些颤抖着签订了秘密的文件、秘密的约会、秘密的名字的人,那些梦想废除愚蠢和哀伤,渴望一个永远具有人性的世界、和谐的双唇、早日的回归、广阔无限的生活的人,总之,所有这些理由都是战无不胜的,爱情、高洁、鲜花、诗歌都在等待着,从这个痛苦的漫漫长夜中,最终我们将是战胜者!

"这是一个简单的人道主义问题……"

---

1 但是,我们没有一个人…;引自布莱希特的诗《关于移民的命名》(1937)。关于西班牙文的译文,见 http://lapiedradelmediodía.blogia.com/2008/122401-sobre-la-denominacion-de-emigrantes.-bertolt-brecht.php。
2 所有人,就是那些遭受了……我们最终将是胜利者。跟上面布莱希特的诗一起,都是引自马科斯的诗集《诗与歌》中的《胜利之歌》,唯一的区别只是小说中在"和谐的双唇"之前加了"有人性的世界"这句醒目的话。

"问题是有一个法律问题。事情在一个掌权的法官手里。我们要尊重法规,特别是所有的规定。"

"但是,省长,宽恕让掌权者变得高贵。我从来不参与政治,更不介入这些部落的政治。您的政府知道我从来不拒绝对你们的任何支持。但是您让我怎么办呢?我妹妹的女儿,她只是一个可怜的寡妇!我不知道这个女孩子遇到了什么事。我非常想把她带到我们华盛顿的家中去。我妻子有一个非常好的心理医生,正在等待为她治疗。我觉得这是一个简单的人道主义问题。"

"是的,我理解,我的朋友。我可以设身处地地为您去想。您在做您能够做的一切。这件事总统本人已经知道了。可我们愿意帮助您。但是您要有耐心。"

"连母亲去见一面都不让,还能有什么耐心?"

"天知道,听天由命吧。您回北方去吧。将军在忙于战争[1]。他讨厌施压,也讨厌催促。一些可疑的社团(大赦组织[2]和人权联盟[3])已在商讨这件事。动静太大了。当一切都平息下来之后,法官会依法审理的。"

"情况怎么样?"埃丽萨在门口问道,手里的震荡器还湿漉漉的。甘特轻轻地拉着她的胳膊把她拖到室内,先喝了两杯威士忌,然后说道:

"将是一个漫长的冬天。"

---

[1] 马尔维纳斯群岛战争,发生在小说主要事件发生的过程中。
[2] 大赦组织:这里指国际大赦组织,其宗旨是为受到政治镇压的人辩护。
[3] 人权联盟:可能是指西班牙维护人权联盟。这个组织从1913年起从事为滥用职权和镇压的受害者发声的国际活动。更多的情况见 http://www.ligaproderechoshumanos.org/principal.htm

第五章

  他开着租来的沃尔沃小轿车[1]在城里毫无目标地行驶。海市蜃楼般高大的钢铝建筑群好像看不起砖结构建筑的穷亲戚。蚁群般售蜂蜜水的女人[2]、兜售体彩票的女人[3]、卖牛奶的女人、烟叶零售商、交通警察、卖香烟的女人、女仆、商店女雇员、护士、女歌手[4]、载重汽车女司机、穿红白色防尘罩衣[5]的女老师、小修女、穿灰色或其他颜色衣服的女交警和

---

1 沃尔沃小轿车：瑞典产比较高档的轿车。
2 售蜂蜜水的女人：卖一种阿根廷用白色野豌豆粒做成的饮料的女人。
3 兜售彩票的女人：这种女人走街串巷兜售一种彩票，在南科诺地区为一种赌博，对上后几位数字为赢。
4 女歌手：为了纪念阿根廷伟大的女音乐家，马科斯在提到女歌手时没有用常用的词，而是在这种常常是由女人编写的名单中用了她们习惯用的西班牙文词，这是很有趣的。在小说出版后他这样说：“我一直有许多女歌唱家朋友，我把女歌手用了这个不常用的词是因为我的阿根廷女性朋友梅塞德斯·索萨这么用。当我把《甘特的冬天》里面用的这个词拿给她看时，她非常地高兴。她对我说为了对我用这个词来称呼女歌手的尊敬，她将灌一张唱片。我2007年8月10日星期五最后一次看到她……我有她独唱音乐会唱片。在这个音乐会上面对观众她几次提到了我，当时何塞·亚松森·弗洛雷斯剧院里坐满了观众……她在2009年10月4日去世。在那一年的几个月前，她灌制了她的最后两张唱片，名字就叫'女歌手'。"（见 correo elctrónico 2 marzo 2011。）
5 穿红白色防尘罩衣的女教师：对于"穿红白防尘罩衣"这一奇怪的表达方式，作者作了既明确又具挑战性的说明。他说，"妈妈和她几乎所有的姊妹都曾是教师。爸爸和我的叔叔伯伯们也都是教师。但是在这段涉及妇女的言辞中，我想秘密地向妈妈和她的姊妹们致敬，纪念她们。她们穿的是白色防尘衣，那是典型的女教师制服。但是我认为她们是如此优秀的教育工作者，就像她们对我做得那样，这意味着在她们白色的防尘衣下，隐藏着最汹涌澎湃的革命的红色炸药，即在思想上对丑恶和非正义不苟同的炸药。（见 correo electrónico，2 marzo 2011。）

母狐狸[1]，事情永远是这样，干活的都是女人，男人只是闲着挠屁股。这您已经知道。但是从来没有看到过那么多年轻女人陷入幻想破灭和面临暴力。甘特想，他妈的，这里最终要出现社会主义[2]。他沿着2月30号大街[3]缓慢地下行，街上处处可见货郎、小贩、妓院和银行。这条街是为歌颂独立日而建立的。有一天晚上，在他华盛顿的家中，索莱达跟他一起坐在游泳池边晚餐后品尝白兰地[4]。他跟她讲述了他在纽约度过夏天的经历。甘特现在还清晰地记得那个夏天，甚至也许对它还留有怀念。

"这儿的人可是不太会相信你[5]，"阿提略在肯尼迪机场[6]一面抓起我的手提箱一面告诉我，"那么我来教你怎么办。"

"阿提略是你村上的人，叔叔，但他是个矮个子，红脸膛，50岁左右，已经在纽约住了20多年。爸爸是他的理发师和朋友。他们常常一起去塞罗足球场[7]。爸爸给他写了信让他帮助我，直到我的英语课开始和有了奖学金。"

"那就是说，学校一旦接受你，你是想学社会学了。"当我们到了

---

1 灰色母狐狸：这里的"穿灰色或其他颜色衣服的女警察和妓女"西班牙语用的是灰色的狐狸。关于这一点，作者这样说明："这是一个相当拗口的文字游戏。在巴拉圭，城市的交通警察被叫做灰狐狸。他们中间许多人都很容易受贿。这个国家同样也有女交通警察。同时把她们和妓女都叫母狐狸。但是对我来说，她们是忠厚老实的象征，因为连耶稣都尊重她们。因此，在这段话里，我用了灰色母狐狸对女警察是尊重的，包括那些妓女。"（见correo electrónico, 2 marzo 2011。）

2 这里最重要出现社会主义：这句话文中是用的英文。

3 2月30号大街：这是作者的一句狡猾的俏皮话。他把国家的独立日跟一个根本不存在的日期安在一起，嘲弄外国政治经济势力那种积习难改的所谓独立，甘特是世界银行行长，他的讥讽颇有深意。

4 这里的白兰地是法文写法。

5 这是巴拉圭西班牙语口语对话用的语言，指那种"得不到信任和不太重要或无足轻重的人。"（见correo electrónico de Marcos, 2 marzo 2011。）

6 肯尼迪机场，即约翰·F.肯尼迪机场，为大都会地面上三大主要机场之一。

7 塞罗，亚松森的主要足球队之一。由于它的所在地是工人区和它的球迷组成成员，在某种程度上它享有无产阶级和受大众欢迎的名声。它在在亚松森的对手奥林匹克俱乐部队由于得到社会精英的支持，被称为高级精英球队。

门口上他的一辆黑斑羚牌旧汽车的时候阿提略说,"那儿已经有这个专业。"

"是这样,或者说差不多是这样。"

"在我那个时代,没有这个专业,它有什么用呢?"

"噢,它研究社会问题、时局和一切这类的问题。它有一个完整的系统构架。"

"全是屁话。这种东西在大街上都能学到。书里讲的全是些屁话。那里从来就没有社会学!只是有一些化学家。这里的社会主义者也不结伙合谋。同样,我的一个雇员也学社会学,他唯一懂得的就是喝我的啤酒。"

阿提略在布朗克斯区[1]有一家希腊咖啡馆,顾客都是拉丁人:多米尼加人、波多黎各人和奇卡诺人。偶尔会来个夜游美国佬。似乎阿提略是贷款从一个印度人手里买下的。印度人叫卡多索,是马拉开波的病理学家。阿提略告诉我,开拉丁美洲本地的饭馆是难以经营的,因为美国人喜欢吉罗斯三明治[2],但是从不吃巴拉圭姆贝宇饼[3],就连巴拉圭的汤都不喝,因为这种汤实在是太硬了[4]。

"嗯,"当我们在第一个红绿灯前停下来时我对他说,"有过一些社会学家,您的祖父堂伊格纳西奥·A. 帕内[5]就是一位重要的社会学开创者。"

"他纯粹是搞戏剧的,"他递给我一只洪都拉斯产的古巴雪茄,"其他都是瞎扯淡。"

---

1 布朗克斯区,纽约主要五大居民区之一,有大量的西班牙居民。
2 吉罗斯三明治,一种源自希腊的由肉、西红柿、洋葱和酱油做成的三明治,在纽约的工人餐馆里很受欢迎。
3 姆贝宇饼,一种淀粉饼,由玉米粉或木薯粉加上其他作料做成。这里的姆贝宇一词为瓜拉尼语。
4 这汤实在是太硬了,这里所说的"巴拉圭汤"不是液体汤,而是一种饼或面包,由玉米粉、鸡蛋、洋葱、奶酪和其他作料做成,所以说很硬。
5 伊格纳西奥·A. 帕内(1883—1920),巴拉圭作家和社会学家。他开始是在巴拉圭上大学攻读社会学,三国同盟战争失败之后参加了恢复索拉诺·洛佩斯形象的斗争。见《拉丁美洲历史和文化百科全书》,第四卷,第286页。

"谢谢，我不吸烟。"

"你没有任何不良习惯？那么，你一定该喝啤酒。"

"有时喝一点点。不过，喝啤酒撒尿太多。"

"你要小心美国人。他们患有疱疹，一种讨厌透顶的下疳病。"

"美国人唯一喜欢的就是劈开腿，你是女孩，不能给你再多说了。"

当然，阿提略是个老光棍，他订了《阁楼》和《花花公子》[1]杂志。他告诉我刚刚在《花花公子》上读到一篇访问一个海边人的消息，这个人由于讲述拉丁美洲人的老笑话获得了一项瑞典奖[2]。

"好吧，"我说，"我有一个女朋友在等我。我的奖学金只有一个半月，因此我不知道以后还有没有时间。"

"因为我们这些一起外出娱乐的人都是情场老手，都是走桃花运的人[3]，所以以后你就不能学习了。不过，这有什么了不起？没有人能剥夺你应得到的满足和欢乐，没有人会让你扫兴。但是，要用避孕套[4]。"

这时我们正穿过布鲁克林桥。阿提略偷偷瞅了我一眼，看看我是否表示惊讶。

"这可是座大城市[5]，"他爱慕地说，"就跟布宜诺斯艾利斯一样。但是，

---

1 美国的《阁楼》和《花花公子》杂志，发表社会和知识内容的访谈和文章，夹杂色情照片。
2 一项瑞典奖，这段话是滑稽地指1982年哥伦比亚作家加西亚·马尔克斯获得诺贝尔文学奖。的确，在1983年《花花公子》杂志的2月号上发表了一篇记者克劳迪娅·德雷福斯采访加西亚·马尔克斯的文章。见 http://www.pleyboy.com/articles/pleyboy-interview-gabriel-marquez/index.html。这里可以发现时间日期上的不一致：《花花公子》记者的采访是在1983年，而索莱达在纽约的停留应该是在1982年8月或者更早，于是就有人批评小说违背了它自己的计时法。但是这样的批评并不可取，因为它把令人窒息的历史决定论强加给了小说创作。不要忘记，在小说中，我们是处在一个杜撰的世界里，因此小说的作者可以根据自己的艺术原则重新安排历史元素。
3 我们都是情场老手，都是走桃花运的人，这一段的文字都是用的西班牙文"行话"，比如"一起外出娱乐的人"用的是"狗"这个词，"情场老手，走桃花运的人"用的是"甜蜜的小东西"。
4 要用避孕套，这句话用的是典型的南科诺人的人称表示法，命令词则是标准的瓜拉尼语，目的是表示阿迪略在纽约待了那么多年后，仍然在讲明显的受瓜拉尼语影响的西班牙语。
5 这可是座大城市，这句话中"城市"一词的含义仍然是瓜拉尼语说明词中常用的形式。

这里没有太多扯淡的阿根廷人[1]。几乎没有人讲英语,也不讲瓜拉尼语,所以你就讲西班牙语好了[2]。"

我们到了。他借给我小饭店楼上的一个房间,他也睡在那儿。

"空调坏了。"8月气候潮湿[3],他这样对我解释。"礼拜一会来修。"

好吧。我洗了个淋浴,就下楼到餐馆去。由于是礼拜六,里边挤满了顾客。顾客们吃呀,争论呀,大量地喝着啤酒,在不稳当的桌边上摇晃着酒杯——台球桌摇摇晃晃,而电视则大音量地播放着推销剃须膏、洗涤剂、保险、狗粮、本田汽车和蛋黄派的广告。阿提略耳朵上夹着一只比克牌[4]圆珠笔监视着收银台,同时把一个颔下长满金黄绒毛的奇卡诺胖女人在厨房里烤制的菜肴传给一个面色憔悴的黑人侍者,后者是研究啤酒的,完全不理睬他的社会学。他让我在靠近厕所的一张桌子上坐下来(那儿散发着强烈的松木味),给我端来一份餐,里面有肉、炸土豆、凉拌菜、希腊面包和半升冰镇啤酒,把它放在印有大红格子的桌布上。那套丰盛的菜肴立刻刺激起我的食欲。

"喂,足球有什么新闻?我好久不到球场看球了。阿鲁亚[5]去了西班牙,发财了。如果他在巴西,就会被人称为另一个贝利!我们在下面都悄悄议论[6]他是个同性恋者[7]。你想想看[8],肯定一切都跟从前一样。"

"哦,黑带队[9]拿到了美洲冠军。"

---

1 扯淡的阿根廷人,这里的"阿根廷人"用的是瓜拉尼语鄙视的叫法。
2 所以你就讲西班牙语好了,这句话的主语"你"是西班牙语的老用法。
3 8月天气潮湿,8月正值纽约的夏季,潮湿是自然的。
4 比克牌圆珠笔,一种当地名牌圆珠笔。
5 萨图尼诺·阿鲁亚(1949–),杰出的巴拉圭足球队员,1973年以前效力于塞罗俱乐部足球队,1979—1981年重新为这个足球队效力。在这两次的过渡时期,曾在萨拉戈萨皇家西班牙俱乐部队踢球。
6 下面都悄悄议论,这里的"悄悄议论"一词用的是巴拉圭南科诺地区和阿根廷的黑话。
7 同性恋者,这里的"同性恋"一词用的是"男妓",以示鄙视。
8 你想想看,这里的主语"你"又是用的老西班牙语的表示法。
9 黑带队,奥利匹克足球俱乐部的外号。

"这事我不感兴趣,黑带队都是军团分子[1]。"

"不过,不必太过分,阿提略先生。这恰恰是隔代相传的特点,不跟我站在一起的人就是我的反对者。"

"你是个纯粹的哲学家,去研究[2]一下信息学、研究一下未来学吧。你要抓住机会,否则,就会被饿死的。疯女人好像一天比一天生的孩子更多,而妓女则好像再也没有什么贡献。你还是拿着别人的外汇[3]研究点实际的东西吧。"

"但是那儿需要的是人,到处一片荒凉。"

"慈善家,慈善家,你就是知道做梦,跟你的老子一样。萨纳布里亚是什么样的人!是他妈婊子养的老牌[4]共产党员。"

"他以前不是共产党员,一直属于二月党。"

"或者说就是共产党员。别给我来讲什么天球上的黄道带,他要么属于蓝党,要么属于红党[5],干吗要撒谎呢!不过,你的老子是个了不起的人,我很喜欢他。"

"谢谢,但是我告诉您他以前不是共产党员,经常去做弥撒和参加

---

1 都是军团分子,在巴拉圭如果把谁说成是"军团分子,那是一种侮辱",表明此人不爱国。这个说法可以回溯到巴拉圭军团。那是三国同盟战争之后的一个反索拉诺·洛佩斯的集团,他们曾发展到鼎盛时期。其中某些人,如胡安·巴蒂斯塔、埃古斯吉萨和胡安·瓜尔韦托·冈萨雷斯,甚至登上了总统宝座。这个集团的许多成员,尽管是巴拉圭人,但却不住在巴拉圭。几十年后,由于巴拉圭民族主义的复兴和洛佩斯的名誉得到了一定程度的恢复,"军团分子"这个词依然背负着它的骂名,特别是在教育程度不高的人中间。(见 correo electrónico de Marcos, 31 marzo 2011。)

2 去研究,这是一种老式的命令式表示法。

3 你还是拿别人的外汇,在阿迪略的思想里,对一个学生来说,最荣光的事情莫过于在美国享受一份"外汇奖学金"或者说美元奖学金来读书。

4 是他妈婊子养的老牌,这里的"老牌"一词用的是标准的瓜拉尼语。

5 要么属于红党,两种颜色代表两个党:蓝色代表自由党,红色代表红党,它们是巴拉圭最主要的两大政治集团。

其他宗教活动。在最近一次议会上他投了阿拉科先生[1]的票。您是激进党吗[2]？"

"您希望我属于什么党派？"

"那就红党吧。"

"绝对不是，我属于塞罗[3]。"

"塞罗不是党派，阿提略先生，那是个足球俱乐部。如果我们按照您的逻辑，您也是布尔什维克。"

"你变得高傲目中无人了。你没听说过了不起的阿德里亚诺[4]吗？为了避免因为颜色引起不愉快，他发明了一种足球运动员穿的红蓝球衣[5]。"

"略有耳闻，一个社会问题，很关键的问题。"

"你先别什么关键不关键的，还是吃饭吧。你不喜欢吉罗斯三明治吗？待会儿我带你去42街[6]。今天是周六，那儿空前的糟糕。你会看到怎样的妓院呀[7]！……想想看，科克[8]想把那儿的一切全变白呀[9]！"

"他很有钱，阿提略先生。谢谢，但是我太累了。最好我还是去睡

---

1 阿拉科先生，对阿拉里克·吉尼奥内斯先生半含崇敬之意的外号。此人为巴拉圭耳鼻喉科医生，曾任巴拉圭医生社团主席和二月革命党主席。在小说中，索莱达的父亲也参加了二月革命党运动。（见 correo electrónico de Marcos，31 marzo 2011。）
2 激进党即自由党，因为自由党的全名为"真正激进自由党"。
3 我属于塞罗，作为一个足球俱乐部，塞罗当然不具有正式的政党性质，但是在人民的思想上，总觉得它至少具有某种工人及反统治集团倾向。因此阿迪略把它与小说时代掌权的红党分开。
4 了不起的阿德里亚诺，指巴拉圭记者和知识分子阿德里亚诺·伊拉腊先生，1920—1922年和1925—1933年曾两度任塞罗俱乐部主席。见《波特尼奥塞罗俱乐部历史简介》，http://clubcerro.weboficial.com。
5 红蓝球衣，指塞罗俱乐部球衣的颜色。"红蓝"也是这个俱乐部的外号之一。据说塞罗俱乐部的球衣采用两种颜色是象征国家两党民族团结的姿态。
6 42街是纽约市曼哈顿区的一条街。现在是一条重要的商业街。但是在1960、1970、1980年代，满街都是妓院、性用品商店和贩卖走私商品的人。
7 你会看到怎样的妓院呀，这里的妓院一词用的是巴拉圭南科诺地区廉价妓院的叫法。
8 Ed. 科克，1978—1989年纽约市长。
9 全变白，指纽约市长力图把土著居民赶走。那些居民往往是一个最有钱城区的美国黑人，往往是最有钱城区的高加索人。

觉吧。"

"我给你的屋子里放了一台电视机。今天有一场罗贝托·卡瓦尼亚斯[1]的足球赛，解说全用西班牙语。"

"谢谢，但是我想练练英语。"

"那就看电影频道[2]吧。看电视剧《人猿泰山》[3]，宝黛丽[4]这家伙演得了得，尽管她的屁股很小，这地方很窄……你在哪儿学的英语？"

"在文化中心[5]……"

"现在他们教英语吗？我那个时代他们举办联欢节。三个犹太人用瓜拉尼语唱波尔卡舞曲，没有吉他伴奏，也没有别的乐器，只有一个美国人弹奏巴莱拉卡琴[6]。"

"我不了解那是什么情况，现在他们讲授英语，而且也准备搞托福考试[7]。"

"这一切都是狗屁。一种害人的帝国主义。"

"不过，您是一个进步人士。"

"差不多可以这样说吧。去年我有一辆丰田[8]，今年我有一辆黑斑

---

1 罗伯托·卡瓦尼亚斯，塞罗足球俱乐部队球员，1980年在纽约宇宙队踢球。
2 那你就看电影频道，这里电视频道西班牙语说法用的是英语两个词两端合成缩写的表示法，指专门播放电影的频道。
3 《人猿泰山》是1918—1984年期间数部电影中的主角。他迷失在非洲的丛林中，获得了热带雨林中的特征。电影是在埃德加·赖斯·巴勒斯系列小说的基础上改编的。
4 宝黛丽，20世纪1970和1980年代美貌出名的女演员。曾在1981年主演约翰·德雷克执导的《人猿泰山》。
5 文化中心，指亚松森巴拉圭美洲文化中心，至今仍是巴拉圭首都的一个重要机构。在斯特罗斯纳独裁专政时期，这里是反对派青年的避难所。（见 correo electrónico de Marcos, 31 marzo 2011。）
6 巴莱拉卡琴，一种源于俄国的弦乐器。马科斯记得（correo electrónico, 31 marzo 2011），在他流亡前的年月，文化中心主任沃尔·基德林就弹奏这种乐器；卡洛斯和贝尔纳多·施瓦茨曼（雕塑艺术家奥尔加·布林德尔的儿子）表兄弟创办了一个无伴奏乐团来演奏巴拉圭的民间音乐。这个乐团就在文化中心演出。
7 托福考试，许多美国大学要求的一种考试，目的在于测试外国学生对英语知识把握的水平。
8 丰田，一种日本产轿车的牌子。

羚¹。"

"我指的是您用的一个词,就是帝国主义。这里面肯定有点说头。"

"就是说用俄国的三角琴弹奏埃米利亚诺²的曲子,而不是用吉他。"

"一种俄国乐器。"

"我说过了。你等一下,我去把这个大块头的混账黑小子³赶走。由于他是越南战争⁴的老兵,他以为可以在歌颂他的地方免费喝醉呢。"

整整三个礼拜他都硬让我听他那些拉丁美洲本地厚颜无耻的机会主义理论⁵,那些理论都是他从纽约冷酷的下层社会吸取来的。学校终于给了我一个房间,跟一个台湾⁶人住在一起。我们跟阿提略在电话里交谈,直到我学习结束我才见到他。我到饭店里去跟他辞别。饭店里几乎空无一人。时刻不停的震耳欲聋的桑巴舞曲(属米尔顿·纳西门托⁷)在高音喇叭里震荡着。阿提略张开了双臂。

"学校没给你延长多留些日子吗?"

"嗯,不知道,阿提略先生。学习非常令人振奋,印象很深。不过我的人在那边。"

"太遗憾了,谁知道你学的社会心理学是否在那儿会派得上用场。好吧,好在你父亲有生意,你在理发店干活吗?"

"事情是父亲不教我,他希望我有更高的志向。"

"你要是学医就好了,医生从来不会饿死。学医你会在那儿挣到很

---

1 黑斑羚,一种美国产比较豪华的雪佛兰汽车系列轿车牌号。
2 埃米利亚诺·费尔南德斯(1894—1949),巴拉圭音乐家、作曲家和非常受欢迎的诗人。
3 混账黑小子,这里"混账黑小子"的写法用的是标准的瓜拉尼语。
4 越南战争,一场结束于1975年的战争。
5 这里所说的"厚颜无耻的机会主义理论"指向的是阿根廷史诗般的人物马丁·费耶罗·德何塞·埃尔南德斯。(见 correo electrónico de Marcos, 31 marzo 2011.)
6 台湾,中国沿海的大岛。
7 米尔顿·纳西门托(1942—),巴西受欢迎的歌唱家和作曲家。

多钱,甚至可以买辆卡马洛牌轿车[1]坐坐。"

"那么您,为什么不回去,阿提略先生?现在美元那么值钱,如果您把饭店卖掉,您会过非常幸福的日子。"

"正如阿蒂加所说,我已经没有祖国。你喜欢歌德[2]学院对面他的塑像吗?那是怎样的一座罗多[3]式的塑像呀!上面全是些鸟,阿蒂加身上全是翅膀!那是一尊虎型雕像!很漂亮…所有的鸟都在它头上拉屎,所有的狗都往它身上撒尿,他从来不会为独处而感到寂寞。"

他有点喝醉了,继续一个人自言自语直至黎明。但是我不着急,因为我一切都收拾好了。最后他哭了。简直令人难以置信,这家伙!除了一个巴拉圭人外,我从来没见过一个人哭!胖女人鄙夷不屑地看着我们,那个黑人在笑,并且继续移动着双脚伴着霍兰达[4]的舞曲《建设》跳舞。

"阿蒂略先生,"我对他说,"有什么需要我帮助吗?"

他用许多纸巾擦干眼泪,摇了摇头表示没有,接着是好一阵沉默。最后他让我上了他的卡马洛牌轿车,那一天是他第一次开出来。我告诉他我已经看到了那尊塑像[5],管理成这个样子是有失分寸和不明智的。我不知怎样我们就到了我要去的地方,只记得他满身大汗散发着啤酒味,不停

---

1 卡马洛,美国雪佛兰系列的一种跑车。
2 阿蒂加……歌德,正如引文所说,亚松森的阿蒂加历史性塑像一直耸立在歌德学院前面,亦即阿蒂加大道、巴西大街和胡安·萨拉萨尔大街的交汇处。但是,在几年前,它被转移到了显然非常肮脏的巴拉圭广场。马科斯说,"不仅鸟和狗在那儿屙屎撒尿,而且人也在那儿屙屎撒尿。"(见 correo electrónico de Marcos,31 marzo 2011。)
3 罗多,阿蒂略这儿可能是把乌拉圭作家何塞·恩里克·罗多(1872—1971)和法国雕塑家奥古斯特·罗丹(1840—1917)搞混了。但是,据我们所知,不管是罗多还是罗丹都没做过塑像。
4 霍兰达的舞曲,好像黑人在伴随着在阿蒂略居所弹奏的一支歌曲跳舞。那首名为《建设》(1971)的歌曲是巴西作曲家奇科·布阿尔克·德霍兰达的作品。歌曲讲的是一位建筑工人跌落而死的命运。"这首歌歌词千变万化的技巧跟我在小说中运用的是同样的。"马科斯在回忆1987年他跟布阿尔克的接触时这样说。那一年他恰恰把《甘特的冬天》写完。(见 correo electrónico de Marcos,31,marzo 2011。)
5 塑像,指耸立在纽约市港口小岛上的著名纪念性塑像自由女神像。

地用冷罐头盒在额头上擦来擦去。他指着高处那个散发出强光的石头火炬对我说：

"一路平安，我的孩子，请你原谅。肯定你们意识到今天是2月30日。"

第六章

时间一个星期一个星期地过去了。阿马波拉收起常常带回家中洗的衣服时发现了诗歌。

"你是文学家。"她把诗歌递给埃丽萨。一天，埃丽萨非常好奇地慢慢读起来，读到一半时她停了下来，又把它们还给了母亲。

"也许她是给一个女朋友的。"她激动地喃喃自语道。

与此同时，一个终生矮小、平庸、言行谨慎的人（他像一个戴着假面具的土著人，毫无疑问已经接近80岁了），正在布宜诺斯艾利斯竭力大摆阔气地款待甘特，犹如一个不知名的教区神父要迎接教皇一样。

"危机有办法收拾了。"他叹着气，带有哮喘，表现出怨恨。"资金收入的减少来自于双重国家机构流动投资的缩减。当然了，外国投资的短缺也可能是一个小小的因素。"

"小小的因素？"甘特说，"拜托了，您以为我不看材料吗？如果再也支撑不了一年支付平衡的赤字，对吗？以及随之而来的财政预算通胀融资的赤字，那可就……想想吧，1980年国家生产总值[1]的入股投资为30%。"

"是35%，"矮个子的人有气无力、回忆似地低声咕哝道，同时露出他那患风湿病已经萎缩的手指尖间的一只派克金笔[2]；金笔上刻着他的

---

[1] 国内生产总值，即一个国家在一定时期内所产生的资产和服务的总值，包括政府和消费者的支出和私人投资。
[2] 派克金笔，一种名牌金笔。

名字，那是甘特送给他的。就这样，这些天的时间在呻吟叹息[1]，空间像苍白的回忆一样在旅行，云彩挂着暗色的泪珠，电台播放出孤独而悲伤痛苦的声音。我几乎没有记忆和希望。我固定在自己身上，远离一切。我甚至连对自己的影子说话的声音都不存在了。那些粗暴、生硬、艰难的话语就像是你，它们总是涉及你。我们怎么能分开，亲爱的？而且是这种暴力的、长时间、悲惨的方式。我们互相亲吻一下、手拉手停在那儿或一块儿行走、分担一下沉默和被驱赶走的滋味，不会伤害任何人。怎么可能，亲爱的，现在每天早晨都感到同样的寂寞、做着同样的梦？怎么可能，亲爱的，除了这扇空气不流通、景色像纹丝不动的灰色石头的窗户外，再也没有别的窗户？怎么可能，亲爱的，没有道路、没有广场、没有中午、没有奇迹、没有简单的交谈？怎么可能，亲爱的，生活就是这样？怎么可能，亲爱的，日子就是这样一天天过去，没有活动，我们还不能外出走向自己？没有音乐，没有手，我不知为什么，在这个不属于任何人的禁闭处，我们所向往热爱的一点点儿自由还在颤抖跳动！这就是时间在呻吟叹息的这些日子。我在沉默中想象着你，我等待着。我想你在失眠和噩梦中，同样很痛苦。双手空空，除了在回忆中跟我在一起之外一无所有。两手合在一起，还掩饰着眼泪。怎么可能，亲爱的，今天是周日，我们却不能一起在室外

---

1 就这样，这些天的时间在呻吟叹息……这段引文几乎是一字不差地出自马科斯的诗集《诗与歌》中《大使馆诗稿》第一首诗的前半部，见诗集第 52—53 页。只是改变了代名词和形容词的性，以便表示这里的诗作者是索莱达。请注意，马科斯在这儿利用这段诗重塑了他在墨西哥大使馆避难的经历，仿佛那就是身陷图圉的女主人公索莱达讲述他的经历。关于诗集与小说之间的关系，特别是这一段，马科斯是这样解释的（correo electrónico, 11 abril 2011）："1987 年我来到巴拉圭后，两个朋友分别帮助我出版这两本书。经济学家路易斯·坎波斯的办公室在巴拉圭广场'读者出版社书店'对面。他把我介绍给这家出版社的社长巴勃罗·路易斯·布里安，并且建议他出版《甘特的冬天》。这部小说的手稿已经录在光盘内。另一方面，作家兼出版人卡洛斯·比里亚格拉·马尔萨尔邀请我在他阿尔坎达拉出版社的一套丛书中出版一本诗集。于是我把诗稿以存在《甘特的冬天》的同一光盘中抽出，又加了几首手头的诗，就编成了《诗与歌》这本诗集。这本诗集有些诗在作了必要的修改后也放进了小说《甘特的冬天》作为索莱达这个人物的诗。真的，我在墨西哥大使馆等通行证一直待了四个月，而在小说中，那就是索莱达在南美监狱的牢房里等待自由的时间。"

奔跑？怎么可能，我亲爱的，不仅没有这种可能，周一黎明时，门依旧是关着的？这就是时间在呻吟叹息的这些日子。我已经没话说了。只有一些痛苦和沉默的音符。只有这些门的铰链和合页锈迹斑斑的日子。只有这种无限的悲哀和寂寞。只有这些日子在呻吟叹息的时间。

"如果税收不能满足我们支持日常支出的话，好像除了签订更多的国内贷款契约——也可能向国外贷款！——之外，别无他途了。"

"我不能没有数字说话。"甘特嘟哝道，并且点燃了一只合法走私的雪茄[1]。

"我们估计总收入在90亿以下，也许是89亿。"

"这个数字的资本收入占百分之多少？"

"差不多是16亿。"

"18%。"甘特大声叫道，"超过去年预计的两倍！"

"不管是从预付款项的方式下，还是从证券制度上，财政方面的估算，以中央银行提供的财力为基础，差别就是这么大。"甘特笑了，露出他那被烟熏过的牙齿。矮子愁眉苦脸地看了他一眼。"那么，您想叫我们怎么办呢？我们要想通过银行可能批准的方案增加国外贷款障碍太多了，因为我所需要的是银行以适度的利息提供中短期资金支持。这是显而易见的。是您错误地支持了不为预算赤字提供资金支持的荒唐理论，而这种理论在世界银行[2]变得很时髦。"

"荒唐的理论？您算了吧！如果不是由于这种理论，我们就会破产了。你们还是更实际一点吧。即使没有这种爱[3]我也要创造出这种爱。没有这份激情谁也活不下去。没有人能够自欺欺人，就像一个天生的瞎子想

1　合法走私的雪茄，这是一种讽刺的影射，指的是腐败的官员是走私的合谋者，在巴拉圭和在拉丁美洲的其他国家无不如此。
2　世界银行，这个机构公开的任务是通过对指定项目的融资促进各国的发展。
3　即使没有这种爱……从你的沉默中，这一段几乎是完整地复制诗集《诗与歌》中《大使馆诗稿》第一首诗的后半部分，见诗集第53—55页。但改变了形容词的性。

象灿烂的黎明那样。这份爱给予我力量，让我能够应对一切事情，不管是在痛苦之中，被钉在圆柱间，被驱逐出世界，被迫害，被毁誉，还是被威胁伤害，孤独得如同一个没有声音、没有信息的神秘物，躲开怀疑白日的秃鹫。没有这种烈火，没有这种无懈可击的燃烧的激情，没有这种厌恶死亡的紧紧连在一起的火热的心，没有这种让我们睁开双目的春天，没有这种让我们张开毛孔的馥郁的芳香，没有这种让我们张开双唇的声和光，没有这种为我们打开生活之门的爱，谁也活不下去。没有这一切我会创造一个你。梦见你披着明亮的星星和孔雀，戴着花冠和接受着吻，慷慨得如水，温柔得如夜，年轻得如黎明，令人爱如酒。为了爱你，我的心肝宝贝，我要创造世界。如果没有你来用音乐填补时空，我很难想象它们。我从你的爱中吸取营养，在你沉静的爱中懂得了柔情，由于你的爱我比空气更光耀自由。你的双臂犹如一种记忆拥抱着我，正是这盏灯驱散了黑暗，正是这个眼泪的密码幸存在我的眼睛里。在这永无止境的潮湿的孤独中我终于看到了我的脚步，我的文稿，我的梦想。我又一次发现你在我的身边，你永远是属于我的。我发现你脸上挂着微笑，深深地触及着我的灵魂。那时我发现了一切：希望、生活、伸开的双手、一望无际的秋色、国际友谊的河流、真诚的自由，这种自由从你的吻中、从你的行为中、从你的沉默中，都是不可放弃的。不要继续再给我设置这些障碍[1]。不要再继续欺骗我[2]。

---

1 不要继续……她怀着无限的爱等待着。这一段出自小说原稿，不是引自诗集《诗与歌》。写这一段明显是为了清晰地表现索莱达的精神状态。

2 不要再继续欺骗我，据马科斯说，在墨西哥大使馆避难期间，就生活舒适方面，他得到了良好的照顾，但在其他方面并不总是这样。他说："大使在对待某些礼仪方面非常没有同情心。比如说，当终于发给我通行证之后，他强迫我向墨西哥付我自己的机票，并拒绝接受西班牙代办带给我的西班牙护照。否则的话，代办阿图罗·雷格·塔皮亚可以允许我直飞马德里。在这些礼仪上，他跟其他国家的大使不同；别的国家的大使允许避难者公开地接受经常的来访，但这位大使只允许我妻子格雷塔和我一岁的儿子塞尔希奥每周来看我一次（不允许别的亲属来访，包括我的母亲），而且只能是周二。我记得在那些周二，我小说中的人物索莱达要求不要在这个日子欺骗她，就是说，不要装出尊重她权力的假象，就像恬不知耻地集权主义者做得那样。"（见 correo electrónico de Marcos, 21 abril 2011。）

不要再用不幸的信息刺伤我的心。不要继续再对我把门关死。不要再继续让我在吃午餐时沉默不语。不要再让我的午觉睡不安宁。我不想看什么景物也不想看自己。请为我把这扇痛苦的窗户搬走。请把我从这面日常的镜子中抹去。请让夜晚在我的面前消失。请还我生活。到这里这次熬夜不眠就结束了。这里没有任何更多的东西,没有任何诗人。这里只有一个失去自由的女人孤独地遭受着折磨,一个普通而悲哀的女人,真正地无依无靠,孤孤单单。她怀着无限的爱等待着。"

"财政方面把这种日常开支的估计降低了13%。国库像一个野蛮而鲁莽的人一样对中央银行负债。您知道,这是外国贷款期限最短的一种债务。"

"正因如此就必然导致进一步提高税收。"

"我们还能有别的办法吗,甘特?没有在更多的财产和服务的补偿下发行货币?"

"不过,在为政府平复赤字的情况下已经遭受高通货膨胀了[1]。"

"哦,也许您懂得一种神奇的方法。"

"当然没有。不过,尽管如此,由于我的家在这个国家……姑且就这么说吧,我总是可以通过华盛顿发挥一点影响。我知道你们不是那种面对人类的悲剧无动于衷的人……"

"您知道我一直要为整个您侄女的这件事说话!可是我完全无能为力,我只是一个职业工作人员!我不介入政治。"

"什么叫不介入政治?对你们来说一个没有钱的姑娘意味着什么?为什么把整个国家置于财政深渊的边沿、成为一种无意义的混乱的根源?"

"我不知道,甘特!科连特斯的头头们甚至不知道她是您的亲戚!这事我们有过错。许多年前我们谈得那么好,可现在却出现了这么棘手的

---

[1] 高通货膨胀……政府预算赤字:通货膨胀、预算赤字和外债,这是当时阿根廷首要的经济问题。

局面……"

"这儿就我们两个人……您认为可怜的姑娘像别人说得那样吗？"

"什么？"

"就是……有点怪？"

那位老官僚带着一种无法回忆起的疲惫绽出一丝笑容，痛苦地叹了口气，仿佛是结束了一次新发的哮喘。最后压低声音回答道：

"也是也不是。谢谢您的圆珠笔。"

第七章

　　当托托·阿苏亚加得悉埃丽萨获得了美国古根海姆基金会资助正准备去科连特斯完成她初级阶段关于耶稣会巴洛克风格[1]的调研时,他决定邀请她到他的大学来担任为教师们举办的研讨会的荣誉讲演者,研讨会是由国家人文基金会[2]主办的。埃丽萨没想到在科林特斯等待她的一大堆麻烦,萨里亚-基洛加一家的悲剧、拉腊因之死以及索莱达被关进监狱。她接受了托托的邀请,但并不是为了在她过长的简历上加入这一荣誉(她总是称她的简历为可笑的简历)。尽管她从来没去过俄克拉荷马州,但这次旅行对她也无太大的吸引力。此乃因为另外的理由。托托是那种写一种日记的人之一,为了写篇日记,有时会扯下一片草叶—马黛茶叶[3]—寄给埃丽萨,让她用吸管[4]吹着玩。通货膨胀[5],他对她说,这个吸管里全是数字,礼拜六它会用劣质酒让你患上溃疡,礼拜天则伤害你的肝脏,你不能割断你的回忆,也不能打消你想沉默一会儿的欲望。你知道,这不是用紫色票表决或用红色票表决能够解决的问题,也不是用已经在爬行的革命或已经露头的独裁专政可以解决的。你知道,所有的诗都毫无用处,可继续在写。这些事说不说并不重要,要紧的是大气候,这里是没有销路,那儿是自我检查自我责备。重要的是风向,是大气候。有时候,该死,我会

1　巴洛克风格,西方的一种文学艺术风格,风行于17、18世纪,其特点是形式和主题的繁琐和紧张。
2　国家人文基金会,美国政府的一个机构,任务是倡导和资助文化活动。
3　这里是一个文字游戏,即把日记、马黛茶和将军(和马黛茶为同一词)连在一起。
4　吸管,即喝马黛茶吸管。
5　通货膨胀……这一段几乎是完整地引自马斯克斯的诗集《诗与歌》中《唯有免费留个我们的》那首诗,见诗集第45—46页。唯一的改变就是标点符号的修改和在小说中有个别词的替换。

吐血。当夜晚到来的时候,没有人去倾听什么,所有人都在家里睡觉,窗户被厚厚的沾满污渍的窗帘严严地遮蔽;人们要早早上床就寝,明天又是另一个工作日;信用卡在暗中窥伺着,它的咽喉微笑着用它前面那感光19%的尖齿诱惑着我们。但是,突然有人写了这样的诗和一切,对,有人说这是一切,一切。除了诗歌和它的读者,一切都去它的吧。打开窗户,挑战困难,不要信用卡,也不要明信片。让天空变成如同切开的西瓜那样的红色。为什么诗歌能幸存下来?也许是因为它是留给我们的唯一免费的东西。

理由是托托患上了癌症。

"所有人都这么说,但这是谎言[1],问题是我患上了倒霉的溃疡。"

"你什么时候退休?"埃丽萨问,看到他停在机场上的锈迹斑斑的轻型小卡车有点惊讶。

"你不喜欢旧汽车?就是那种破得快要散架的旧车[2]?就像委内瑞拉马拉开波人[3]说得那样。我买这辆旧车是为了跟两位同事去打猎,他们跟我一样感到厌倦了,这你是知道的。这辆车我的两个宝贝姑娘一直在开,她们都还年幼无知[4]。有时候我像是后悔那么年轻就结婚了,看到了吗?你多幸福快活,没有孩子。"

"我倒很想要孩子,不过,现在已经习惯了。"

"虽说是这样,那个有权势的大人物还是让你很不愉快吧。他的职务是那样的显赫,自然是自命不凡。哦,我这样说也许是出于嫉妒,你是那样的漂亮,天哪。这个罗伊·罗杰斯公路[5]无休无止地在建设,你看,

---

1 这里的"谎言"一词用的是巴拉圭南科诺地区的方言。
2 破得快要散架的旧车用的是土语。
3 委内瑞拉的马拉开波人用的是土语。
4 同上。
5 罗伊·罗杰斯(1911—1998),著名美国牛仔歌星和演员,这条俄克拉荷马州公路就是以他的名字命名的。

它比埃塞萨国际机场[1]的情况还糟糕。这是往哪儿烧钱呀[2]？……因为他们在石油上已经腐败透顶了[3]。他们甚至不向浸礼会教友[4]收税，你想想他们有多少的保留。由于财政亏空[5]和这一切，我们大学已经到了身无分文的地步。就在这儿，你看见了吗？就在这个停车标识[6]的后面。我刚才在给你说什么来着？"

"关于道路的事。"

"不，说你是多么的漂亮。你是怎么保养的？给我说说，我觉得这很有趣味，不能错过这个机会。我跟你是无法相比，我的姑娘。那么多招待会，肯定让你感到厌倦了吧。你是……什么夫人？那个婊子养的[7]叫什么名字？"

"甘特，你知道得很清楚。"

"这儿一个招待会，那儿一个招待会，在这儿我不知该称你什么夫人，这儿的夫人，那儿的夫人。整天跟美国人混在一起，很高兴地向他们表示终于学会了使用刀叉。"

"可我自己也是美国人，哎。"

"喔，这是另一回事，我说的是那些出身低微的人[8]，也就是所有那些嘴里嚼着口香糖的俗不可耐的家伙[9]。"

---

1 埃塞萨是阿根廷布宜诺斯艾利斯西南郊区和城镇，当地的埃塞萨国际机场（1950）是阿根廷国内外航空枢纽，与布宜诺斯艾利斯通公路。
2 这里"钱"用的是土语。
3 俄克拉荷马州跟特哈斯河流域一样，有丰富的石油储量。
4 浸礼会教友，基督教新教一派的教友，该派主张成年后方可洗礼，受洗者应全身浸入水中。这个教派是保守的新教的分支，在俄克拉荷马州和整个美国南方都颇有影响。
5 财政亏空，这里的英文词也可译作"突发的收入赤字"。在1980年代，由于石油工业的急剧下跌，俄克拉荷马州政府经历了严重的财政赤字。这种情况对大学也产生了影响。
6 这里的停车标识用的是英文。
7 那个婊子养的，这句骂人的话用的是土语。
8 这儿的黑白混血种人一词是贬义，指那些社会下层人，这个词和其他许多贬义词见T.M.斯蒂芬斯：《拉丁美洲种族和民族术语词典》。
9 这里俗不可耐的人用的是拉普拉塔河流域的行话。

"我不觉得他们俗不可耐,也不认为我们有权利鄙视任何人……我说不清楚,也许是为了不鄙视我们自己,不是吗?"

"你说得对,小妹妹,你给我上了一课。"

"请原谅,"埃丽萨在轻型小卡车的阴影里脸红了:"我不是这个意思。我说不清楚,我对你很敬重,不过,真的是有点……"

"实在太过分了,你就像我一直对你说的,你从不去学会动词虚拟式的用法。我不认为有什么后面复句里的'有'这个动词要用虚拟式。你听到了吗?以后要学会这样用。"

"你别跟我讲这些蠢话,你不是30年也没学会英语吗!"

"没有这个必要,它不是我的工作语言[1]。信件有女秘书为我修改,在我的会议上大家都忍受得住,正是由于这一点我被选为头头,因为我是最愚蠢固执的。但是你必须知道,你不感到害羞吗?你是怎样用加利西亚人的西班牙语搞了个大学最高一级的大学教授的[2]?这是怎么也想不明白的。你是从哪儿弄来的这一手?从愚蠢[3]的德国人那儿?"

"……"

"我指的是你丈夫。"

"你怎么总是缠着这个可怜的人不放?"

"你不会对我说招待会没让你感到厌烦吧。"

"我不厌烦,啊呀,你让他安静一下吧。"

"在飞机上吃了东西了吗[4]?"

"就是一点开胃小吃,一点小点心,没有别的。"

"你不要用穆德哈尔人的语言跟我讲话,我不懂。"

---

1 这里的工作语言用的是英文。
2 这里最高一级的大学教授用的是英文缩写词。
3 这里的形容词愚蠢用的是拉普拉塔河流域很随意的口语。
4 吃了东西吗同样是拉普拉塔河流域很随意的口语。

"谢谢,我不饿。"

"又是这种老调!如果你愿意,这儿有一家墨西哥餐馆,就在附近,我们去那儿。大学校园里的餐馆马上就要打烊了。"

"我好久没吃墨西哥的铁板烧法士达了。"

"我们停在这儿好吗?这儿有上等的铁板烧法士达。"

"好的,我们停在这儿,但是你不能喝酒,我可不愿意一个酒鬼给我开车。"

"只喝一杯玛格丽塔鸡尾酒。"

"好的。"

"两杯玛格丽塔鸡尾酒。"

"看看,又来了。"

"好的,就一杯,见鬼。婊子,说话真难听。说点好听的又费什么力气。天色晚了,好冷呀,下雨了。"

他打开车门。一股油炸食品的味道扑鼻而来。埃丽萨很高兴。他们在对面的一张桌子上坐下来,那桌子砌在墙内,就像火车上的座位,芝加哥风格[1]。酒是双倍的,不过味道很淡。但是牛油果色拉却是让那些塔马约[2]立体主义画面上的蔬菜商贩们不停地打喷嚏。我一直认

---

1 芝加哥风格,指单体的或集体的建筑风格,特别是在19世纪末和20世纪初的许多商业建筑中非常著名。
2 鲁菲诺·塔马约(1899—1991),墨西哥画家。扎波特克族印第安人。其作品常常是半抽象的,代表作是《发光的维纳斯》(1930)和《夜间妇女》(1962)等。

为[1]胡里奥·伊格莱西亚斯不是我喜爱的歌唱家之一。他总是那么商业化，那么做作而不自然，那么属于佛朗哥家族。今天是万圣节前夕[2]，那个遥远的女巫的节日。我妻子用一个床单化妆打扮起来，仿佛是一位英迪拉[3]，陪伴我的女儿们，后者则打扮成草莓娃娃[4]，她们一起去讨糖果了……搞恶作剧或请客[5]！我一个人待在家中，当思路被另外的化了妆的孩子们的铃声（他们对我搞恶作剧或让我请客给吃的东西）打断的时候，我就坐下来看电视，手里端着一杯汉密尔顿·贝克[6]——唯一100%纯正的极品苏

---

1 我一直认为……我不喜欢……这段话几乎是完整地引自马科斯的诗集《诗与歌》中《胡里奥·伊格莱西亚斯》（见注释31），诗集第47—48页。作为对全球化的提前预言，诗歌明确地表达了全部小说复杂的计时法。在谈то小说结构的起因时，马科斯说（correo elctrónico, 21 abril 2011）："这首诗……讲的几乎完全是我亲身经历的一件实事。它的确是我在斯蒂贝沃特家中万圣节前夕的一天写的。那时我一个人在家中看电视里播放的伊格莱西亚斯独唱音乐会。我的儿子塞尔希奥和女儿瓦莱里娅，跟我妻子一起带上假面具到区里热闹去了。在诗的原稿我写的是'儿女们'，而在现在这一稿里，写的却只是'女儿们'。我在俄克拉荷马州立大学的德语同事汉密尔顿·贝克是纽约市的罗切斯特区人。另一个法语同事马歇尔·奥尔斯德斯是研究狄德罗的专家，俄亥俄州人，他转到了内布拉斯加去任教。在诗中，我向这两位同时致敬。需要指出，在涉及妻子和女儿们时，小说指的不是索莱达，而可能是阿苏比加。"由此证明，我们可以清楚地看到，马科斯根据他记忆的一些片断，写出了一个新的现实的技巧。这个现实，并非恰是他所经历的现实，而是他从许多方面了解的现实。因此，比如说，他把他的同事贝克和奥尔德斯的事情细节混杂在一起，目的在于让小说具有普遍性的效果。
2 万圣节前夕，即10日31日，这一天美国的孩子们往往由父母陪着，化装成历史、政治或文化人物搞恶作剧向邻居索要礼物，比如讨糖果。这个节日跟巫术有联系，尽管很少人知道，其实它在现代巫术中有很深的根基，或者说跟凯尔特人的泛灵论宗教也关系很深。在美国的某些地区，至今这个节日仍十分风行。
3 英迪拉·甘地（1917—1984），1966—1977年和1980—1984年的印度总理。在万圣节前夕，即10月31日被刺杀身亡，也就是恰恰在那一天马科斯写下了这样的文字。
4 草莓娃娃，美国非常风行的木偶人，1980年代变成了儿童电视节目中的人物。
5 英文词，万圣节孩子们喊叫着要糖果，意为要么给我糖果要么我搞恶作剧折腾你们。
6 这里把汉密尔顿·贝克比作一杯威士忌显然是在按照狂欢节的方式向朋友表示敬意。这里的玩笑程度已经比小说译成英文时小了一些。原来的文字是："……手里端着一杯公牛牌唯一的100%纯度的苏格兰威士忌，那是在内布拉斯加州罗契斯特市，我的俄亥俄州的朋友叫我喝的。汉密尔顿·贝克是研究狄德罗的专家。"就是说，靠了小说作者的顽皮和高智商，贝克在这儿变成了一种威士忌。其实这里的内涵还是对贝克和奥尔蒂斯表示尊敬（见注1）。而且也对我表示尊敬。自然我感到高兴。在小说中这样做文字游戏，当然也会有所牺牲（尽管我在达特茅斯学习过，但我不是研究狄德罗的专家）。但是加进作者和出版者的友情关系还是值得的，而且这也会增加小说的复旋律性。

格兰黑公牛牌威士忌[1],那是在内布拉斯加州[2]罗契斯特市我的达特茅斯[3]的朋友教会我喝的,他是研究狄德罗[4]的专家。电视里,伊格莱西亚斯在用意大利语演唱巴拉圭瓜拉尼语歌曲《围墙的回忆[5]》,地点是在耶路撒冷夜间一个宏伟的体育场,还有一个附加的达拉斯[6]字幕频道(以防有电视观众用万事达信用卡购买的盒式磁带录像机非法录下独唱音乐会的场景)。伊格莱西亚斯用瓜拉尼语姑娘的叫法[7]跟耶路撒冷的姑娘们打招呼。那些姑娘们第一次听到瓜拉尼语脸上露出甜美的笑容。姑娘们的脸有的是黄色的,有的是有黑的,眼睛分黑色和蓝色。他们都是犹太人,但其中有以色列人、委内瑞拉人、西班牙人、美国人,也有的属于传教布道机构。那些脸庞上一齐都挂着微笑。有一个姑娘走上了舞台,她只会讲西班牙犹太人讲的卡斯蒂利亚方言[8],但是可以听懂她的意思。我一直认为胡里奥·伊格莱西亚斯不是我喜欢的歌唱家之一,现在改变了。

"啊,著名的俄克拉荷马州林奇!嗯,我终于把你带到这儿来了,小妹妹。"

"你别那么太夸张,你知道我不喜欢这样叫我。"

"请你让我告诉你我的感觉,这次旅行很惬意,对吗?"

"非常棒。"

"告诉我,你在做什么?"

---

1 英文,100%的纯度,这是指含酒精饮料的酒精含量,相当于烈性酒的50°。
2 内布拉斯加,美国西南中部的一个州。
3 达特茅斯,美国新汉普夏县州的一所大学。
4 丹尼斯·狄德罗(1713—1784),法国作家和哲学家。
5 《围墙的回忆》,著名的瓜拉尼歌曲,由巴拉圭德梅特里奥·奥尔蒂斯作曲,阿根廷苏莱玛·德米尔金填词。(见 correo electrónico de Marcos, 21 abril 2011。)这里的围墙一词是标准的瓜拉尼语,指亚松森一道漂亮的围墙。
6 达拉斯,美国特哈斯大城市。
7 这儿的姑娘一词用的是标准的瓜拉尼语。
8 西班牙犹太人讲的卡斯蒂利亚方言,这种方言至今犹太人还在讲,他们的祖先在天主教宗教法庭是西班牙的遭流放者,特别是在1492年。

"一切如前。我要去科连特斯,这你知道,就在下星期。我的嫂子住在那儿,我想就古根海姆写一本书。"

"对,我知道……科连特斯……喂……太可怕了!干吗不去东京,檀香山[1]……阿卡普尔科?科连特斯是多么叫人讨厌的城市呀!"

"你怎么样,托托?真的病了吗?"

"我没有患癌症,这已经告诉你了,是瞎传。我只是患了溃疡。但是,的确,我下个月就要死了,因为我已经老了。"

"多少年前你就说你下个月就要死了,你现在多大岁数?"

"足足 73 岁了[2]。"

"生活从 73 岁开始。"

"我的生活不是这样。我把自己的生活搞得一塌糊涂:天天喝酒,不做任何锻炼,大块大块地吃肥肉,很少吃带纤维的食物,检查结果不好。焚尸火堆[3]已经燃旺焦急地等待着呐,来年我就要伸腿了。所以我迫不及待地巴望你现在就来。"

"你何时退休的?"

"1984 年。"

"这是我以前一直担心的。你觉得你的生命正在结束吗?"

"不,你有什么想法?"

"那么,既然如此,你有什么计划?"

"没有任何计划。"

"你看,托托,你不要耍着我玩。"

---

[1] 檀香山,美国夏威夷州首府。
[2] 这里年龄一词的表示法是拉普拉塔河流域的会话土语。
[3] 焚尸火堆已经燃旺,像常见的某些大学教授一样,为了卖弄学识,阿苏亚加这里不直接说把人烧死,而是说"焚尸火堆已经燃旺"来暗示历史上圣女胡安娜·德阿尔科遭受火刑。(见 correo electrónico de Marcos, 21 abril 2011。)

"我再去自助旅游。去画小房子，谁知道呢。去看西班牙语播放的电视，去栽种天竺葵，去发疯地赌。"

埃丽萨在大学校园里的饭店舒舒服服得安顿下来，完成了她的学术诺言，从目光如鹰皮笑肉不笑的系主任到每一个青年学子，所有人都是十分的满意。鸡尾酒会期间，有人把她介绍给了住在附近的阿方辛[1]的女儿玛利亚·伊内斯。一个托托的年轻同事在人群中，手上端着血色红玛利亚[2]，向埃丽萨介绍他的一本马查多的书，利用这个机会跟她套近乎。埃丽萨高兴地接受了他的邀请，但是她不可能粗心大意放松警惕。她坚信托托将会用他打野鸭子的猎枪对着自己的喉咙开一枪。她非常想念她的丈夫，他对自己是那样的坚信不疑，似乎任何的洪水大灾他都能跨越过去。

一个阴云密布尘土飞扬的星期天，还是那辆轻型小卡车，埃丽萨返回，托托送她上机场。卡车在坚硬荒凉的平原上奔驰，那些爬行的乌龟和油井令埃丽萨十分紧张。她忍着眼泪回忆起马德里，不是回忆学生时代断绝关系的哈拉马[3]，而是回忆帕科·伊巴涅茨[4]、忧虑不安的人、愤怒而有理想的西班牙、索菲娅[5]时期的西班牙。她发现托托没有理由四处奔波，一个没有收获的温室的瓦片为他搭建起了梦想、小提琴手玫瑰色的母牛[6]、

---

1 劳尔·阿方辛（1926—），1983—1989年阿根廷总统。他是1983年军事独裁政权倒台后的第一任总统。显而易见，在这部小说的主要事件发生时，军事独裁尚未倒台。
2 这里的"血色红玛利亚"以英文出现，是一种沃特卡鸡尾酒，因为也含有番茄汁，所以呈红色。
3 哈拉马，即哈拉马河，流过马德里郊区，西班牙内战期间这儿曾发生了最惨烈的战役之一。
4 帕科·伊巴涅茨（1934—），西班牙歌唱家，信仰左派，反对佛朗哥政权，在此期间流亡法国。
5 索菲娅（1938—），西班牙王后，国王胡安·卡洛斯的妻子。夫妇俩于1975年军事独裁者佛朗哥将军去世后登上王位。索菲娅以倡导文化事业而著名。
6 这句话把俄裔法国籍犹太人画家马尔克·夏加尔（1887—1985）所喜欢的艺术主题融在了一起：母牛和小提琴。比如说，他有一幅著名的画作题为《我和我的村庄》（1911），现存纽约现代艺术博物馆。在夏加尔的身上，那样的主题恰恰描绘出了一个生机勃勃、色彩纷呈的怡人世界。托托是无可争辩地患了病，他感到自己此时被排挤出了这个世界。（见correo electrónico de Marcos, 30 abril 2011。）也见小说1987年版，那个版本中只有"小提琴手的母牛"，没有"玫瑰色的"一词，后来从审美的角度加上了这个词。

吻的高秋千。为他搭建起了天空,红彤彤的,宛如切开的西瓜。而当埃丽萨在机场拥抱托托的时候,一种突如其来的惶恐使她发抖了,她恍惚地感到那是她最后一次拥抱他了。她想起了博尔赫斯的一首旧诗,那首诗写的是尽头[1]。她认为那次拥抱将是悲哀的尽头,是西班牙中世纪诗人豪尔赫·曼里克[2]的方式。这个尽头是她的生活在又一个偶然的机会跟托托的荒唐生涯确立的。她记起了一句话,那句话是她父亲在匹兹堡临终时母亲对她和她的妹妹重复了多遍的:天堂存在于高兴地死去。

---

[1] 那首诗写的是尽头,这里指的是博尔赫斯的诗,诗讲的是"尽头",暗指的是这位阿根廷作家豪尔赫·路易斯·博尔赫斯的两首不同的诗。两首诗的题目都是《尽头》,第一首诗("从这些街道上落日正在下沉……")1958年初次收入同样题目为《尽头》的短诗集中(见大卫·威廉·福斯特所著《博尔赫斯传》)。后来于1969年收入题为《另一个是同样的》选集中。第二首诗("有一条威尔兰线我不会再记起……")最初于1960年发表在选集《创造者》中。1961年,两首诗同时出现在博尔赫斯自己选编的《自选集》中。这个集子都是他自己偏爱的诗作。对于这两首诗,可以说它们是面对死亡和时间的围堵我们永远不会再重复的处理得最完美的经历。

[2] 豪尔赫·曼里克,西班牙中世纪诗人(1440—1479),以诗作《献给父亲的挽歌》著名。

第八章

　　弱者的历史是由时光[1]和金属、纯净的鲜血、拷问的话语和垂死的挣扎逐渐写成的,也是用一颗坚强的心和一只鸽子写成的。永远是:也许、仍然、缺少,天气是多么的寒冷,然而,这是一只多么难以回忆的歌曲!是一种路途中何等令人同情的死亡!空气上方天空中的那片圣体飘落下来变成裤子,它穿上男人的裤子和他的衬衫,将他无限的爱意融进风里。受人欢迎的公社祖国[2]的夜晚在水晶中展开,在微笑的黎明中隐去。只要还有青年人存在,就会把他的名字写在墙上。甘特跟律师公会会长有一个约会。老激进派的孙子们除了这个被称为六个夜晚和六张面孔的永久将军外不认识任何执政者,但是正如布洛赫所说,他们永不失望。他们经历了种种社会上的失败、俱乐部被淫秽的令人厌恶的机会主义者控制,坐过监狱,遭受过严刑拷打。然而他们依然坚持他们那模糊不清、凶多吉少的民主乌托邦,不失尊严地艰难活下去。他们也的确别无他途:这正如原始部落的卡拉伊人破釜沉舟背水一战,整个部落万众一心地去厮杀;又像足球赛到了90分钟最后关键的补时时刻选出穿红蓝球衣的队员上场。约会是在下午4点钟,甘特不停地看着他的欧米茄手表[3],开着沃尔沃轿车全速前进。他到达目的地下了车,忐忑不安地按了门铃。前厅里散发着浓郁的茉莉花香,一个女仆由一位德国牧师护卫着走出来请他进去,并且告诉他博士一

1　弱者的历史是由时光……这里引用的是马科斯诗集《诗与歌》中的一首题为《昔日的血》的诗歌全文。
2　公社祖国,影射1723—1725亚松森公社社员反对殖民当局的起义,这是争取巴拉圭独立的先导行动。
3　欧米茄手表,瑞士产世界名牌手表。

会儿就见他。那间家庭的办公室虽说有点乱,但是看上去却比内阁的办公室还高级。里面挂着一幅查科元帅[1]神态威严的油画,摆着一尊约翰·肯尼迪[2]带翅膀的铁皮半身像。如果埃丽萨在的话,她早已轻而易举地发现了那本放在书架上的大主教渴望的西班牙名著《胡安·拉蒙·希门内斯》。律师不慌不忙地走进了房间。尽管他个子矮小,身体有点超重,但立即显示出一种刚毅不凡的风度。甘特面不改色,他马上意识到那个人(可以做他的儿子)是最终将取得身穿蓝红色球衣的足球队员的未来的头头之一,那些头头冷酷无情、固执而不可征服。那人从无可挑剔的发型到鹿皮鞋的油光锃亮的极度整洁的仪表引起了他的注意。看上去那并非是精心设计的高雅,而只是出于自尊。律师那双咖啡色的大眼睛注视他时并非显示出他是世界银行的首领,而倒像被捕的姑娘的亲戚。从进入这个房间起,甘特第一次对他感到了肃然起敬。

"我尊敬的会长,很高兴认识您……如果没有您祖父,我的助学金……"

"我祖父是我祖父,博士,您侄女是他侄女。"律师客气地打断了甘特的话。"我能为她做点什么?正如你所知道的[3],亲爱的,在这种孤独中,收音机在陪伴着我。但是12:30电台的广播才开始。所有的电台都是官方公报的联播。尽管你不停地调谐换台,但节目总是一个。播音单调、僵硬、永远是一个人、言辞极端。我把收音机扔下,任它随便去响,自己开始做别的事情。"

"好的,我是说我们少数民族最基本的权利等于零,因为他们被列入野蛮人[4]行列。"

---

1 查科元帅,指何塞·菲利克斯·埃斯蒂加里维亚元帅。
2 约翰·肯尼迪,1960—1963年的美国总统。1963年被刺杀。由于他设计了和平队和进步联盟,受到了拉丁美洲某些人的崇拜,因为这些倡议似乎让人看到了美国佬干预政策的积极改变。
3 正如你所知道的……这里的诗引自马科斯的诗集《诗与歌》中的《大使馆诗稿》,见诗集第56页。
4 他们被列为野蛮人,这里的"少数民族的名字"用的是土著民族的瓜拉尼语。由于甘特认为少数民族都是些野蛮人,所以他对决定索莱达名誉的官僚表示不屑。

另一个人微微一笑,对他北方客人的卖弄学识和说话语调有点不耐烦了。

"您把最基本的权利的'基本'这个词说错了。不过您来这儿的目的大概不为了我们一起讨论蹩脚的拉丁文吧。"

"好的,"甘特继续说道,"正如我在电话里提前给您说过的,我已经跟英国高等法院[1]的法官和院长谈过了。"

"正如你们所说,我的话被窃听了[2]。如果您不想让政府知道,就不要在电话里跟我谈事情。"

"我妻子跟我提到过这件事,"甘特说,他有点不太相信,怀疑对方是想把事情推脱。"问题是我没有任何与政府作对的事情。我只是想把我的侄女带走,他们知道我想带走我的侄女。这在电话里说有什么不好?从一个[3]遭背叛的春天开始,一片土色的血染的土地,一些孤独的黑眼圈,一次去卡萨布兰卡[4]的旅行和维莉蒂安娜[5],架在你皮肤桃树上的太平梯,一种酸涩的对地窖和拐角的了解,一种声音的标志,一把无声的被驱逐的吉他,下午的寂静,一条螺旋桨缠上戴眼镜的小姑娘,一个沉默不语的老人,两次不可能的战争,缓慢的风和看门人[6]的方式,水的精确度和希望,一个破了的滴漏计时器,我的,我的,都是我的:我爱你。"

律师沉默了几分钟。他问甘特是否想喝一杯,后者回答说想喝一杯威士忌。东道主拿出杯子和一瓶上等富有营养的酒吧里的黑方威士忌,倒

---

1 这里说的"英国高等法院"是一句俏皮话,用来嘲弄巴拉圭的腐败和"出售"法律判决。(见 correo electrónico de Marcos,30 abril 2011。)
2 窃听一词用的是英文。
3 从一个遭背叛的春天开始……这段诗引自作者诗集《诗与歌》中的《大使馆诗稿》,见诗集第7页。唯一的改变就是原诗戴眼镜的小男孩,这里改成戴眼镜的小女孩,这也许是由于涉及索莱达或贝罗尼卡的性别。
4 卡萨布兰卡,摩洛哥城市,1942年一部著名电影的名字,由米歇尔·柯蒂斯执导,汉弗莱·博加特主演。
5 维莉蒂安娜,1961年的一部著名电影,由路易斯·布努埃尔(1900—1983)执导。
6 看门人,在希腊神话中,把守地狱之门的是一条三头狗。

了一杯给他,自己则打开一筒纯正的可口可乐。

"您为什么专门来看我?"

"您是律师公会的会长,有名的办事热情和主持正义,对政治犯很关心。有些牧师,我妹妹的朋友,以及所有五月广场的母亲[1]都对我妹妹说:得到祈福的孩子[2]是唯一的希望。"

"就这些?"

"对,当然了。自然,毫无疑问我是付您酬金的。"

"我不是说这事。问题是您没明白。"

"没明白什么?"

"什么没明白什么?好像您没明白有一个独裁专政。统治这儿的不是法治国家,我们当律师的能有什么办法?"

"嗯,是的,我认为省会这儿的情况仍然是被扭曲的[3],我侄女就是在这样的环境中被捕的。"

"把这件事忘掉吧。暴君的意志是唯一有效的。圣父逮捕了您侄女,当他愿意的时候,他就会把她放出来。我要离开你了[4],我的祖国,也许要离开很久。我应该给你一个解释:我不是情愿走的,而是被从你的蛋壳里强行拖走的。但是,我要带走你的鸟儿,带走你的树木,带走你的江河,带走你精当的寓言,带走你全部共同具有的希望。我要带走你的贫困和嘴巴。我要把金黄色的铜版画放在我的肩上,以便让人认出我,也从我身上认出你。我要走了,但要带上你。这是一种留下来的方式。"

---

[1] 五月广场的母亲,阿根廷一个支持政治犯和讲明失踪者下落的组织。

[2] 这里得到祈福的孩子是两个瓜拉尼语词组成的外号。正如前面已经讲过的,用这个瓜拉尼语表示的男孩历史上都是游走四方的预言家和布道者,他们鼓动瓜拉尼民众跟在他们后面一起去寻找无恶之境。也见第一部,第一章。

[3] 省会的情况仍然是被扭曲的,这里作者是指巴拉圭虚伪的《法律状况》,即在斯特罗斯纳统治下腐败透顶。

[4] 我要离开你了……这段诗引自马科斯的诗集《诗与歌》中的《大使馆诗稿》第四首,见诗集第58页。

"从一个同行业团体郑重的会长嘴里听到这些话是悲哀的。我可以向您保证,在罗马尼亚的布加勒斯特[1],您的同行……是相当亲政府的[2]。我至少可以告诉您这一点。"

"我不知道在东方是怎样的。我知道这儿的情况。如果您认为可以通过合法手段释放她,那您是发疯了。"

甘特咽了一口唾沫,慢慢地把杯子里剩下的威士忌喝光,同时一直注视着那个跟埃尔维斯·亚伦·普雷斯利[3]一样一缕头发垂在额头[4]的有些不安地坐在那儿的人,他两腿交叉,又像是一位瑜伽专家。

"您可是名声在外,"甘特自言自语道,"我本来指望您能给我点希望呢。"

"当然有希望,但是绝不是通过法律途径。因此,您要走的第一步就是不要把事情再通过电话跟我谈。"

"我绝不想介入政治,更不想跟印第安人一起搞阴谋。"

"我们不跟任何人一起搞阴谋,这种事会自消自灭。再说,我不知道您是不是准备入党。"

"索莱达是激进派吗?"

"我想不是。我们既不属于这一派,也不属于那一派。也许她是独立的马克思主义者。"

"马克思主义者?但这是一种犯罪!您认为报纸上说的是有道理的。您不能让我信服[5]日常的死亡。您要从我家中取走您的骨灰的标记、您的蝙蝠的气息、您的黄色的陨石坑。我知道您的报信者会飞速地演变成窗户

---

1 布加勒斯特,罗马尼亚首都。
2 在小说的背景时代,罗马尼亚是共产党政权统治。
3 这里的一缕头发垂在额头用的是土语。
4 埃尔维斯·普雷斯利(1935—1977),美国非常受欢迎的歌唱家,他有一缕头发垂在额头。
5 您不能让我信服……这一节诗歌引自马科斯的诗集《诗与歌》中的《自由之诗》,见诗集第37页。

和地下室、市场和星期六、您的潮湿角落里散发出的强烈的味道。我以我的生命打赌,尽管有悄悄行贿的密探和嗜血的警犬、背信弃义、无耻的诽谤和一切;尽管有天天的祝贺问候的交易。我以我的生命打赌,赌新事物和可能之事,葡萄不同阶段的微笑、小溪静静地对河流的怀念、江河静静地对大海的怀念、大海静静地对陆地的怀念,这黏土之梦!某些制陶工的秘密正在想象着白日的侧影。为什么欢乐定要永久地被禁止?"

"为什么欢乐定要永久地被禁止?为什么认为欢乐是一种罪恶?为什么定要把思想禁锢?按照法律我们只应该判定事实;判定那些既成的、被证明了的事实。我们这儿的法律是扼杀自由的法律;更有甚者,它还时时在玩着愚弄的把戏。"

"没错,对此我也有所耳闻。嗯,不管怎么说,我们这些技术专家治国论者还是有点儿固执。我想干的事是要尽早地把我侄女带走,回去工作,让我妹妹平静下来。"

"那么,你觉得我们,具体说来是我,怎样才能为您办点事?"

"或许,如果能摆出人身保护法[1]……"

"这事我们已经做了,这是律师公会的正常业务。"

"是吗?阿马波拉跟我一字未提。好的,那就十分感谢了。您认为能够奏效吗?"

"没用,已经被法庭否定了。"

"不能要求驱逐她吗?我在收音机里听到[2]一首瓜拉尼歌曲。那个名字带着香味的人[3]实在令我惊讶!他怎么能使一个手提式微型国家这样永

---

1 人身保护法,即合法的起诉要求当局说明逮捕关监的理由和被逮捕者在司法起诉中得到人身保护的权力。
2 我在收音机里听到……这段诗引自马科斯的诗集《诗与歌》中的《大使馆诗稿》,见诗集第59页。唯一的修改是把原稿中的"一头巾"改成了"一把",可能原稿为印刷错误。
3 那个名字带着香味的人……暗示巴拉圭作曲家何塞·亚松森·弗洛雷斯(1904—1972),瓜拉尼歌曲的创始人。

存下来!这个国家恰如一把满满的回忆那样可以折叠起来,放在心中,带它出游!"

律师看了一下甘特的杯子,发现它已经空了。他又给甘特添加了些威士忌,自己则又喝了些汽水。过了好一会儿,他才又开口说道:

"这个国家,"他叹了口气,声音沉重。"是个耸人听闻的国家,卑鄙、狂妄、混乱、腐败、土气倒霉[1]、落后、暴力、危险、穷困、胆怯、孤立、没有朋友、被忽视、被打击、被残忍地惩罚、被折磨、黑暗、梦想破灭、手被刺穿、吉他腐烂、可憎可恨、难以忍受。"

长时间的沉默。说话的那个家伙呼哧呼哧地喘着粗气。当甘特说话的时候,仿佛是刚刚从没有声音没有灯光的长长的地道里出来,显得更苍老了。

"既然如此,"他问道,由于激动,嘴唇有些发抖了。"为什么您那样爱它?为什么您那样爱它, 哎?见鬼!为什您那样爱它?"

---

[1] 这里土气倒霉用的是拉普拉塔河流域的会话土语。

第九章

　　那些日子，埃丽萨为她俄克拉荷马州的老朋友感到深深的痛苦。他远远地离开自己查斯科穆斯的烤肉片和天竺葵，痛苦地挣扎在不可抗拒的定时化疗之中。在那么多年自慰的日子里，他的学术活动平庸而不脱俗套，没有半点儿长进，整日以烟酒消愁，身旁只有一个咋咋呼呼的红头发、臀部像约翰·韦恩[1]的女子和几个拒绝与爸爸用任何一句西班牙语交谈的孩子。那么多年他游走在西伯利亚的大雪和撒哈拉的烈日之下；在那种环境下，暴风雪和扬尘最终用它令人厌恶的利齿将一个人的灵魂戳穿，直至他在一场狩猎野鸭之后，沐浴着夕阳西下的余晖躺在广阔泥泞的沼泽里怯懦温顺地死去。

　　埃丽萨想，如果有一天把他的生平写成小说，传记作者就必须把情节作些改变，因为有许多癌症患者最后并不像是真的。像许多其他目睹一个近亲或密友患癌症死去一样，在父亲弥留之际她就戒烟了。父亲癌症的后期痛苦地拖了三个月，这是她每逢周六就要回到她儿时的城市去。到匹兹堡有5个小时的车程。那是尼克松时代[2]。她已经结婚10多年。不久前她已升任到教育工作的最高层，只是在1969年离开马里兰大学休假一个学期。她在帕洛阿尔托[3]接受了一个客座教授的职位，因为她想从内部亲身感受一下前一年在伯克利[4]爆发的革命。

1　约翰·韦恩（1907—1979），美国演员，主演了许多西部影片，担当士兵角色。以扮演主持正义的角色而著名。
2　理查德·尼克松（1913—1994），1969—1974年的美国总统，1974年由于水门事件而被迫辞职。
3　帕洛阿尔托，美国加利福尼亚州洛杉矶附近的城市，著名的斯坦福大学跟它相距很近。
4　伯克利，洛杉矶附近加利福尼亚州城市，加利福尼亚大学伯克利校区所在地。1960年代学生反对越南战争的巨大浪潮和美国另外一些社会问题都发生在这儿。

1975年,她把她第二个大学休假年提前,跟甘特一起迁居布加勒斯特。

甘特过着一种行政官员的生活,整日带着手提箱忙得不可开交(因为,不管怎么说,难道一种行政官员不是一位国务院[1]国际经济专家吗?),1976年12月,时值隆冬,他置身于离他布加勒斯特[2]的基地9千或1万公里的地方,关在美国大使的豪华官邸里。那儿所有的人都对他十分的客气,包括服务人员和官员,但他却感到自己像个闯入者,尤其是寂寞孤独。那是他第一次在国外任职,第一年埃丽萨在那儿陪他,但是第二年她就必须回国继续任教了。

甘特本来得到了福特[3]的签字可以到华盛顿去定居,但是老大使在年中犯了心脏病,接着又患上中风,最后死在了医院里。由于甘特是仅次于大使级别的官员,他接到了临时代理大使职务两个月的命令,直至新大使到任递交国书。

甘特除了其技术领域的业务外,别的事情知之甚少。在技术领域,不管他的英文还是他的一点法文都让他跟地方官僚打交道游刃有余。他不懂罗马尼亚语,因此既不读报纸也不看电视。他整天待在已故大使豪华而悲哀的卧室里,躺在一张连跟埃丽萨都没睡过觉的床上,一杯杯地喝李子烧酒翻阅著名英国著名女侦探小说家阿加莎·克里斯蒂[4]的旧作,从窗户里观望那些被地震[5]损害的建筑物、冬日的天空、灰色的鸽子、光秃秃的树木,以及跑在街上电缆下隆隆作响的锈迹斑斑的橙色有轨电车。

---

1 国务院,美国政府负责处理外交关系的部门。
2 在布加勒斯特后来发生的一切,都标明了马科斯在流亡中待在美国驻布加勒斯特大使馆里阅读美国小说集索尔·贝洛的小说《院长的十二月》所受的影响。见佩罗·巴尔科的文章:《胡安·曼努埃尔·马科斯:爆炸后小说》,第290页。
3 杰拉德·福特,美国总统。
4 阿加莎·克里斯蒂,(1890—1976), 英国侦探小说家。这儿把1977年甘特关在美国驻布加勒斯特大使馆里和马科斯待在墨西哥大使馆里避难放在了同一时期并行发生(见导论),因为在这两个事件期间,马科斯唯一手头能读到的就是克里斯蒂的小说。见上述佩罗·巴尔科的文章第290页。
5 1977年的强烈地震波及了罗马尼亚的许多地方,造成了巨大损失和1500人死亡。

他的心绪不佳,因为傍晚的时候他无法沉浸在赫丘斯·白罗[1]的历险故事中。在他的房间里,就跟在布加勒斯特的所有地方一样,灯光是暗淡的。罗马尼亚缺乏电能,好像是因为本来就落雨不多,而且还要把少量的水积存到沼泽地里。下午3点钟左右,12月的阴影就笼罩在了城市的周围,一个小时之后,夜幕就慢慢地降临到共产主义国家灰色的楼群上空,淹没了那些年久的灰浆刷过的墙壁,宛如一个灰色的不可触摸的大幔遮盖了所有的人行道,把黄色光芒中的寒冷与路灯隔开。

我不能因为布尔什维克而变成瞎子,甘特想。更有甚者,有人告诉他,一个犹太青年不同政见者想在大使馆寻求避难。这个年轻人在年初出版了一本嘲讽政府的地下小说,他感到自己遭到了秘密迫害:他从一家二级印刷厂清样校对员的职位上被解聘,而且拒绝发给他护照。

呸! 甘特恼火地喊道,本杰明·富兰克林[2]经常说,一个优秀的教师胜过20个诗人。

但是,小道消息继续在流传,也许正是当局本身所为。甘特很快就接到了所谓的狂热分子的匿名威胁电话:一些人痛斥他拒绝要求避难者,另一些人则责备他企图保护要求避难者。实际上,甘特已经下令白天黑夜宅邸的大门都要敞开着。

匿名者越来越猖狂,两个平民打扮的寻衅分子,也许就是秘密警察的成员,开始24小时在大使馆周围转悠。当出门去参加一个在英国大使家里举办的圣诞节前夜的友好晚宴时,甘特在一周前就带上了武器,他的罗马尼亚司机也换成了一位海军陆战队士兵[3]。

拉丁美洲的圣诞节前夜要比欧洲晚到几个小时。在女管家为他熨烫

---

1 赫丘斯·白罗,阿加莎·克里斯蒂小说中的侦探主角。
2 本杰明·富兰克林,美利坚合众国的杰出人物之一,以实用主义和节俭著名,也以他的科学技术研究著称。
3 美国海军陆战队士兵,特别以身体的忍耐力和机智勇敢而著称。

礼服时，他给埃丽萨打了电话。他们没有直接提到要求避难的人，这件事他已经在信中给她说了。但是，当埃丽萨对他说"你可要多加小心，潘乔！"的时候，他已经知道她的所指了。就连在英国大使家中晚宴上等待他的苏格兰陈年老酒[1]都未能消除他挂电话时的痛苦滋味。

埃丽萨的父亲在奥克兰区匹兹堡大学条件优越的医疗中心里挣扎了 6 个月，他在这所大学默默无闻地干了半个世纪，但不管怎么说还是在行政领导职位上工作，因此埃丽萨在这所大学里不断地得到奖学金，获得了她全部的高级职位。

最后几年，老头儿在反歧视行动[2]办公室工作。这个办公室是大学的一个附属机构，其任务是为那些弱势群体，比如妇女和少数种族，提供平等的机会。好像这个职位是特别为像他那样的爱唠唠叨叨、民主党[3]和具有职务的爱尔兰人设置的。

那个哀伤的春天，埃丽萨已满 45 岁了，但看上去却要年轻得多。父亲看到她那么漂亮和神采奕奕，掩饰痛苦精神那么坚强，在他面前脸上总是挂着微笑，总是跟他谈些愉快的事，并且还兴致勃勃地收拾房间里的花草，他感到非常高兴。有时候老头儿看到甘特开心，就开玩笑说他的另一个当牙科医生的女儿更漂亮。那是艰难的、痛苦的六个月，但并非是不幸的六个月。

第二次世界大战结束那年[4]，埃丽萨在她区里的教会学校读完了中学，当年秋天就进了大学。三年级是在马德里读的，在那儿，阿圭列斯区那些青年人一起天真无邪地游荡玩乐的黄昏开始铭刻在她的脑海里。回到匹兹

---

1 苏格兰陈年老酒，指苏格兰威士忌。
2 英文词，反歧视行动，美国联邦政府的一个项目，目的是保障妇女和少数团体享有平等的机会。这个项目通过指定的官方人士设在大学里。
3 民主党，美国两个统治政党之一，通常它比另一个政党——共和党——更自由。就是说，它更赞同政府在解决国家问题上发挥积极作用，包括像设立反歧视行动这类的项目。
4 第二次世界大战结束那年，即 1945 年。

堡,她的西班牙语以优异的成绩[1]结业,开始学习硕士课程。当她的妹妹结婚时,埃丽萨便从父母的家中搬到了第五大道学校的女生公寓。每天她都在沙迪伊西德区浓密的松柏树下走上40分钟当助教去教授西班牙语,出席研讨班,或在奥克兰的图书馆里工作。两年的硕士专业学习她默默地过着苦行生活,尽管她有着一双22岁迷人的淡蓝色的眼睛。

这一时期,她独自发现了马查多,没有任何教授指导。她决定首先以《孤寂》[2]写她的硕士论文,然后以这位作家的全部诗作和散文写博士论文。她拿到了一份加利福尼亚大学在马德里的项目奖学金,为的是再回西班牙。她的母亲看到自己的小女儿那么早就结婚感到十分地难过,试图反对。但是她父亲却是一如既往地支持她。1951年的秋天,她又重新在阿圭利斯区安顿下来。

稍微更加成熟、语言也掌握得更加娴熟的时候,她便加入了那个既穷困又缺乏文化激励的马德里[3]学生和青年诗人的放荡不羁的生活。她爱上了一个那样的诗人。当她的同学们两个学期以后回到美洲的时候,她就去跟他住到他在圣贝尔纳多街心广场的亭子间里了。那亭子间里散发着用橄榄油煎炒的大蒜味。

英国人斯波幅德·赫尔佐克是个鳏夫,他跟甘特一样烦得要死。他曾任过几年的里斯本大使。按照他的说法,那肯定是因为他是天主教徒。他在布加勒斯特待的时间比甘特要长,能说几句罗马尼亚语。他喜欢喝酒,因此他们见面比较多。

那天晚上,甘特邀请了他自己使馆的秘书和瑞典使馆的女文化参赞,并且也邀请了他们的配偶。两对夫妇都非常年轻,甘特对他们印象很好。

1　这里优异的成绩用的是拉丁文。
2　《孤寂》,马查多的一部重要诗集,出版于1903年。
3　既贫困又缺乏文化激励的马德里,指西班牙内战后时期的马德里,直至1950年,这座城市不管是在经济上还是文化上都仍然处于贫困状态。

用餐之后（典型的英国风味，饭后点心比正餐还要丰盛），甘特和赫尔佐格单独关到书房里继续喝威士忌，说是要谈些重要的事情，可想而知，肯定是要沟通关于那个犹太人的事。其他人则留在壁炉旁听一些甲壳虫乐队[1]的老唱片。

甘特已经把赫尔佐格当成了他的知心朋友，后者是一个老色鬼，经常跟他讲他跟他的女秘书那些妙不可言的风流韵事[2]。女秘书是爱达荷州[3]的脸上有雀斑的红发女郎。实际上，赫尔佐格知道甘特马上就要回华盛顿了，并且希望得到那位红发女郎，因为至少她会讲英语。

为了让非常正统和虔诚地信奉宗教的母亲满意，埃丽萨要求那个比她小两岁的小伙子跟他结婚。

婚礼在亭子间附近贝拉斯科·德加雷大街上的一座宽大的无人居住的神殿里举行，埃丽萨觉得太冷清和阴暗了。小伙子的母亲是一位军人的遗孀，从梅利利亚[4]赶来。埃丽萨的父母则从宾夕法尼亚州[5]来到那儿。所有的人都很紧张，天主教的礼仪和语言不通使得那个不祥的日子更为冷漠。

埃丽萨在大学本科注了册，并且在巴列克斯[6]的一所天主事公会[7]英语学院得到了一份指导教师的工作。

还没到两年，诗人就开始面对自己在文学上初步尝试的失败以酒浇愁，放弃了法律专业的学习，并且失掉了阿尔贝托·阿吉雷拉大街上一位

---

1 甲壳虫乐队，英国1960和1970年代极为著名的乐队。
2 这里的风流韵事用的是法文。
3 爱达荷州，美国西北部的一个州。
4 梅利利亚，西班牙在摩洛哥地中海沿岸一块飞地的主要城市。
5 这里用的是宾夕法尼亚州美国的写法，西班牙文的写法与此不同。
6 巴列克斯，马德里周边的一个工人区。
7 天主事公会，天主教会的一个世俗组织，方针非常保守，佛朗哥时期顽固地支持他的独裁政权。

西班牙长枪党[1]公证员办公室里的工作，那条大街离他们的住处不远。

埃丽萨缺乏母亲的本能，刚满20岁她就感到自己很老了。她竭力避免对那位年轻诗人的过分保护，鼓励他在工作中有所创建，离开他那些最无所作为的朋友。同时，她对自己的课程和强制性的静修感到厌烦。她讨厌学校的校长，一个同情三K党[2]的神秘魔鬼，他整天都把她树为黑社会家庭学生们的榜样，并且主张在爱词霸英语上帮助黑社会家庭的孩子们。她没费力气就说服力了丈夫他们搬家到匹兹堡去。

1954年，他们在奥克兰南部的一个希腊人和黑人区安顿下来。

马上她又被重新接受到博士学位原有的母校[3]之中。

有她在身边，父母感到非常地幸福和愉快，尽管他们那个怪女婿甚至拒绝用英语问候他们，总是关在书房里，守着他的书籍、唱片和酒瓶。

埃丽萨忍了他差不多两年多，但是，当那位诗人第二次企图用过量的吗啡自杀的时候，她提出了离婚。

小伙子去了比利亚赫跟一伙拉丁音乐人和画家住在一起了。他在纽约也没有学习英语，但是对他却出现了一点奇迹。他开始写各种性爱的言情诗，并把它们结集付印。显然那种火辣的诗篇灵感来自那位匹兹堡的黑白混血女子，尽管他已经不跟女人上床，也戒了酒，小诗集在马德里获了奖，于是诗人马上赶回马德里，以便拿到一份星期日增刊，将他杰出诗人的声誉维护下来。

埃丽萨回到父母家中住了一年半的时间。他完成了关于堂安东尼奥[4]的论文，在1957年荣幸地拿到了博士学位。

马里兰大学给她提供了助教的职位，这并非主要是因为她的论文质

---

1 长枪党，西班牙佛朗哥独裁专政时期的一个政治组织。
2 三K党，美国一个种族主义组织，历史上深深地介入镇压美国南部黑人的行动。
3 这里的母校是用英文的母亲一词和西班牙文的灵魂一词搭配而成的。
4 这里的堂安东尼奥，即指安东尼奥·马查多。

量（其实她的论文人事委员会看都没看），而是看重了她的无可挑剔的语言造诣。她那发音的双唇给人的感官享受堪称世上最美妙无比的。

那年秋天，她在她华盛顿系主任的家里认识了一位高高的学究式的经济学家，此人为单身，好像有一种很坏的习惯：喜欢吃沾着低级干酪的芹菜。

当他们回到住处的时候，甘特要海军陆战队士兵在建筑群周围转一圈。秘密警察的打手们每半个小时就像算数计算那样分秒不差地自动在街角换岗他感到很有趣。他的欧米茄手表时针正指着凌晨两点钟。也许他会看到一次"换岗"。但是他没看到任何人。大概由于是圣诞节，那些家伙们决定到附近去饮个一醉方休了。

当他们穿过使馆的大铁门时，甘特似乎听到在花园前部分茂密的灌木丛中有一种奇怪的响动。

甘特让他的手下把马达停下来（尽管不熄灯）在驾驶盘前等着，自己一只手揣进外套口袋里，握住冰冷的手枪把，哆哆嗦嗦地下了车，朝灌木丛走去。在那里他看到两个打手正在跟一个衣衫褴褛的人厮打。后者戴着一副滑稽的眼镜（活像美国电影导演、作家、喜剧演员伍迪·艾伦[1]滑稽的眼镜），那两个打手在他的嘴里塞了一块毛巾。

甘特走进他们，气势汹汹地用英语朝他们喊道：

"把这位先生放了！这是使馆区！"那两个打手用罗马尼亚语嘟哝了几句话，而那个人则在他们的手中更拼命地挣扎着，小眼珠几乎从眼眶里蹦出来。甘特稍一犹豫就掏出了手枪，又用瓜拉尼语喊道（其实用什么语言都一样）："你们看，我要发火了。"

---

[1] 伍迪·艾伦（1935），美国喜剧演员和电影导演、编剧、演员。喜剧大都与其犹太中产家庭背景有关，其中的笑料多来自他所自述的那种意识到的不安全感。他的最受欢迎也是最成功的影片是获数项金像奖的《安妮霍尔》（1977）和《曼哈顿》（1979）。由于他怀着深厚的同情心塑造受害者的艺术形象，人们称他为当代的卓别林。

甘特从来也不知道是他的瓜拉尼语还是他的手枪，抑或干脆是他的那位海军陆战队士兵端着手提机枪一脸凶相地走过来，把那两个打手镇住了，反正是他们放开了伍迪，一溜小跑地逃走了。

甘特被限定在一周内离开那个国家，因为他被指控干涉了他们的内政。

"我可以走，可我要把犹太人带走。"甘特当时说道，但没有太大的把握。不过，罗马尼亚当局也想避免这件事在当地闹得更大，于是甘特在不到24小时就拿到了自由安全通行证，他跟犹太人在新年前夕降落到了华盛顿国家机场。

"你是[1]位英雄，哎！"埃丽萨在机场这样说道，脸上露出更显讥讽的笑容。"你有什么感觉？"

"很想念。"甘特一边拥抱着埃丽萨一边说道，接着又把鼻子贴到她的耳后。事实上，他觉得她脖颈上的夏内尔香水[2]比他经常带在身上的爱达荷混合饮料更有味道。

接下来的一个月里，在他作为一个积极的人权卫士大肆活动的时候，出现了一个新的总裁宣誓就职了[3]。前一个星期，甘特出现在了《新闻周刊》[4]封面上，新政府立即表态支持他作为世界银行总裁候选人，选举应该在当年举行。

---

1 这里的"你是"是古西班牙语的表示方法。
2 夏内尔香水，法国名牌香水。
3 这里涉及的是1977年1月美国总统吉米·卡特的就职仪式。这位总统在他的就职演说中，特别强调了在与其他国家的交往中要重视人权。
4 《新闻周刊》，美国专门刊载新闻的一本重要周刊。

第十章

要用悖论来训练思维，而不是用定论。革命是怀疑的权利。请在你身旁给我留个地方[1]，与记忆平行，它悠长如同被热望点燃的地平线，温热如同你沉默双手的爱抚，熟悉如同你秀发轻柔地滑落，那都是我的回忆。请在你的身旁给我留下个地方，让我的痛苦在那儿安息，让我的容貌在那儿躲藏，让斗争得到保护，可以把死去的人遗忘：我的全部狭隘的经历和伤痕、刑具高压电棒和疥疮、不断涌现上升的欲望和连绵不断的往事。请在你身边给我留一个位置，为了我跟你在一起，一起用同样的目光观望，一起从同样的血管里流出鲜血和用同样的人民的武器塑造祖国：为同样的梦想同样地报仇雪恨。请在你的床上为我留一个位置，在那儿容纳我的痛苦；请在你的灵魂里为我留一个位置，在那儿你容纳我的吻，而我要让你变成一只小鸟，变成一首歌，有时候我会说我爱你。当甘特获悉经常到萨纳布里亚那儿去理发的冈萨雷斯将军（塞罗足球队[2]的领导人）也叫弗兰西斯科·哈维尔的时候，他立刻产生了可以勾结共谋的天真的冲动，一股傲气也油然而生。

埃丽萨已经给骑兵别动队打过电话请求跟将军见面。约定的日期为第二天，这似乎在不可预料的军队封闭主义之中出现了一点乐观的征候。

---

[1] 请在你身边给我留一个位置……我爱你。尽管作了某些修改，但它仍然是马科斯诗集《诗与歌》中的《请在你身旁给我留下一个位置》那首诗。较大的改动赋予了这首诗更为严酷和忧虑的情调。比如说，"刑具高压电棒和疥疮"这两个词原诗中是没有的。"用同样的人民的武器塑造祖国：用同样的梦想同样的报仇雪恨"原诗中为："用人民的气魄塑造祖国：给同样的儿女们同样的欢乐"。

[2] 塞罗是一个足球俱乐部。

甘特肯定自从为军事服务以来几乎半个世纪没有亲自跟一个非民政当局的官员打过交道。作为一位优秀的德国人，他以青少年的喜悦心情在刚刚占领的沙漠地带享受了那三个夏天的斯巴达式的训练。这使他得到了少尉衔的荣誉和上级的热情的推荐。

有时候他在想，如果待在了巴拉圭，他会继续在军队的工程机构工作。对他的批评之一就是他作为一个行政官员，领导银行却像领导一个兵营。这实际上让他很高兴。在华盛顿，有一部著名的影片，说到一个诗人的孩子们，他们有名的愚笨，但却像骡子一样拼命工作[1]。

甘特并非是一个例外。他以大男子主义的虚荣接受了少尉衔的荣誉，因为那象征着一个战士的全面美德。粗暴和傲慢使他在罗马尼亚短暂的外交生涯很快就灾难性地结束了，但同时他也在里根[2]奥林匹克山的圈子里确立了自己的形象。

据说索莱达随时都有被释放的可能。已经很少有人记得拉腊因的死了，那件事一直很神秘。案件带上了强烈的政治色彩，以至甘特腼腆的侄女变成了科连特斯无人不知、无人不晓的女人之一。

埃丽萨开她的沃尔沃轿车带上阿马波拉，让她到警察总局去站班，等待好消息。在星期二和假日的废墟中间[3]，在同样痛苦的十字架上，远远地离开你，我的一双水汪汪的大眼睛的心肝宝贝，悲哀不能把我击倒。

甘特乘出租车去了骑兵别动队。他是半上午的时候到的，比预定的时间提前了一刻钟。冈萨雷斯的私人秘书是一位文职姑娘，这引起了他的注意。后来有人告诉他，女秘书是将军的侄女，在大学攻读社会学。

---

1 这一段是利用西班牙语的大小写并涉及瓜拉尼语编制出要表达的意思。（见 correo electrónico de Marcos, 30 abril 2011。）

2 里根……确立了自己的形象。里根的思想是保守而顽固反共的，因此甘特在罗马尼亚的功绩可能会给他及其顾问们留下深刻的印象。

3 在周二和假日的废墟之间……这首诗引自马科斯的诗集《诗与歌》中的《大使馆诗稿》，见诗集第60页。

一进门将军就嚷着他很忙,不能浪费时间。那是一个矮个子的混血种人,身上的制服是一位裁缝好手制作的。在宽敞的充满阳光的办公室里,一片干干净净、井井有条,这种情况甘特只在律师公会会长的家中见到过。何时我们将去海滩和山的那一边[1],去迎接新作品的诞生、新学识、魔鬼和暴君的逃走、迷信的终结;去崇拜地球的发源地(亚瑟·兰波),那些最初的东西。在那儿,甚至地貌都变了颜色[2]:树将变得更绿,鸟将变得更像禽类,江河更为流畅,山变得更美,女人更加漂亮迷人。而男人则变成了孩子。没有人将记得何为忘记。将没有时间倾吐怨恨。除了由爱情、劳作、生活和诗歌连在一起的一些手的白昼的月亮之外,没有别的月亮。没有书不能打开。没有歌曲在空气的反射光中被篡改。没有嘴唇不能被像在梦中那样接受亲吻。没有神仙不带有一些人的小缺陷。就这样我们将一起走向我们自己。陶醉在拥抱中,陶醉在芳香里,陶醉在音乐之中。平静舒心地置身于别人的阳光之中,那儿宛如亲切的祖国和宽大的旗帜。地球将完全是一个无涯际的明天,没有海关,没有宪兵,没有国界:一个布满星星的、通行无阻的统一的整体。像生命那样顽强,如同希望的堡垒,这种曙光的热望支撑着我们,将我们聚在一起。这种热望是不可战胜的,它把我们的足迹从消失中解脱出来。而在记忆中慢慢地编织未来。刚一坐下来,甘特就赶快说出了两个名字的巧合。

"真是太巧了,我的将军,我们两个同名。"他以一种自来熟的神气说道。

"称呼我将军就行了。"

---

1 何时我们将去海滩……这段文字引的是亚瑟·兰波的散文诗《地狱中的时期》(1873)。请注意,尽管有一行诗说的是地球发源地,许多西班牙文译本都译成地球的圣诞节。见文学杂志《时间机器》,见 http://www.la maquinadeltiempo.com/Rimbaud/tempor.htm。
2 甚至地貌变了颜色……这首诗完整地引自马科斯诗集《诗与歌》的第三首《自由之诗》。文字改动不多,但很有趣。比如,原诗为"江河更带有夏季的气息",此处改为"江河更为流畅";原诗为"山像乳头",此处改为"山变得更美"。这些改变符合讲述者的改变。在诗集中,讲述者是男性,而在小说中变成了女性:诗人是索莱达。

"您说什么?"

"就称呼我将军。"冈雷斯不耐烦地重复道。"没有必要称呼'我的将军',因为我不是您的将军,就称呼将军。"

"啊,好的,对不起,我的将军,我是说,将军。问题是这让我想起了我应征入伍的时代。啊,那是多么美妙的时期呀!"

冈萨雷斯沉默地咳嗽了两下,仿佛是心不在焉地注视着透过朝向坦克覆盖物的宽大的窗户反射进来的冬日的绿色。甘特猜不出他的眼神是怎么回事,但是却猜透了从他黑色烟草处的声音里飘出的那道白色的影子。等待是漫长的[1],我对你的梦想还没有结束。延迟这种心不在焉毫无意义[2],因为我有你的陪伴。我在孤独中时时想到你,因为你一刻也没有把我忘记。我的沉默黎明时没有镣铐,因为有你喜欢我的默不作声。请你在清晨最后的拐角处等待我。他们将不能从生活中将我放逐。

"好的,博士,我能帮您做点什么?"

"对不起,将军,我不想占用您太多的宝贵时间,我只是想对您为索莱达所做的一切表示最真诚的谢意。我可以向您保证,我会永远记住您在华盛顿让我重新进入金融界任职时的那种带有荣誉感的表情。"

"没什么,我的朋友。"冈萨雷斯说道,那种猫一般洞察入微的表情恰如某些农民凭直觉感到了强者正在嘲弄自己。"我不是为了您,而是为了萨纳布里亚。"

甘特茫茫然不知该说什么好。

"这……"过了一会儿他磕磕巴巴地说道。"是的,我妹妹非常地高兴,非常地感激!她告诉我我故去的妹夫曾经是您的理发师。"

---

1 等待是漫长的……这段诗引自意大利著名诗人欧亨尼奥·蒙塔莱(1896—1981)诗集《暴风雨及其他》中的《背负着之梦》。
2 延迟这种心不在焉毫无意义……这段诗引自马科斯诗集《诗与歌》中的《大使馆诗稿》,见诗集第61页。

"是我的朋友,是个好人。"

"对,当然了,将军。"

"有点狂热,可怜的人。"

"哦,但是足球俱乐部向来是这样。"甘特晃动着他那苍白的长手指如演说似的说道。"它向来使运动员充满激情,处于兴奋状态,吸引着大批大批的人!所以称它为'拉查卡里塔的龙卷风'[1]是不无道理的。您是一位伟大的领导人。"

"伟大的领导人不敢当。但是我指的不是足球俱乐部那些人,而是无政府主义者,他们有点狂热。"

"噢,当然了,我的将军,我是说将军。我不明白有那么多活动可以参加,人为什么却偏要介入政治。我对政治从来就有一种本能的厌恶。"

"我们需要的是胆量和勇气,而不是说蠢话、干蠢事。"

"问题是可怜的萨纳布里亚没有受过良好的教育,我的将军,他从来没有完成公证人的专业。"

"不,这没有关系。我有三个大学文凭,甚至有硕士学位证书,可我并不觉得自己比他优秀。事情不是这样。"

"您甭这么想,将军。我了解您令人羡慕的简历,可说无可比拟。您跟他比就好像马德里普拉多博物馆里戈雅画的着衣的马哈[2]跟阿根廷电

---

1 "拉查卡里塔的龙卷风"。让甘特说出这句话,马科斯是用于稍微嘲弄一下他小说中的人物。塞罗足球队的外号叫"工人区飓风"。但是甘特适应了美国的文化氛围,他把"飓风"和"龙卷风"两个词弄混了,因为美国经常把西班牙文"龙卷风"这个词说成"飓风";同样他也把"工人区"和亚松森附近的另一个区里卡多·布鲁加达区或拉查卡里塔区弄混了。(见 correo electrónico de Marcos, 30 abril 2011。)
2 着衣的马哈,西班牙画家弗朗西斯科·戈雅(1746—1828)的名画(1800—1807?),在马德里普拉多博物馆展出。出自同一画家之手在同一博物馆展出的还有不穿衣服的马哈(1795—1800?)两幅画表现的是同一姿势的同一美女,但是一个穿衣服一个裸体。人们往往把这个女人认为是阿尔瓦公爵夫人,尽管不能确定。

视节目里娃娃看天下的马法尔达[1]比。"我在您身上的暮色正在从记忆中丧失[2]，我已不知道何人离去何人留下来。这个家某一天总要把它的门全部打开[3]，人类的巨风将会爱上这个没有闩门的家。人群的手将把他们的钥匙扔满遍地。顷刻间窗户就洒满黎明的曙光。那时，通过希望的自由的门槛人们进进出出，宛如在周日教堂的门廊。走出的人，我们将面带灿烂的笑容；进去的人，我们会看到张开的双臂。你已经看到了。在这个不眠的漫漫长夜你在陪伴着我。我只能跟你一起进进出出。我的家就是这个人类的家，在这里有一道长久的一个孩子的目光，他宣告清晨的到来，宣告遥远的寂静之迷人的秘密，宣布所有濛濛细雨的降临和怀念的愁思。我的家，超越这个被伤害和被侮辱的空间，它是这个锈迹斑斑的时间表的广漠的夜晚。但是，自由就是我们，当我们占领了它的时候，黎明就会到来。

"我的孩子们非常喜欢马法尔达，不管她是着衣还是裸体，就像圣马丁[4]说得那样。公爵夫人只知道跟耶稣会教徒通奸。我告诉您一件事：萨纳布里亚有一种天生的智慧，您好像不大清楚。"

---

1 马法尔达：阿根廷画家基托著名的滑稽连环画中的人物小姑娘。马科斯是表明，小说时代的马法尔达可认为是一种持进步姿态的人物。（见 correo electrónico de Marcos, 30 abril 2011。）
2 我在您身上的暮色正在从记忆中丧失……引自意大利诗人欧亨尼奥·蒙泰莱的诗《海关人员之家》（1932）。如果更按照字面翻译的话应该是："你不记得我这个黄昏的家。而我不知道谁该离去谁该留下。"请注意，为了避免重复，在这里马科斯删去了"家"一词，因为后面的诗还有"家"一词出现，而且是重要的成分。
3 这个家总有一天把它的门全部打开……这段诗跟上面引用的蒙塔莱的是一起都出现在马科斯诗集《诗与歌》中的《大使馆文稿》。
4 不管是着衣还是裸体，就如圣马丁说的那样：这里提到的圣马丁即何塞·德圣马丁，抗击西班牙殖民主义的主要领导人之一。正如任何有文化教养和才华横溢的人讲话那样，将军的话语创造性做游戏似的把几个正常情况下没有关系的几件事连在了一起：马法尔达、戈雅、着衣的马哈和裸体的马哈，以及1819年7月19日他对自己军队的著名讲话："安第斯军队的朋友们：我们必须竭尽全力作战；如果说我们没有钱，没有肉和烟草，我们不应该缺这些东西。当我们的衣服穿完了的时候，我们将穿上我们的女人给我们织的绒布衣服。如果我们像我们的印第安同胞那样赤身裸体不穿衣服，我们将是自由人，其他无关紧要。朋友们，我们要发誓不看到我们的国家完全自由我们绝不放下手中的武器，或者我们作为勇士跟武器一起死亡。"（关于马丁的资料和引文见 correo electrónico de Marcos, 30 abril 2011。）

"的确，我不那么了解。"甘特说，脸红了。"不过我很喜欢他，他是个大好人。可惜他不会教养自己的女儿，对吧？"

"此话怎讲？"

"就是……比如说，她卷入了那些离奇古怪的事情，首先是黑格事件，然后是那个中美洲人莫名其妙的死……尽管我可以肯定这个可怜的人跟事情没有半点儿关系……总之，这些怪事情和一个女友……不是吗？但是，我妻子在华盛顿有一个很好的女心理学家。"

"嗯，萨纳布里亚生来就是一个爱唱反调、喜欢对着干的人。如果是二月派掌了权，他也就改变了月份了。那样女儿也就不会七个月提前生下来了[1]。但是这是他的风格。爱叫的狗不咬人。"

"问题在于当时是孩子们的思想意识失控了，将军。当时我正在布加勒斯特……"

"您有几个子女？"冈萨雷斯打断他说。

"啊，实际上我们只有一个收养的女儿。索莱达是唯一的新一代白皮肤的甘特，因此这就……"

"我不认识她。就是说，有一次我在理发店里顺便见到过。我记得她。她不像母亲那样是黄头发，但是很漂亮，很有教养。您对她很了解吗？"

"不太了解。"

"阿马波拉告诉我她跟你们在华盛顿住了一个夏天，或者是一个冬天。"

"是的，可是我们交谈不多。现在我要把她带走，让她走上正路了。"

"我希望是这样。但是也不要太沮丧，叛逆在青春时期是很自然的事。我青年时代就叛逆得可怕，所以被放进了军事学校。他们给我戴上了手铐[2]，

1　女儿就不会七个月提前生下来，即女儿没有提前早产，像他爸爸那样希望改变月份。
2　他们给我戴上了手铐：马科斯诗集《诗与歌》中一首诗题为《手铐》。

认为这样我就会屈服。我看到他们笑出的酒窝感到很好玩。我唯一高兴的就是这件事。这就是我戴手铐的情形。"

"当然了,我的将军,没有比兵营里管教得更严的地方了。很遗憾没有送索莱达去参军!在兵营里,哪怕最坏的本性都会改过来!"

"嗯嗯……好吧,博士,我想还有人在等我。"冈萨雷斯看了看表。"还有什么事吗?"

"没有了,我的将军,感谢您所做的一切。愿圣母保佑您。我想一切都会顺利的。我妻子和阿马波拉正在警察局里等着。也许今天她能出来,对吗?"

"我想是这样。我将把你带在我的身边[1],因为你是我的灵魂,我的脚步和我的指南针,我做人的方式,我仍在世上的意识,外人眼中的爱。我们将像一张星图那样一起经历生活,像乌贼那样容得下小手指,秘密地绘制金色的图纸,探查最后的温情天文学。只有你的双唇吻我和提到我的名字。我要把你带到我的身边!没有你,我不能离开,也不能留下来。"

"我知道,我们的一切都要感谢您,将军。"

"不,决不能这样说。命令总是来自政府。我的职责是严格地按照职业准则办事。我不是政治家。你们完全没有必要感谢我。"

"我赞赏您的谦虚,将军。阿马波拉一直记得已经过世的萨纳布里亚伟大的梦想就是您要升到……嗯,那个很高的位置!您知道的。军人往往是比政治家更优秀的国务活动家。"

---

[1] 我将把你带在我的身边……没有你,我不能离开,也不能留下来。这首诗引自马科斯诗集《诗与歌》中的《大使馆诗稿》,见诗集第 62 页。唯一的改变是:原诗为:"我们将像星图般一起经历生活,像新人类般地活着";而小说中改为:"我们将像星图那样一起经历生活,像乌贼般那样活着,可以插进小手指"。这儿乌贼的形象似乎是影射女性生殖器。马科斯解释说(见 correo electrónicode Marcos, 3 septiembre 2011.):"那就像是眨巴一下眼睛来表示对我匹兹堡的朋友、哥伦比亚诗人阿曼多·罗梅罗的崇敬。当时我跟他一起在家中做菜,阿曼多拿起一只乌贼,把指头插进去……对我说,'喂,你把指头插进去,就会感到那就如一个女人的那个',说罢他做了一个愉悦的怪相。"

"这要看怎么说,博士。每个人都有他善于做的事情。我们军人就应该待在兵营里。我没有什么野心。再说……"

甘特等了一会儿让将军把他的话说完,然后小心翼翼地问道:

"是吗?"

"噢,好像我有点病了。香烟,这是永久的罪魁祸首!您吸烟吗?"

"偶尔吸点雪茄,超醇万宝路[1]。"

"您不要吸,我的朋友。我不劝您吸烟。"

他紧紧地握了甘特的手,便用力地打开了办公室的门。一个红脸膛的勤务兵在那儿立正站着,他吩咐他去送甘特。

"遵命,我的将军。"小伙子以坚定的声音喊道,仿佛是刚刚收到上帝的命令。

"好的,再见,甘特。这个小伙子用我的直升机去送您,您告诉他地址就行了。"冈萨雷斯说着又把手伸给他,而且没有松开,接着又努力把嘴轻轻地贴到甘特的耳边去。两个脑袋凑在一起他感到更有意义,于是轻声地补充道:"……如果我们没机会再见到,请告诉姑娘我非常喜欢她爸爸。"

为了你[2],我的心肝宝贝,我可以献出一切。生命。诺言。都可以全部献出。你所要求的和你没要求的。一切的一切。我爱你,这就足够了。其他的都不过是诗。

---

1 超醇万宝路,世界名牌香烟。
2 为了你……这段诗完整地引自马科斯诗集《诗与歌》中的《碑铭》。

第十一章

 自从几乎是从清晨科连特斯警察总局办公室的门朝公众打开以来,阿马波拉和埃丽萨一直就坐在寂静的角落里一条铁靠背椅上安安静静地等待着。她们看到那些不知名的人转过脸来,有的要更新驾驶执照,有的要付罚款,有的要申请唱小夜曲许可证,有的是来买财务报表或申请张贴广告许可。

 阿马波拉用她颤抖的手指一遍遍地捋着在圣弗兰西斯科修道院求来的祈福念珠,同时向那儿的卡亚古佩[1]圣母提出种种恳求,并许下许多愿。

 将近中午的时候,埃丽萨觉得饿了,她问阿马波拉是否想吃点东西,她那位头上包着黑头巾寡妇舅嫂摇了摇头,只顾不停地低声祈祷。

 那时,埃丽萨站起身来,穿上水貂皮外套,又把在豆丁网上买来的旺多姆广场[2]上的卡地亚包挎在肩上,将刚才读着的贝娄[3]的小说放在铁靠背椅上,并嘱咐阿马波拉给她看好位子。

 尽管有冬日的太阳照耀着,但是街上风却很大。埃丽萨本能地把外套的领子竖起来,并且戴好手套。她两手插在口袋里,迈着轻盈的步伐走

---

1 卡亚古佩,亚松森附近的一座圣殿。据传这是 16 世纪圣母显灵的地方,至今每年 12 月都在那儿举行节日纪念活动,成千上万的人到那儿祭拜圣母。关于圣母显灵的传说,见 E. 格里格恩的报告。见 http://www.corazones..org/maria/america/paraguaycacacupe.htm. 与这个传说相对的是,卡亚古佩镇(此词为标准的瓜拉尼语)在三国同盟战争期间是最后一个武器生产中心。
2 旺多姆,巴黎漂亮的时尚广场。
3 索尔·贝娄(1915—2005),美国小说家,1976 年诺贝尔文学奖获得者。

在大街上，那条街是通往市里旧剧院一侧的。她去了四子棋酒吧[1]，是美国人开的，卖快餐，距警察局只有两个街区。四子棋酒吧对面是名人陵墓[2]，那里长眠着科连特斯的英雄们和某些在流亡中死去的邻国名流，他们在长眠中做着永久的梦。在陵墓的石头台阶上，一些赤脚的吃白食的人[3]在叫卖从日本走私来的手表。

埃丽萨进了四子棋酒吧，要了三明治和咖啡要打包带走。人家给她发了一个号，她等了很久，因为那是市中心公务员偏爱的酒吧之一，顾客挤得满满的。一些老客户不停地用好奇的目光望着她，也是因为在一个平常的中午穿着那件水貂皮外套太显眼了。这有点使她感到不是滋味。由于她认为在南方不会老是那么冷，所以就导致考虑不周没有带别的衣服。她终于拿到了一位穿制服的女工从柜台上递过来的午餐。埃丽萨问那儿有没有电话，那位服务员给她指了指酒吧的尽头。埃丽萨往电话里放了几枚硬币，拨了家里的号码。当甘特立即接了电话时，她轻轻地舒了一口气。埃丽萨告诉他还没有消息，接着问了他跟冈萨雷斯将军会面的情况。太棒了！甘特对她说。埃丽萨笑吟吟地挂上了电话。显然，从丈夫的声音里可以听得出他很高兴，在等着好消息的到来。你们马上带着孩子回来，甘特说，不要停下来买东西，这里有香槟酒。

埃丽萨带着午餐走出四子棋咖啡馆。她明知道咖啡会变凉，但她还是毫不犹豫地先穿过了通向陵墓的大街。那是一个法国化的陵墓，上世纪

---

[1] 四子棋酒吧，读者在这儿可以看到，一个合谋的眨巴眼睛和一个重要的暗号都可以让巴拉圭人深刻地理解小说的内容。就是说，这个虚拟的科连特斯城的四子棋酒吧在亚松森有一个真实对应的四子棋酒吧，这就会让了解这件事情的读者联想到，所有在小说里发生的事情都是同时在巴拉圭和阿根廷发生的事情。也正是由于这一同时性，这种事情也同时在整个拉丁美洲和世界范围内发生。四子棋酒吧坐落在帕尔马大街和智利大街的交汇街角处，至今在巴拉圭首都市中心经营传统的巴拉圭餐。

[2] 名人陵墓，又一次把科连特斯城一个虚构的陵墓跟亚松森四子棋酒吧附近实际存在的国家陵墓相对应。

[3] 吃白食的人，这里用的是"家雀"一词。在西班牙文中，常常把这种活动在街巷里的小鸟跟流浪在亚松森大街上乞讨的土著孩子联系起来。

由一位意大利建筑师根据耸立在圣热内维埃夫[1]巴黎一座古老山丘上的陵墓模式设计的。如今,它被巴黎志愿者的油漆刷胡乱地涂成了一片灰色,但穹顶上浪漫的十字架却依然潇洒地指向冬日的天空。埃丽萨登上了台阶。高大的带条纹的厚木门装饰着巴洛克式的阿拉伯图案,此时完全敞开着。两个身着漂亮制服的非常年轻的士兵在那儿站岗,还燃着一支还愿火把。门洞里阴暗处散发出淡淡的燃烛的气味。一对穿着艳丽服装的旅游者在用葡萄牙语唠叨着那些雕像的历史意义,或者是在评论主祭坛上圣母蓝色的服装。在陵墓的中央,恰恰就在穹顶之下,有一个椭圆形的墓穴。

这里躺着"祖国的奠基人",埃丽萨想,所有的人都躺在更确切地说是由他们的母亲重建的国家(联邦,巴拉圭,东方地带[2])里!这儿的女居民的遗骨在哪儿?你已经看到了[3],女士朋友,祖国已处于烈火之中。请把你的目光和无水的坛子、磨钝的犁杖和额头的汗珠传给我们。烈火中的女居民,双手透明的女人。你们的儿子们留在了战场上。你们的眼睛里有月亮和未落下的眼泪。我们多么希望一个新时代的闪光的子宫成为你的躯体。痛苦的女居民,沉默的女居民。你还要继续佝偻着身躯、走在漫长的流浪之路上。你不要忘记,我们歌唱,为的是让你不要忘记从倒下的英雄手里把旗帜带走。请你记住,我的女士朋友,战争胜利了,我们都是流血的胜利者。请听我们讲,姐妹,种子是可繁殖的,因为我们都在地下等待着。

埃丽萨把饭包和手套放在墓穴边上,但是没有脱下外套,因为室内

---

1 圣热内维埃夫,巴黎的一座小山。巴拉圭的国家陵墓的确是由意大利建筑师亚历山德罗·拉维萨参照巴黎的先贤祠设计的。巴黎的先贤祠是埋葬巴黎革命英雄的陵墓,位于圣热内维埃夫山附近。见《四十三个地方:亚松森》,http://www.43places.com/places/view/104441/asuncion-paraguay。

2 东方地带,指巴拉圭河、拉普拉塔河和大西洋之间的地带。

3 你已经看到了……这是马科斯《诗与歌》中的《致女居民》的原诗,见诗集第16页。

还是比室外冷,在外面至少有太阳晒着,空气也比较干燥。她把双肘支撑在墓穴毛石栏杆上,看了看下边堆积在一起的墓穴里的那些棺材。每个棺材都有一个铜牌,上面写着死亡的英雄的名字,不过埃丽萨一双绿色的大眼睛高度近视。她知道在躺在那儿的英雄们之间,有两个巴拉圭人。一位是自由党总统欧塞比奥·阿亚拉[1]博士,他在查科战争中领导了这个国家,并为他的人民收复了差不多像加利福尼亚[2]大小的大片领土,但是他死去了,并且在流亡中继续死亡[3]。埃丽萨从她的包里取出眼镜戴上,打算看看那些铜牌上写的名字。她终于看到了另一个巴拉圭人的牌子,弗朗西斯科·索拉诺·洛佩斯[4]元帅,他的尸体跟哥伦布[5]一样,埋葬在两处墓地[6]。

亚松森市政当局愤怒地要求洛佩斯元帅的真身尸体葬在国家陵墓。这位元帅是在1870年巴拉圭最北边的战场上阵亡的,当时他的遗孀埃丽萨·林奇[7]夫人立刻就在当地埋葬了他,为的是避免那些巴西游民亵渎他的尸体。60多年之后,他被推定的尸骨被挖出来,重新隆重地安葬在亚松森陵墓。但是,到了1970年代,一个由一位加泰罗尼亚考古学家率领的欧洲耶稣会信徒科学考察组[8]对亚松森的骸骨进行了一次仔细的评估鉴

---

1 欧塞比奥·阿亚拉,巴拉圭国务活动家,1921—1923年和1932—1936年任巴拉圭总统。他在一个陵墓的下葬是假的。开始他葬在激进爱国联盟陵墓,后来在1970年被挖出火葬。见R.阿马拉尔:《巴拉圭的锻造者》,第53—54页。
2 收复了……像加利福尼亚大小的土地,实际上,在查科战争中,收复的土地差不多只有加利福尼亚大小的一半,但这并不影响巴拉圭胜利的重要性。
3 在流亡中……作为争辩的牺牲品,阿亚拉被流放到阿根廷,并且在流亡中去世。
4 弗朗西斯科·索拉诺·洛佩斯(1827—1870),巴拉圭国家元首卡洛斯·安东尼奥·洛佩斯的儿子,后者继承了父亲的总统职位,从1862年专横统治这个国家直至去世。在他执政期间最重要的事件是灾难性的三国同盟战争,最后他自己也死于这场战争的塞罗科拉战役。
5 哥伦布埋在两处墓地……哥伦布1506年去世,被葬在塞维利亚,但是他的遗骨1542年被迁葬到西班牙岛的圣多明戈大教堂。
6 两处墓地,这个洛佩斯的遗骨可能埋在两处墓地的想法是作者的一种杜撰,为的是支持小说情节在科连特斯城的展现。实际上,可认为洛佩斯的遗骨葬在亚松森的国家陵墓,尽管按照作者的说法对这一说法的真实性有时会出现分歧。
7 他的遗孀埃丽萨·林奇……这里说林奇夫人是遗孀是广义上的,因为林奇和洛佩斯根本没有结婚,此事更加刺激亚松森上流社会爱散布流言蜚语的人。
8 这个科学考察组以及和巴拉圭政府当局的争论完全是作者故意杜撰的。

定,并对发生最后一次战斗的巴拉圭北方的塞罗·克拉地区进行了勘察,之后得出的结论是那些骸骨是一个印第安女孩的。经过三年的艰苦寻找之后,最先进的人类学化验分析证实了新发现的骸骨才是真正属于元帅的。巴拉圭政府当局把这次科学发现评定为没有爱国心的侮辱行为,赶走了那些耶稣会信徒,扔掉了他们的显微镜和骸骨箱。参加了耶稣会信徒的科学考察组的西蒙·卡塞雷斯先生在他大主教管区的陵墓为洛佩斯的遗骸提供了暂时的栖身之地。

埃丽萨知道,1870年3月1日[1],总统元帅变成了在罗斯福[2]和死在跟敌人战斗岗位上的阿连德[3]总统之前美洲历史上唯一的国家元首。洛佩斯是率领着他的衣衫褴褛的士兵战斗时死亡的。那些士兵大多是化装成老虎[4]的孩子和妇女,他们已有五年反对世界上最大的帝国的历史,为抗击维多利亚王朝[5]而居住在那儿。与祖国共存亡!他们在被致命的子弹击中时这样高喊。他们的喊声似乎至今仍旧回响在这寂静冰冷的石墙之间。请听听玻利瓦尔的声音[6],他说:祖国就是美洲[7]。让

1　1870年3月1日:洛佩斯在塞罗科拉死亡的日期。
2　富兰克林·德拉诺·罗斯福(1882—1945),从1932年起直至去世的美国总统。在第四个任期刚刚开始时死于脑溢血。当时第二次世界大战尚未结束。
3　萨尔瓦多·阿连德(1908—1973),从1970年开始直至去世的智利总统。在皮诺切特发动政变期间在保卫总统府时自杀。在这次反对外部敌人的斗争中,包括阿连德,有三位国家领导人捐躯。据了解,政变得到美国中央情报局的支持。
4　化装成老虎……此处化装成老虎的形象不影射三国同盟战争的任何历史方面。这是作者带有诗意的杜撰,为的是跟小说中其他地方涉及的老虎或美洲虎相联系。
5　抗击维多利亚王朝,又一影射在历史学家之间有争论的巴拉圭的说法:维多利亚女王的英国在战争中支持三国同盟,因为洛佩斯的巴拉圭被视为英国扩大商务贸易的障碍。有关情节的精辟论述见安德烈·甘特·弗兰克的著作《拉丁美洲的资本主义和欠发达》(1967)和莱昂波美尔的《巴拉圭战争:大交易》(1968)。如上所述,相反的论述见巴西历史学家弗朗西斯科·多拉蒂奥托的研究成果:《被诅咒战争:巴拉圭战争新史》(2002),第19页等。
6　请听听玻利瓦尔的声音……引自马科斯诗集《诗与歌》中的诗《洛佩斯,I》,诗集第21—22页。
7　玻利瓦尔……祖国就是美洲:西蒙·玻利瓦尔(1783—1830)争取拉美独立的先驱主要人物,他一直渴望创建一个大国家,这个国家包括所有自由解放的领土。据很多消息来源,当看到这个梦想破灭的时候,他说:"我做了徒劳无功的事。"见S.达姆布罗西奥的报告,www.monografias.com/trbajos5/simon/simon.shtml.

马蒂[1]的鳄鱼从高贵的江河[2]里游来吧。让印第安人华雷斯[3]骑着善走的骡子到来吧!让苏克雷[4]披着星星、带着歌声下山来吧。让米兰达[5]的枣红马的圆形蹄甲嗒嗒地响吧。让奥希金斯[6]把电闪召唤到英雄愤怒的额头上来吧。被劈开的村镇的一片土地上,圣马丁度过着流亡的夜晚[7]。高大的当代耶稣会信徒[8]在向永恒的太阳致敬。而林肯的祖国忘记了昔日流血的商队[9]。永恒的阿蒂加斯的咽喉,如今变成了轰鸣的大炮。我年幼的美洲,无祖国,毋宁死[10];没有东方祖国[11],毋宁死。在桑地诺[12]山上,有步枪和起床号,音乐和十字架。一个骑士在一片尘土飞扬中靠近来,响着嗒

---

1 马蒂的鳄鱼:何塞·马蒂(1853—1895),古巴作家和国家立运动的主要领袖。鳄鱼的形象涉及的事情是古巴的样子与这种爬行动物相似,因此地理形象具有诗意地适宜于在这一段文字里表现出泛拉丁美洲主义的解释。另一个细节,这件事从传记的角度讲,同样支持这种解释:马蒂尽管是古巴人,但他在纽约却是任巴拉圭领事。(见 correo electrónico de Marcos,3 septiembre 2011。)
2 高贵的江河:祖先们的江河。
3 印第安人华雷斯:贝尼托·华雷斯(1806—1872),土著萨波特卡人,1858—1862年任墨西哥总统,从1867年起直至去世再次任墨西哥总统,是墨西哥抗击1862—1867年法国干涉的领袖。
4 苏克雷:安东尼奥·何塞·德苏克雷(1795—1830),玻利瓦尔的同盟者,厄瓜多尔和玻利维亚独立斗争的领袖。
5 弗朗西斯科·德米兰达(1750—1816),委内瑞拉独立斗争的领袖,尽管到了暮年被许多跟他政见相同的人和玻利瓦尔摈弃。
6 贝尔纳多·奥希金斯(1776或1778—1842),智利独立运动的杰出人物。
7 被劈开的村镇的一片土地上,圣马丁度过着流亡的夜晚。尽管在争取拉丁美洲独立的斗争中,圣马丁的作为是不可或缺的,但在独立运动中,他却遭到了内部的仇恨,因此到了生命的最后几十年,他甘愿流放到欧洲生活。
8 高大的耶稣会信徒……这里"高大的"这个形容词具有双重意义,既指卡塞雷斯的身材高大,又指耶稣会信徒在殖民时期巴拉圭的历史作用。
9 而林肯的祖国忘记了昔日的流血商队……在亚伯拉罕·林肯(1809—1865)任总统期间(1861—1865),通过可怕的美国血流成河的内战,废除了奴隶制度。但是在随后的几十年里,美国企图奴役拉丁美洲,那时便忘记了那份以高昂的代价获得的正义的遗产。
10 无祖国,毋宁死,这是拉丁美洲历史上表示反抗的共同呼声。比如切·格瓦拉在1964年12月11日联合国大会上结束他著名的演讲时,就高呼了这个口号。乌拉圭图帕马罗造反者也经常利用这一口号,这些游击队明显地受到阿蒂加斯的启发和鼓动。
11 东方祖国,指东方地带,即今天的乌拉圭,阿蒂加斯曾为这片土地的独立而战斗。
12 塞萨尔·奥古斯托·桑迪诺(1893—1934):尼加拉瓜游击队和政治领袖,反对美国对尼加拉瓜的军事占领。

塔的马蹄声。那是萨帕塔[1]！穷人的兄弟，人民杰出的首领。这些英雄是来传送他们预言的声音，超凡的声音[2]，严厉、残酷、毫不留情的遗嘱的声音。他们保护着人民的弗朗西斯科和人民的索拉诺的脊背免受损伤，而与此同时，洛佩斯则为我们所有人的祖国的事业心急如焚，为你的祖国，为我的祖国。你，塞罗·克拉，赤身裸体走在历史深渊的大街上。已往的高温的子午线变成了暴风雨。3月1日那些人倒下了，他们就是要为你献出生命。而他们是在祖国战死的那天[3]找到了生命。伟大的祖国！明天我们将是一个自由的、团结的美洲。西班牙黄金世纪，洛佩·德维加的时代[4]出现了新的艺术形式：幕间喜剧。他表现了整个美洲微弱的抗议的声音；表现了贸易的到来改变了我们的人生节奏和面貌；表现了利剑带着金钱和腐朽到来了；表现了太阳随着死亡、死亡、死亡[5]变得毫无价值。

埃丽萨想象不出那些阿根廷被诉讼[6]的将军在马尔维纳斯群岛或别的战场上是如何阵亡的。阿亚拉和他的自由党同伴何塞·菲利克斯·埃蒂加里维亚也是光荣地为祖国而生、为祖国而死的。不错，他们是为打赢一场

---

1 埃米利亚诺·萨巴塔（1879—1919），1910年墨西哥革命起义军的主要领导人之一。
2 超凡的声音：就是说，在这种声音里，语义效果被语音的效果所替代或者被消除掉了。马科斯解释说，这是他的一种独特风格，"无法按字面翻译，应该以发音为引导，而不是以词的本义为引导。这里只有发音的意义，而没有词的本义。"（见 correo electrónico de Marcos, 3 septiembre 2011。）
3 他们是在祖国战死的那一天……这是弗朗西斯科·索拉诺·洛佩斯说的一句话，据说，他在死亡的时候高喊："我跟我的祖国一起死亡。"
4 这里的洛佩的时光是用瓜拉尼语的句法方式表示的。
5 死亡、死亡、死亡……对三国同盟战争中巴拉圭人口的死亡率，各种估计差异很大，有说是70%，有说是85%，但是，即使按最低的估计数，毫无疑问对这个国家也是一场大灾难。见F.多拉蒂奥托《被诅咒的战争：巴拉圭战争新史》，那儿有对死亡率各种估计概述。
6 诉讼，1970和1980年代阿根廷军政权用来委婉地涉及他们镇压活动的说法。

反对新帝国[1]的战争献出了自己的生命。但是，埃丽萨为那位最早的元帅感到一种神秘的罗曼蒂克的同情。这不仅仅是因为他从巴黎的沙龙里带来了一位眼睛跟她一样绿的爱尔兰夫人[2]（这是她偶然发现的，因为甘特从来不跟她讲历史），而是还因为那个大胡子的美洲虎目光中燃烧着一种如此忧伤的火焰，即使达盖尔银版照相机都没有把这种火焰变成淡黄色。那个美洲豹留下了一个迷人的神话，它既可说是天使的神话，又可说是魔鬼的神话；天使是温柔的，魔鬼是凶残的；天使是天主教的，魔鬼是异教的；天使是世界主义的，魔鬼是野蛮的；天使是纯洁的，魔鬼是邪恶的；天使是不近女色的，魔鬼是喜欢繁衍的；天使是酒神节的，魔鬼是阿波罗神的。这类拉丁美洲舞台上的英雄和反英雄，北方的历史学家们是难以准确无误地划分清楚的，因为这打破了他们唯一依照文字本身判定善者和恶者，文明人和野蛮人[3]的理念，那是他们图书馆里的见解和对书本的迷信。那些聚集在那儿的骨灰（当然了，有的是他们的，有的不是他们的），还没有完全安息。

---

1 新帝国，这里意指不管是在查科战争中还是在三国联盟战争中，巴拉圭都是帝国主义野心的猎物。所谓帝国主义的野心是指英国扮演的角色和美国俄亥俄美孚石油公司给玻利维亚人的支持，因为他们认为在查科有石油储藏。当然，对上述俄亥俄美孚石油公司作为的解释是有争论的，因为玻利维亚的辩护士们总是提出相反的论据。但是，毫无疑问，是美国的企业在某种程度上导演出了这种分歧和冲突。见R.C.约翰逊：《大查科战争：为安第斯山麓的海市蜃楼而斗争》，http://worldatwar.net/chandelle/vl/vln3/chacohtml。

2 爱尔兰夫人，指历史上的埃丽萨·林奇。

3 文明人和野蛮人，指萨米恩托的名著《法昆多》（作品的全名为：《文明和野蛮：胡安·法昆多·基洛加的一生》）。这部著作适宜对摩尼教对拉丁美洲现实的解释，当时在美国某些历史学家之间非常风行。见哈伯特·赫林的名著：《拉丁美洲历史》（1977），第619—21页和650—55页。萨米恩托著作的基本态度是支持文明力量，而对出现在法昆多著作中的标志所谓的拉丁美洲野蛮感到遗憾。请注意萨米恩托引用的法昆多的外号："平原之虎"（见第二部，第一章），这在小说中美洲虎的花纹上有明显的反应。

我们从这儿¹歌唱你们,以你们的名字歌唱祖国。你们的名字是勇敢而光荣的同志的名字。从这儿到深渊,我们都在用话语、用音乐歌颂你们。你寡妇的话语是号角的声音,是《大黄蜂》²,是颂歌,是岗哨。我们同时在呼喊。同样的一个太阳照耀着我们诞生,就在这儿,在历史的这一页。塔拉韦拉³,战斗的诗人。 我们属于同一个火热的血统。祖国是一首永无终结的诗,没有时间的限制:我们永远不会忘记你死亡的诗,也不会忘记诗的天天死亡。你仅存的一只眼睛⁴注视着一个握紧的拳头。你是坚强者的榜样、驳船、夜晚、强行登船⁵。航行家族的民兵们,前进!子弹呼啸在你的身后,你身体的一侧在流血。伊格纳西奥·赫内斯⁶,英勇的战士们。

---

1 我从这儿歌唱你们,以你们的名字歌唱祖国……这首诗引自马科斯诗集《诗与歌》中的《洛佩斯,II》,见诗集第 23—24 页。但是在引用在小说中时,作了五处较大的改动。比如第一处改动,原诗为:"我们是你血管奔腾的热血,被剥夺者向你走来。"小说中改为:"我们是你血管里奔腾的热血,是被剥夺者林奇格瓦拉的基因。"再如第二处改动,原诗在"你们像人民那样是胜利者"之前还有一句诗:"何塞·埃杜文基斯·迪亚斯,你是战士。"第三处改动是:原诗"你们像人民那样是胜利者,三位一体像是命运,你去那儿为的是作个铁的天使。"在小说中改为"你们像人民那样是胜利者,像圣父、圣子、圣灵那样三位一体。他们走了,为的是变成坚强的天使。"第四处改动是:原诗的"将军昼夜跟你在一起"小说中改为"堂塞昼夜跟你在一起"。第五处改动更大:原诗中的"永久的伙伴们,我们将跟你在一起,就像现在这样,在混血的库鲁派蒂之战中,流血,重生,三位一体的窗户朝初升的太阳敞开着,在那儿,新人……"小说中改为:"永久的伙伴们,我们永远在一起,就像现在一样,像一个混血的库鲁派蒂之战的勇士,一只美洲虎,一个复活者:阿蒂加斯、迪亚斯和弗洛雷斯。何塞三位一体的窗户朝初升的太阳敞开着。在他的后面,是新人……"详细的叙述这些改动大概要写一篇文章,而且这篇文章要让学者们懂。这里可以说的是马科斯似乎要在诗中放大洛佩斯的形象,以便包含一个集体的"你",也就是这个"你"是由几个历史人物组成的,一个归根结底是跟全拉丁美洲人民和读者休戚相关的"你"。
2 《大黄蜂》,瓜拉尼语一种报纸的名字,三国同盟战争期间它传播巴拉圭的理想。
3 塔拉韦拉,即纳塔利西奥·塔拉韦拉,以前曾提及过,除诗人之外,还是《大黄蜂》的出版者。
4 你仅存的一只眼睛……这里的"你"是指战斗指挥官伊格纳西奥·赫内斯,这次战斗下面还会描写。他在这次战斗中失掉一只眼睛,因此说他是仅存一只眼睛。(见 correo electrónico de Marcos, 11 septiembre 2011.)
5 驳船、夜晚、强行登船,这里是指巴拉圭人1868年三国同盟战争中乘船勇敢地夜袭巴西海军舰队。尽管这次夜袭失败,大部分巴拉圭战士阵亡,但是在乌拉圭却一直为伟大的英雄主义的榜样为人们所记忆。见 R. 阿马尔:《巴拉圭的锻造者》,第299页。
6 伊格纳西奥·赫内斯,乘船夜袭巴西海军舰队的指挥官。

在战斗中，我们是你的保护者。你的手艰难地握了起来[1]。我们是你血管里奔腾的热血，是被剥夺者林奇[2]格瓦拉的基因。你的为大众所喜欢的脸上缺少一只眼睛，因为你在看。夜间的独眼巨人，你是我们的朋友[3]：你真诚地看着我们，就像土地那样。你们像人民那样是胜利者，像圣父、圣子、圣灵那样三位一体。他们走了，为的是变成坚强的天使。今天你们是库鲁派蒂[4]之战的勇士，我们就在一起。堂何塞[5]昼夜跟你在一起。因为希望、最后的努力、白日和节日的到来，都在你的身上。永久的伙伴们，我们将永远跟你在一起，就像现在一样，像一个混血的库鲁派蒂之战的勇士，一只美洲虎，一个复活者：阿蒂加斯、迪亚斯和弗洛雷斯！何塞三位一体的窗户朝初升的太阳敞开着。在它的后面，是新人，是欢愉，是正确的决策，是岩石的价值，是水的边界和夏日。以弗朗西斯科、索拉诺和洛佩斯的名义，愿事情就是如此！

　　修道院的钟声让她从沉思中清醒过来。埃丽萨看了看她的与提包相配的卡地亚袖珍手表上的时间，一边急急忙忙地穿着外套，一边朝修道院外面跑去。当她飞快地在门厅的卫兵前跑过时，发现那些卫兵的制服是属于骑兵的华丽服饰。于是她不可避免地想到了高贵的冈萨雷斯将军，他身

---

1 你的手艰难地握了起来，根据马科斯的说明，在这个句子里，"艰难地"具有双重词义，及是副词，又是动词。（见 correo electrónico de Marcos, 11 septiembre 2011.）
2 林奇格瓦拉基因，这里带有文字游戏的意味，因为西班牙文"基因"这个词，在小说中既作了一位英雄的姓，又做了生物学上的基因。
3 你的为大众所喜爱的脸上缺少一只眼睛，因为你在看，夜间的独眼龙，你是我们的朋友：正如我们在上面刚刚看到的，赫内斯在乘船夜袭行动中失去了一只眼睛，这件事变成了多维度的诗的形象。
4 库鲁派蒂：1866 年的库鲁派蒂之战是三国联盟战争中巴拉圭取得决定性胜利的一役，这被认为是巴拉圭运气的高峰，此后形势便急转而下，逐渐恶化，直至彻底失败。这里的库鲁派蒂一词是标准的瓜拉尼语。
5 堂何塞：这个名字在这儿同时涉及巴拉圭三个重要的历史文化人物：何塞：塞瓦西奥，乌拉圭独立的领袖，暮年生活在巴拉圭；何塞·埃杜维赫斯·迪亚斯（1833—1867），库鲁派蒂胜利之战的指挥者，他后来的去世对巴拉圭的事业是严重的打击（见《巴拉圭历史词典》，第83—84页）；何塞·亚松森·弗洛雷斯，巴拉圭作曲家和瓜拉尼歌曲的引入者，这种音乐形式具有深厚的民族之根。

居省最有权势的别动队中，却跟一个无政府主义的理发师结下了始终不渝的友谊，其中的缘由也许永远不为人所知。

当埃丽萨一溜小跑呼哧呼哧地喘着气从老剧院的一侧下来时，行人们都露出惊讶的目光为这位疾步如飞的绿眼睛穆拉托美女让开一条道，她的水貂皮外套在空中飘荡着闪闪发光。此时埃丽萨还在想，刚才她脑海里的那个谜语只能在修道院的骨灰盒里找到，然而尚未意识到，她把自己的午餐包忘在修道院里了。

远远地她就看到了阿马波拉，后者用索莱达的毛毯一直裹到脖颈站在警察总局的门口。随着她有气无力的走近，她便听到了阿马波拉那凄惨的撕心裂肺的喊叫，看到了她那歇斯底里的变形了的面孔以及她那难以补救的手指无限温情地抚摸着那口大约六尺长的粗糙的木棺材，棺材的边缘已经严严实实地封闭起来。随着她有气无力的走近，她便听到了阿马波拉那凄惨的撕心裂肺的喊叫，看到了她那歇斯底里的变了形的面孔以及她那难以补救的手指无限温情地抚摸着那口大约六尺长的粗糙的木棺材，棺材的边缘已经严严实实地封闭起来。随着她有气无力的走近，她便听到了阿马波拉那凄惨的撕心裂肺的喊叫，看到了她那歇斯底里的变了形的面孔以及她那难以补救的手指无限温情地抚摸着那口大约六尺长的粗糙的木棺材，棺材的边缘已经严严实实地封闭起来。[1]

---

1 重复是原文如此。——译者注

第十二章

"比如说， 这首小诗，题目叫《卡斯帕尔·豪瑟尔》[1]，他看到大雪纷纷扬扬地落在光秃秃的树枝上[2]，凶手的影子出现在半明半暗的前厅里（乔治特·拉克尔）。我看见他带着邪恶的目光来了[3]。我听到他口袋里的手铐叮叮作响。他腐烂的刽子手的湿气将我熏倒。鸟儿还在清晨中歌唱。你看到了吧？索莱达把她喜欢的诗抄在这个笔记本上。由于有些诗是德国诗人、法国诗人、意大利诗人的，我问她为什么不把它们翻译出来。她说没有必要，因为都是些格言诗体意译作品。同样的问题也出现在我们的双重语言制上。"

安葬了索莱达之后，埃丽萨留下来在贝罗尼卡和她祖母住的小房子里喝咖啡。小房子石灰粉刷的四壁曾经是白色的。屋子里没有暖气，但是呼吸很舒畅。贝罗尼卡放了一盘磁带，磁带上是索莱达用她的吉他为她录的一首歌曲，歌曲的名字是《远离》[4]：你的头发像时令色特质的瀑布，当露水降临的时候，愁思便浓浓地浸入你的心扉。好像你不像是你，而是

---

1 卡斯帕尔·豪瑟尔，欧洲19世纪的报纸证实了卡斯帕尔·豪瑟尔的奇怪事件：他是一个少年男孩，在1828年被交给了德国纽伦堡当局，其身世混乱不清，曾成为世界最有名的神秘事件之一。尽管他身上带着两封隐义的信件，他的真正来历却继续神秘难测。此事引起了多方争论。后来在有影响人物的保护下将他置入社会，但是年纪轻轻就死于自伤，或者据他说，是一位陌生人伤害了他。

2 他看到大雪纷纷扬扬地落在光秃秃的树枝上……引自奥地利诗人乔治·特拉克尔（1887—1914）的诗《卡斯帕尔·豪瑟尔之歌》（1915）。

3 我看见他带着邪恶的目光来了……引自马科斯诗集《诗与歌》中的《自由之诗》，见诗集第76页。

4 《远离》，引自马科斯诗集《诗与歌》的一首完整的诗，见诗集第15页。原来是创作的一首歌（1970），由米托·塞盖拉作曲。马科斯曾跟塞盖拉数次合作，这是第一次。（见correo electrónico de Marcos，11 septiembre 2011。）

你的影子。你的皮肤已是对奇妙回归的忘记。南方的星星静静地死去了,那古老的对死者怀念的三桅帆船。目光,美妙悦耳的声音都留在你的心灵里。秋天正在用它的眼睛朝着风哭泣。请让我记起你,记起你原来的面目。这首歌让贝罗尼卡想起了她的弟弟阿尔贝托,那只可怕的天蓝色美洲虎,他用那柄从他嘴里伸出来的双刃剑(就像圣胡安在基督教《圣经·新约》[1]末卷里说的或没说的那样)杀死了他的父母。

"这是很显然的,埃丽萨。好像在最后的日子里,索莱达想的是将会放逐她。上周她在要洗的衣服里带给我的诗写的是放逐、旅行,甚至是长期流放以后的归来。诗就在这儿,你看。诗稿有点弄皱了,但看得出是她的字体。你读读吧。要过很久以后我才会重新读它们了。"

此刻是前夜[2]。我们要让所有的活力和朝气以及真正的温情全部流向我们。当黎明到来的时候,我们将怀着火一样的耐心,走近光辉灿烂的城市(亚瑟·兰波)。你将不得不忍受长期的悲伤[3],一种阴郁的孤独,一种被围困的狂躁。你将必须适应潮湿中的寂静,适应纹丝不动的窗户,适应无人占用的空床。你将不得不放弃你逛街的爱好。你再也见不到喧闹的计程车,再也见不到行色匆匆的路人。你将不得不对这种窝火无可奈何。你将如一颗被遗忘的钉子那样钉在那儿慢慢地锈蚀。也许不是永远。也许

---

1 就像圣胡安在基督教《圣经·新约》末卷里说的和没说的那样:这里所讲的内容,我们在前面涉及的《圣经·新约》末卷第二章的几个段落已经见到了。在第12至第15段,讲到基督复活,称带着一把"双刃利剑"严厉斥责佩尔加墨城的一些偶像崇拜者和罪犯。而在第16段,则许诺利用"出自他口中剑"跟这些人搏斗。请注意这儿索莱达的形象跟复活的战胜者基督的形象,以及神秘的蓝虎的形象是相联系的。
2 此刻是前夜……(亚瑟·兰波):引自兰波的诗集《在地狱里的时期》(1873)中的《再见》一诗部分。引文的第三个句子很有趣: "当黎明到来的时候,我们将怀着火一样的耐心,走向光辉灿烂的城市。"1971年巴勃罗·聂鲁达在接受诺贝尔文学奖的演讲中引用了这句话,将它作为演讲词中最中心的比喻。关于聂鲁达的演讲词全文,见http://nobelprize.org/nobel prize/literature/1971/neruda-lecture-sp.himl。
3 你将不得不忍受长期的悲伤:这首诗引自马科斯诗集《诗与歌》中的《大使馆文稿》,只是修改了形容词的性别,以适应修饰女诗人索莱达。

只是一生。一生，你的一生，实际上那不是你的生命。在你无回声的洞穴里，你没有黎明。你呼吸。你那被抛弃的墨汁已经不能写字。一切都是黑暗。你那双没有目光的眼睛不会发现任何东西。让它们去回忆一切吧。你那双无可救药的手已经不会抚摸，已经不是手。不会是永远，但尚未天明。尚有可能一阵风，一个太阳、一张嘴巴将你赦免。你要重新恢复你的名字，得到你的朋友，你的诗，你的血液，你的忙忙碌碌。来跟我一起吧，在这种与亲人隔离的日子里，没有爱你难以活下去。我们一起来把白日之门一扇扇地打开吧。

"在这种谎言、欺骗和伪造充斥的日子里，"贝罗尼卡说，顺便把糖罐递给埃丽萨。"索莱达的行为堪称楷模。她的主角们的消失只能是更加凸显她的赞同者们的人性的宏伟和知识的高远。作为一个世界上的现代人，她是和为解放全人类的各条战线上的战斗和痛苦联系在一起的，同时，她的生存正直、诚实、紧张，宛如一个艺术家。我们希望她的陵墓不是一个大理石的房子，而是一个课堂，一个印刷厂，一张纸，一瓶墨水。我们所有参加6月游行示威的被棍打、被拷问的伙伴们，都希望从'伟大的报纸'上把全部的讣告抹去。那种报纸只是力图提高自己身价，沽名钓誉。"

我们热爱像我们自己一样的东西[1]。我们能够懂得风在沙子上写下的东西（赫尔曼·黑塞）。我们从未见到过那种痕迹[2]，但是我们记得它那无声的习惯的微笑。我们从未握到过那些手，但是它们轻轻的触碰很早就为我所熟悉。我们不熟悉那张嘴巴，但它却把我们亲吻，从遥远的河流，从遥远的记忆。它没有心不在焉地滑进我们的门槛，也没有降低身份，客客气气，独自在它黄昏的时刻，踏上我们私人的楼梯。它没有摆脱它沼泽地孤独闯入者的身份，遵从我们微不足道的日常礼仪。但是它来到了，尽

---

[1] 我们热爱像我们自己一样的东西……引自德国和瑞士双重国籍诺贝尔文学奖得者、著名作家赫尔曼·黑塞（1877—1962）的诗《风在沙上写下的东西》。

[2] 我们从未见到过那种痕迹……引自马科斯诗集《诗与歌》中的《流亡者》，见诗集第37—38页。

管我们不能分享它的语言便携式高音笛,也不能享受它用鼻音回声发出的问候。我们也不会怀疑它那新近警示哮喘般的隐喻。我们要向它张开双臂!它从来没待在过这里!但是,它回来了!那么,毫不奇怪,它的身影将掠过我们的家,掠过从未想到过的角落。晚上它会用它那错误的音节如往常一样跟我们讲话,我们会像冬日难以入睡孩子一样互相交谈,猜测它那些星光之下神秘的寂静中无边无际的足迹。

"索莱达向来反对被称之为'艺术家生活'圈子里的文化体制[1]。在这个圈子里,自吹自擂,争吵不休,对那些平庸无奇的创作和苍白无力的意识修养进行有偿吹捧,这一切构成了最可悲的失败。"贝罗尼卡继续说道。"时间到了,如果她不死,本来是会跟其他人一起肩并肩地挥舞起语言的武器或步枪为人类的自由解放而奋斗的。在我们的国家[2],一个人只要想爱某个人,他就必须是一个革命者,因为就连这么一点,如果不去改变一切,也是无法实现的。一天她这样对我说。有许多次,在我们共同的理想和斗争的日常任务中,她指责我们不知不觉地就陷入到我们一直在抨击的同样的事情上去。"

埃丽萨本来要向她坦诚,在演戏的那天晚上,是她用虎皮伪装成希腊女演员杀死了拉腊因的。她没有来得及救阿尔贝托。没有胆量救索莱达。

你是酒[3],你是诗,或者是美德,随便你是什么好了,但是你要喝醉[4](查尔斯·波德莱尔)。您忘记了一个夜晚,一只手,一道墙。您忘记了您童年的一个幸福的下午。您忘记了一盏灯,一张桌子,一本书[5]。

---

1 这里的文化体制一词为英文,指社会上政治、经济和文化某个领域的精英。
2 在我们的国家里,一个人只要想爱某个人……引自勒内·达瓦罗斯刊登在《见解》杂志上的一篇文章。(见 correo electrónico de Marcos, 11 septiembre 2011。)
3 你是酒,你是诗……引自法国诗人查尔斯·波德莱尔(1821—1867)诗集《巴黎的忧郁》(1869年在他去世后出版)中的《请你喝醉》。关于这位作家的情况,见 http://baudelaire.literatura.com.php。
4 这儿的请你喝醉用的是古西班牙语的第二人称表示法,拉普拉塔河流域的西班牙语这样用。
5 您忘记一盏灯,一本书,一张桌子……引自马科斯诗集中的《流亡者》,见诗集第39—40页。

您忘记了南方遥远的脸庞,沉浸在新的喜欢旅行的习俗之中,朱顶雀、饥渴、村落让您结了一层血统淡薄的友情。它们侵占了您回忆逃亡的空间。音乐、人、忙碌、塑像、无可挽回的缺失、交通信号灯、咖啡的香味、钱币、烟草。现在这儿的一切都涂上了遥远的色彩。但是,当黎明到来、您孤独一人喝您的马黛茶的时候,您似乎觉得一切都没有改变。您认出了您昔日清晨的光辉,感觉它仿佛从来没有离开过您。您厌倦了流亡中的慢慢的腐蚀,厌倦了街上无涯际的静寂,疯狂地渴望回归和呼喊,渴望在另一些生命中经历的酒醉和感情的波动。那时,您怀着平静的乡愁忙忙碌碌,仔细地准备您无声的手提箱。您为出行安排好了一切!在摆放东西的同时,您的目光里洋溢出一种奇怪的微笑。

埃丽萨是第一次看到贝罗尼卡那张像她的红色紧身 T 恤衫里高高隆起的坚挺而曲线优美的乳房一样漂亮的面庞上流下眼泪。

"在我见到她的最后一个晚上,也就是我们在一起的最后一个晚上,也就是那场滑稽表演或者说我们在学校剧院干那件蠢事前的那个晚上,"贝罗尼卡一边呜咽一边说道。"索莱达跟我说的一件事我永远不会忘记。她说:我感到我做的事是实实在在的,也许在我不知道的某一天,某个我不认识或者将来我不认识的人,能够读我的诗,并且跟我感到同样的激动。"

说罢,贝罗尼卡开始嚎啕大哭起来,她的情绪是如此失控,以至埃丽萨一时紧张得不知如何是好,尽管她身上带着几片镇静剂。她坐到沙发上姑娘的身边,拉起了她的手。她看到贝罗尼卡的指甲被咬得那么厉害,有些指甲都进到了肉里呈现出紫色。过了好一会儿姑娘才稍微安静下来,朝埃丽萨苦笑了笑,脸上依然滚着大颗大颗的泪珠。她的脸和脖子都变得又红又紧,仿佛刚参加完一场可怕的体育竞赛。她笑得有点儿害羞,但是她还是用一种非常沙哑的、几乎听不到的声音最后这样说道:

"总之,埃丽萨,也许人心这种强烈而隐秘的渴望比希望更为广阔无际。也许爱比时光更长久。"

即使我们变了，回来也是值得的[1]（塞萨尔·帕韦泽）。过了那么久再归来将是美妙的[2]。怀着喜悦的心情急不可待去拥抱我们的人。看到一切都变了。而且立刻就发现，我们并没有离开。

两个人都不愿在绝望中度过自己的余生。托托·阿苏亚加按时在俄克拉荷马城开了他的夏季课程。胡安·弗朗西斯科·冈萨雷斯继续用铁腕指挥科连特斯的骑兵师。托托从来不搞体育锻炼，而且酗酒、吃肥肉和吸烟。将军除了吸烟之外，没有任何其他恶习。他不喝酒，每天一小时体育锻炼和桑拿浴，经常骑骑马，熟练地开开飞机，体重不超，偶尔解决一下他的鳏夫的问题，也总是用避孕套。托托的身体一直在一点一点儿地腐烂，已经坚持不了多久，精神也逐渐垮了，在图尔萨的外科大夫为他截肢的时候，也在啃咬着他的灵魂。

冈萨雷斯的实情不是这样。就在科连特斯唯一的晚报以令人毛骨悚然的大标题登出的青年诗人索莱达·蒙托亚·萨纳布里亚·甘特追求轰动效应的照片传遍全城的时刻，他开枪自杀了。索莱达的尸体还给了她的家人，死亡的原因被"解释为体内大出血"，尽管她在关押期间受到了良好的照顾，警方综合门诊也尽了最大努力进行了紧急抢救，但是仍没有回天之力。不允许开棺验尸，更不允许尸体解剖。

官方的解释把将军的自杀归咎于冈萨雷斯患有绝症，称此为人所共知。但是，将军的侄女在社会学系向所有人解释，叔叔的死是由于忍受不了索莱达之死给他带来的声誉丢失和羞耻。本来官方是向索莱达的家人许诺她会安全释放的。

---

1 即使我们变了，回来也是值得的……引自意大利诗人塞萨尔·帕韦泽（1908—1950）诗集《苦役》（1936）中的《风光 VI》，又见 E. 阿尔马尼双语文集《二十世纪的意大利诗人》（1973），第 240—41 页。

2 过了那么久归来将是美妙的……引自马科斯诗集《诗与歌》中的《流亡者》，见诗集第 41 页。唯一的改变就是把原诗中的"过了那么多年"改为"过了那么久"。

甘特是多么渴望看一看他的同姓人穿上漂亮制服的飒爽英姿呀，但是棺材已经封好并且运到了省政府大楼2月30号大厅，上面裹着蓝白色的旗帜[1]。冈萨雷斯按照当天下午比格诺内[2]签发的命令死后得到了晋升，并且将举行相应的仪式对师级将军表示敬意。

阿马波拉告诉她哥哥有个理发行会的领导打电话来，说是行会秘书处收到一份骑兵别动队的一份邀请，希望有个人以将军私人朋友的名义讲讲话。请贴上说最恰当的人选就是萨纳布里亚本人，但现在情况变了，应该是他的大舅子讲话，因为他恰巧在科连特斯城。

"他们真是疯了。"甘特大为惊诧地喊道。"我不会讲话，我连足球俱乐部的球迷都不是[3]。"

时间已经不早了。葬礼在下午4点钟举行。官方的送葬人员至少要提前一个小时从省府出发。甘特、阿马波拉和行会领导人决定直接去墓地。他们没有开沃尔沃，而是坐一辆萨纳布里亚朋友的破旧巴西大众牌轿车[4]。在整个尘土飞扬、声音嘈杂的路途中，理发师一直坚持要甘特讲话。他慷慨激昂地陈述着自己的理由，仿佛那是他一生中最重要的日子。阿马波拉几乎不敢用她那双温柔的蓝眼睛向甘特提出这样的要求。

他们在墓地的一侧停了车，徒步向教堂的门厅走去。两边的人行道上挤满了人。一支骑兵小分队和一个乐队照章在圣马丁解放者大道上列队站好，严肃而耐心地等待着举枪致敬和开始演奏贝多芬的葬礼进行曲[5]的

---

1 阿根廷的旗帜大部分是蓝白色的。
2 雷纳尔多·比格诺内（1928），阿根廷最后一位军政权总统。在加尔铁里辞职后接任总统，1983年阿根廷重建民主时退位。据马科斯说，他以侵犯人权罪被判无期徒刑，目前仍关在监狱中服刑。
3 塞罗足球队的球迷。
4 巴西大众牌汽车，外号"甲壳虫"，这个牌号的德国小轿车比较经济，直至1988年也在巴西生产，另一次生产时间是从1993—1996年。
5 贝多芬的葬礼进行曲，这是为一位死去的英雄写的葬礼进行曲，由德国作曲家路德维希·凡·贝多芬（1770—1827）作曲，作为他的1800—1801年"Ab. op .26钢琴小夜曲"的组成部分。

时刻的到来（据大众汽车里的收音机广播说，这是将军最喜欢的曲子，而不是习惯上常用的肖邦[1]的作品）。骑兵师的战士全是些小青年，他们僵硬地紧握着手中上了刺刀的步枪向他们故去的首领致敬，眼泪从某一些战士的脸上泉涌般地流下来。

"见鬼，死者可不是上帝呀！"甘特站在第二排他妹妹和理发师之间评论道。

官方送葬的人终于到了。他们站在灵柩台的后面，灵柩台上摆满了花圈。弗朗西斯科·哈维尔·冈萨雷斯是乘着由八匹黑公马和八匹白母马拖拉的华丽轿式大马车来的[2]，乐队奏乐迎接他，演奏的是布洛赫[3]的乡间田园舞曲。马车由一队士兵护卫着，省长和军事当局以及宗教界头面人物紧随其后。再后面走着的就是团、营部官兵、日报记者、地方长官、社会名流、正规教团和非正规教团人数众多的乐队。甘特记得他委托送了一个花圈，但是一天两个葬礼实在难以应付。另一支乐队开始奏乐了，其中一个小号手吹奏的是巴里奥斯[4]的舞曲。

灵柩台由长长的三人一排的骑兵队伍、冈萨雷斯的女儿们修女学校的女学生和儿子们学校的男学生的送葬队伍护卫着。学生们穿着浆洗得笔

---

1 弗雷德里克·肖邦（1810—1849），波兰钢琴家和作曲家，作为他1839年《B小调小夜曲》的一部分，写出了他著名的《葬礼进行曲》。
2 冈萨雷斯是乘由八匹黑公马和八匹白母马拖拉的华丽轿式大马车来的……这一章的剩余部分，除了叙述小说的关键故事外，就是向巴拉圭作家奥古斯托·罗亚·巴斯托斯（1917—2005）表示无限的尊敬。这位作家的作品《我，至高无上者》（1974）是一部鸿篇巨制，用大量的描写概述了巴拉圭100余年的历史。马科斯引用的一段属于题为"1804"的部分。但是，实际上它具有双重的敬意。因为据马科斯说，他引用的罗亚·巴斯托斯的一段文字也有对《至高无上的独裁者》（1841）那本名著的释义。此部著作的作者是巴拉圭历史学家胡里奥·塞萨尔·查韦斯（1907—1989）。因此，马科斯本人对《甘特的冬天》这一段的描写亦具有"一种第二释义"。（见 correo electrónico de Marcos, 21 octubre 2011。）
3 欧内斯特·布洛赫（1880—1959），瑞士作曲家。
4 巴里奥斯，请注意在甘特脑中逐渐形成的相同性的冲突，而且这种冲突即将到达高潮。这里的相同性冲突表现在为乐队改编或谱写的两种乐曲中：布洛克的乐曲和巴拉圭作曲家巴里奥斯的乐曲。

挺的制服走得是如此庄重,仿佛是要努力做到和那些威武的职业士兵走在一起别显得不协调。看到这种情形,甘特嘟哝道:"萨米恩托说,当多明基托[1]死去的时候,巴拉圭人和高乔人就只有去打仗了[2]。"

在马特营地[3]搭起了四道葬礼拱门。第一道拱门叫流芳百世,冈萨雷斯的棺木就放在那儿,周围装饰着棕榈树和月桂树。整个广场和房舍都飘扬着军旗和三角旗。临近街角处监狱和射击场的阳台上站满了高雅的贵妇人和二三流的贵族绅士。目空一切的游手好闲的二流子们披着斗篷、穿着起毛的紧身坎肩走来走去。夜幕降临,大街小巷、公共大楼和显赫家庭的房舍都变得灯火通明。一串串的焰火腾空而起,在天空和美丽的公主和金牛星公园上方连绵不断地炸开,万紫千红,目不暇接。

阿马波拉和理发师伤心地落泪痛哭。一种毛骨悚然的感觉奇怪地让甘特憋不住想笑出来,但此时他看到了站在安葬仪式前几排的矮胖子省长、萨里亚-基洛加上校拒绝接见的部长们、一大批引人注目的将军,以及一伙文职美国人,无疑都是些外交官和领事,可是其中却没有华盛顿领事。相反,他惊讶地看到了一位主教老先生,此人几乎跟他个头一般高,神态是那样的死板和神秘,犹如是瓜伊拉[4]赭色山间那种蟋蟀争鸣、萤火虫群飞的黄昏。

---

1 多明基托,阿根廷国务活动家多明戈·F.萨缅托之子,在三国同盟战争的库鲁派蒂之役死在巴拉圭军队之手。
2 巴拉圭人和高乔人就只有去打仗了,关于萨米恩托这种见解的来源,马科斯是这样评论的:"我认为这种见解是来自萨米恩托在报纸上发表的一篇文章,或者是来自于我们在筹划1973年的剧本《洛佩斯》时发现的他自己的引文。我没有更多的资料,但是这种见解跟萨米恩托通常的想法很一致。晚年他反常地隐身在巴拉圭,平静地在亚松森离开人世。"(见 correo electrónico de Marcos, 21 octubre 2011。)
3 马特营地:尽管是一个假想的科连特斯城马特营地,马科斯还是相信它的存在,因为在巴黎有一个这样的营地,当他1979年第一次访问这个法国首都时,给他留下了极为深刻的印象。(见 correo electrónico de Marcos, 21 octubre 2011。)
4 瓜伊拉:巴拉圭南部省名和地区名,人口众多,面积3022平方公里,有肥沃的低地和山坡,盛产大量棉花、烟草、茶叶和甘蔗。

那时,他决定答应理发师的请求。

轮到他倒数第二位讲话了。警察围绕冈萨雷斯家族不大的陵墓拉起了警戒线,但是即便如此还是有很多人紧紧挤在了一起,在黑沉沉的乌云下大汗淋漓,直至下起了一场濛濛细雨。

甘特对葬礼的用词毫无概念。理发师用臂肘捣了他一下,要他站到棺材旁去讲话。甘特张开嘴,国家新闻电视台的聚光灯照得他的眼花缭乱,他干咳了一声,想到需要喝口水,接着就开始讲了。

"我叫弗朗西斯科·哈维尔·甘特,我代表冈萨雷斯将军的私人朋友讲几句话。我一生只见过将军一次,但他与我同名。"

他向周围扫了一眼,相信一切讲话开头都要说句俏皮话。但是那些严厉的面孔提醒他他的讲话已经走边了。于是他摆出了经济学家的面孔。

"我不想谈私人的事情,但是我必须指出,冈萨雷斯将军非常看重他同我们之间的友情。也许正因如此,他的朋友要求我来表明对他的忠诚和情谊的感恩。这种感恩就是对他的去世表示真诚的悲伤和哀悼。我要分担他的子女们的痛苦,他们第二次变成了孤儿。我要关心他的亲属、他的同志和足球俱乐部的狂热支持者,因为他曾是这个俱乐部的满腔热情的领导人,在他活着的时候,大家都紧密地团结在他的周围。在这一天,我们全家也都披上了黑纱,永远为此感到悲伤;而也就在此刻,我想对冈萨雷斯将军表示我人之常情的敬意。我深信他为帮助我们做了他所能做的一切。当我在瓜苏营认识他的时候,他给我留下了极为深刻的印象。我认为,凡是怀着敬意记起我侄女的人,永远都不会忘记他。我相信,为了让来这儿出席葬礼的许多人学会某些东西,他们付出了高昂的代价。我完全是以个人的名义讲话,不牵扯理发行会,也不牵扯任何其他组织,更不牵扯你们所知道的我所主持的组织,因为今天上午我已在那儿辞职,为的是重返巴拉圭,看看我能在那儿做点什么。我从来对政治不感兴趣,也不理解政治家们。为了能当上总统和在短短几年内走到哪儿都会为他们奏国歌,他们终生都在作着可怕的牺牲。我觉得，对一个人来说，一个公民感到的更大满足是身处4亿拉丁美洲人之间，而不是当上我们某个小共和国的总统。但是，归根结底，现在我是回到了巴拉圭，因为它是我的祖国。那么，最好我是马上结束我的讲话，不要等到雨下大了。"

　　真的，人们撑开了雨伞，穿好了雨衣，跑到周围陵墓短短的飞檐下躲雨。还有科连特斯足球联盟的代表要讲话。祭九活动[1]连续进行。一场场的斗牛活动。就像在移民区的马战舞一样，骑马人戴着华丽的假面具，伴着合奏的乐曲，合着节拍跳着舞步对牛施以扎刺。40位骑士打扮成撒拉逊人与骑着戴有五彩缤纷饰物战马的印第安人玩火吊环游戏[2]一争高低。战胜者用银刺物把火吊环串在一起带走，带着怀念的激情[3]交给心上人，后者接过小吊环的提端，将它们作为饰物。那时，省长以傲慢的神气懒洋洋地对主教说：永生是一种完全自然的想法，您不认为是这样吗，阁下？主教回以奇怪的微笑表示同意。是这样，省长先生。没有比肉体的复活再美好的事情了，它在同一肉体上创造两次爱。一位几乎是处女的貌如天仙的部长的女儿目不转睛地欣赏着葬礼上的竞赛，探身向省长问道：先生，您说的什么，可以知道吗？肥胖的省长热得喘着粗气说道：没什么，孩子，在如此美丽的葬礼上，感官已经失去了作用，此刻没有任何东西会让你感兴趣。你看，那个手持扎枪的土著人飞奔过来了。一个骑士站在一匹汗水闪闪发光的光背马上，头上插着羽毛，身上刺着花纹，他按照土著

1　祭九活动……从这儿又开始了奥古斯托·罗亚·巴斯托斯名著《我，至高无上者》的一段引文。
2　火吊环游戏：在罗亚·巴斯托斯和查韦斯的文章中，都可以读到火吊环游戏（即第257页注2）。火的变化是故意的，它是整个游戏过程的一部分。这种巴赫金式的狂欢游戏在小说中的描写是非常典型的。就是说，它的预先演说淘气顽皮地变化多端，就像在一场狂欢节上发生的那样。这种对位法的狂欢游戏，在前苏联作家巴赫金的作品中可以读到。
3　带着怀念的激情：这里"怀念的激情"是用的葡萄牙语，而不是西班牙语的错字。这是故意更加和巴里奥斯歌曲的题目相配。巴里奥斯尽管是巴拉圭人，但他把个的题目使用葡萄牙语，为的是抓住歌词"激情的含义"。这在巴西文化中，色彩是非常丰富的。

人[1]的习俗朝省长的贵宾席前进。彗星似的风筝尾巴拖着马飞速地奔驰。那骑士既高大又帅气,站在马上身体笔挺,手里拿着一长串挂在椰子树叶上的小吊环,在空中弯弯曲曲犹如蛇行。没有马缰的枣红马此时放慢了脚步,变成了以舞步前进。它的蹄子并不迎合贝多芬曲子的节拍,而是跟随巴里奥斯舞曲的旋律。它的鼻孔不断地喷出紫红色的热气,有力地向周围扩展出去,两股气流一直冲击到它的肋腹部。风筝朝后方的空中飘荡起来,让省长对那匹神奇的骏马产生了恐惧。又见马头又见美洲虎头,省长气得脸色发青忽地站了起来。他一边高声地呼喊着卫兵,一边在空中挥舞着他的手杖剑。太恐怖了!这个大胆妄为的无耻异教徒是谁!卫兵,到我这儿来!密探,到我这儿来![2]火绳枪手,到我这儿来!军警,到我这儿来[3],到我这儿来!那个半人半马的怪物有两个脑袋,一个人脑袋,一个美洲虎脑袋,他猛然一下子停在了贵宾席前。枣红马用后蹄直立站起,前蹄如爪子一般在空中抓挠着,人形部分从高处弯下来,让手中的蛇形物落在省长的鼻子上。开枪,打手们,保镖们!省长命令道,由于愤怒和恐惧,他的

---

1 这里的土著人是指一个土著民族。在殖民时期,这个瓜拉尼少数民族由于它抵制西班牙人的同化而著名。见B.苏斯尼尼克和M.蔡斯·萨迪合著:《巴拉圭的印第安人》,第120—21页。
2 密探,到我这儿来!这儿的密探一词是由瓜拉尼语延伸过来的。这儿用的是"不作声的脚",而瓜拉尼语则说"光脚",实际上就是斯特罗纳政权下用来监视巴拉圭居民的密探。
3 军警,到我这儿来!军警直译即为"猴头",指的是巴拉圭军事情报的一只精锐部队。这些人头上戴着由大猴皮做成的装饰性头盔。从索尼诺·洛佩斯时代起,包括斯特罗纳政权时期,他们穿着那种豪华的制服充当总统卫队。关于这些人的情况,作者提供了下面有趣的解释。这一解释谈及了小说问世后发生的一件事情:"我满意地率领了2011年3月1日把埃利希奥·阿亚拉总统的遗骨迁移到国家英雄陵墓的临时组织委员会。在那儿我面对国家政府当局和广大民众发表了演说。这一次护卫独裁者的军警陪伴着一位伟大的民主人士、巴拉圭最伟大的总统的遗骨。"作者接着说明了他是怎样节取了罗亚·巴斯托斯这段文字的:"在《我,至高无上者》的那部著名的片段中……罗亚·巴斯托斯……这样写道:'太恐怖了!这个胆大妄为的无耻之徒!卫兵,到我这儿来!密探,到我这儿来!火神枪手,到我这儿来!军警,到我这儿来!'只是把罗亚·巴斯托斯作品中那些像宗教游行穿着长袍的人换成了密探,因为这里的西班牙文密探这个词又有刽子手的意思。我加上军警可直译为猴头这个词为的是增添文字的喜剧色彩,因为这个词在西班牙文里既可解释为猴头,又可以表示对当时卑劣地喜欢迎合的军人的嘲弄。这些人的脑袋很简单,只会单一思考,其他的事什么也想不到。"(见correo elctrónico de Marcos, 21 octubre 2011。)

声音走了调。开枪啊,狗娘养的,快开枪呀,狗娘养的猎枪兵!在突如其来的静寂中省长已经完全不能控制自己,他的声音平静了下来。排射终于爆豆似的响了起来,可以听到子弹尖厉的呼啸声。那个野蛮人在硝烟中露出了牙齿。他的纹身花纹在细雨和开始降临的暗影中放射着磷光。他用那个带刺的棕榈树叶从咽喉到腹部搔挠着自己古铜色的皮肤。他扯下了蜡质假面具,让羽毛和鳞状物纷纷落下,仿佛是一位野生夏娃—基督。他浑身通白,几乎像个白化病患者。白色的皮肤,白色的眼睛。希伯来行者式的乱蓬蓬的长发跟老虎—基督一样。活生生的一个索莱达·蒙托亚·萨纳布里亚·甘特,就是那天上午埋葬在那儿的人,现在竟然出现在这儿了!那是卡伊瓜—瓜拉齐伦人[1]的部族首领—女巫—先知。别让这个女巫活着!省长像一只嗓子嘶哑了的报晓公鸡似的叫道。但是,不管是征服者还是印欧混血儿[2]都对她束手无策。最后,那匹土著人的母马[3]也变成了一匹绿松石色的马。潮湿血红的咽门,象牙犬齿。皮肤上的斑块在满月下闪耀着金属的光芒。科连特斯的主教跪下来向那个令人目眩的幽灵致敬,将他胸前的十字架对着索莱达伤痕累累、闪闪发光的躯体。这个躯体上已经没有了肚脐。省长咆哮着发出命令,狂乱地喊叫,宛如在老虎的咆哮发出的老鼠的尖叫。面对新的一阵排射,裸体女诗人啪啪啪地打起了响指。老虎纵身跃到了惊恐万状的贵宾席上空。此刻它真的变成了大气现象,变成了彗星。它越过河流,朝着东方的山峦消失在天空之中。

---

1 这儿少数民族名字的外文是瓜拉尼语,这个民族是瓜拉尼族的一个分支,当时居住在阿根廷的米西奥内斯省,后来迁徙至巴拉圭瓜伊拉地区。
2 印欧混血儿:此处不是指用这个名字的埃及军人,而是指某些巴西远征探险家。在殖民时代,这些探险家进入巴拉圭寻找土著人奴隶。这些奴隶是卢祖—土著人后裔,熟悉当地风俗习惯和语言,在拥护奴隶制者的企业中很有用。
3 这儿的土著人的母马是由标准的瓜拉尼语表示的。

第十三章

　　许多年之后，当埃丽萨不再那么年轻了的时候，为了消遣，她便在下午听夏尔利·帕克[1]录制的唱片，打理一下堂阿莱杭德里诺的天竺葵，像玩儿似的教贝罗尼卡的孩子们学英语，大概她还在认为，所有那个时代的孩子们，注定都要汇集在马德里。

　　1983年的那个冬末，甘特一家回华盛顿小住几天。他们帮助女儿梅甘在大学里安顿下来[2]，把他们的住房管理委托给了一家房地产公司，当时只预定了去程的机票。埃丽萨向潘乔建议他们最后一次在欧洲转机，但不是在巴黎。她考虑到8月中旬乡间别墅[3]里的杨树还没到枝繁叶茂的时候，但是她觉得一个美丽的怪念头，也就是一件激动人心的蠢举，也许马查多会同意，这就是经过马德里通道降落在虽说不太舒服但却是万象更新的南方的春天里，空空的双手不带仇恨，明亮的双眼不带回忆。她不愿去想自己经历的任何境况，因为她觉得所有的境况都是文学性质的和荒唐的。她从来不愿意过一种小说式的生活和得到直至那时她所获得的某种满足感。不久前，有一次，甘特问她为什么不结束她写的关于林奇夫人的小说或者另写一部，既然她那么喜欢文学。她回答说她对西班牙语这种语言

1　夏尔利·帕克，美国爵士音乐乐师。
2　他们帮助女儿梅甘在大学里安顿下来。在1987年和2009年版本中没有这句话。原来考虑不周以为在这儿没有必要。但是后来发现为防读者问及在小说第一部里提到的那个收养的女儿作了如何的安排，所以在马科斯的热情支持下加上了这句话。英文版本也作了相应的修改，但是在2001年的英文译本中，没有提梅甘这个名字。正如马科斯所说，这里的修改，不仅是为了纠正小说中的一个疏忽，而且也是为了对译本的尊重。
3　乡间别墅，马德里的一个大公园。

的爱好胜于对文学的兴趣醒来了。文学是一种抽象思维，或许是因为它是一种太孤独的艺术，她现在已考虑没有足够的自发性用两种语言的任何一种去尝试文学创作了。她还告诉甘特，她担心自己太完美主义了，甚至到了那样的地步，她渴望写一个那样的故事，其他的小说在她身旁才像是文学。像每次一样，甘特不懂她的意思，但是幸好埃丽萨不是一个多愁善感的人。不，她不愿像是一章小说似的停下来。相反，她深情地认为马德里可以不会有任何引人注目的意外之事，在那儿能够平静地结束那个冬天。她不想见任何人，连她的老朋友米格罗、胡斯蒂和安东尼奥都不想见，更不想见她的前夫。她也没计划参加任何文化活动，只是想呼吸一下乡间别墅儿时的空气，吃块池塘里的冰，也许会上上娱乐场的小火车。她不会进任何书店的门，也不会买唱片。她只想沿着阿圭列斯街区走走，从她的老住处前过一下；那是她单身时的第一个住处，如今在费尔南德斯·德洛斯里奥斯[1]上方保存得完好如初。她只想紧紧地握着甘特的手，她将永远不会理解那个狗娘养的东西，但是却依旧爱着他，继续待在他的身旁。

当他们飞在巴拉哈斯[2]上空的时候，埃丽萨意识到马德里是个理想的地方，可这个理想的地方不是为了回忆，而是为了不再回忆。马约尔广场地段的大街，直至查马丁区那些滑稽可笑的锥形建筑物[3]，都是如此神秘地散发着古老的味道，至少这个美洲女人的鼻子闻起来是这样。那些景象给她的感觉是回忆逐渐离她的记忆而去，永久地留在了那些开裂的墙壁上，那些墙壁像老爷爷般的仁慈和泰然自若，形成了一种幼儿隐形贴纸[4]的五

---

1 费尔南德斯·德洛斯里奥斯，马德里的一条大街。
2 巴拉哈斯，马德里国际机场。
3 查马丁区那些滑稽可笑的锥形建筑物，指马德里查马丁区那些设计粗俗的建筑物。有关这件事，马科斯这样说："当我住在马德里的时候，我得知在靠近皇家马德里圣地亚哥·贝尔纳贝乌体育馆一个区，人们嘲讽地叫它'马德里的曼哈顿'，因为它周围是众多的摩天大楼。在历史文化地区不准建的高楼大厦都建在了这儿……"
4 贴纸一词这儿是英文，即背面带胶的贴纸或背面带胶的商标。

光十色的镶嵌物，有时候我们把它们称作为博闻强识的弗内斯[1]。马德里的老朽使埃丽萨变得年轻，她想把马德里当作一个昔日的朋友向它倾诉自己的回忆，因为她还很想活着。当她解开安全带想放松一下的时候，仿佛又模模糊糊地看到了主教的那双僵硬有素的手，看到了托托散发着酒气的嘴巴，他喝着俄克拉荷马酒，仿佛那是他刚刚兑好的马格里塔鸡尾酒；她也仿佛看到了阿马波拉那双温柔而忧郁的眼睛以及她忘在了科连特斯陵墓的午餐汉堡食品袋。

丈夫的声音把她从沉思中唤醒过来。

"看看吧，这个机场发生了那么多事故[2]，瞧瞧我们会不会也赶上倒霉吧。"甘特说。但是，飞机只是正常的颠簸，随之便以过得去的平缓地落地。

按照预先的安排，他们入住了马德里梅里亚公主酒店[3]的一个房间。这里既连着对阿圭列斯街区的回忆，也连着格兰大道[4]酒店的马提尼酒，而且跟两者是等距离，所以他们对昔日的告别可以重新玩味一番。从周日到周四过了一个长周末。礼拜一一大早，埃丽萨就在收拾行李，因为那天晚上她要飞亚松森。甘特下楼去吃早餐和找报纸去了。走进房间的时候，他把放着黑咖啡和羊角面包[5]的托盘放到床上，打开了周日的《国家报》[6]让埃丽萨看它的文化版。

---

1 这里的富内斯一词是英文。在豪尔赫·路易斯·博尔赫斯著名的短篇小说《博闻强记的富内斯》（1942）里，富内斯是主人公，他把一生中经历的事情，能完完全全地都留在记忆里。
2 1983年巴拉哈斯机场出了两次大事故：11月27日一次，181人遇难；另一次是2月7日，93人遇难。由于这一章的事情发生在8月，所以这儿甘特说的飞机事故必然是2月的那一次。见《西班牙航空事故年表》，刊于西班牙《国家报》，http://www.elpaís.com/articulo/espana/Cronologia/accidentes/aéreos/Espana/elpepuesp/20080820elpepunac 13/Tes。
3 梅里亚公主酒店，马德里豪华酒店。
4 格兰大道，马德里中心繁华大街。
5 羊角面包，这里羊角面包一词是法文，是一种清淡面包，清晨常常就着咖啡吃。
6 《国家报》，马德里广泛发行的一份重要报纸。

"你看,"他指着配有一张照片的短文说道,"你的偶像在马德里。"

埃丽萨看到住在法国的巴西艺术家那天中午将在伊比利亚美洲合作学院[1]展出他的最新雕刻作品。

"太幸运了!"埃丽萨说,"我们可以去,对吗?离这儿不远。我们去问候一下。谁知道什么时候才能再看到他哩!"

"好的,"甘特说,"但是,我们要把所有的行李放到门房那儿,这样下午就可以直接去机场了。"

位于学院四层的大厅并不很大,但是里面人挤得水泄不通,散发出浓重的狐臭味。人们抢食着馅饼和山区的火腿。这使甘特记起了巴黎的裸体主义书店,想到每次看到网上购书的机会,他都要用臂肘在人群中打开一条通道。埃丽萨个头并不矮,但是她不具两米高的身材,因此她要求甘特设法找到画家在人海的哪个角落里。

"他在那儿!"甘特像陪同哥伦布发现新大陆的海员罗德里格·德特里亚纳[2]一样指着朝向天主教国王大道[3]的大窗户喊道。"在那个大胡子旁边。"

说罢他揽住埃丽萨的腰部,将她举起了半米高。埃丽萨远远地看到了巴西雕刻家正在平静地跟文化部长交谈。甘特夫妇又使劲地往里挤,同时用臂肘开路,踩过了一些散发着味道的无动于衷的凉鞋,终于到达了大窗户的旁边。窗户上挂着戈雅风格[4]阴囊似的佛朗哥时代的帝国壁毯。利维奥先生和文化部长的眼睛本能地转向了那个大块头的德国人和引人注目

---

1 伊比利亚美洲合作学院,一所跟西班牙政府外交部有关的自治学院,专门致力于促进西班牙和拉丁美洲社会团体的合作。更多的信息见 J.M. 阿尔瓦雷斯·罗梅罗的报告:http://www.canalsocial.net/GER/fichaGER.asp?id=4615&cat=cultura.
2 罗德里格·德特里亚纳,西班牙海员,参加了哥伦布第一次新大陆远征(1492),据说是他第一个看到新大陆。
3 天主教国王大道,马德里的一条重要大道。
4 戈雅风格,诙谐地影射戈雅某些作品的故意弄得滑稽可笑的风格,比如《怪癖》(1797—1799)和《战争灾难》(1810—1820)。

的混血美女。

"喂,真没想到!"画家惶惶然笑着说道,"你们在这儿干什么?"

他吻了一下埃丽萨,又跟甘特紧紧地握了手,随后把不知道内情的文化部长介绍给了他们。一个侍者端着托盘走近他们,甘特顺手端了一杯加冰的雪利酒。

"啊,好像我们只有在完全想不到的时刻遇到一起。"埃丽萨激动地说。"我们只是顺便从这儿路过,今晚就去亚松森。"

"啊,是吗?"利维奥先生说。"上一次是在巴黎。我还以为你们今天晚上不走哩。"

埃丽萨沉默下来,一脸的严肃。发生的一切利维奥先生都知道了吗?有人告诉了他索莱达的死、冈萨雷斯将军的自杀和甘特辞职的事吗?她是多么愿意让画家对潘乔的姿态、勇气、慷慨无私和突如其来的堂吉诃德式的新生评价一番呀。埃丽萨认为那个矮小而温柔、但是在道德情感问题上对人对己都是可怕得严厉的拉丁美洲人,在他被流放者疲劳的肩膀上扛着良心的根和实质,这种良心的根和实质是每个国家的人民如一把土壤[1]一般赐予他的最伟大的艺术家们的。她感到自己的咽喉难以忍受地哽住了,只是能够长时间地注视着他,那双悲伤的、湿润了的,如同一块尚未从岩石中开采出来的原始翡翠一般的大眼睛眨都不眨一下。部长不安地咳嗽了一下,接着便去他的外衣口袋里寻找烟斗的烟丝。

"好了,我的朋友,"甘特终于以那种咀嚼生芹菜难以忍受的自我满足感说道。"上一次我请您吃晚餐您没有答应,现在我们请您到格兰大道酒店去吃西班牙海鲜饭怎么样?"

---

[1] 一把土壤,巴拉圭著名诗人埃利布·坎波斯·塞韦拉(1905—1953)在他同名诗篇里的用语。这首诗,除了其他的内容之外,主要是对流亡者生活状况撼人心弦的思考。关于这位诗人及其这首诗的基本情况,见 E. 安德尔松 – 因贝特和 E. 弗洛里特合著的《拉丁美洲文学:文集和历史引论》,第二卷,第 371 页。

"但是，潘乔，"埃丽萨结结巴巴地说，"也许利维奥跟部长先生有事……"

"你们说去哪儿我就去哪儿。"那个大胡子说。

利维奥先生忍住没有大笑出来，他的笑不是讽刺，而是一种柔情。

"当然了，甘特，我也是你们说去哪儿我就去哪儿。"

弗朗西斯科·哈维尔·甘特再没有见到他。自幼发誓不信路德教的甘特 1987 年在南方盛大的基督教圣诞节期间死于一种前列腺癌。在这个圣诞节上，连椰子树花都要洒上圣水使其恢复鲜亮。他在祖国的生活是艰难的，然而是幸福的。埃丽萨在他的墓前栽种了一棵绿松石色的紫葳科树[1]，留下来等待它长得枝繁叶茂。

---

1 紫葳科树，一种生长在热带和亚热带的树木，鲜花光彩夺目，非常具有南科诺地区特色，它给小说的结尾展示了一个完美的形象，因为它象征着甘特变化内含希望。品类繁多的绿松石是非常稀有精美高雅的东西。

参考书目

圣胡安·包蒂斯塔·阿尔韦迪,《巴拉圭—巴西战争中的阿根廷利益》,见其作品《巴拉圭战争历史》,布宜诺斯艾利斯,伟大祖国出版社,1968年,文章首次发表于1865年。

阿尔瓦伦加·卡瓦耶罗,佩德罗·安东尼奥,《卡萨尔·伊·萨纳布里亚一家》。见《巴拉圭研究》(亚松森天主教大学出版)第6卷,第2册,199至260页。

J.M.阿尔瓦雷斯·罗梅罗,《西语国家文化研究院》(伊比利亚合作研究院出版),见《马德里里亚尔普大百科全书·社会篇》,1991。

阿马迪斯·德高卢(不知名作家)(擅长骑士小说)(公元13世纪末)。

阿马拉尔·劳尔,《巴拉圭锻造者:传记辞典》,布宜诺斯艾利斯,克韦多出版社,2000。

安德森·因贝特、恩里克及欧亨尼奥·弗罗瑞特,《西班牙语美洲文学:选集和历史简介》,纽约,霍尔特麦克杜格尔出版社,1970。

安娜金·肯,《罗宾汉和他的美男子的故事》(电影),雷电华电影公司。

阿伦·迈克尔,《鹰眼》(小说),《城里城外》杂志,1940。

阿尔玛尼·奥拉西奥,《20世纪意大利诗人》,布宜诺斯艾利斯,法乌斯托出版社,双语版,1973。

巴赫金狂欢诗学,见《小说词话》及《对话想象:巴赫金的四篇论文》,迈克尔·奥格斯特出版社,译者:卡琳·爱默生、迈克尔·奥克斯特及奥古斯丁·德哈斯,得克萨斯大学出版社,1981。

《小说中的时空体和时间形式:历史诗学详解》,见《对话想象:巴赫金的四篇论文》。

《巴赫金》，迈克尔·奥格斯特出版社，译者：卡琳·爱默生、迈克尔·奥克斯特和奥古斯丁·德哈斯，得克萨斯大学出版社，1981。

《陀思妥耶夫斯基诗学问题》，卡琳·爱默生翻译并编辑，美国明尼苏达州明尼阿波利斯市，明尼苏达出版社，1984。

《拉伯雷和拉伯雷语录》，译者：海伦·伊斯沃尔斯基，美国印第安纳州，布卢明顿市，印第安纳大学出版社，1993。

巴里奥斯·奥古斯丁，《思乡泣》（音乐剧《怀乡泣》）。

《马希塞》（音乐剧）。

《第三号华尔兹》（音乐剧）。

罗兰·巴尔特，《写作的零度》，波士顿，烽火出版社，1970。

查尔斯·波德莱尔，《醉吧》（诗集），见其作品《巴黎的忧郁》（1869）。

查尔斯·波德莱尔，《互文理论：沃洛希洛夫与巴赫金的文学理论和素养研究》，圣塔芭芭拉加州大学出版。

路德维希·凡·贝多芬，《变奏进行曲》，其1880至1801年间的钢琴奏鸣曲之一。

索尔·贝娄，《院长的十二月》，纽约，哈珀与罗出版社，1982。

《奥莱加里奥·安德拉德传》，国家教育部出版（阿根廷）。

《巴拉圭军事英雄传记》，巴拉圭共和国，巴拉圭军队。

《拉美加勒比政治领袖传记辞典》，罗伯特·亚历山大编辑，美国康涅狄格州西港市格林伍德出版社，1998。

威廉·布拉特纳，《从海德格尔的错误到雅斯贝尔斯的极限理论》，见《海德格尔和雅斯贝尔斯》，A.M.奥尔森，美国宾夕法尼亚州费城，天普大学出版社，1994。

威廉·彼得，《驱魔人》（小说），哈珀与罗出版社，1971。

布里克林·皮特，《关于德国国土观点的批判性理论》，美国纽约，罗切斯特，卡姆屋出版社。

布洛赫，《希望的原则》，第二卷，德国法兰克福，苏尔坎普出版社，1959。

C. 布斯·韦恩，《小说修辞》，美国芝加哥大学出版社，1966。

豪尔赫·路易斯·博尔赫斯，《博闻强记的富内斯》（小说），（《国家报》）1942。《极限》和《极限》（两首同名诗歌），见《博尔赫斯诗选》，布宜诺斯艾利斯南方出版社，1961；也见《造物者》，布宜诺斯艾利斯埃莫森出版社，1960；也见《另一个，同一个》，布宜诺斯艾利斯埃莫森出版社，1969；也见《极限》，布宜诺斯艾利斯弗朗西斯科出版社，1958。《马德里，二十年代(II)》，马德里《ABC 报》1985 年 6 月 15。《〈吉柯德〉作者：皮埃尔·梅纳尔》（小说），阿根廷《南方》杂志，1939。《疲惫行者还剩什么》（诗歌），《号角报》，1980。

布朗迪斯特·卡尔，《巴赫金狂欢诗学和苏联早期社会语言学》，见《第十一届巴赫金年会流程》，巴西，库里提巴，巴拉那联邦大学出版，2004。

贝托尔特·布莱希特，《安提戈涅》（戏剧），1948 年首次公映；《关于移民的定义》（卡斯蒂利亚语诗集）。小说《杜兰朵》，作者逝世后 1965 年出版；诗集《关于移民的定义》，1937；《波特诺山丘俱乐部简述》。

阿兰·布罗茨基，《林奇夫人与朋友：对爱尔兰女冒险家和灭国的巴拉圭独裁者轶闻的真实叙述》，纽约哈帕与罗出版社，1975。

布阿尔科·德奥兰达·奇科，歌曲《尽管有你》，1970 年首次发行；歌曲《建设》，1971。

路易斯·布努埃尔，《维莉蒂安娜》，西班牙影视联合会，1961。

布克哈特·奥利维尔，《凯撒帕韦斯的诗：大海、语言和辛劳》，瓜达尔特出版社，2004。

迈克尔·柯杨尼斯，电影《伊莱克特拉》，1962；《希腊左巴》，1964。

坎波斯·塞韦拉·赫利韦，诗歌《一把土》，见诗集《解脱的灰》，布宜诺斯艾利斯，1950。

阿尔贝·加缪，小说《陌生人》，1942。

阿莱霍·卡彭铁尔，小说《人间王国》，1949。

尼古拉斯·卡尔，《浅薄——互联网如何毒化了我们的大脑》，纽约诺顿出版社，2011.

《给埃米利亚诺的信》，见《深入巴拉圭》。

席琳·路易·费迪南德，小说《深夜航行》，1932。

路易斯·塞尔努达，诗歌《我为见证而来》，见《诗选集》，拉斐尔·桑托斯·托罗埃利亚编辑，巴塞罗那 Plaza y Janes 出版公司，初版发行于1931年。

米盖尔·塞万提斯，小说《堂吉诃德》，1605—1615。

马克·夏加尔，画作《我与镇子》，1911年，现藏于纽约现代博物馆。

欧亨尼奥·罗德里格斯，《拉美文明和文化》，波士顿汤姆森海宁勒出版社，2000。

胡里奥·塞萨尔·查韦斯，历史传记《最高独裁者》，1941。

胡里奥·何塞·奇亚贝纳托，《美洲的毁灭：巴拉圭战争》，圣保罗，巴西利亚出版社，1979。

肖邦，《葬礼进行曲》，1839。

马库斯·图留斯·西塞罗，哲学著作《霍尔登修》，公元前45。

海伦·克拉斯特，《无恶之境：图皮瓜拉尼预言主义》，译者：杰奎琳·格瑞内斯·布罗彭德尔，美国伊利诺伊州厄巴拉，芝加哥大学出版社，1995。

皮埃尔·克拉斯特，《南美印第安人的神话和传说》，马那瓜，1981。

《哥伦比亚现代欧洲文学辞典》，纽约，哥伦比亚大学出版社，1980。

詹姆斯·库珀，《荒年瘦干人》，华盛顿日报，1957。

胡里奥·科塔萨尔，《花园余影》，见《决胜局》，1956。

《西班牙空难事故年表》，《国家报》网络版，2008年8月20日。

迈克尔·柯蒂斯，电影《白宫》，1942；威廉·基斯利，电影《罗宾汉历险记》，1938。

塞尔吉奥·安布罗西奥,《西蒙·玻利瓦尔》。

达希尔·哈米特,《美国大师》。

德米勒·塞西尔,电影《万王之王》,德米勒影视,1927;电影《十诫》,1956,电影首次公映于1927。

约翰·德里克,《猿人泰山》,1981。

德斯诺斯·罗伯特,诗歌《明天》,巴黎博尔达斯出版社,1968。

里查多·古耶,《西班牙和西班牙语美洲文学辞典》,马德里联合出版社,1993。

《艺术辞典》,简·杜内尔编辑,伦敦马科密林出版社,1996。

《圣经和宗教辞典》,威廉·H.亨特斯,美国田纳西州纳什维尔市长,阿宾登出版社,1986。

《音乐和音乐家辞典》,斯坦利·斯莱奇编辑,伦敦科洛夫出版社,2001。

多拉提奥托·弗朗西斯科,《被诅咒的战争:巴拉圭战争历史》,圣保罗,文化公司,2002。

陀思妥耶夫斯基,小说《罪与罚》,初版于1866年发行。

德雷福斯·克劳迪娅,《"花花公子"采访:加布里埃尔·加西亚·马尔克斯》,1983年2月。

小仲马,小说《茶花女》,1848;戏剧《茶花女》,1853。

保罗·艾吕雅,《除了爱你我没有别的愿望》,法国巴黎伽利玛出版社,1948,初版发行于1947;《他们纯洁的眼睛》,法国巴黎伽利玛出版社,2008,初版发行于1926。

《消费品牌百科全书》,贾尼斯·约根森编辑,底特律詹姆斯出版社,1994。

《现代西班牙文化百科全书》,埃蒙·罗杰斯编辑,伦敦,1999。

《古巴百科全书》,路易斯·马丁内斯·费尔南德斯、D.H.费格莱多、路易斯·A.佩雷斯、路易斯·冈萨雷斯编辑，美国康涅狄格州西港市，绿林出版社，2003。

《好莱坞影视演员百科全书》，博瑞·莫努斯编辑，纽约，2003。

《小说改编电影百科全书》，约翰·提比特斯、詹姆斯·M.威尔士编辑，纽约，1998。

《电视剧百科全书》，赫拉西·纽库伯编辑，芝加哥，1997。

《传记世界百科全书》，底特律，1998。

《文化世界百科全书》，约翰内斯·维尔特编辑，波士顿，1994。

《20世纪世界文学百科全书》，美国密歇根州法明顿希尔斯，詹姆斯出版社，1999。

艾斯纳乌特·迈克尔，《艾吕雅：20诗解》。

埃斯库罗斯，古希腊戏剧三部曲《奥瑞斯提亚三部曲》，公元前458。

欧里庇德斯，希腊戏剧《伊莱克特拉》，公元前420—410。

伊夫·埃夫勒，《1613—1614巴西北部旅游纪实》，尼斯·费迪南德编辑，巴黎，1864。

影视剧《猎鹰》，1943—1954。

歌曲《女王》由埃米利亚诺·R.费尔南德斯作词，费利克斯·佩雷斯·卡多佐作曲。

福楼拜，《包法利夫人》，1856。

维克托·弗莱明，电影《乱世佳人》，改编自玛格丽特·米切尔小说，1939。

电视剧《摩登原始人》，作者：约瑟夫·巴伯拉、拉尔夫·古德曼。汉娜巴贝拉影视公司出品，1960—1966。

《国务卿亚历山大·黑格国外旅行记》，2001年1月21日。

《43个地方：亚松森》。

大卫·威廉·福斯特，《奥古斯托·罗亚·巴斯托斯》，波士顿，1978；《豪尔赫·路易斯·博尔赫斯：带注解的中小学传记》，纽约，1984。

弗兰克·安德烈·昆德，《拉丁美洲的资本主义和欠发达》，纽约，1969，初版发行于1967。

费德里戈·加西亚·洛尔卡，诗作《不忠的妻子》，马德里，安格拉尔出版社，1967，初版发行于1928；《因伊格纳西奥·桑切斯·莫黑亚斯而哭泣》，马德里，安格拉尔出版社，1967，初版发行于1935；《月亮的浪漫，月亮》，马德里，安格拉尔出版社，1967，初版发行于1928；《黑色悲伤的浪漫》，马德里，安格拉尔出版社，1967，初版发行于1928；《梦游浪漫》，马德里，安格拉尔出版社，1967，初版发行于1928。

加夫列尔·加西亚·马尔克斯，《百年孤独》，布宜诺斯艾利斯，南美洲出版社，1967；《族长的秋天》，1975。

卡洛斯·加德尔·伊·勒贝拉，《纽约金发》，见加德尔网络论坛，2011年12月28日。

《世界音乐百科全书》，戴尔·奥尔森、丹尼尔·希伊编辑，纽约，1998。

豪尔赫·高勒力，《一段鲜为人知的真实历史》，2008年10月29日。

戈雅，《奇想集》，现藏于马德里普拉多博物馆，1797—1799；《战争的灾难》，现藏于伦敦大英博物馆，1810—1820；《赤裸的马哈》，现藏于马德里普拉多博物馆，1800—1807。

埃斯特万·格里恩，《我们的卡库佩神秘小姐》。

切·格瓦拉，《在联合国大会的演讲》，纽约，1964年12月11日。

尼古拉斯·纪廉，《致赫苏斯·梅内德斯的挽歌》，1920—1972，哈瓦那文学艺术出版社，1974，初版发行于1948。

《流行音乐吉尼斯大全》，科林·拉金编辑，伦敦吉尼斯出版社，1995。

格拉奥·高迪内斯·西内斯，《一个佛朗哥后卫城市的文化生活》，马德里康普顿斯大学出版，2004。

肖·格纳，《巴拉圭双语社会语言学》，见国家双语委员会《双语教学和语言政策》，亚松森，文化教育部，1997。

霍尔珀林·图略，《一个国家的计划和建设》（1846—1880），《阿根廷思想图书馆 II》。

海顿·约瑟夫，《弦乐四重奏》，1796—1797。

欧内斯特·米勒尔·海明威，《一个干净明亮的地方》，见《胜利者一无所获》，1940，初版发行于1926；《老人与海》，1952。

何塞·埃尔南德斯，《进步的敌人》，1869；《马丁·菲耶罗》，1872；《马丁·菲耶罗的归来》，1879。

休伯特·亨瑞，《拉美历史》，纽约，1967。

赫尔曼·黑塞，《风沙蚀刻了什么》，见《诗无国界》。

《西班牙语在好莱坞：影视大全》，纽约，1994。

《俱乐部领导委员会历史》。

《西班牙内战历史辞典》（1936—1939），詹姆斯·W·科尔塔编辑；美国康涅狄格州西港市，绿林出版社，1982。

荷马，古希腊史诗《奥德赛》，公元前8世纪。

《世界电影及电影导演辞典》，詹姆斯出版社，1997。

《世界戏剧辞典》，芝加哥詹姆斯出版社，1992。

约翰·哈拉，《维克多：一首未尽之歌》，1983。

莫里斯·雅尔，《拉腊的主题曲》，1965。

胡安·拉蒙·希门内斯，《注定的旅行》，见《诗选集第二册》，马德里，埃斯帕萨卡尔佩出版社，初版发行于1911。

罗伯特·约翰逊·克雷格，《查科战争：安第斯脚下的海市蜃楼之战》，1996。

詹姆斯·乔伊斯，《尤利西斯》，西尔维娅海滩出版社，1922。

尼科斯·卡赞扎基斯，《希腊左巴》，初版发行于1946。

查尔斯·科林斯基，《巴拉圭战争历史辞典》，美国新泽西州，稻草人出版社，1973。

朱莉娅·克里斯蒂娃，《语言欲望：接近文学艺术的符号》，纽约，哥伦比亚大学出版，1980。

理查德·雷曼，《影子人：小说家哈米特的生活》，纽约，1981。

大卫·利恩，电影《日瓦戈医生》，1965。

安东尼·列维，《法国文学导引》，美国芝加哥，詹姆斯出版社，1992。

特雷西·K.刘易斯，《甘特的冬天》英文版译者，作者胡安·曼努埃尔·马科斯，纽约彼得·朗出版社，2001。

玛丽亚·康塞普西翁·雷耶斯·德查韦斯，《林奇夫人和弗朗西斯科·索拉诺·洛佩斯》，1957；《月光河：巴拉圭神话传说》，1951。

《维克多·哈拉的生活》，2003年9月。

《西班牙人权联盟》。

里韦勒斯·阿卡涅·胡安，《将军规则：弗朗西斯科·索拉诺·洛佩斯的文件》，亚松森，1970。

利维奥·阿布拉莫，《巴西外交部教育合作部》。

安东尼奥·马查多，《孤独》，1903。

马拉巴特·库尔奇奥，《风雨多》，1956。

豪尔赫·曼里克，《父亲葬礼上的挽歌》，中世纪挽歌，1476。

胡安·曼努尔艾·马科斯，《如是荣誉：自由文章精选》，自由主义代表作，1990；同特雷西·K.刘易斯的私人对话，2012年8月5日；《从加西亚·马尔克斯到爆炸后》，马德里，1985；《甘特的冬天》，亚松森，读者出版社，1987；《甘特的冬天》，亚松森，标准出版社，2009；《甘特的冬天》，亚松森，标准出版社，2012；《甘特的冬天》英西双语版，特雷西·K.刘易斯翻译，亚松森，标准出版社，2012；《诗》，亚松森，标准出版社，1970；《诗与歌》，亚松森，阿尔坎特拉出版社，1987；《罗亚·巴斯托斯：爆炸后先行者》，卡顿出版社，

1983；戏剧《洛佩斯》，1973。

路易斯·玛利亚·马丁内斯，《被掩埋的颤音：巴拉圭社会诗歌发展历简述》。

卡尔·马克思，《1844哲学—经济学手稿》，初版发行于1932。

特雷萨·蒙德斯·费斯，《昨天和今天的巴拉圭诗歌》，瓜拉尼语诗歌，亚松森，大陆出版社，1997。

阿瑟·米勒，《毕加索：空间、时间和造成破坏的美丽》，亚松森，大陆出版社，1997。

乔治·米勒，《神奇的数字：7±2：我们信息加工能力的局限》，心理学杂志，1956。

蒙塔莱·欧亨尼奥，《海关官员的房子》，1920—1954，双语出版社编辑，纽约，1998，初版发行于1932；《都灵场合埃诺迪》，1939；《囚犯的梦想》，威尼斯，1956。

盖里·索尔·莫森、卡琳·爱默生，《巴赫金：平凡文体的一次创新》，美国，加利福尼亚州，斯坦福大学出版社，1990。

《运动动画导引》，简·罗伯特·纳什、斯坦利·拉尔夫·罗斯编辑，芝加哥，1985。

《普拉多博物馆》。

普拉哈提·纳乌提雅尔，《甘特的冬天》印地文译者，新德里，2012。

费德里科·纳瓦雷特·利纳雷斯，《对话巴赫金时空体》，2001。

《修订版标准圣经的尼尔森完整一致性》，约翰·W.艾莉森编辑，纽约，1957。

巴勃罗·聂鲁达，《走向美丽的城市》，诺贝尔奖获奖演讲词，斯德哥尔摩，1967。《二十首爱情诗和一首伤感的歌》，布宜诺斯艾利斯，洛萨达，1967，初版发行于1924。

《新格罗夫戏剧辞典》，纽约，麦克米伦出版社，1972。

《新牛津圣经注解》，纽约，牛津出版社，1991。

马塞利诺·诺特斯，《亲爱祖国》作词，1923。

诺亚·马里奥，《豪尔赫·路易斯·博尔赫斯：书与夜》，见《自由启蒙》，马德里，2006年春。

《新约（简明版）》，拉美圣经协会，1966。

奥利里·胡安·E，《英雄志》，1922。

尤金·奥尼尔，《琼斯皇》，1920；《悲悼》，1931。

曼努埃尔·奥尔蒂斯·格雷罗，《伟大的蝴蝶》，见《巴拉圭诗歌目录》，1952。

乔治·奥威尔，个人报道《致敬加泰罗尼亚》，1938。

利文斯通，《基督教堂牛津辞典》，牛津大学出版社，1997。

《戏剧与表演牛津百科全书》，牛津大学出版社，1997。

帕尔德林涅利·阿曼达，《埃丽莎·林奇：爱、背叛和死亡》，1998年6月28日。

凯撒·帕斯捷尔纳，小说《日瓦戈医生》，1957。

切萨雷·帕韦斯，《月亮与篝火》，2001，初版发行于1936。

何塞·比森特·佩罗·巴科，《胡安·曼努埃尔·马科斯：爆炸后小说代表》，见胡安·曼努埃尔·马科斯《甘特的冬天》，亚松森，标准出版社，第三次再版，2012。

达亚内·佩雷拉·罗德里格斯，《甘特的冬天》葡萄牙文译者，里约热内卢，2012。

佩雷斯·卡塞雷斯·莉塔，《内向视角：胡安·曼努埃尔·马科斯〈甘特的冬天〉中的康德思想》，见胡安·曼努埃尔·马科斯《甘特的冬天》，亚松森，标准出版社，第三次再版，2012。

菲佛·西尔瓦娜，《博尔赫斯抒情体中的命运和迷宫：两则希腊神话的融合》。

毕加索，《亚维农的少女》，现藏于纽约现代艺术博物馆，1907；《格尔尼卡》，现藏于马德里索菲亚博物馆，1937。

路易斯·皮兰德娄，《六个寻找剧者的角色》，1921。

莱昂·柏默尔，历史学著作《巴拉圭战争：巨大的交易》，1968。

理查德·波特，《紫罗兰帝国》，1952。

《罗亚·巴斯托斯之后的巴拉圭文学：第三届国际人文研讨会》，巴拉圭，亚松森，北方大学，2012年8月7至10日。

曼努埃尔·普伊格，《伤心探戈》，1969。

《特图良语录》。

拉夫斯·伊丽娜，《胡安·曼努埃尔·马科斯〈甘特的冬天〉中的爆炸后特点》，见胡安·曼努埃尔·马科斯《甘特的冬天》，亚松森，标准出版社，第三次再版，2012。

雷伯·维拉·博林，《巴拉圭人口：1864—1870伟大战争的重新诠释》，拉美文化杂志，1988年5月。

约翰·伦肖，《巴拉圭查科印第安人：自我认同与经济发展》，美国内布拉斯加州林肯市，内布拉斯加大学出版社，2002。

阿瑟·兰波，《在地狱的一段时光》，布鲁塞尔，1973；见亚历杭德罗·伊斯纳尔迪·埃尔南《时间机器：论一本文学杂志》。

奥古斯托·罗亚·巴斯托斯，《人子》，布宜诺斯艾利斯，南美出版社，1990，初版发行于1960。

哈维尔·罗德里格斯·米尔，《文明边缘的湿草地：查科的资本主义、暴力和黄教》，阿根廷，基多出版社，2006。

胡安·鲁伊斯，《真爱之书》。

阿兰·圣桑，《甘特的冬天》法文译者。

托马斯·阿奎那·桑托斯，《神学大全》，1265—1274。

萨米恩托·多明戈，《法昆多》，阿根廷布宜诺斯艾利斯，埃斯帕萨·卡尔佩出版社，1958，初版发行于1845。

让－保罗·萨特，《苍蝇》，1943。

勒内·赛达尔，《寺谷神星》。

毛罗·塞萨尔·西尔韦拉，《致命坚持：巴西参与巴拉圭战争》，巴西阿雷格里港，南里奥格兰德州教会大学出版社，2003。

梅赛德斯·索萨，专辑《歌者》，2009。

史蒂芬－斯皮尔伯格，电影《外星人》，1982。

爱德华·斯坦顿，《海明威在西班牙》，卡斯塔利亚出版社，1989。

托马斯·斯蒂芬斯，《拉美民族和种族术语辞典》，美国佛罗里达州，盖恩斯维尔市，佛罗里达大学出版社，1989。

苏什尼克·布拉尼斯拉娃·米格尔·查塞·萨丁尼，《巴拉圭印第安人》，马德里，马弗雷出版社，1995。

威勒·约翰，《科技领域的制度设计》，澳大利亚，1999。

阿尔弗雷德·塔斯基，《演绎科学语言中的真理概念》，见《逻辑语义和元数学：1923—1938》，美国印地纳州印第安纳波利斯市，1983。

特拉克尔·乔治，《卡斯帕·豪泽利德》，1915。

米盖尔·德·乌那穆诺，小说《迷雾》，1914；《皮兰德娄和我》，见《作品集》，马德里，阿瓜多出版社，1954—1964。

乌鲁蒂亚·玛丽亚·欧亨尼娅，《戈勒·尼古拉斯：诗的韵律》，2006年6月。

塞萨尔·瓦列霍，《白石上的黑石》，2004，波士顿汤姆森·海因莱因出版社。初版于作者逝世后1939年发行。《习惯在空气里用指尖书写》，弗朗西斯科·马丁内斯·加西亚编辑，马德里卡斯塔利亚出版社，1988。作品集《西班牙，从我东方的圣杯出发》1938完稿，1939年发行。

朱塞佩·威尔第，歌剧《茶花女》，1853。

保罗·魏尔伦，《诗歌艺术》，见《20世纪法国的伟大诗人们》，巴黎，1969，诗集完稿于1874年，发行于1884年。

《紫罗兰帝国》。

维瓦尔第·安东尼奥，《四季》，1725。

伊丽莎白·威尔,《关于〈一个干净明亮的地方〉的分析》。《一个干净明亮的地方》,海明威,1997 年 11 月 16 日。

沃伦·查尔斯·马奎斯,电影《蓝箭》,1958。

《巫水事件》,见《在线大英百科全书》,2010 年。

《谁的谁在美国》,美国新泽西州,侯爵出版社,2007。

《世界哲学家及其作品》,罗斯·约翰编辑,美国加利福尼亚州帕萨迪纳市,塞勒姆出版社,2000。

塞蓬·P·詹姆斯,《巴赫金》,2012 年 8 月。

大卫·H·祖克,《查科战争行为分析》,纽约布克曼联营出版社,1960。

劳伦斯·赛威索,《快乐布道:罗伊·罗杰斯的生活》。

注解材料目录

注意：1. 为避免编辑过程中页码排序可能引起的混乱，按照章节次序排列注解参考。如：I-8n2，指第一部分第八章第二个目录。2. 序言注解以字母 Pr 开头，如：Pr-n2，指序言第二个注解。3. 同理，基本资料注解以 Db 开头。

A

塔里克·阿卜杜勒·哈米德，Db-n1。

利维奥·阿布拉莫，III3n26、III-3n27、III-3n28、III-3n29。

"一个干净明亮的地方"，I-2n4。

《被追捕者》，II-3n9（也见《悲悼》、《回家》等）。

《悲悼》，II-4n5。

平权行动，III-9n14、III-9n15。

非洲人，III-5n48。

非裔美国人，I-10n49、III-5n45。

非裔巴西人，III-3n32。

阿伽门农，II-3n6。

圣奥古斯丁，I-5n10、II-1n10、II-1n13。

胡安·巴蒂斯塔·阿尔贝蒂，I-10n5。

亚历山大大帝，II-1n9。

德语，III-3n46、III-7n26。

德国、德国人，Pr-n26、I-3n6、I4n24、I-4n31、I-4n41、I-5n17、I-7n3、I-10n36、II-3n5、II5n-1、II-6n5、III-3n46、III-4n5、III-12n1、III-

12n8,III—12n20,III—12n21。

劳尔·阿方辛,III—7n43。

进步联盟,III—8n5。

伍迪·艾伦,II—9n31。

萨尔瓦多·阿连德,I—3n10,II—4n7,II—11n20。

阿尔瓦勒卡·卡瓦耶罗,佩德罗·安东尼奥,II—4n1。

卡洛斯·阿尔瓦雷斯,III—1n8。

罗梅罗·JM·阿尔瓦雷斯,III—13n14。

劳尔·阿马拉尔,Db—n6,Db—n7,I—9n1,III—3n13,III—11n10。

美洲,III—11n24。

中美洲,III—1n7。

北美洲,I—4n3。

南美洲,I—1n4,I—4n3,I—10n14。

安第斯,安第斯人,III—3n31,II—4n3。

圣安塞尔莫,II—1n14。

《安提戈涅》,II—3n18。

《启示录》,I—3n16,III—12n5。

阿拉伯语,Db—n1。

阿拉伯人,I—7n14,II—7n11。

凯旋门,III—3n3。

安赫尔·阿尔及利亚,I—10n24,I—10n38,I—10n39,II—7n10。

阿根廷,阿根廷人,I—1n1,I—3n11,I—3n12,I—4n38,I—4n54,I—5n25,I—5n42,I—7n7,I—7n8,I—7n11,I—10n2,I—10n9,I—10n15,I—10n16.I—10n15,I—10n16,I—10n19,I—10n20,II—1n7,II—1n25,II—2n4,II—2n5,II—5n3,II—7n5,II—7n19,II—7n20,II—7n21,II—9n10,II—101,II—10n10,III5n4,III—8n14,III—12n18,III—12n36。

阿圭列斯，I-4n18。

阿伦·迈克尔，Pr-n28。

奥拉西奥·阿玛尼，III-4n17，III-12n15。

亚松森，I-2n19，I-2n21，I-4n2，I-5n40，I-10n28，III-5n12，III-5n50，III-5n62，III-11n4，III-11n6.III-12n27，III-12n29。

雅典娜女神，III-4n1。

澳大利亚人，Pr-n3，I-5n43，I-7n12。

埃利希奥·阿亚拉，II-9n5，III-12n35。

尤西比奥·阿亚拉，III-3n43，III-11n10，III-11n12。

B

何塞·马蒂亚斯·巴多，I-5n30。

巴赫金，Pr-n11，Pr-n12，Pr-n13，Pr-n14，Pr-n15，Pr-n16，Pr-n17，Pr-n18，Pr-n19，Pr-n20，Pr-n21，Pr-n22，Pr-n23，Pr-n32，I-4n43，I-10n21，III-12n31。

乔佛里芭蕾舞团，II-4n3。

世界银行，III-5n8，III-6n5。

巴拉哈斯机场，III-13n5，III-13n9。

巴黎拉丁社区，III-3n27。

布宜诺斯艾利斯北方社区，II-10n12。

亚松森工人社区，III-5n12，iii-10n10。

亚松森里查多·布鲁卡达社区，III-10n10。

奥古斯丁社区，I-5n42，I-5n43，III-3n33，III-23n25，III-12n32。

贝克·汉密尔顿，III-7n26，III-7n31。

何塞·博杰思，I-10n29。

圣经，I-7n2。

威廉·布拉特纳，II-7n17。

威廉·彼得·布兰特，I-7n17。

西蒙·玻利瓦尔，III-11n24，III-11n28，III-11n29。

玻利维亚，I-3n，I-4n3，I-5n40，I-7n7，III-11n28，III-11n43。

豪尔赫·路易斯·博尔赫斯，I-4n54，I-8n6，III-7n49，III-13n8。

波提切利，I-2n11。

马龙·布兰多，I-8n4。

亚松森巴西街，III-5n62。

巴西，巴西人，I-5n25，I-5n28，I-5n29，I-5n30，I-9n4，I-10n4，I-10n18，II-1n22，II-8n3，II-9n9，III-3n1，III-3n26，III-3n27，III-3n28，III-3n29，III-4n4，III-5n60，III-5n64，III-11n22，III-11n50，III-12n20，III-12n32，III-12n37。

布拉沃，I-3n5。

英国人 I-4n37，III-9n20。

布罗德斯基，I-7n5。

布加勒斯特，III-8n18，III-9n6。

布宜诺斯艾利斯，I-3n11，I-10n5，I-10n9，I-10n23，I-10n30，II-1n5，II-10n14，II-10n16，II-10n17，III-7n11。

圣米歇尔酒店，III-3n7。

波尔多，III-3n6。

埃德加·赖斯·博勒斯，III-5n48。

C

卡库佩，III-11n1。

罗伯特·卡巴纳斯，III-5n46。

加利福尼亚州，III-9n3，III-9n4，III-11n11。

加利福尼亚大学，III–9n4。

纽约42街，III–5n42。

战神，III–12n28。

路易斯·坎波斯，III–6n3。

塞韦拉·坎波斯，III–3n23，III–3n24，III–13n18。

阿尔贝·加缪，I–10n38，I–10n39，I–10n40，II–7n10，II–7n11。

尼古拉斯·卡尔，Pr–n1，Pr–n3，Pr–n5，Pr–n6，Pr–n7，Pr–n8，Pr–n9。

吉米·卡特，I–7n8，III–8n11。

电影《白宫》，III–8n11。

卡萨尔·伊·萨纳布里亚，II–4n1。

卡斯蒂利亚语，Pr–n1，I–4n24，III–1n10，III–4n25。

卡斯蒂亚和莱昂，II–10n14。

菲德尔·卡斯特罗，I–7n7。

学习大教堂，I–1n3。

中情局，III–11n20。

巴拉圭—美国文化中心，III–5n50，III–5n51。

路易斯·塞尔努达，III–3n17，III–3n18。

米盖尔·德·塞万提斯，II–7n14。

查科，I–3n1，III–1n19，III–8n7，III–11n43。

查科中心，III–1n19。

查科战争，I–3n1，I–4n16，I–5n4，I–5n6，I–5n24，I–5n25，I–5n35，II–7n20，II–9n5，III–1n8，III–1n16，III–11n11，III–11n43。

勒内·查尔，I–5n15。

查斯科穆斯，I–10n9。

胡里奥·塞萨尔·查韦斯，III–12n23，III–12n31。

亚松森智利街，III-11n14。

中国人，III-4n13，III-5n59。

肖邦，III-12n22。

阿加莎·克里斯蒂，III-9n8，III-9n10。

西塞罗，II-1n10，II-1n11。

海伦·克拉斯特，I-1n5，I-1n6.I-1n7，I-1n8，I-1n9。

科英布拉，I-5n29。

圣何塞中学，II-9n5。

克里斯托弗·哥伦布，III-11n14，III-13n15。

科马内奇，II-1n30。

康涅狄格，I-4n8，I-4n34。

南锥体国家，南锥体国家的，I-4n7，I-6n5，III-1n7，III-3n31，III-5n3，III-5n21，III-5n28，III-5n43，III-7n6，III-13n19。

詹姆斯·库珀，I-8n2。

胡里奥·科塔萨尔，I-7n11，III-3n8，III-3n10。

基督教，I-5n10，I-9n9，I-10n27，I-10n44，II-1n10，II-1n13。

古巴，古巴人，I-7n7，II-3n13，III-3n21，III-11n25。

D

史蒂芬·代达罗斯，III-1n10。

大马士革，II-6n2。

勒内·达瓦罗斯，I-4n53，III-12n11。

德米勒，I-7n2。

民主，民主人士，民主的，Db-n5，I-4n22，I-9n6，II-4n1，II-9n5，II-6n8，III-12n18，III-12n35。

美国国务院，III-9n5。

德里克，III-5n49。

约翰·德里克，III-5n49。

何塞·迪亚斯，II-11n46，III-4n24。

鲁伊·古斯曼·迪亚斯，I-5n42。

查尔斯·狄更斯，Pr-n30。

迪奥尼西奥，I-10n42。

弗朗西斯科·多拉尼奥托。I-10n14，I-10n18，I-1n22，I-11n22，III-11n41。

陀思妥耶夫斯基，Pr-n13.I-6n3，II-1n26。

克劳迪娅·德雷福斯，III-5n19。

杜勒斯机场，I-2n16。

小仲马，I-10n31。

玛丽·杜普莱西斯，I-10n31。

阿尔巴公爵夫人，III-10n11。

E

厄瓜多尔人，III-11n28。

埃及人，III-12n37。

胡安·巴蒂斯塔·埃古斯基萨，III-5n32。

爱因斯坦 II-11n4。

安第斯军队，III-10n15。

埃尔多拉多，I-4n3。

伊莱克特拉，II-3n16。

乔治·艾略特，Pr-n30，I-10n25。

保罗·艾吕雅，III-4n19，III-4n20，III-4n21，III-4n22。

墨西哥使馆，II-8n1，III-1n8，III-6n3，III-6n8，III-9n8。

墨西哥使馆，II-9n10。

卡琳·艾默生，Pr-n19。

因特里奥斯省，I-10n19。

苏格兰的，II-1n12，III-7n31，III-9n13。

西班牙，西班牙人，I-1n8，I-3n8，I-3n14，I-4n15，I-4n19，I-4n23，I-4n43，I-10n6，I-10n8，III-3n15，III-3n17，III-4n6，III-5n27，III-9n4，III-7n46，III-7n47，III-7n50，III-9n23，III-9n27，III-10n11，III-13n14，III-13n15。

西班牙语，I-1n8，I-2n4，I-7n5，II-4n5，II-10n8，III-3n1，III-7n39，III-9n24。

法治国家，III-8n16。

美国，美国人，I-2n1，I-2n2，I-2n7，I-3n2，I-3n4，I-3n5，I-4n8，I-4n25，I-4n34，I-4n42，I-10n37，I-10n49，II-1n4，II-5n1，II-9n8，III-1n4，III-1n8，III-4n8，III-5n34，III-7n2，III-7n14，III-7n27，III-7n29，III-7n33，III-7n37，III-7n40，III-8n5，III-9n2，III-9n3，III-9n4，III-9n5，III-9n6，III-9n8，III-9n11，III-9n14，III-9n15，III-9n22，III-9n24，III-9n28，III-9n34，III-10n10，III-11n19，III-11n20，III-11n33，III-11n36，III-11n43。

斯大林，II-1n19。

自由雕像，III-5n65。

何塞·费利克斯·埃斯蒂加里维亚，I-4n26，I-4n28，I-4n29，III-1n8，III-1n16，III-8n4。

结构主义，II-1n14。

《外星人》，I-4n6。

幼发拉底河，I-4n6。

《阿伽门农》，II-3n10。

欧里庇德斯，II-3n15，II-3n16。

欧洲，欧洲的，I-1n4，I-1n6，I-10n45，II-6n5，II-8n2，III-3n25，III-11n31，III-12n1。

埃文斯·玛丽·安妮，Pr-n30，I-10n25。

存在主义，存在主义的，I-3n8，I-3n9，I-4n12，II-3n17。

《出埃及记》，I-5n18，I-5n20。

埃塞萨，III-7n11。

F

法孔多，III-11n45。

长枪党，长枪党的，III-9n27。

何塞·玛丽亚·法利亚，I-5n27。

二月革命党的，III-3n43，III-5n37。

菲利普二世，II-7n15。

《精神现象学》，I-7n3。

埃米利亚诺·费尔南德斯，I-5n35，III-5n55。

贝尼格诺·费雷拉，II-4n1。

电影《血箭》，II-9n8。

维克托·弗莱明，I-2n6。

何塞·阿松森·弗洛雷斯，I-5n36，III-8n25，III-11n46，III-11n56。

欧亨尼奥·弗罗瑞特，III-13n18。

大卫·威廉·福斯特，Pr-n31，III-7n49。

法语，Db-11，I-1n7，I-4n4，II-3n17，II-6n9，II-7n9，III-3n4，III-3n9，III-4n21，III-5n9，III-7n26，III-9n21，III-12n12，III-13n12。

法国，法国人，Pr-n21，I-1n6，I-1n7，I-4n4，I-4n12，I-4n54，I-5n8，I-5n15，I-5n22，I-7n5，I-7n8，I-9n6，I-10n31，I-10n38，I-10n46，I-10n50，

II-1n1，II-1n23，II02n12，III-3n2，II-9n4，III-1n16，III-1n18，III-3n6，III-4n19，III-4n23，III-5n63，III-7n35，III-7n46，III-9n33，III-11n27，III-12n12，II-12n22，III-12n28。

弗朗西斯科·弗朗哥，I-4n19，I-4n20，I-4n48，III-7n46，III-7n47，III-9n25，III-9n27。

拉斐尔·弗朗哥，III-3n43。

黑带，III-5n31。

安德烈·冈德·弗兰克，III-11n22。

本杰明·富兰克林，III-9n11。

弗朗哥者，I-4n21，I-5n2，II-10n14。

弗洛伊德，II-4n6。

富内斯，III-13n8。

弗里亚斯，I-5n39。

G

加布里埃尔，I-9n9。

伽利略，Pr-n12。

加利西亚，I-7n8。

莱奥波尔多·加尔铁里，III-4n11，III-12n18。

费德里戈·加西亚·洛尔卡，I-4n23，I-6n4，II-1n18，II-11n3，III-3n15.III-3n16。

加夫列尔·加西亚·马尔克斯，III-3n36，III-3n37，III-5n19。

卡洛斯·加德尔，I-8n5。

玛格丽塔·戈蒂埃，I-10n31。

豪尔赫·赫罗西，II-7n20。

伊格纳西奥·赫内斯，II-7n20。

佐治亚州，I-2n1.I-2n7。

胡安·瓜尔贝托·冈萨雷斯，III-5n32。

弗里吉亚·高里奥，I-9n6。

弗朗西斯科·戈雅，III-10n11，III-10n15，III-13n17。

圣杯，I-9n5。

大不列颠，I-3n12。

格兰德河，I-3n5。

希腊-罗马人，I-5n39，I-10n22。

格林威治镇，I-2n13。

希腊人，I-4n5，I-10n42，II-3n6，II-3n15，II-3n16，II-10n12，II-10n13，III-4n1，III-5n14，III-8n13。

瓜拉尼语，I-1n4，I-1n5，I-1n8，I-1n10，I-5n1，I-5n6，I5n19，I-5n28，I-5n34，I-5n37，I-7n4，I-9n1，II-1n21，II-2n6，II-9n3，II-9n6，II-11n1，III-2n1，III-2n2，III-3n29，III-3n35，III-4n4，III4n7，III5n15，III-5n21，III-5n22，III-5n23，III-5n35，III-5n56，III-7n36，III7n38，III12n34，III-12n38，III-8n15，III-11n1，III-11n40，III-11n47，III-11n55，III-12n34，III-12n38。

瓜拉尼人，瓜拉尼的，I-1n6.I-1n11，I，5n43，I-9n1，I-10n3，II-2n13，II-8n3，II-11n6，III-10n3，III-12n33。

格尔尼卡，I-5n2。

西班牙内战，I-4n17，I-4n19，I-4n21，I-5n2，II-10n14，III-7n45，III-9n19。

切·格瓦拉，I-7n7，I-7n8，III-11n34，III-11n46。

H

人身保护令，III-8n23。

黑格，I-3n11。

卡斯帕·豪瑟，III-12n1。

夏威夷，III-7n40。

黑格尔，I-6n1，I-7n3。

海明威，I-2n4，I-10n47，II-7n17，III-1n8。

何塞·埃尔南德斯，I-10n3，I-10n16，II-10n15，III-5n58。

希律，I-4n33。

休伯特·赫林，II-1n7，III-11n45。

赫尔曼·黑塞，III-12n8，III-12n9。

《人子》，III-3n29。

印地语，Db-n1。

西班牙语的，III-5n13，III-12n33。

西班牙语美洲，I-5n40，II-8n3，III-13n14。

西班牙－瓜拉尼语的，I-1n1，I-5n19。

火奴鲁鲁，III-7n40。

鲍勃·霍普，I-4n36。

维克托·乌戈，II-1n23，III-3n12。

大卫·休谟，II-1n12。

轻骑兵，II-8n12。

I

伊万涅斯·帕科，III-7n46。

易卜生，I-5n9。

爱达荷州，III-9n22。

胡里奥·伊格莱西亚斯，III-4n6，III-4n7，III-7n26。

文艺复兴，I-10n45。

英格兰，英国人，Pr-n30, I-4n37, I-4n38, I-4n40, I-5n16, I-7n12, I-10n14, I-10n25, II-2n8, II-6n1, II-9n7, III-9n8, III-11n22, III-11n43。

英语，Pr-n3, Pr-n11, Db-n1, I-2n9, I-2n10, I-3n10, I-4n8, I-10n49, II-1n4, II-1n6, II-2n7, II-2n9, II-3n7, II-3n9, II-3n11, II-4n2, II-5n4, II-6n7, II-7n1, II-7n4, II-9m8, II-10n2, II-10n7, II-11n2, II-3n34, III-3n34, III-3n45, III-5n7, III-7n21, III-7n30, III-7n31, III-7n31, III-13n7。

宗教法庭，II-7n15, III-7n39。

因特网，Pr-n1, Pr-n9。

埃尔拉·安德里亚诺，III-5n40。

爱尔兰，爱尔兰语，I-7n5, I-10n33, I-10n34, III-11n44。

西班牙岛，III-11n14。

意大利，意大利人，Pr-n12, I-2n11, I-4n31, I-5n16, I-10n41, I-10n43, II-21nn, II-7n7, II-12n2, III-4n17, III-10n8, III-11n7。

左翼政见者，I-8n1, II-9n10, III-3n14, III-3n43, III-7n46。

J

美洲豹，II-11n6, III-1n1, III-11n45, III-11n48。

天国美洲豹，I-1n11, II-2n13, III-12n55。

日本，日本人，I-4n31, III-5n53。

日文，Db-n1。

克里斯托弗·哈拉，III-3n29。

琼·哈拉，III-3n14。

维克托·哈拉，III-3n14, III-3n15, III-3n16, III-3n18, III-3n20, III-3n24。

哈拉马河，III-7n45。

莫里斯·雅尔，II-6n3。

雅斯贝尔斯，II-7n17。

基　督，I-5n13，I-9n15，I-10n3，II-1n27，II-10n9，II-12n2，III-5n6，III-12n5.III-5n6，III-12n5。

胡安·拉蒙。·西门内斯，I-3n14。

罗伯特·约翰逊·克雷格，III-11n43。

何塞·阿松森·弗洛雷斯，III-5n4。

胡安·卡洛斯，III-7n47。

胡安·萨拉萨尔，III-5n62。

圣女贞德，III-7n42。

贝尼·胡安雷斯，III-11n27。

犹大，I-5n13。

犹太－基督教，I-9n9。

犹太人，I-5n22，I-7n1，III-7n39。

奥运会，II-1n30。

K

伊曼纽尔·康德，Pr-n26。

卡拉伊，I-1n9，I-1n8，I-1n11，III-8n15。

尼科斯·卡赞扎基斯，II-10n13。

沃利·凯瑟琳，III-5n51。

威廉·基斯利，II-9n7。

约翰·肯尼迪，III-8n5。

加法，III-3n29。

爱德·科赫，III-5n44。

科林斯基·查尔斯，III-3n56。

朱莉娅·克里斯蒂娃，Pr-n21。

库阿蒂·萨亨托，I-5n25。

三K党，III-9n28。

库鲁派蒂，III-11n46，III-11n55，III-11n56，III-12n26。

L

拉瓜迪亚机场，I-2n15。

蚁木，III-4n10，III-13n19。

拉拉，II-6n3。

马里亚诺·何塞·德·拉腊，I-5n11。

拉丁文，II-7n3，III-9n17。

拉丁人，III-1n17，III-5n19。

拉丁美洲，拉丁美洲人，I-4n40，I-4n50，I-7n9，III-3n33，III-5n8，III-6n4，III-11n4，III-11n31，III-11n34，III-11n45，III-1n46。

拉瓦列，I-10n23。

理查德·拉温查，I-8n2。

大卫·雷恩，II-6n3。

巴拉圭军团，III-5n32。

阿尔弗雷多·雷贝拉，I-8n5。

梅根·里维斯，I-2n20。

自由主义，I-4n26，II-4n1，III-3n42，III-3n43，III-5n36，III-5n38，III-5n42。

西班牙争取人权协会，III-4n29。

利马，I-4n40。

林肯，III-7n26。

胡安·里维雷斯·阿加尼亚，I-10N4，I-10N29，I-10NN37。

J.雅帕塞特，III-4n21。

瓦伦蒂纳斯·洛马斯，I-5n26。

伦敦，I-10n24。

卡洛斯·安东尼奥·洛佩斯，III-11n13。

埃米里亚诺·洛佩斯，I-10n1。

弗朗西斯科·索拉诺·洛佩斯四，I-7n5，I-7n6，I-10n1，I-10n4，I-10n24，I-10n29，I-10n37，I-10n46，I-1n22，II-1n23，III-5n17，III-5n32，III-11n13，III-11n15，III-11n16，III-11n18，III-11n22，III-11n39，III-11n40，III-11n46，III-12n35。

洛佩兹·里卡多·乔丹，I-10n17，I-10n29。

卢卡斯，III-3n10。

俚语，III-5n28。

葡萄牙裔印第安人，III-12n37。、

埃丽萨·林奇，I-7n5，I-10n24，I-10n39，I-10n46，II-4n4，III-11n16，III-11n44，III-11n46。

安东尼奥·马查多，I-3n9，I-4n16，I-4n52，III-9n18，III-9n30。

埃尔瓦·马西亚斯，II-9n2。

马孔多，III-3n36。

《包法利夫人》，Pr-29，II-1n1。

五月广场母亲，III-8n14。

马德里，马德里人，I-2n4，I-4n13，I-4n18，I-4n15，I-4n55，III-6n8，III-9m19，III-10n11，III-13n3，III-13n4，III-13n5，III-13n6，III-13n10，III-13n11，III-13n11，III-13n16。

马法尔达，III-101n12，III-10n15。

《着衣的玛哈》，III-10n11，III-10n15，III-4n11，III-4n27。

马穆鲁克,II—8n3,III—12n37。

安娜·曼根,Pr—n9。

曼格雷,I—5n42。

曼哈顿,I—2n13,I—2n14,III—5n42,III—13n6。

毛泽东,毛泽东思想,III—4n13。

马拉开波,III—7n8。

塞拉西奥·马科斯,III—6n8,III—7m26。

马克·瓦莱里娅,III—7n26。

赫伯特·马尔库塞,II—5n1。

何塞·卡洛斯·马利亚特格,II—5n2。

美国海军陆战队,I—7n8。

何塞·马蒂,III—1n25。

路易斯·玛利亚·马丁内斯,I—5n32。

卡尔·马克思,马克思主义,马克思主义者,I—3n10,I—10n26,I—10n27,II—1n19,II—5n1,II—5n2,III—3n46。

马里兰州,I—4n9。

马里兰大学,I—4n46。

共济会的,共济会,II—1n17。

马萨诸塞,I—4n8。

中东,I—4n6。

地中海,I—10n38。

梅利亚,III—9n23。

生理记忆功能,Pr—n2,Pr—n3,Pr—n6,Pr—n7,Pr—n8,Pr—n9。

勒内·梅纳尔,I—4n54。

特蕾莎·门德斯·费斯,I—9n1。

佩德罗·德门多萨,II—1n5。

赫苏斯·梅内德斯,III—3n21。

美索不达米亚,I—4n6。

梅斯蒂索(印欧混血)人,II—8n3。

墨西哥,墨西哥人,I—3n4,I—3n5,II—1n19,II—9m2,III—6n8,III—7n25,III—11n27。

米格尔安赫尔·梅萨,I—1n10。

阿瑟·米勒,I,II—n4。

乔治·米勒,Pr—n7。

西班牙外交部,II—13n14。

弗朗西斯科·德·米兰达,III—1n29。

阿根廷米西奥内斯省,I—10n2,III—12n36。

蒙克罗阿,I—4n13。

索莱达·蒙托亚,II—1n18。

《悲悼》,II—3n1,II—3n7,II—3n9,II—3n11,II—4n5。

纽约现代艺术博取馆,III—7n48。

马德里普拉多博物馆,III—1n11。

N

联合国,II—11n34。

拿破仑三世,II—3n2。

米尔顿·纳西门托,III—5n60.

纳瓦拉,纳瓦拉人,I—10n6,I—10n7。

费德里科·纳瓦雷特·利纳雷斯,Pr—n23。

内布拉斯加,III—7n31,III—7n33。

巴勃罗·聂鲁达,I—3n10,II—7n16,III—12n6。

内布拉斯加大学,III—7n26。

新政,I-4n25。

新英格兰,I-4n8。

新罕布什尔州,I-4n8,II-7n34。

《新闻周刊》,III-9n35。

牛顿 — 约翰·奥利维亚,I-7n12。

尼加拉瓜人,I-3n13,II-4n15,III-11n36。

弗里德里希·尼采,II-3n5。

理查德·尼克松,I-3n11,III-9n2。

阿根廷东北部,I-1n1,I-10n2,II-2n5,II-7n21。

美国人,Pr-n28,I-2n3,I-2n4,II-2n5,II-7n21,I-4n32,I-4n35,I-4n36,I-4n42,I-5n16,I-2n5,I-3n11,I-4n30,I-8n4,II-2n3,II-2n8,II-3n1,II-7n17,II-10n8,III-3n34,III-3n41,III-5n18,III-5n52,III-5n54,III-5n61,III-5n64,III-7n10,III-7n24,III-7n27,III-8n5,III-8n21,III-9n1,III-9n4,III-9n6,III-9n12,III-9n28,III-9n31,III-9n35,III-10n10,III-10n19,III-11n3,III-13n1。

挪威人,Pr-n9,I-5n9。

《杜兰朵》,I-10n36.

马里奥·诺亚,I-8n6。

纽 约,I-2n51,III-5n11,III-5n14,III-5n19,III-5n21,III-5n25,III-5n42,III-5n44,III-5n46,III-5n65,III-7n48,III-11n25。

新世界,III-13n15。

《新约》,I-3n16,I-4n13,III-12n5。

纽伦堡,III-12n1。

O

斯佳丽·奥哈拉,I-2n6。

贝尔纳多·奥希金斯, III-11n30。

俄亥俄, III-7n26, III-7n31。

俄克拉荷马, I-1n2, I-1n3, III-1n4, III-7n10, III-7n14, III-7n15。

美国俄克拉荷马州立大学, I-1n2, III-7n15。

俄克拉荷马州, III-7n26。

马歇尔, III-7n26, III-7n31。

奥林匹亚俱乐部.III-5n12, III-5n31。

尤金·奥尼尔, Db-n2, II-3n1, II-3n7, II-3n12, II-4n5。

奥雷斯特斯, II-3n6。

奥瑞斯提亚三部曲, II-3n1, II-3n6, II-3n8, II-3n10。

奥尔特加·加塞特, I-8n3。

德梅特里奥·奥尔蒂斯, III-7n36。

乔治·奥威尔, I-4n37。

《秋》, I-10n41。

《族长的秋天》, III-3n37。

P

帕埃斯图姆, III-4n1。

巴斯克, I-10n7, II-9n4。

帕尔玛大街, III-11n4。

帕洛阿尔托, III-9n3。

潘普洛纳, I-10n6。

伊格纳西奥·A.帕内, III-5n17。

巴拉圭, 巴拉圭人, I-1n1, I-1n4, I-1n10, I-2n8, I-2n19, I-2n21, I-3n1, I-3n6, I-4n5, I-4n6, I-4n24, I-4n26, I-4n33, I-4n39, I-4n53, I-4n54, I-5n4, I-5n6, I-5n12, I-5n25, I-5n27, I-5n28, I-5n29, I-5n30, I-5n31, I-5n32,

I-5n35, I-5n36, I-5n37, I-5n38, I-5n42, I-5n44, I-7n5, I-7n6, I-7n9, I-9n1, I-9n4, I-9n6, I-10n2, I-10n3, I-10n17, I-10n18, I-10n19, I-10n32, I-10n37, I-10n46, III n25, II-2n5, II-4n2, II-3n27, II-3n33, III-3n43, III-4n4, III-4n9, III-5n9, III-5n10, III-5n17, III-5n27, III-5n32, III-5n36, III-5n37, III-5n40, III-5n50, III-5n51, III-5n55, IIII-6n3, III-6n4, III-7n36, III11n1, III-11n4, III-11n7, III-11n10, III-11n11, III-11n13, III-11n17, III-11n18, III-11n25, III-11n41, III-11n43, III-11n47, III-11n50, III-11n55, III-12n23, III-12n25, III-12n26, III-12n27, III-12n29, III-12n32, III-12n34, III-12n35, III-12n36, III-12n37, III-13n18。

巴拉那河, I-4n6, I-5n27, I-10n19, II-10n17, III-4n4。

巴黎, 巴黎人, I-7n5, I-10n24, I-10n46, II-10n13, III-3n2, III-3n3, III-3n4, III-3n7, III-3n8, III-3n9, III-3n13, III-3n27, III-11n2, III-11n7, III-12n8。

巴黎大学, III-3n11。

查理·帕克, III-13n1。

美国民主党, III-9n15。

真正激进自由党, III-5n38。

美国共和党, III-9n15。

鲍里斯·帕斯捷尔纳克, II-6n3。

圣保罗的, III-3n27。

切萨雷·帕韦斯, I-5n16, II-2n11, III-12n15, III-12n16。

何塞·维森特·佩罗·巴科, Pr-n17, Pr-n26, Dn-n2, III-9n6, III-9n8。

宾夕法尼亚, I-3n7, III-9n24。

宾夕法尼亚大街, I-2n17。

佩雷拉·罗德里格斯, Db-n1。

佩雷斯·奥古斯托，II-7n8。

佩雷斯·卡塞雷斯，Pr-n26，I-2n21。

胡安·庇隆，庇隆主义，庇隆主义者，II-5n3，II-9n10。

秘鲁，秘鲁人，I-4n3，I-4n5，I-4n47，II-5n2。

菲佛·西尔瓦娜，I-8n6。

《摩登原始人》，II-10n8。

毕加索，I-5n2，II-11n4。

皮科马约，III-1n9。

奥古斯托·皮诺切特，II-4n7，III-3n14，III-11n20。

路易吉·皮兰德娄，II-7n7，II-7m8。

匹兹堡，I-1n3，I-3n7。

弗朗西斯科·皮萨罗，I-4n5。

匹兹堡大学，I-1n3，I-4n14，I-7n8，III-10n18。

《花花公子》，III-5n18，III-5n19。

《花花女孩》，II-12n1。

亚松森乌拉圭广场，III-5n62，III-6n3。

赫尔克里斯·波洛，III-9n10。

波兰人，Pr-n9，III-12n22。

精灵，I-5n38。

莱昂·波梅尔，I-10n14，III-11n12。

民众主义的，II-5n3。

布宜诺斯艾利斯的，布宜诺斯艾利斯人，I-10n5，I-10n20。

坎迪多·那利，III-3n28。

葡萄牙文，Db-n1，III-12n32。

《群魔》，II-3n11。

后结构主义，后结构主义的，II-3n4。

诺贝尔文学奖，I-3n10，I-3n14，II-7n7，III-5n19，III-11n3，III-12n6。

猫王普雷斯利，III-8n21。

《春》，I-10n41。

新教徒，新教，I-3n2，I-3n6，III-7n14。

托勒密，Pr-n12。

曼努埃尔·普伊格，I-8n5，II-7n12。

Q

弗朗西斯科·克韦多，I-5n41。

堂吉诃德，堂吉诃德式的，I-4n54，II-7n14。

金鸡纳，III-10n12。

阿拉里克·科昆诺内兹，III-5n37。

R

激进派，III-5n38。

拉斯科利尼科夫，II-1n26。

亚力桑德罗·维扎，III-11n7。

罗纳德·普雷斯科特·里根，II-4n3。

罗纳德·里根，I-2n2，I-3n11，II-4n3，III-10n4。

皇家马德里，III-13n6。

萨拉戈萨，III-5n27。

雷伯·维拉·博林，III-11n41。

罗伯特·雷福德福，II-2n3。

圣马丁骑兵团，II-7n20。

雷格·塔皮亚，III-6n8。

《这个世界的王国》，II-3n13。

共和主义者，II-10n14。

居民，III-1n12。

马德里丽池公园，I-4n55。

1904年革命，II-4n1。

法国大革命，I-9n6，III-11n7。

墨西哥革命，III-11n37。

里奥斯，I-5n25。

拉普拉塔河，拉普拉塔河流域的，I-5n42，II-1n5，II-4n1，II-10n3，II-10n6，III-1n7，III-3n39，III-7n19，III-7n22，III-7n23，III-7n41，III-8n26，III-11n8，III-12n13。

奥古斯托·罗亚·巴斯托斯，I-1n10，III-3n27，III-3n29，III-12n23，III-12n30，III-12n31，III-12n35。

罗宾汉，II-9n7。

罗切斯特，III-7n26。

何塞·恩里克·罗多，III-5n63。

哈维尔·罗德里格斯·米尔，III-1n20。

罗伊·罗杰斯，III-7n10。

罗曼中尉，I-5n25。

罗马人，I-10n38，II-1n11。

浪漫主义，浪漫主义的，I-5n8，I-5n11，I-7n3，II-1n23。

罗梅罗，I-5n25。

阿曼多·罗梅罗，III-10n18。

罗斯福·富兰克林·德拉诺，I-4n25，III-11n19。

罗萨里奥市，I-5n42。

胡安·曼努埃尔·罗萨斯，II-1n7，II-10n1。

罗伊·罗杰斯，III-7n10。

胡安·鲁伊斯，I-10n44。

罗马尼亚，罗马尼亚人，II-1n30，III-3n18，III-8n19，III-9n6，III-9n9，III-10n4。

俄文，Db-n1。

俄罗斯人，Pr-n21，I-5n222，I-6n3，I-10n21，II-1n19，II-6n3，III-5n51。

S

寿衣，II-12n2。

圣西蒙·德·亨利，I-10n27。

坂本邦夫，Db-n1。

胡安·萨拉萨尔，I-4n2。

奥古斯托·塞萨尔·桑地诺，桑地诺主义者，I-3n13，III-4n15，III-11n36。

旧金山，III-9n3，III-9n4。

圣胡安节，I-3n16。

何塞·德·圣马丁，III-10n15，III-11n31。

圣西门主义的，I-10n27。

圣诞老人，I-10n48。

巴黎戈亚尼亚山，III-11n7。

桑坦德，I-10n8，I-10n12。

圣地亚哥，III-3n14。

圣多明各，III-11n14。

让·萨特，萨特的，I-4n12，II-3n17。

施瓦茨曼·卡洛斯，III-5n51。

犹太语，III-7n39。

犹太人，III-7能9。

第二次世界大战，I-4n31，I-4n35，III-9n16，III-11n19，I-9n4。

法兰西第二帝国，II-3n2。

塞尔维亚语，Db-n1。

《七姐妹》，II-1n4。

塞戈维亚，III-11n14。

卡门·塞维亚，I-6n6。

叙利亚，II-6n2。

极限情况，II-7n17。

索菲亚，III-7n47。

阿纳斯塔西奥·索摩查，III-4n15。

巴拉圭汤，III-5n16。

梅赛德斯·索萨，II-10n10，II-10n11，II-10n12，II-10n13，III-5n4。

斯蒂芬·斯皮尔格，II-10n10，II-10n11，II-10n12，II-10n13，III-5n4。

斯坦福石油公司，III-11n43。

斯坦福大学，III-9n3。

托马斯·M.斯蒂芬斯，III-7n18。

斯特恩·劳伦斯，I-10n33。

死水，I-1n2，III-7n26。

《野草莓》，III-7n29。

史翠珊·巴巴拉，I-7n1。

阿尔弗雷多·斯特罗斯纳，I-7n9，I-9n4，I-10n28，II-1n21，III-1n8，III-4n4，III-5n50，III-8n16，III-12n34，III-12n35。

安东尼奥·何塞·苏克雷，III-12n28。

南美洲的，II-7n22，III-6n3。

瑞典人，III-5n1，III-5n19。

瑞士人，III-12n8，III-12n24。

《超人》，I-9n3。

超现实主义，III-4n9，III-4n23。

约翰·斯威勒，Pr-n3。

T

台湾，III-5n59。

鲁菲诺·塔马约，III-7n25。

阿尔弗雷德·塔斯基，Pr-n19。

得克萨斯州，I-1n2，I-3N5，III-7n13，III-7n37。

《琼斯皇》，II-3n12。

《猎网》，II-3n11。

米基斯·西奥多拉基斯，II-10n12，II-10n13。

《奥德赛》，Pr-n27。

《老人与海》，I-10n47，III-1n8。

安德烈·特维，I-1n6。

无恶之镜，I-1n10，I-4n40，II-2n13，III-11n21，III-11n45。

底格里斯河，I-4n6。

提帕萨，I-10n38。

托福，III-5n52。

托马斯·阿奎那，II-1n15。

格奥尔格·特拉克尔，III-12n2，III-12n3。

罗德里戈·特里亚纳，III-13n15。

三国同盟战争 I-1n1，I-5n25，I-5n26，I-5n28，I-5n29，I-5n30，I-5n31，

I-7n5, I-7n6, I-10n14, I-10n15, I-10n17, I-10n46, II-1n22, II-1n22, II-1n25, III-1n12, III-5n17, III-5n32, III-11n1, III-11n13, III-11n21, III-11n22, III-11n41, III-11n43, III-11n47, III-11n50, III-11n55, III-12n26。

托洛茨基，II-1n19。

塔尔萨，III-1n4。

图帕马罗人，III-11n34。

图皮－瓜拉尼，I-1n4, I-1n9, I-1n10, III-8n15。

土耳其人，I-7n14。

都灵，II-12n2。

U

最后的晚餐，I-9n5。

《尤利西斯》，III-1n10, III-1n11。

乌纳姆诺，I-3n8, II-7n8。

激进公民联盟，III-11n10。

亚松森天主教大学，II-4n1。

亚松森国立大学，III-1n8。

胡斯托·何塞·德·乌尔基萨，I-10n17。

玛丽亚·欧亨尼娅·乌鲁蒂亚，III-3n21。

乌拉圭河，III-11n8。

乌拉圭，乌拉圭人，I-5n25, I-10n18, I-10n20, I-10n35, III-1n6, III-5n63, III-11n8, III-11n34, III-11n35, III-11n56。

V

维奥莱塔·瓦莱里，I-10n31。

阵亡者之谷，I–4n21。

塞萨尔·巴列霍，巴列霍的，I–4n47，III–3n19，III–3n20，III–11n38。

巴斯克人，巴斯克的，I–4n5，II–9n4，III–4n16。

委内瑞拉，委内瑞拉人，III–7n8，III–11n29。

利诺·文图拉，III–3n25。

朱塞佩·威尔第，I–4n4，III–7n49。

佛蒙特，I–4n8。

《注定的旅行》，I–3n14，I–3n15。

维多利亚女王，III–11n22。

维克多·哈拉，III–3n14。

越南战争，I–4n42，I–n50，III–5n57，III–9n4。

卡洛斯·比利亚格拉·马沙尔，III–6n3。

安东尼奥·维瓦尔第，I–10n41，I–10n43。

《皇帝的紫罗兰》，III–8n12。

W

理查德·瓦格纳，I–5n17。

沃伦·查尔斯·马奎斯，II–9n8。

华盛顿哥伦比亚特区，I–2n16，I–2n17。

水门事件，III–9n2。

约翰·韦恩，I–4n22。

沃尔特·惠特曼，I–4n22。

约翰·威廉斯，I–5n43。

超级女人，I–9n3。

世界贸易中心，I–2n14。

Y

耶鲁大学，I-4n32，I-4n34，III-3n29。

美国人，III-1n16。

小说《我，至高无上者》，III-12n23，III-12n30，III-12n35。

亚雷达加战役，I-5n4，I-5n6。

伊托洛洛战役，I-5n26。

Z

埃米利亚诺·萨帕塔，III-11n37。

萨波蒂克，III-11n27。

萨佩·詹姆斯，Pr-n22。

大卫·祖克，III-1n16。

小说、电影《希腊左巴》，II-10n12，II-10n13。